清末民初文獻叢刊

出使美日秘日記

（第四册）

〔清〕崔國因 著

朝華出版社
BLOSSOM PRESS

出使美日祕崔日記

光緒十七年正月初一日元吉

黎明率隨員等朝賀行三跪九叩禮晨設麪午後設醮　外部副外部英公使等送行道新喜　美外部總辦送到外部護照一紙信四封分致箇龍巴拿馬嘉里約三領事又致美國駐祕公使是晚亥初上火車亥正開車卯正到紐約陸永泉及巡捕來照料遂赴領事署

初二日晴

領事沈桓偕商董三人在署內相迓辰正早饌遂謁凡吳客脫及律師鍾式又至滙豐撥規銀壹萬兩交沈桓代收備用午初上船

同行者黎榮耀陸永泉淩善成武弁劉賢倓諫又洋僕阿齋小榮已送至船而因有病不能去遂聽其回午正開船船名紐平薄容二千七百噸客房不如大西洋輪船之寬而搭客亦寡所帶隨員人等盡附上等艙位均在船面行頗穩

初三日晴夜雨

夜看北斗其柄極下一星離地如全斗尺寸因此行直向南將來到祕魯時只見南斗而北斗全入地故詳誌之每日約行八百里至九百餘里天氣驟熱本船主爲美國人談及美水師部近飭船廠造鋼甲船三艘除軍械外每船價值不得過美銀四百萬圓各載重八千五百噸船身吃水二十四英尺其行海里至少須每半

時十五里煤艙可裝煤四百頓鋼甲厚十八英寸駕礮之口徑十八英寸並八英寸者各四尊又六英寸口徑者四尊造船之一釘一木皆須用美國所產不得借材異國云　因謹按美之富足如此而其造船不准借材異國防銀錢之流入外國也中國雖開船廠軍械局而仍不免向外洋購買以銀易鐵長此安窮謀國者所當急籌善法也

初四日晴

斗柄極下一星離地也如斗杓之上一星離第二星蓋漸近地球矣　報言俄人議造西伯利亞鐵路謂有三利一則以俄之東境輪船可通一旦疆場有事敵國以兵船封口則糧必盡有鐵路則

糧可通二則中俄有釁可以運兵實邊三則內地之貨可以出運化無用爲有用合計其費需六百兆羅卜議分三段由國家專辦云

初五日晴

斗柄下一星已入地但見第二星矣天氣漸熱不能著棉　此地有小島八處詢諸船主則島上皆黑人共三千餘名口最大之島有八百人島人無所事事曬鹽而已以鹽易麪爲食暇則眠客船有泊此者則盜之美國設一領事以鎮撫之防他國之佔踞也

因謹按歐墨各大國思深慮遠其心周於本境之外與百數十年之後此區區小島耳而爲他國得之則可以屯兵修船添煤儲水

爲兵船之接濟卽足爲我之患設官以鎭撫之耳目遠矣他國自默消覬覦也

初六日晴

斗柄三星均入地天熱夾衣亦不能著但著單衣風浪漸大舟行向左右而側　聞俄國兵部定於今年爲始在琿春一帶增守兵一隊中俄方睦而於交界地方增兵是何故耶　是日美總統臨議院謂美國與外國邦交頗形輯睦國中亦物阜民康國用甚足且自增加關稅以後洋貨少進土貨暢銷於國計民生更大有裨益卽於他國亦無有大損云云　因謹按美國加稅則而墨西哥國亦加美國入口之畜稅美商苦之德國已約歐洲各國加美稅

以相報英法亦不以爲然安得謂與他國無損也至云加稅以後洋貨少進於國計民生有裨益則誠然矣

初七日晴

斗杓第二星入地自本日以後如中國六七月天氣風浪尤大同舟美人言歐洲之電綫通至錫蘭已增成雙綫又自印度至中國越南新金山小呂宋新加坡修補電桿電綫以期一律整齊共費銀四百餘萬云　德國民人不忘前相畢思麻曾擬集鉅銀爲造一留名閣畢相讓美前王謂前王功德之大尚未有此臣何敢先君嗣爲德國前王已立留名閣因念魚水君臣非是君不能用是臣非是臣不能相是君畢相勳業自在人心而無一碑一石傳

諸永久德人引爲憾事今再集德銀七十五萬二千七百五十三
馬克爲之立一通國去思碑德人之不忘畢相者皆以得與捐爲
榮畢相之名與國同休矣　德國前此試槍之時有人名格魯森
其所造快槍一分時能出五十彈　德國前相畢思麻致仕以來
民不忘其功又爲擇地於浮剔森構一華屋以處之　㘝謹按德
相畢思麻今年七十三歲前此破奧國滅法國其功甚偉布魯士
無此人國幾亡矣爲之立碑築室此人心之公也
初八日雨
北斗全入地不見未刻到个郎天氣大熱單衣汗出个郎總督來
見美國駐个郎領事亦來見領事爲㘝言曰我乃中國之領事耳

以其專保護華人也遂往答拜華人之貿易於此者多放爆竹相迎亦有升旗於門首者商董易佐才曾慶已來迎巴拿馬美領事阿丹信來電詢赴巴拿馬之時刻屬即電復遂電覆以明日辰初

初九日晴

卯正料理行李點心後上車美國駐个郎領事來送行并贈鮮花一握曾易二商董同行火車公司云奉阿丹信之命以專車來迎送至巴拿馬途中均黑人即土人也粵人之設店鋪者甚多聞自巴拿馬大工停後生計不如前矣巳正至巴拿馬阿丹信已來迎因以外部書與之阿丹信遂送到嘉蘭軒客棧棧尚宏敞棧價因每日十圓餘人每日五圓遂造阿丹信宅并送湖縐一疋磁瓶一

對茶一箱金扇二柄阿丹信之夫人出見甚喜云華人甚安分我
等必保護令其安業因謝之　南亞墨利加洲分割數國英國居
其大半其土著自守之地不過十分中之三四　因謹按墨洲之
地與中國相爲底面蓋人之立於地者足與足相抵也南墨洲又
在赤道之南中國明以前之談天文者均云南望赤道近日極熱
至此卽無人矣而不知赤道之南其氣候與北同且極南尚有南
氷洋也然則天地之大也前此只測得一半耳
初十日晴
阿丹信來言本省總督願一見邀往謁之至門有兵士擎槍而迓
入門上樓總督出見參贊繙譯爲傳言因亦道願見之忱且以華

人相託該總督允必保護坐久阿丹信言曰貴公使尚有何言可以面屬因向該總督言曰美國一百年前草昧初開各埠冷淡一百年後日盛月新如此之速者因鐵路各廠華人爲之經營也今貴國指可崙比亞既有華人接踵而來則興旺可立而待敢爲預賀至於華人之業於此者有貴總督之庇蔭有貴領事之保護本大臣可以放心夫復何言惟有以華人相託而已該總督大笑以手拍胸力任保護因謝之遂偕阿丹信遊覽舊蹟又至阿丹信宅辭行並送商董龍旗聯扇藥材茶葉各物商董亦報以磁瓶一對絲巾一盒因辭不受黎榮耀以爲可轉以送總督允之遂送總督處總督受之　又言俄國兵艦之在太平洋者現擬不用英煤因

俄國近日覓得煤礦出煤甚多無須外求該國鄰近太平洋故知之因謹按俄人之心計大抵遠交而近攻遠交故通問徧於東西洋近攻故蠶食急於鄰國太平洋無屬地而兵艦亦周巡者則備豫不虞而亦求諳習海綫也皆遠圖也

十一日晴午刻上船商董曾桂鵬易佐才美領事阿丹信均送至躉船商董以經手代用之項列單交來計客棧之費每人每日五元因獨按日十元洗浴啜茶點心犒賞尚在外也船價每人一百七十元伙食每人每日一元遂上船船於明日午刻開阿丹信交來个郎赴紐約船期單計每月三次西歷三月四號十六號二十四號均有船赴紐約

英人於緬甸測量道路擬造鐵軌達怒江以通雲南將以通商計三百英里估價須銀三百五十萬磅　因謹按俄人造鐵路於琿春則相偪於北法人造鐵路於越南英人造鐵路於緬甸則相偪於南數十年後中國邊防其急乎

十二日晴未刻開船

舟望東行行一時卽指南而行此海海鰍至多時浮水面因望之以爲長二丈餘船主曰其長實有五丈也離船數十里海鰍矯首向海面噴水其高四五丈如煙如霧又如海船之挂帆時隱時現亦可知其身大而力巨矣　舟中英人言阿富汗與俄立約因查阿富汗在印度東北北與俄鄰故英國以阿富汗爲印度屏蔽今

俄與阿立約將由陸路通商以至阿京則印度藩籬已撤英人將何以保印度俄之覬覦他國土地無時不思侵佔其性然也

十三日晴此數日中波平似鏡舟行砥平

俄太子奉俄皇之命親帶兵艦四艘由歐洲展輪遊新金山新加坡西貢以至中國各通商口岸以廣見識冬初當可抵滬矣　因謹按歐洲各國之君及其世子多爲遊歷旣廣聞見且習風波揆諸古人習勞之義亦有合也

美國哈哇城天文館之大總裁擬遣熟悉天文星象各員隨帶各色器具暨測探遠近之機器幷遠鏡前往祕魯查探現聞該館總裁已選定深諳天文官員一人名畢刻林爲總辦帶同司員兩人一名竇格蘭斯一名唯卡斯以及

司事工役人等定於下次公司火輪附坐前往祕魯之阿立冠派城駐紮查阿城係居祕國之正中測觀星象一切最爲相宜且內有一山不高不卑山上建屋居住先將各色器具安排妥貼然後詳細逐探各色星象以及金火兩大星宿並聞此處測探月象暨用鏡拍照較他處尤爲詳明也畢君云現在南半天一切星象無論巨細較在北半天尤爲皎明並將所視天象逐一畫圖貼說以便編輯成書詳加校核也惟爲時須八年之久至速亦須六年方能蕆事西人之用心天象於此可見一斑云　因謹按美人測南墨洲之天文卽測南墨洲之地理也但測天文之經綫緯綫度數若干卽可以知地勢之道里若干不僅南半球之星宿可知也惜

祕魯無人不能知美國用心之深耳

十四日晴

此兩日內不見山闞之船主今日午正舟過赤道午以後舟行赤道之南矣是夜船向西北折入懷紐而江　美國搜購現銀聞近日解往比利時國不知何用或即爲比國代購也　義大利國所造最大之鐵艦名薩那者工已告竣其下水之時觀者如堵海部大臣亦在坐一時拍掌歡呼聲如雷動是船計長英尺四百十尺闊七十七尺容一萬三千八百六十噸洵足爲意大利兵船中之巨擘也　俄國欲於裏海地方推廣鐵路以達波斯之謀曬得城尚未謀於波王擬於動工時通知其事蓋早視波王爲無能不敢

不從也　囙　謹按俄與阿富汗立約矣又營鐵路以達波斯一則垂涎於中亞一則垂涎於歐洲也元世祖之時分遣大將奔彪愷撤略地歐洲乃地定而鞭長莫及依然分裂俄王豈不知乎而勤遠略乎

十五日晴

江行向西北巳刻到惠愛磯地頗平敞背山臨水闤闠周密勝於巴拿馬土人約萬人華人居十之一蓋厄爪多國之所管轄也兩岸樹木青蔥可愛華人葉文英陳忠華高靜光來見言前此二年該地方官禁制華人賴英領事張百熙爲之代繕稟具呈請於國王得以弛禁遂得安業　囙　教以宜即聯絡英領事以資保護我

國未與該國立約不能以公法繩之也此地至香港輪船兩月可到帆船須五月華商約上岸因以開船甚速不便離船辭之

十六日晴巳刻細雨濾止熱甚

抵薩拉埠又名打拉埠前一年尚未設埠亦無人民山係童山無草木房屋約百餘家因詢船主以此地何產則出火油也自近年方知之因開井取油每年運往各國漸運漸遠船至此下機器為取火油各廠之用也申正開船戌正至比打埠已入祕魯境矣自紐約至祕魯各埠房屋多以薄鐵為瓦其凸凹如瓦式而以鐵為之長約一丈寬六七尺取其質堅而價廉也墨洲築室其極大者以白石條砌成石條長盈丈厚數尺自基至頂一律非地震不能

壞如美國各部衙署閒造費三千萬圓次者用磚又次者用板磚板所作之屋多以鐵皮爲瓦閒有用鋼瓦者然不多覯　因謹按一百年以前香港一荒洲耳二百年以前上海亦海盜出沒之地耳迄今香港爲大埠廣廈雲連其地幾於計尺論銀可謂盛矣上海爲我國第一市鎭其他皆不及焉所以然者其地近海而又爲各國商賈貨物往來之孔道耳或謂地氣有盛衰而不知實由人事也

十七日晴天寒稍涼清晨可著夾衣

辰刻泊打拉尾島亦童山而所下者多鐵瓦之類地產棉花風漸大船行頗側　本日發南風而天氣轉涼初以爲異繼思此地已

在赤道之南則南氷洋在地之南此地之南風猶中國之北風也故涼　俄國與土耳其國交界之歐西魯姆地方俄兵至者日益多土耳其民人恐其進攻驚相走避土國家乃出兵以備之　美國上下議院議員聲請於總統商之英國並商之墨西哥國禁自英之屬地加那大與自墨西哥入境之華人　因按美自光緒十四年禁工之例行可謂嚴且酷矣新華工已不准來即舊者亦不准來並領有美國之照許其來者亦不准來自以爲至密矣而邊境甌脫之地華人乃偷越而來華人固無恥而亦美之背約失信有以激之也

十八日晴

至阿村島亦童山而其內出煤土人造鐵路火車以運出口船至
此稍泊以載煤備用巳刻仍開行稍向東南不似前此之直向南
矣東南面多山皆童山也
十九日晴
未刻至白鴿尾裝米四百餘包牛百餘隻申正開船　俄廷密諭
稅關於英國入口鐵器棉紗加增稅則較之舊稅多至百之三十
至百之四十又擬廢勃而忌里亞之君以瑞典國之世子代之
因謹按英國棉紗行於中國者日廣似可倣俄國而增其稅亦塞
一漏卮而增一入欵也
二十日晴

卯正泊打辣美卸米百餘包及木箱數十巳初開船此地山甚深
望之有四五層其第四層在雲外雲環山腰如帶山尖出雲之上
要皆童山全無草木而多沙舟過產鳥糞之山同舟英人亦赴利
馬與因接談言至祕魯已二十五年矣今將辦鐵路也又言祕魯
沿海之山荒禿無草木而內地美不勝收惜祕邦無政不能經理
也十年前亦曾至中國中國民風勤儉萬不能與其民爭利惟擁
貲厚者操其利權則得其利不若祕魯之利之易爭也其地荒則
地利易興其民寡則客民可容其俗嬾則土民之利可奪故舍中
國而赴祕今擁貲過十萬置田宅之外尚有餘欵以逐什一若鐵
路歸英則利益溥矣云云　此地祕國各寮至多華人之所聚也

華人上船來見言三年前有委員二人來查寮一切供張均由商
具而於弊政究未詳查華工依然困苦曾已呈控於出使大臣矣
因於光緒十五年由滬出洋之先卽有香港商人書控告委員
查寮之不力今又聞之商人其寮之難查歟抑人不易得也
二十一日晴
舟行黑水洋東面仍多山而無風浪計自元旦至今日舟行已兩
旬矣雖不眩暈而頗覺勞頓蓋由顛簸顫搖無一日之息也屈指
今日午刻當可抵嘉里約巳正抵埠叅贊吳濬領事張曾詔繙譯
黎熔洋員杜嘉爾來迓當坐小輪船上岸抵火車廠華商亦來迓
遂共雇專車至利馬都城

二十二日晴
謁外部訂遞
國書日期商定二十五日　智利國內亂華人之寓智利者因求
英公使轉致駐智利之英公使代爲保護　因查智利國勢已近
南氷洋蓋與俄之鄰北氷洋者遙遙相對矣自勝祕魯後頗有夜
郎自大之意前此與祕魯交鬨致損華人產業鄭使曾託美國駐
智公使索賠不得今乃國中自亂其將衰乎
二十三日晴
華商二十餘人於嘉里約相迎又至使館相見今日回謁遂至通
惠總局小坐局不宏敞而尚修潔華商二十餘人相見因詢以現

在利馬華人數目答云不能詳知遂屬其查明又詢近年華人較之前五年爲增爲減答云近來出口多於進口大約已減於從前矣又云中西學堂何以無人就學則云中華四子書少時無不讀者父兄自可教其子弟淹博之道非所敢期故不須就學洋文須延洋師費用太大無可籌措請卽停辦因再三開導衆云勉強允從非心所願豈能持久不如直言前此本非所願故一年以後卽已解體今決不敢應承因察其情眞無可再言遂止卽登車回館

二十四日晴

祕國舊總統偕其子又參贊某又前駐中國公使愛立讀來見華商李杰彭某王某來見當屬其查明現在華人之在祕魯都城及

各寮共若干人　聞智利國之水師統領因其總統欲改爲君政之國激變連日交仗已攻取兩口岸矣　德員在阿非利洲現以重貲僱土人爲導以期入其內地蓋欲闢其土地且冀相安無事也　德奥兩國近來私訂密約彼此嚴爲防堵有事則脣齒相依無事則時時訓練　因謹按歐洲各國分裂阿洲後葡人日人未聞有所經營若英若德若法固各有布置矣春秋時吳與晉爭盟於黃池而於越以兵入其國故德方圖阿洲之地而又合奥以防俄

二十五日晴

祕都利馬自古至今終年無雨天時地氣殊不可測是日未刻細

雨如塵地不能溼參贊吳濬以爲少見　英國於給追耆老尼在
阿非利加洲之南開闢內外政治日益修明惟費用亦增辛鐵路
漸拓商務漸興進欵亦漸旺尚可支持國有人焉宜土地之日廣
也　因謹按普之足以徵信者甚難諸子百家龐雜無論矣嘗讀
爾雅原文云東至日所出西至日所入者此何地耶日本不動安
有所出入耶由中國向東而行過大東洋再過大西洋由歐洲而
返中國矣無日出之地也由中國向西而行過歐洲涉大西洋適
墨洲再涉大東洋由日本而返中國矣無日入之地也且中國之
日出卽美國之日入美國之日出卽中國之日入隨地球之向背
爲隱現非眞有出入之區也原文又云距齊州以南戴日爲丹穴

北戴斗極爲空峒一若北有斗極而南則無也者一若南至日所行之赤道而盡也者皆非也南斗七星因於此固明明見之矣戴日之地爲赤道因固明明過之矣至於周髀算經一謂月之大徑一千餘里後世又謂日之大稍過於地皆未得千百分之一也無輕信古人也

二十六日晴

是日爲遞

國書之期午刻兵頭五人帶樂工軍士九十人建祕魯國繡旗來迎

國書既至使館則立旗大廳之西樂工以時作樂申初護衛大臣

副外部二人到宮車二輛亦到署敘寒暄即偕參贊吳濬繙譯黎
煟署參贊黎榮耀洋員杜嘉爾乘宮車至總統宮門門已列仗相
迎騎兵執旗擎槍嚴陣於門內右偏因下車率各員入宮總統已
率各部大臣鵠立以待因趨而前捧
國書行一鞠躬禮即遞
國書總統接受因出懷中頌辭紙朗誦之總統亦讀頌辭讀畢又
遞報賀
大婚之書禮成總統延因坐參贊等員各部大臣亦坐總統詢我
皇太后
皇上聖安因敬立以對又作寒暄語遂退出乘宮車回使館騎兵

執旗擎槍前導後擁既至館外部郎奉總統命來謝㘝均欵以酒食又賞樂工軍士以酒共去也再賞以銀錢外部等乃辭退㘝郎乘車至外部處謝步並謁各部大臣

二十七日晴

謁各國使臣並回拜舊總統　英人議禁鴉片煙會會中人有自印度遊歷而回者謂印度煙館幾一萬家吸煙者多消瘦現在發出之帖准開煙館者計一萬九千三百九十五張所願政府從此郎停無壞心術也　俄主諭兵部大臣明年琿春應添步兵一營以為西比里亞以東之策應　㘝謹按琿春為中國之地中國駐有防兵俄人營鐵路以達琿春又添兵隊鐵路成而邊事亟矣

二十八日晴

謁副外部前駐中國公使並房東遂送外部副外部英公使美公使房東禮共五分　可崙比亞玻璃斐威內薩巴西智利各公使來見祕將軍佳拿旺那來見其人曉暢兵機精力強壯將來前程未可量也　英人擬通商於中國之雲南省謂法人已居蒙自增產業闢利源英人豈坐視不由緬甸以達雲南且緬甸與中國本可通道若築鐵路將來商務必盛云　因謹按歐洲各國大小相維犬牙相錯無可開拓故皆垂涎於阿洲可唾手而得矣中國之地北與俄鄰南與英法鄰東與日本鄰俄人侵佔於琿春黑龍江之間英法已踞有緬甸越南之地而其欲未饜也日本已縣琉球

未嘗一日忘高麗而其志不能逞當此時勢不特邊防難固卽邊界亦難淸矣

二十九日晴

英公使美代辦德公使來見因詢德相畢思麻近狀言已告退又詢德將軍毛奇特起居言尙爲將軍年已九十矣因言此二人者德之柱石也德公使亦詢李鴻　起居因言尙居相位德公使言外國聞李鴻　之名與畢思麻相等因謙讓又謝英公使代爲保護寓居智利之華人英公使謙讓遂各退　英人在緬甸自曼得來至怒江測量道路以備設鐵軌者途中多遇險阻有一處最險者須駕長橋三五十丈始可免縋鑿之費鐵路之成尙需時日今

擬先由磨地通至猛剛以至於排麻費省故也　因謹按緬甸越南兩小國中國列爲荒服以羈縻勿絕待之兩國亦僻陋自安無所振作自爲英法所滅而講求商務建置鐵路訂立稅則時有所聞豈天時地氣之變遷歟抑闢草萊任土地固存乎其人也因願施之於東三省焉

二月初一日元吉晴

西班牙公使來見　祕魯國境北界厄爪多國可崙比亞國南界智利東界巴西玻璃委國西界太平洋海居民二百六十三萬一千餘生番二十五萬餘外國工商七萬八千餘內中國六萬餘人義國七千人法國二千餘人日國一千六百餘人德國一千六百

餘人英國與國瑞士葡萄牙美國人數甚少地產糖硝泥自光緒六年與智利搆兵敗北割地所產硝泥之地盡歸智利遂至無物不稅無人不稅而苛政多矣　土耳其之摩洛哥城百姓倡亂官軍與戰敗北急請援兵土君聞之深以爲憂　因按土耳其版圖尚跨三洲地非小也乃以君臣玩愒國無靖時前此俄人伐之非英相助已滅亡矣

初二日晴

祕國都城名利馬居民十萬一千餘人人多入耶穌教其國爲民主之國其主持政治者有三一爲上下議院由民公舉國中無論何事必待議准方可施行總統亦歸其議舉一爲總統統領全國

之兵頒行議院律令之權設部臣五曰吏部以治官及工曰刑部以治各堂各局曰戶部以治商曰兵部以治水陸軍曰外部以治交涉一爲審案官如中國之刑部臬司由議院公舉其人必由律師出身以治訟事曲直是非由其斷決　玻璃委通商公使及寮東來見勉以厚待華人寮東極言無有不厚　美兵船至中國煙臺報中國南北洋兵艦共十二艘已展輪出口往各處巡歷此去年八月事也又云中國兵艦將至朝鮮　因按泰西各國留心時事凡交涉各國之舉動時時留心而於軍務尤留心焉

初三日晴

考祕國水師兵船三艘不過容三四百頓陸軍四千分爲步兵六

旗馬兵三旗大礮兵二旗另有守街巡兵三千三百七十一名有馬者八百四十三名總計共七千三百七十一名　祕國口岸極多以嘉里約爲最大距利馬二十里來往火車路二條大馬路一條土民三萬四千餘人另有小口岸十九處衣路一口已歸智利管轄　巴西國公使來見　謁祕外部　祕報載英國君以金鏢送中國

皇帝其鏢上刋中國文中外和好昇平之兆因於此不禁欣悅

美國自增關稅以來物價騰貴百姓患之謂此乃無異於加捐病孰甚焉其西方之民尤多不服皆欲國家改此稅則以爲民便

德奧意三國同盟雖不專防俄國實有防俄之意俄人知其同盟

之局久而益堅奧更有大憾於俄俄亦先事防維　英法二國以英國屬地紐芳蘭地方漁事所有爭端久而未決法國乃請教王從中剖斷教王允之　因謹按此亦排難解紛之一法化有事爲無事也

初四日晴

祕魯全國分爲三十省九十四府計大市鎭六十五縣七百五十七大鄉落一千三百三十九中鄉落四百七十小鄉落六千一百七十田寮四千五百西方一帶土地肥美故多田寮東方多高山山常出火其出產以糖爲大宗　謁外部及各國公使辭行也

美國海部議添礮臺船三艘其一造於舊金山需銀三百二十四

萬其二造於費城需銀五百七十八萬又造極快巡船一艘需銀
二百七十二萬五千元　因謹按自紐阿連之案出而義有責言
自祕林海之案出而英有責言美之布置海防所以如此其急也
然非其國帑之充則經費不足而束手非其船廠之多則製造無
地而束手要在綢繆於未雨而後可指揮於臨時耳
初五日晴
祕魯鐵路共二十條合計共本一萬三千餘萬兩間有歸智利者
共商船皆英國智利國所造利權盡歸他國矣　外部來見愛立
謨威內薩公使兵部大臣均來見　英德兩國立約以北海中希
立古闌島歸於德俄人以爲此島爲德所有則俄國波羅的海之

水師大有不便惟是英德之交甚固一旦有事同心相助則計之得者也　因謹按希立古蘭北海之小島也英德與俄歐洲之大國也德非爲阿洲之地斷不肯讓與英英非得此島斷不容德踞阿洲之地俄處局外亦有妒心抑何視土地之重耶

初六日晴

祕魯進欵以祕魯銀計入口稅四百餘萬出口稅三萬餘買賣產業稅十九萬餘火酒至玻璃委稅三萬九千餘國內火酒釐二十五萬餘關稅租十五萬餘進口船稅四萬餘房租二萬餘鑄銀局進項九萬餘屋稅十二萬餘稅關罰欵十四萬餘身稅十七萬餘出家人身稅二千三百餘各欵碎項一萬餘書信局進項十五萬

餘沽有印紙銀五萬餘又九萬餘訟稟用此紙係具呈及立合同用船局進項三萬餘火車進項八十四萬餘鹹泥稅八百餘礦稅八萬餘磨煙度口岸馬頭進項二萬四千餘進口貨投關紙八百餘新例加抽各貨出入件頭二十三萬餘嘉里約馬頭進項三萬餘紙牌鬮一千九百餘鴉片煙進口稅二十三萬餘稅關紙項五萬四千餘此紙係入關稅貨用生意稅十四萬餘鑄銀稅每百三元九千餘田寮稅五萬餘鹽埠進項四萬餘巡丁進項六萬餘煙鬮二於九萬餘各口岸馬頭進項一百零三萬餘大監房工一萬四千餘電綫二萬二千餘加抽買賣單二萬九千餘統共全國進項九百一十萬八千九百五十一元八角三仙國債貸欵及欠

太平糧銀二十七兆八十萬元廢銀紙銀七十九兆元前任總統卑路拿手所出新英架銀紙九兆五十四萬一千元而借他國之欵尚不在內　西歷一千八百八十九年日本出口之絲較上年多十一萬四千三百五十磅多售值英金五萬三千八十四磅以絲市而言之在一千八百八十八年已較一千八百八十七年出口多售值英金三萬一千一百七十一磅者至一千八百八十九年又較一千八百八十八年多售值英金十一萬一千四百十四磅是幾多百分之五十其他出口之綢綾亦復較前大盛在一千八百八十九年值英金十九萬三千五百七十二磅較一千八百八十八年多英金十四萬五千五百六十二磅絲市之盛不可見

乎日本於一千八百八十九年出口之茶值英金九十五萬八千七百六十九磅在一千八百八十八年僅值英金九十四萬四千二百二十五磅蓋較多英金一萬四千五百四十四磅云　因謹按祕爲小國民數二兆有零合中國二百分之一入欵銀六百餘萬兩合中國十四分之一爲詳稽其入欵則書信局十五萬餘鑄銀局九萬餘鴉片稅二十三萬餘卽此三項以民數二百倍乘之合九千餘萬矣彼稅固極重而中國之稅未免太輕也

初七日晴

拜發行抵祕國并呈遞　國書摺寫船票火車票　英公使法代辦美代辦均來送行　是晚吳濬張曾詔爲具膳以明日卽啟行

也　祕魯國債均貸於外國由本國之民不相信也共計一百六十四兆七十六萬五千元合中國銀一萬六千四百萬兩計至西歷一千八百七十五年七月初一日止共欠息銀九十七兆三十五萬零九百四十元共欠本息二百六十二兆十一萬五千九百四十元合中國銀二萬萬餘兩此債由去年與債主訂定立約將國中火車鐵路交與債主辦六十年再由戶部按年籌英金八萬磅湊足計三十年爲止則所欠之債作爲清還　俄國以美國新增進口稅其自唐江出口之南省羊毛竟不銷售先是俄國各貨運至美國紐約者不少今以美國稅關多方留難運往之貨一時難起故無人肯運以往云　因謹按國債之舉利溥公私國家得

民有餘之資以集事而民亦可藏富於國此兩益也祕國不見信於民而貸於他國至以利權授人則國蹙而民亦困是之謂兩損可以爲鑒

初八日晴

是日寅初卽起上樓瞻南斗見上三星下四星如北斗之杓頗爲明白牽牛星已入地　辰初各員均起遂飯飯後乘馬車入火車廠副外部及前駐中國公使愛立謨均到愛立謨言總統以因爲善辭令贈一照相愛立謨亦贈一照相因託以保護華人均點首談適時威內薩公使亦到各國公使到者甚多不能悉記火車開時均送至車傍作別而去巳正至嘉里約遂上船船名丕實樂船

主升中國旗申初開行

初九日晴

舟至打辣尾華商來見云此埠華人約四千人　聞美國與巴西已立報施條約美國所產之五穀麥粉乾羊鹹肉鹹魚乾魚農具開礦器具製造器具格物書契火輪車器等物巴廷允准入口免稅此外牛乳油餅火腿棉布鋼鐵器另計木器馬車樹膠則納半稅巴西所產之糖加非茶葉生牛皮等物運入美國亦免稅云

因按美國如此之富而筦算如此之嚴其意不過防利源之奪於他人而已其五穀麥粉之運入他國欲其免稅必有免他國之稅則以相報施則他國亦防利源之爲所奪也現在美國之麥粉運

入中國者每年數十萬桶皆不納稅而中國之米運入美國曾不免稅且加重焉報施之謂何

初十日夜雨

舟至白鴿尾華商來見言此埠華人約六千近因到者日希土人尚不妒忌又言各埠所銷售多中國靑縐紗袱及絲巾又洋人亦好服中國之山東紬取其堅而質也所見洋人多有服之者　同舟法國水師提督調赴墨西哥換班因與接談法提督言以前駐紮上海十二年極喜中國民情之勤儉中國水師海軍振興當有起色因言中國向來以柔遠爲心不恃兵力故不願以海軍角力今風氣既開自當整頓以飭戎行亦權宜之道也地球海軍自以

英法兩國爲冠其次則德俄義奧均有可觀法提督曰論鐵甲之多自然推英論海軍之強法實不讓蓋以法國兵艦管駕得人運掉靈便爭雄海面自以爲尙勝一籌因不便直折但答曰此誠聞所未聞具見貴提督之曉暢軍務該提督欣然而散　因按近年查考各國兵艦英之鐵艦一百六十六艘法僅六十二艘不但大小不相等卽多寡亦相懸且去年法國議員詳查歐洲各國水師強弱情形而自知不得法見於報者屢矣乃恃意氣而爲虛詞以哃喝中國以爲中國不知其底細而不知因已見其肺肝矣於此知法國之霸氣而歐洲人情莫能相下亦見一斑此因所以志切自強也

十一日雨

至阿村島船上上下之人亦甚多貨物亦多天氣之熱至於單衣汗浹因將過赤道而日正當頂也　美國加利寬尼省下議院議定限制華人條例以爲可行者四十九人以爲不可者五人其例凡華人現寓居該省者按名給發執照以後不准續來上議院已議准矣　東洋日字報云聞和德兩國新訂密約欲互相保護以得脣齒相依之助若彼此與法國相戰兩國均須協力同心云

日本朝廷擬遣兵船一艘駛往北方之寄喜買海以使禁止他國漁船捕捉海獺及各種海貨查此舉亦效美國之禁祕林海捕海龍事　因謹按日本當中國李唐時事事步趨中國近則步趨英

法令乃步趨美國矣西人謂其情性如猴好效法人而輕舉妄動
弛可謂雅謔

十二日晴

至惠愛基此埠已在海峽之內實爲長江人之上下最多又有盜
物者爲偵淵所獲並獲其贓送交船主船主以爲應由地方官辦
理無可交者釋之是夜該船上貨下貨極多至開五門一時幷力
交卯初始畢辰初開行同舟有三十人須由巴拿馬赴紐約恐船
行遲而大西洋赴紐約之船先開則大費事相與籌商告之船主
凡行船諸人自司機器及司爐以下均給重賞令其上緊一面仍
電致个郎輪船公司屬其停候一日當由該公司覆電允候十二

時辰　因查巴拿馬个郎爲煙瘴之地其水土最惡劣從前法人勒伯西集股開濬其地以通大西洋所招黑人歿於瘴者十之九行旅來往均視爲畏途焉以重賞速其行船使不致逗遛其地以染瘴癘亦計之得者也

十三日晴

卯初開船出內江入大洋　同舟德國二員游歷墨洲人甚和藹彼此接談言德國來因河者與法交界之地也近有人於河旁置一生電機器卽藉河水以旋轉車輪有一萬匹馬力以生電氣然後通電綫於各製造廠之生力機器蓋用水力以生電又用電力以生力而運機器也其用至多如需火燭卽用以生光如需煅鍊

卽用之鎔化如需運儎卽用以舉重推行惟所欲之無不如志較之用煤又爲潔淨計費資本僅二百餘萬圓而利鉅矣　因謹按電氣之利愈用愈擴近聞美國能以電氣表測鑛知鑛產之有無既省人力又省糜費格致之功也

十四日雨

舟行大洋時有大鱉浮水面大如栲栳所過數百里不可勝數

英國屬地考侖比阿去年所漁海獺之皮有數萬張値英金四十餘萬磅其漁船二十餘艘漁人六千餘名若美國在彼處漁海獺之船僅有五艘所漁海獺不過數千德國之船僅有一艘所漁海獺不過數百　因謹按洋人重商而趨利英人尤甚故富甲於地

球中國向重農所謂貴菽粟而賤金玉也然而當漢盛時賈誼上書有云貴農夫農夫已貧賤矣賤商人商人已富貴矣意者天時人事之所趨自古已然不能執一而論乎考之近年戶部入欵每歲銀八千餘萬兩其中地丁銀只一千餘萬兩耳此外皆取諸商也若循古昔之關市無征則每年所入之數能敷所出乎運本日新而法無不變敢以質之是古非今者

十五日晴

舟行大洋過赤道船主以午正用機器測天舟行至二十二度云

十六日巳正可到巴拿馬　義大利人言西歷一千八百九十年歐洲各國之朝教王者法義美奧德五國之民各有所獻美國居

多共銀十五萬餘兩然較往年已減矣　因查歐洲二十年前最重教王其權可以廢置各國之君其遣使在頭等公使之上自德滅法而法不能護教羅馬一城義遂收回教王惟餘一宮殿耳近日俄德美義諸國均不崇天主教美國之奉天主教者至不准舉總統教勢因此日衰然餘威猶存根株未盡尚有先已入其教者故不能無所獻也若法與奧則民心猶歸之而執政諸公實不以爲是矣

十六日晴

巳正抵巴拿馬領事阿丹信已先至碼頭用小輪船載人及行李抵埠易佐才已到爲雇馬車五乘載人及行李赴火車廠阿丹信

則爲寫火車票並輪船票火車於申初三刻開行阿丹信亦坐火車送至半途因以路程太遠謙辭阿丹信遂返中途大雨抵个郎已戌初華商來迎代僱車送上船因自起纍船主已備飯從者七人均上等艙 因按巴拿馬个郎地逼赤道天氣四時皆炎熱如溽暑寒帶之人至此極不相宜樹木叢雜芭蕉滿山四時不凋故開花而成實黃橘青棃波羅各果徧山均是尚有不知名者土人肌理黑黝形狀粗濁自成風俗非有鐵路火車不易經其地也火車行三時雖途中屢停以便上下之客然計程途曲折亦二三百里開河機器沿途布置廢而不用聞已費銀三千萬兩工程只三之一經費已竭故遂停也

十七日晴

廣昌商人請赴席_因力辭隨員均往个耶總督來見美駐个耶領事來見言美駐中國中使田貝現已更換布列也接辦兩月之內可以啟行又言布列也爲北黨年五十五歲_因又託以保護華人遂退　復謁个耶總督及美領事　昨夜至今日蕉果之入船者數百車以每車三百斤計蓋十餘萬斤均運至美國出售查此地周圍數百里人煙稀少山果至繁如無火車則不能運出山如無輪船則不能運至美蓋地氣既熱小車載重則壓而至碎又鬱而至腐間有存者日久亦無不壞今以火車運出山既不積壓復以輪船運至他國又不久時可以銷售計一年之內所得已多此鐵

路輪船之利也　墨西哥國以美國新增進口稅其牲口不能出口議於進口之美國貨物亦重抽其稅云　因謹按交涉之道太柔則廢墨西哥小國耳與美毗連乃於美國之加稅而亦加稅以報之不畏美之詰責也亦不畏失美之歡也誠以不如是則無以持平亦無以自立也

十八日晴

此次駐祕時巴西公使來見詢我中國近興鐵路因答以甫有端倪巴西公使言伊國商民願興鐵路業經廷議允准但有約法三章須由朝廷核定一京城與各省城位置鐵路二與外國毗連之鐵路三保護國家之鐵路此三者均由國家作主其餘悉聽商人

相地辦理云云　英國可侖白地方有日本兵船水手結隊而行衣服鮮明自外觀之幾無異英國水師云　俄國以與各國預有成約有事之時不得添兵於黑海故欲於無事之時增添黑海水師爲有備無患之計今以所有鐵艦尙嫌其少卽欲添造鐵艦數艘幷欲添造水雷船數艘　因謹按當今欲自強之國無不以興造鐵路爲先務則鐵路之利國無疑也俄增鐵船於黑海日本耀水師於可侖一求實濟一尙虛憍而海軍之當講求亦無疑也

十九日晴中夜大雨

拜發由祕返美摺智利內亂據智國使臣言亂黨勢寡兵船不過數艘其餘地方安靖如常而商家之貿易於智者則云智國家有

輪船二隻載兵入衛其一已爲亂黨擄去其一爲兵船所追幾不獲免幸而到埠而卑沙瓜一城業已失守沿海一帶口岸俱爲兵船所封其勢岌岌云 因 謹按八年前智祕之戰祕魯鐵艦爲智利所擄而祕魯遂不支今智利自亂智國家之兵艦爲亂黨所有智國亦不支然則講求海軍其必以得人爲首務否則藉寇兵而資盜糧矣

二十日晴

舟至古巴島口岸外海面有似小鳥而結隊紛飛者 因 以爲鳧鷖之類船主曰此飛魚也以遠鏡視之不甚明白觸有飛於近船者始知爲魚其飛離水不逾丈長不逾尺望之如蜻蜓蓋四翼也舟

人獲其一以藥水製之不朽隨以相贈即而視之則前翅生於脇而較他魚爲倍長後翅稍短然他魚亦不能如此長也宜其能飛

法廷議撥越南經費一千二百萬佛郎議紳議允者二百八十四人不允者一百九十九人聞已撥矣因查法國國債其周年行息四釐者計二萬二千八百二十四兆零合中國銀三十一萬九千二百餘萬其周年三釐半息者計八萬八百兆零合中國銀一百一十萬萬兩計每年交息約六千萬兩蓋每年進項以五分之一交息矣　因謹按外洋各國無不有國債者法之國債每年交息至銀六千萬兩其債可謂鉅矣而民間尚肯貸之者則以政府尚信足以取信於民而民亦以按年可以得息較之他處爲穩也

或謂一千八百七十年卽同治九年法幾爲德滅矣若宗社爲墟國債將誰索乎不知萬國公法國之債貸於民還債之項出於地債與地合而爲一其地爲誰有則其債應誰償此民之所稔知也所以無慮也

二十一日　晴天氣漸涼可著兩層衣矣

英美爲祕林海峽英人捕獵海龍事英廷已撥兵艦至太平洋保護云　因謹按美國近年尙霸氣未遇強有力者自以爲霸氣之可行也今英強於美顯與爲難矣美國能始終苛禁英人如待華人之例一意堅持否恐不能矣

二十二日　晴夜雨天氣驟寒可著棉衣此已過赤道之故也

西人有自奉天至天津者路經各海口見大連灣銘軍新築礮臺六座堅而且精其老龍頭礮臺一座恰當敵船之衝三面臨水工程尤難和尚島東礮臺徐家山旱礮臺築土取石亦不容易此三臺之精堅尤爲各臺之最英法兵艦過此者均極口誇之　因謹按泰西各國造兵艦築礮臺講求軍械所謂安不忘危治不忘亂不戰而屈人之兵者也兵船遊歷大抵覘其國之武備以知強弱風氣如此雖欲弭兵耀德斷不能矣

二十三日　晴北風漸大船左右晃立足不穩矣

有帆船二艘自古巴赴紐約懸旂以求救援本舟見之卽停輪帆船遂派小舟至舟中三人其一上本船言自古巴開行後北風不

止已行三十二日船中糧已竭尚不知何日能到紐約故來乞糧船主給以麪二大桶每桶二百磅著二桶牛肉菜蔬麪包茄非足敷一月之用然後開行

因謹按上古造舟以致遠帆檣之力猶限於風自輪船出海綫諳而重洋萬里可計日按時而至向之所謂天塹者今皆爲坦途矣天地之氣運日開民生之機巧日甚易言窮則變變則通不變則不通也又言隨時之義大矣哉言不隨時則不可也

二十四日晴大北風船仍搖晃

同舟英商人言英法交界之海峽向來風波最大過此者無不眩暈今擬籌費三百萬磅開通海底興造鐵路用火車往來海底以

避風浪　字林報據東洋日字新報本月初五日信云現本國政府整頓水陸兵權有蒸蒸日上之勢查現在陸軍各處城鎭礮臺以及防堵口岸均已次第建臺築壘以冀鞏固至於水師海軍暨各部臣均以爲最關緊要因經費支絀未能定議今政府因見泰西各國莫不以水師兵權多寡爲國之強弱是以不惜經費增造大小兵艦以彰國勢茲將議定添造各艦開列於下計開大鐵甲兩艘每容九千五百噸每價日洋七百萬一千六百四十六圓巡邏兵鐵甲三艘每六千噸每價四百二十一萬三千九百四十圓頭等尋常巡兵艦一艘計四千五百噸價三百三十萬一千六百四十九圓二等巡兵艦二艘每容三千五百噸每價二百四十萬

三千五百十二圓三等巡兵艦一艘計二千五百頓價一百六十七萬一千二百四十五圓又三艘每容一千五百頓每價一百七萬九百五十七圓頭等魚雷艇七隻每容七百五十頓每價七十七萬三千九百四十九圓二等魚雷艇三艘每容五百頓每價五十七萬三千七百九十圓以上統共頓位計六萬二千二百五十頓共計日洋四千六百七十九萬七千五百十四圓　因謹按張皇其辭者必其中有所不足也日本琉球之事知中國不快於心近見中國海軍日强其氣自陋極憂報復乃以外强飾其中乾肺肝如見矣

二十五日晴

午刻到紐約稅關已得外部照會卽下船坐馬車至領事衙門屬卽寫票飯後未刻上火車廠申刻開行子刻到華盛頓此次火車中途不停故速有泰及洋僕已在廠久候卽僱車回使館

二十六日晴

聞美國新派駐華公使布列也新報多詆之者　送外部祕魯所產皮褥一方絲巾一盒　美國紐阿連省有寓居該地之義大利人械鬬誤傷美人巡捕拿獲義民十餘人監禁審問而該地民人聚衆數千竟至監所用槍轟斃七人又縊死二人其中有兩三人尚未入美籍者義國駐美公使接義駐紐阿連領事之禀照會外部請美廷將槍斃義人之犯按例懲辦并索賠償該省總督置之

不理外部覆文亦無懲辦賠償之意義公使又已備文照會外部請速妥辦矣

二十七日晴

金山總領事左庚丁艱由家丁稟請卸事美國民人橫殺義民一案外部覆義公使文以爲辦理此事之權操之該省合衆國官員不得越俎仍俟該省自行辦理義廷見其推諉情形遂歸咎於美國政府因於二十二日遞書告辭回國只留代辦料理美外部立刻照會義代辦云義爲此役之故撤回其駐美公使美總統殊深歉仄查公使撤回之由一則因美國未嘗應允將殺死義民之兇手按例懲治二則因美國未經應允補䘏死者家屬惟美國舊設

國例國家政府不能干預各省政事此案懲辦兇手之事例應歸
省官辦理合衆國官員不得越俎故不能預定該省官員如何辦
理此案之處亦不能預定將此案兇犯懲辦也美國政府並未言
不肯補卹但須先行查明的確美國如果應給卹欵然後方可照
行不能急切就理云云義代辦既准外部此次照復卽電本國政
府茲聞義國外部大臣業經照復許將此案再行酌議秉公辦理
矣初美義兩國因此案之故幾乎决裂現在美總統與各部大臣
見事有轉機可望調處不勝欣悅云　因謹按美國於中國華工
一再燔逐中國照會不爲操切以前各案絕無辦兇手者其卹欵
不過十之一耳美國侈然自肆心輕手滑乃以用之中國者又用

之於義國大受斥辱今而後庶知公法條約之不可違乎聞諸道路美之急於轉圜者實懾於義國水師之強也義國兵艦有名担大羅杜意留義大利者其礮係一百噸爲各國兵艦所未有美自揣兵力不能敵故不敢始終妄行也此可以見海軍之不可不講矣

二十八日晴

接美外部信訂相見　英屬澳大地亞即新金山全洲地方向來分爲七省各省政事皆歸自理近日該省居民欲仿美國制度合成一省現在各省委員會議已議定設立一總議之所分爲上下兩院所有撥欵抽稅均由下議院創議　因謹案自美總統華盛

頓創立議院而其制遂徧於天下亦古今一創局也

二十九日晴

歐洲來電云法國富商欲包攬俄國西比利亞之鐵路由赭加布士克地方至烏拉地岡士鐸埠瀕太平洋共計五千三百九十八米所用之欵卽以鐵路作抵特未知俄廷允否也　字林報言英國去年核算保人險一項其利甚大查英國保險公司共計八十一家資本之大小由十萬至一百萬磅不一而於去歲一年所收保險費銀共計六十八兆五百萬磅此數之多正與英國所欠民債數相似所有歷年之公積約計英金二十三兆五百萬磅尚不入此數也保險之利於此可見　因查保人險與保貨險章程相

似貨失則賠人歿亦賠顧其收數多於貨險而人之願保者須由該公司詳驗大抵病者不保老者不保期遠者不保此其所以獲利也

三十日晴

聞高麗國閔氏一黨歸心於俄高麗國王惟閔氏之言是聽高事日棘手矣　奉天將軍裕　派提督左寶貴查勘金礦以備開採

倫敦來電云英國戶部自廷臣等選舉內閣高斯川爲戶部大臣後供職迄今將近三載所有通國一切經費出入細心校核撙節故凡支銷無虛糜歷來該部度支常多短絀未有盈餘自高大臣主政本年核算出入經費除開銷外尙盈英金一百三十萬磅

英廷諸巨公均以高君爲能　因謹按一國猶一家也謀國猶謀家也一家之用如以緻衣嗇食爲節所節幾何不作無益害有益不貴異物賤用物而所節乃多矣通盤籌畫不爲臨事之張皇詳察弊端杜絶小人之欺飾而所節益多矣唐之劉晏庶幾近之

三月初一日元吉晴

午初赴外部衙門謁外部各國公使先因到者墨西哥德意志土耳其後因到者泥格拉日斯巴尼亞外部因赴總統處議辦事件尚未到署德公使有事遽回至未初外部方到墨土兩公使見後因往見謝其函致各處美公使領事照應事外部詢華人在祕魯何如因答以祕魯現在尚欲招華人來故待之尚厚其間有虐待

者乃不肖之寮東耳外部點首此外皆寒暄語因告辭外部留之婉言曰美國新簡駐中國公使布萊爾適到衙門貴大臣願見否因答曰可外部遂引布萊爾來見握手爲禮布萊爾云本大臣新派駐中國公使將來務期所辦各事於兩國有益云云因答曰但期貴大臣能將兩國有益四字存心則交涉之道得矣布萊爾又言貴政府之意如何因答曰中國向以仁厚待人不爲與人爲難之事我政府於交涉之事悉照公法條約無背約而行者貴大臣可放心也此外悉詢中國道里風俗人情事遂辭出至酉初布萊爾徒步來見言新聞紙之詆之者實有嫉妒之人爲之以美國南北分黨北黨之人南黨好詆之且北黨之不得差者亦陰詆之新

報所言願貴大臣勿信因答曰本大臣元旦起行赴祕返美僅數日雖有所聞未敢盡信且人言何足憑要當察其行事貴大臣將來見諸行事者或與新報合或與新報不同自不可掩布萊爾乃於懷中出一紙曰此十四年美國行苛例時本大臣之條陳言不可急而當緩者此足證矣繙譯官閱之以爲信然因乃言曰貴大臣此日此言請勿忘之則於兩國有益四字符矣因作寒暄辭出

又聞美廷專派公使科士達前往日國訂立報施條約日廷已優禮待之　俄國京中將設一廠織綢高加索與中亞細亞各處已大興蠶事蓋出絲既多即可供杼軸云

初二日小雨

回謁公使布萊爾談逾一刻布公使但詢京都中外相見儀注及風土人情因詳告之又見朝鮮駐美公使　倫敦來電云俄國戈林尼亞省地方與奧國毗連俄廷忽於昨日倍添駐防之兵歐洲各國聞之咸謂現在時局可虞又稱法國駐防之軍無不秣馬厲兵時加訓練每於夜間鼓聲忽鳴以試兵弁使習禦敵之法云　美上議院紳㽞文士在議院二十五年持論平允不徇工黨今擬辭職　伯林來電德廷擬添設東邊各省防兵俄國重兵近日麕聚該地有虎視眈眈之勢故防患未形　因謹按德皇與俄皇時時爲衣冠之會情投意洽俄皇前與德皇言歡且許保歐洲昇平之局然德廷仍靜觀俄人之舉動稍有不測即思防之不敢恃邦

交而弛武備此近日交涉之要道也

初二日 晴酉刻大雨

近聞義國代辦使事參贊至美外部照會飭令譯出云爲照會事照得花大臣請假回國會經照會辭行在案頃准貴大臣四月一號中二月二十三日照覆本代辦將內開各節電達本國政府請各部大臣議辦茲據本國外部來電稱意國大皇帝政府但請將該案罪犯迅速按律究辦若未審明定罪而請懲辦未免不近情理今義國政府復述前情再請總俟美國政府允許提犯審訊後方可罷議至賠卹一事美國政府既言按兩國條約理所當行之事義國政府自當記注存案等因並飭照知貴大臣爲此照會貴

大臣請煩查照可也須至照會者四月二號中二月二十四日嚴祕理阿離押

美國駐華布公使偕其子來見　美國與巴西訂立報施條約後德廷因恐其民向來所得於南墨洲通商之利將來爲美所奪卽與奧國訂立通商條約爲本國商民貨產開闢銷路　因謹按泰西之重商務各國皆然惟明者見事於未著防患於未形故英美而外德之富強有蒸蒸日上之勢則得人之效也

初四日陰天氣驟熱

俄京來電稱俄國兵部業已傳令所有俄兵駐守之地如有他國人民在彼販賣貨物者卽行驅逐因恐一旦與德奧開仗此種人

爲敵鄉導也　羅馬來電稱義國外部自照會美國外部後至今未見照覆心甚著急如今日仍不照覆則令美國駐義之公使束裝返國並將現在義國駐美使署人員撤囘本國所有義國使署交涉事件盡交英公使代爲辦理聞美外部布連本擬初三日下午將往紐約而不果行或者爲此之故　因按美國創苛禁華人新例自光緒十四年秋毅然行之經前任使臣張蔭　及因駁詰至今毫無照覆蓋三年矣茲於義國外部之照會覆之稍遲卽大受窘挫今而後其庶知中國之仁厚乎孫武子云勇怯勢也強弱形也泰西各國以強弱分勇怯我強於人則勇我弱於人則怯萬國公法如中國之律例頭頭是道不足憑也故理足而無勢則理

不能伸勢強而無理則所爭者雖勝而爲人所嫉今地球各國其強者大抵皆恃勢而蔑理其弱者大抵皆有理而無勢惟兩強相遇則有理者可以求伸以弱遇強雖有理而無益也此謀國者之所以貴自強也

初五日晴

聞俄皇之子三月可抵上海總理各國事務衙門已有文令江海關道欵待又聞二月已由香港道出上海未作句留乘船泝江上駛云　初三日英公使接印度來電云曼尼布爾地方於緬甸接界有一強大部落之酋長爲其弟所逐而篡其位英國辦理該處事務大臣聞之親往調停爲叛兵所殺印度總督即派副將格蘭

帶兵數百名進勦叛兵迎戰計數四千餘人亦持洋槍該副將以寡敵衆大挫叛兵並殲厥渠魁叛兵膽寒投降　因謹按戰陣之事兩強相遇則衆勝寡若以節制之師而遇烏合之衆則多寡非所論也此兵之所以貴練也

初六日晴

聞近日法廷所添造之兵艦現已興工尚未告竣者有頭等厚甲六艘海防鐵甲戰艦四艘鐵甲礮艇二艘鐵甲巡海兵艦三艘二等巡海兵艦四艘水雷巡船二艘洋面可用之水雷十七門頭等水雷艇二十四艘二等水雷艇二十六艘以上之厚甲戰艦可容九萬九千零二十六頓巡海兵艦可容七千零八十四頓計需經

費銀七千萬云　因謹按富強二字實相輔而行也往古之戰不過弓矢干戈其制易其費輕且無交鋒於海面者今之時局實生民以來所未有也一兵船而費數十百萬一鐵甲礮臺而費數百萬一礮而費十餘萬苟無經費何以興辦而覘國者又常考究他國之礮臺堅與不堅炮之巨與不巨兵艦之大與小新與舊寡與多以定該國之強弱而後於交涉之道判厚薄分親疏別敬肆嗚呼平時未考究者安知其竅要不親歷其事又安知其用心哉

初七日晴

法國夏化埠嘉尼埠嘉尼礮廠試驗大礮其驗法則連珠而放以觀有無炸裂之弊法廷及俄國和國均派大員就觀據和國將軍

連尼文言初試之大礮一尊於四十五秒之內連放九次而無破綻隨後又試一尊比此尤大者於五十四秒之內連放七次亦無破綻因此可知法國各廠所造之大礮不在他國有名之廠之下

三月初五日新報言羅馬來電言美國外部大臣布連之照覆如至初六日猶未到卽另行議辦云云　又聞美外部大臣之公文業已交輪船寄義矣　因謹按義國政府似知美國之伎倆不示以威則游延故以決裂之情形示之而美外部乃不敢不覆既不推諉於省員亦無所俟於議院然則前此所誇耀於各邦謂美國崇尚仁義不悔鰥寡不畏強圉者至今日而掃地矣

初八日晴

美紳塞潑來函請赴紐約與宴因以金山華人方禀欲拒新簡公使布萊爾謂其憎厭華人而塞潑所請赴席係陪布萊爾事在嫌疑之際作書辭之　聞俄國西比利亞之鐵路自前年籌欵興工極爲上緊近得琿春來信此項鐵路現已工竣此時當可通行查此鐵路由西比利亞接至歐洲將來由中國日本及亞洲各國前往泰西自然便捷俄人之爲此舉既不惜費又復殫精竭慮以經營之計長四千八百一十西里合中里一萬六千餘里費銀三千二百萬磅合中國銀一萬三千餘萬兩途中越過三大河皆造大橋以過從此俄國東方之金銀銅鐵各礦均可開採從前黑龍江暨乳蘇利境內向多空曠之地一片荒涼人迹不到此後轆轤銜

接直破天荒琿春地方得此易爲接應必將成爲重鎭俄人調兵轉餉呼應自靈云云　因謹按香港琿春黑龍江從前均中國之地也中國以其荒僻不甚愛惜香港以與英琿春近界爲俄所佔今則香港已成重鎭矣黑龍江之險既爲俄有而琿春地方又得鐵路以通商俄勢漸拓於東俄之利中之害也數十年後我中國其費籌濩矣

英公使請赴跳舞會亥刻偕參贊繙譯往副總統及俄法日德東洋高麗各國使臣均到議院紳將軍亦有到者其跳舞始以男女二人對舞其轉折皆圓以後則男女合爲一隊攜手跳舞或分或合其轉折皆方子刻先回跳舞尚未已也　阿非利加之東散西

巴士王允將德人所租沿海各地免其管轄蓋德人以德銀四百萬馬克爲請王許之而棄其地也　因謹按歐洲各國方謀分裂阿洲而阿洲土酋又願以地售之是削亡如不及也然或者石卵之勢自知不敵與其被兵而割不如得價而沽則又小國窮蹙之情而不可以常理責之矣

初九日晴

土耳其公使訂於山莊見客　因偕參贊繙譯申正乘車往英法俄德日國及墨洲各公使議紳到者甚多皆挈眷而至以此地距華盛頓數里有山野之景故覽勝者願遊回車已酉刻矣　美國近查華人之居加利寬尼亞省者計有七萬一千六百八十一人比

前十年之數僅稍減耳其有眷口者不過百中一二因華人由香港附搭輪船先到英屬加拿大地方潛入美境也近曾致書於英官請爲禁阻據英官覆稱華人來英屬加拿大地方照例輸納身稅則當任其往來自便地方官不能禁阻美廷因此擬於邊境認眞稽拿以期禁絕華人焉　因謹按美國欲禁華人並欲鄰國幫同禁阻不知萬國公法他國內政例不得干也美人不欲華人之來英人自欲華人之來英非弱於美而求庇於美者安能強以所不欲哉

初十日　晴戌刻雷雨

智利國來電言智國港口阿利嘉之華人現因智利內亂無華官

保護已託英國副領事該領事不分畛域推愛保護華人得免於難云 因 謹按此次赴祕魯遞國書道經可崙比亞國之巴拿馬省該地華人約四千餘名土人忌之於光緒十六年夏聚衆驅逐華人華人電稟當即託美國駐該省之領事保護該領事立見該省總督斥其非理該督遂派兵彈壓得以轉危爲安 因 到巴拿馬時美領事及華商來迓 因 禮勞有加且贈以中國綢磁該領事偕 因 往見該督亦餽以中國之產該督欣悅且謂華人甚馴此後冀可相安又道經厄瓜多國之惠愛磯地方該地華人亦言土人妒忌至於稟請政府立令驅逐華民求於英國駐該省之領事得以駁斥不行亦能安業 因 一面咨總理衙門一面咨駐英出使大臣

薛福　致謝英廷并求以後永遠代爲保護焉

十一日晴

新報謂近得俄京來電言俄廷近日布置以意度之歐洲時局難保昇平蓋以俄國近日整理軍務不遺餘力德奧兩國亦然俄國西疆各省與德奧毗連者近來俄廷不惜鉅費於該地多築鐵路四通八達以爲調兵轉運之資查四年以前俄之西疆鐵路未興調兵必須六月方到今則一月卽可馳至德奧之界歐洲大局豈不危哉　因

謹按俄國疆土得地球六分之一甲於各邦歐亞兩洲惟其所向其勢如常山之蛇向歐則歐危如德國奧國土耳其阿富汗波斯羅馬尼亞勃爾高利亞皆有戒心向亞則亞危如中

國朝鮮日本均宜設備俄人又鷹瞵虎視兼併爲心秣馬厲兵耀武不息以致歐亞兩洲之國均伺察俄人之動靜以定防務之緊鬆蓋欲 止戈息民而不得矣

十二日晴

倫敦來電言美國駐義國公使業已於本月初九日請假三箇月出都他往云　因謹按美義交涉一事美廷以美人妄殺義人可以不辦兇手不議賠卹方謂惟所欲爲無不如志也迨義公使一再詰問而術遂窮義公使既離美都美公使之在義者爲義所窘亦不得不離義都請假而去情形之失措如此國體傷矣自華盛頓立國以來未有如此之辱也度美廷有鑒於此外而睦鄰內而

修備則尚可以不墜前謨或竟一意徑行則強粱遇敵必蹈拿破崙之轍矣

十三日晴

日都來電言美日報施條約初九日業已成議美國所派之使臣科司達定於初十日啟行返美查科使未赴日之前先與外部大臣布連詳議立約各節因外部特欲以美廷之意告知日國部臣煙葉一項美國斷不肯免進口稅其免稅者但茶糖牛皮加非等物耳科使多才居然成約而回可謂不辱君命矣　因謹按科司達年已六十前二十年曾出使日國蓋於交涉之事三折肱矣歐墨各洲於本國之利源不輕讓人故於稅則之增減悉心籌畫默

計土產之盈虛以消息之其變改章程非茍焉而已也必有益於
國計民生而後行也

十四日晴

俄廷擬在嘉山埠專製無煙火藥聞已開工云　法國新式戰艦
二艘一名侯珠一名馬蘇於十年前興工今年工竣業已下水隨
調赴地中海海界歐阿兩洲遊弋以壯該處水師軍容查侯珠戰
艦可容一萬六百五十頓機器馬力計一萬一千三百匹駛行之
速每半時辰可至十六海米又查馬蘇戰艦機器馬力計一萬一
千匹試驗兩時之久每一時可行三十三海米其鐵甲近水面處
皆厚十八英寸船上旋轉礮臺之甲厚十四英寸船身之甲在機

器房與火藥房者均厚三英寸馬蘇戰艦有三十四山地米打一
山地米打合英寸十分之四
大礮四尊近可洞穿二尺九寸之熟鐵板又有十四山地米打大礮十七尊旋轉連珠速放礮二十尊
侯珠戰艦之礮位與馬蘇戰艦之礮位其數相同惟三十四山地米打之大礮祇有兩尊另有二十七山地米大礮兩尊
因謹按
今日大勢一鬭力鬭巧之時也地球各國均以槍礮戰艦相誇耀竭智殫財以求勝人覘國者卽於此卜強弱焉自有無煙火藥而火藥爲之一變自有鋼甲康邦鐵甲而鐵甲爲之一新進益求進精益求精初未聞有一建言者謂舊章不可易而新法不可行也弓矢之利變而爲槍礮十人之矢不敵一人之槍也槍斃人於二

里之外矢傷人於百步之內矢未及到而挾矢者先亡矣鐵艦戰勝於大海之中隨意所向凡海口無不可攻防之於陸則防不勝防矣古之善談兵者皆曰兵機機者隨時而應變者也不能隨時而應變安可與談兵哉俄法今日所行者亦不過隨時應變而已

十五日 晴夜微雨

回謁英公使日本公使土耳其公使 法廷近日派員將所有之水雷艇一一查驗查得水師提督奥布所造之五十艘均不適用已嚴行根究分別治罪云 因謹按賞罰者激勸之權也兵家尤重之賞之使勸罰之使懲有所勸而果於立功有所懲而不敢亂法矣中國之購造槍礮以前不適用者多矣未聞有所嚴懲也宜

其玩也

十六日 晴未刻微雨即止

酉刻接天津大學士李鴻　來電云田貝如不能留從前來華之提督衛禮森和平公正能改派否鴻諫　日內美國兵部與水師部各員留心考究無煙火藥爲水陸各軍槍礮之需因歐洲各國現於此事均竭力講求故美國亦不肯讓人聞已覓得一種較歐洲所製者性尤烈然之無煙無灰燼無臭味無瘀塞以礙槍管但不知能久藏不壞否仍俟再行考究　戌刻又接天津大學士李鴻　來電云布萊爾前在議院詆辱華工過甚主持立法苛禁詳載新聞紙美廷向敦睦誼未便派令使華照西例公法中國亦未

便接待已商總署請速告外部另易妥人爲要鴻諫當卽照會美外部訂期相晤　德國郵政與電報各局去年進欵甚旺有德銀一萬萬四千六百六十六萬五千一百八十馬克合英銀有九百三十萬磅較前年約多六百六十萬馬克云　因謹按德國之土地人民抵中國十之一耳而郵政電報入欵至銀四千餘萬兩中國倣而行之卽不能倍當亦不至多讓亦籌經費之一端矣或謂郵政行而貧民失業則不知實在情形也嘗考美國紐約一處郵政局用人至二千名然則風氣開而音問流通設局多而需人亦衆非特不奪小民之業且有益於其謀生也可於親歷者決之也

十七日晴

照會美外部布連訂見商辦公事　德國來電云德國陸軍統領
將軍毛奇特昨日逝世年九十歲查該將軍於前一千八百六十
六年德奧搆兵將軍與戰五十日而奧敗割地求和一千八百七
十年德法爭雄血戰年餘虜法君入法都割法土地法國以銀七
萬萬兩求和蓋地球各國名將無可比方者　因謹按法奧皆歐
洲大國而法適值拿破崙當國時尤爲桀驁至欲分裂布魯士使
之自弱限制以二十年內不許增兵在他國處之必一籌莫展坐
待滅亡矣該將軍毛奇特乃與相臣畢思麻創爲更番練兵之法
兵不增額而實通國皆兵不二十年卒以滅法而報仇雪恥遂霸
歐洲居恒常論美之華盛頓合堯舜湯武爲一人也德之畢思麻

合周公太公爲一人也將軍毛奇特合張良趙充國爲一人也德以威稜稜第二爲君以畢思麻爲相以毛奇特爲將軍而皆享大壽威稜第二年過九旬毛奇特年亦九旬畢思麻已近八十矣過此以往卽以畢思麻之存歿卜德意志之安危而定歐洲之大局賢才關乎世運天之生才不偶也君之用才貴專也　戌刻總理各國事務衙門來電卜雷耳詆毀中國究竟有無實據或有人覬覦此差故造蜚語亦未可定希探詢明確先電後再酌勿遽告外部霰　亥刻總理各國事務衙門又來電美派卜雷耳駐華此人於光緒壬午戊子間在議院痛詆中國載在新報若來華恐於邦交有礙希援美例酌商外部阻止並電覆霰

十八日晴
美外部覆文訂午刻相見於外部衙門因偕繙譯屆時而往外部已到署即請見因略作寒暄即告以新派駐華公使布萊爾中國總理衙門及北洋大臣均有電到言布使前於壬午戊子年間詆毀華人今以該員駐華似非所以厚邦交示親睦外部答曰布萊爾人品甚優美廷之派此人者正以其能篤邦交也人言殊不足信因曰人言不足信布使所言不可掩布使前此所以詆華人者其言已布之新聞則其嫉華人可知彼嫉華人何必駐華且金山華商已控之矣將來慮不能容中國自有不接待之權願審慎外部曰中國既不願美國何必相強但總統已出巡西省當以此意

聞諸總統侯總統定奪可耳因詢其日期外部答曰總統返駕約不過二十日爾時當可決斷因遂辭出　倫敦來電云近日葡國屬民在阿非利加洲之拜拉港口強奪英國商船數艘英外部業經照會英國駐葡公使向葡廷責問其啟釁之由如覆詞遁飾則必索賠云　俄京來電云祕林海峽捕海龍一案關涉俄國至重緣該海四岸半歸俄轄半歸美轄聞俄廷亦欲會同英美兩國請局外之國將此案秉公判斷如請瑞典國王或瑞士總統俄廷情願聽斷云　因謹按自通商之局創而交涉之事遂多強與強尚可相持不敢輕發如英美祕林海峽之案是也強與弱無待審慎慷慨而言如英葡此案是也案情甫出而傍觀已可決其歸宿者

不專論理之曲直要必以兩國之勢參之則瞭然矣

十九日晴

英報言俄人在西比利亞興鐵路於軍務商務均有益該鐵路所過地方有膏腴之地數百萬畝又有五金之礦其天氣與法國相同將來必變爲繁庶之區且此條鐵路成後海參崴卽成爲俄國屯水師之地如調兵至中國邊界不過數日路程云 因謹按俄人日夜經營於中國毗連地方興造鐵路旁觀者皆已爲中國憂因前見美格總統之夫人夫人爲 因言俄人之地勢已包中國東西北界鐵路若成必爲中國之患防之之法非自造鐵路不可其意殷拳 因已書之座右矣今又有所聞因憶前言而復論之

二十日晴

越南東京所轄附近黑河之自謀地方於光緒十六年十二月底有土人五百名不服法員法員參政率所招土兵攻之不勝參政被殺法軍二頭領亦被殺　因謹按法人佔越南以爲得計自李埃利戰歿以來法員之傷斃者衆矣可爲佳兵者戒　初八日美商輪船由香港回金山所運回生絲値銀一百萬圓皆購自中國者　俄國苛禁猶太人英京紳商擬請俄廷代爲勸免又擬公舉牧師二人赴俄調停嗣接俄國駐英公使文稱俄廷已諭不肯接見紳商不得已遂作一書寄至俄廷力爲懇請乃俄皇於此書並不折閱原封寄回云　因謹按猶太教人與俄之亂黨謀逆俄所

當驅者也美英兩國爲之緩頰以博仁厚之名乃英人於新金山加拿大諸處苛禁華人之入境者至每人納身稅百圓或五十圓美國則於華人幷禁其不准入境是甘以殘刻自處而以仁厚責人此所謂藏身不恕而求喻諸人者也施之小國雖不願從或尚不敢奚落俄較英美爲強矣原函遞回其見輕也非由自取哉

二十一日晴

英屬新金山礦產極旺考據家謂自咸豐元年起至今三十六年計出金三百二十九兆磅以每磅值銀四兩計之合銀十三萬一千六百萬兩銀三兆磅鐵值銀十八兆磅煤值銀二十四兆磅煉蠟石值銀一兆磅可謂多矣　因謹按新金山者英之一外府也

英之本國只倫敦蘇格蘭阿爾蘭三島抵中國一大省之地耳本國無可開拓故以海船通至各洲覓無主之地以興利而移民英之屬地歐墨阿三洲蓋無所不有矣而并得新金山一島於南洋又在三洲之外其地礦產極饒故稱金山其稱新金山者別乎美國之金山而言也其實美之金山美人名爲三夫闌昔司科英之新金山英人名爲澳大利亞也英以島爲國屬地畸零徧於各洲故恃兵船以筦攝之否則聲氣不能通威稜不能及已創其利而他人享其成矣然則英之水師甲於地球亦勢不得已也　律師科司達來會言布萊爾於光緒十四年以前尚不惡華人自美總統與外部行苛例之時而後改轍以趨時政府所言壬午年已誣

辱華工誤也

二十二日晴

金山華人自分黨戕殺傷及美國之人各堂號已被美國巡捕毀折茲接金山報知本月十六日洋差在街拿護遊手華人十七名或令當苦工或予監禁其有竄往他處者亦行文他處一律飭拿匪類歛迹善良可相安矣　謁律師科司達據云此次自歐洲回歐洲如英法日國之言時事者皆以俄人叵測加意防之又謂中國與俄爲鄰最爲吃緊不可不防防之之道當由直隸與造鐵路達於滿洲再達於蒙古將來調兵轉餉方能靈捷如措置得法俄人自消覬覦之心可以不戰而屈之否則十年之內邊患必生矣

二十三日晴

廚房徹夜不息爐是日置鎖準於酉刻鎖門　聞日本國人五十三名附船至金山稅關不准上岸而載回者甚多　英屬域多利來電該處土人忌華人之攙工已稟政府請抽華人身稅每人一百圓未經批准該土人又具稟固請云　埃及國小無政日漸貧弱前此英人慮其爲俄所併派員爲之經理國中有地約一百六十萬方里向爲沃土後被海水浸潤已變爲磽招人耕種無敢受者英人爲之引河水設溝渠經畫三年依然變磽爲沃每畝可收租錢二兩六錢焉　因謹按人力之勤可以轉移地利李悝所著盡地力者行之成效昭然矣中國奉天一省荒土最多前此屢議

墾荒究以民不安業事成畫餅近日當路方謀開礦產興鐵路竊謂此二事者可與墾荒相輔而行以鐵路便民之來往以開礦通市之有無以墾荒足民之衣食三者並舉而奉天一省必變繁庶之區外可以制俄內可以富國矣

二十四日 晴 中夜大雨

光緒十六年底中國戶部查常年入欵按年計之各省海關洋稅銀一千五百餘萬兩地丁銀一千餘萬兩鹽課銀一千二百餘萬兩常關稅銀三百餘萬兩釐金銀一千三百餘萬兩茶稅當稅鹽商捐輸銀三百五十餘萬兩雜稅銀一千五百餘萬兩裁撤長夫等項銀五十三萬餘兩十六年一年共計八千數百萬兩 因謹

按以中國版圖之廣民庶之繁而每年入欵止銀八千餘萬兩可謂輕徭薄賦矣而民不免於貧者何也則以商務不興稅則未善外交失權而銀錢一項一耗於盤剝再耗於漏巵故也

二十五日晴

法京來電云前德法交兵法敗割阿沙司羅連之地以求和德廷設立章程凡法人入該境者均須護照方准來往茲附近德界之法人以爲不便屢請德廷改章不許近日該地賽會法人見來往阻滯又請德廷從寬改訂護照章程德廷謂當此時勢不得不嚴仍不許焉　英美爲祕林海峽捕海龍事爭執未已現俄國又飭駐防該海峽之員認眞看守俄屬各島不知何意似與英爲難矣

因謹按自通商之局啟而齟齬之事無日無之亦無國無之其強者應付從容可靜以待其定也亦無憂不得其平也其非強者則先事必受恫喝之言和事必有軒輕之迹柔則茹之剛則吐之交涉如斯而已

二十六日晴

昨日義國駐美代辦接到義國外部來函言美國政府既不允義國所請辦兇賠衈徒以文牘往還辨論殊屬無益不如絕交之爲愈以後該代辦祇准料理使署本國事件不與美國外部辦理交涉事務云云查義與美兩國交誼如此割席將來美國駐義之公使料難久留義都也　因按地球各國美與英可謂極富而美實

不如英之強也且不僅不如英法俄德等國并不如義奧之強也徒以與諸強國不共一洲而與同洲者皆小國美於是得爲墨洲之大國足以自雄矣而開創之君華盛頓又爲間出之英雄當日與英相持而英人不能勝百餘年來遂無敢肆志於美者美之君臣亦守華盛頓之規模而兢兢以仁義爲念此其所以立國不搖也今則非昔比矣其君臣有夜郎自大之意其議院有俯視一切之心其南北兩黨有莫能相下相爲敵讎之怨外交則睥睨一切內治則畛域自私揣美之大勢三十年內不有外侮必有內憂外侮則受挫於強梁內憂則興戎於兩黨西班牙土耳其卽其前轍也此治亂循環之機也

二十七日晴天氣轉寒

美紳加拿塞潑來見談及近年歐洲各國專力於阿非利加一洲拓地阿洲土人無以禦之遂至瓜分約略計之法國得二百餘萬英方里英國得一百六十二萬英方里德國得一百餘萬英方里孔國得一百萬英方里義大利得三十六萬英方里西班牙得二十餘萬英方里葡萄牙得十六萬英方里合而計之較中國十八省之地約三倍之已歸各國分裂矣土人所存僅二百五十萬英方里　英廷特遣使臣崑吞由印度馳往緬甸中途連隨員人等均遭土人殺戮一節今接續電知此事實係的確故目下印總督已飭令軍士由印度起程迅速趲行以緝兇手不使遠逃　因謹

按法之佔越南英之佔緬甸土人不服相與爲難英法之損傷弁兵非一次矣而不聞棄其地者歐洲各國之視土地爲至重也以爲霸氣可也以爲堅忍亦可也

二十八日晴

巴西國以地廣人稀故招人開墾而不取値茲有一公司集股洋二千五百萬圓將於巴西公地立十二開墾埠頭其中並造鐵路以相聯絡設市以便交易並興機巧設製造工作開礦產諸務其開墾之人擬招五千有眷屬者可挈眷而往各給以農器並住屋路費由公司經理公司股本之利其三之一由巴西國家保以五釐歐洲人大半附股其中云　俄國來電云英美兩國政府於祕

林海峽捕獵海龍一案向不商及俄廷膜置俄國視爲局外俄廷殊抱不平英美兩國以後所議捕獵海龍章程俄廷作爲廢紙

因謹按祕林海峽之旁俄既有屬地則傍俄地之海面俄廷自應與聞則俄人所言自名正言順也雖然當今之世如英美所行於祕林海峽之事者多矣且過於此者亦不勝數矣如法人佔突尼斯德人佔太平洋之島俄人且廢勃而加鳌亞之君阿非利加一洲歐洲各國直分裂之矣弱之肉強之食有天命者任自爲弱者不敢言言之亦無濟也俄人強故敢言且言之而勢又足以濟之度英美兩國必不能不留俄之地步矣

二十九日晴天氣驟寒如二月時

美紳塞潑來見訪以時事言俄國於光緒十五年開西域鐵路因係初創當年擬虧本銀十餘萬兩不意次年計算不但無虧且有利銀二萬八千兩出入貨物比前已加倍蓰去年以新開鐵路一條不足敷用客貨之車亦嫌少因擬兩路並行遂籌欵一千萬圓爲已開鐵路添築道路增造車輛搭蓋房屋之用另籌四百萬圓爲將開未開之用土耳其國聞之亦籌辦鐵路開礦矣　因謹按地球屬地之多以英俄兩國爲最英之本國祇三島故闢地於他洲俄之本國多毗連故拓地於鄰國英期長駕而遠馭俄期遠交而近攻其地既廣均有鞭長莫及之虞英不得不講求水師俄不得不興辦鐵路其勢然也之二者以調軍餉既能迅速以遞消息

尤覺靈通既可以保已定之局又可以擴未闢之疆當漢之時武帝於西域欲通而不能今則欲阻而不得事勢每出於所料之外所望謀國者勿膠成見而滯於古法也

出使美日祕崔日記

四月初一日 元吉晴

近日智利國亂黨有船一艘駛至美國嘉省之聖地埃哥埠 近墨西哥界 購買槍彈糧食智利駐美公使訪聞即照會美國政府請將該船扣留不准出港美政府即派巡捕委員上船看守該船之管駕人潛於夜間私行開駛行至九米之遠 合中國三十里 方送美國委員登岸隨即放洋而去美廷聞知即電飭渣爾士頓各兵艦尾追務獲又電飭美國現駐智國之水師提督迅派兵艦兩艘迎截兜拿云云 英人聞德人欲於檳榔嶼之北暹羅與巫來由之閒請暹羅給一地屯煤謂緬甸與新加坡等處皆屬英國今德

人所欲之地橫亘在英國屬地之中英人當與彼處土人來往親睦以免他人鼾睡其間云云　因謹按英國國都在中國之西北而所轄檳榔嶼新加坡諸地在中國之南前此侵犯中國其兵艦皆自南至者恃有接濟水煤之地也查新加坡各處中國人數百倍於英人而皆爲英人所制衣其租食其稅唯所欲之無不如志焉華人中有華盛頓其人者則善矣

初二日　晴天氣轉暖

美國東北英國屬地奴淮史考蘆之中近有一礦盡是鎳質勘礦之人已試驗以便採取按鎳之爲物其色如銀多出於德國故俗名爲德國銀　德國前相畢思麻致仕以來德人之不忘其功德

者已爲立去思碑今通國又集德銀八十餘萬馬克爲之立像於德京　昨日倫敦來電言該處報館駐伯林之訪事人函稱德奧義三國會盟訂立條約以五年爲期遇有兵事則合兵攻守義國初尚猶豫茲聞亦已允從義國外部已與德奧兩國共畫押蓋印云　因謹按歐洲各大國蓋無日不存防患之心也俄人好拓地法人好佳兵德義奧三國東近俄而西近法俄與法又深相交結但有釁隙則東西皆受敵以一國而敵兩國應接不暇岌岌殆哉德爲法之讎俄之重兵常屯於奧界故德與奧皆自知利害切身同舟共命惟義則距俄稍遠距法亦稍遠故猶豫也然脣亡則齒寒奧入於俄俄卽併義受害雖分速遲究不能免故輾轉思維仍

不得不合縱也因嘗考歐洲大勢故於三國之會盟而畧記其用
心之苦焉
初三日晴
謁科司達查總統尚未回外部在紐約　美之歐海歐省有新開
出煤油之井其裝箱之速每一時可裝二千箱皆用機器　因按
美之煤油每一時裝二千箱則每日可裝二萬餘箱雖不常裝然
其多亦可見矣其煤油銷路以中國爲大宗若歐洲之義國日國
多用煤氣燈且地勢民數不過十一所銷亦不過十之一也此又
中國一大漏巵也
初四日晴中夜微雨

光緒十三年各國出口貨價按磅計銀英國二百八十兆德國一百五十六兆美國一百四十六兆法國一百二十九兆印度九十兆俄國五十七兆比國五十兆義國四十兆中國二十一兆日本十一兆又各國進口貨價按磅計銀英國三百六十二兆法國一百六十一兆德國一百五十六兆美國八十五兆印度七十三兆義國六十四兆比國五十七兆俄國四十兆中國二十五兆日本九兆　因謹按各國出口入口之貨美之出口多於入口者幾一倍宜其富也美之稅章出口之貨均無稅故多入口之貨均重稅故少所以使本國之物產不滯而利源不漏巵也日本合出入乘除多入銀八百萬兩中國合出入乘除漏出銀一千六百萬兩願

籌交涉者於此三致意焉　李傅相往威海衛旅順口等處閱驗
礮臺及船塢諸巨工各營軍士
初五日晴
近年美國整頓水師造船製礮精益求精以兵艦之所恃者鐵甲
面鐵甲之名目不一遂將現在天下馳名之鐵甲逐加試驗向來
鋼面鐵甲不如全鋼鐵甲之堅而全鋼鐵甲又不如白鐵鋼甲之
堅英語名爲尼克爾今年遂將全鋼甲與白鐵鋼甲比較試驗試
驗之法卽以此數種鋼甲造成靶子長八英尺寬六英尺厚三英
尺以大塊堅厚之木襯於後釘使相著立於土坡之前用乞司開
士連珠速放礮距靶三十五英尺之近轟擊二十次驗得各廠全

鋼靶盡被轟碎各廠白鐵鋼靶亦被洞穿惟夏瑋所製之白鐵鋼靶竟無破裂而礮彈反被碰碎夏瑋係美國賓省秘司堡埠加尼克廠主因以近年中國設立海軍講求戰艦故於外洋鐵甲及礮彈時常留心近日新出之法火藥以無煙火藥爲最礮以全鋼爲最鐵甲以夏瑋白鐵鋼甲爲最也考之於平時而後仿其法以製造則無苦窳之虞循其名以購買則得上等之器於海軍庶有裨乎

初六日晴

前二十日英國議院近日飭員詳查水陸二軍所用各項大礮每尊製造之費若干茲據查稱近日造成十三英寸半口徑大礮九尊業已給發水軍收用每尊費銀五萬五千九百零五圓又查十

寸徑口大礮每尊費銀二萬八千四百八十圓五寸徑口大礮每尊費銀二千八百四十圓　因謹按近日兵事非復百年前之情形矣船與礮均求其巨船巨則能當礮礮巨則能洞船乃至礮臺亦用鐵甲俄國彼得堡之礮臺鐵甲厚至四尺有餘前此英法各國攻之遂不能入此明效大驗也顧其費殊不易籌一礮臺而費千萬一船而費數百萬一礮而費十餘萬（礮之百噸者連礮架及起重機器已過十萬）弱小之國何以籌之卽大國之貧者亦難繼之因故以爲富強二字實相因通商之政實與國事相維繫也

初七日陰

上海來電蕪湖土人焚毀禮拜堂數間洋人住屋數所當時適有

貨船泊於蕪湖江面洋人因避於此船之中英國兵船名印千士
田已調赴該處保護行旅　因謹按自天主教入中國華人之狡
猾者依之爲城狐社鼠固爲正人所不容卽狡猾者亦不相容而
地方從此多事矣鎭江焚毀洋房之案甫結一年已賠十餘萬金
而此案纔出地之相去只三百餘里防不勝防將來又不免賠累
是亦中國一漏巵也爲之扼腕　又聞俄太子至日本遊歷方其
登岸爲巡捕名散茶者所剌適中其首傷不致命然亦不輕日本
又費調停矣　因謹按怨毒之於人甚矣哉俄於日爲鄰而俄人
常侮日蝦夷島日本所管也俄人初約分屬乃自北而南漸侵其
地十年前已盡據之今則竟爲俄有或日人不能平故以剌洩忿

乎秦王政並吞六國而有荆軻之刺又有搏浪沙之椎皆不平之氣使然也俄之本國有尼希利士之黨防不勝防今日之難又發於外邦其所以致刺之由傳聞不一或佳兵者不祥現在地球孰爲佳兵之國乎

初八日　小雨

美國富戶名萬得比所管鐵路計長二萬三千七百餘英里以爲不足尚擬再買至三萬英里其他富戶買者亦多美國家恐其壟斷爲議定載運人貨之價值以期持平準以長年得利三釐八毫爲止云　因按此欲便民而仍不損於商也民政之國以民爲重商亦民也故爲持平之計以使不相妨焉　美紳雪白訂𨶮　美

總統出巡於本日返美都外部布連因病尙留紐約　英京本年錫蘭所產之頭等佳茶每磅售英金二十五磅十先令其價幾與黃金相埒　英國戶部大臣高川蒞任三年一切經費出入細心察核以期撙節向之有絀無盈者高君接手後初年卽盈五十萬磅前年增盈一百二十餘萬磅去年又增一百八十八萬磅由是觀之天下無難事只患不得其人耳英國自高君爲戶部大臣後每年可盈如許巨欵則得人之效也

初九日陰

南墨洲銀國小國也近日講求富強勢漸盛前於英廠訂造兵艦一艘計長三十二丈五尺寬四丈三尺吃水一丈六尺載三千二

百頓有大礮二尊中礮八尊快礮十二尊每一時行七十餘里機器馬力一萬三千匹查此船容三千餘頓不足爲巨而機器之力甚大故其行速　美紳寄到公函擬於前總統格蘭脫墓所立紀功碑邀各國公使往度地勢　德國去年一年民人來美者計九萬五千七百九十一人　因謹按德國一年來美之人數卽可抵中國在美之人數而不聞工黨之妒政府之禁者何也入籍故也

初十日晴

金山來電言德國兵船一艘由日本調赴智國以智國不靖故至該處保護商民也　因謹按智利爲民主之國在南墨洲之極南已到天南盡頭矣中國天文家向以赤道爲天地南方之盡處者

誤也亞洲無通商之國歐洲大國均與通商蓋其地廣人稀風氣
未開獲利較易故也德國派兵艦至智利當越大西洋過赤道而
後能到否則由地中海過大浪山計程皆三萬里亦可謂遠略矣
十一日晴
辰刻啓行赴紐約未刻到隨僱馬車謁格總統夫人外部布連前
駐華公使楊約翰郵政局總辦凡吳客脫議紳雪白回寓已戌刻
矣
意大利國近有公舉大臣之事所有新舉之各大臣皆欲固
德奧義三國同盟之局三國同盟益固則歐洲可以無兵患云
英報云華人之在西洋各國肄業者雖日見其多然欲求其專門
名家則不可多得今有年幼華人在英屬島紐齊蘭大書院中學

爲狀師每逢考試必得奬賞名遂噪甚蓋在該島已數年當其初至之時曾不能操英語者也華人之心思才力不甚可畏乎云云

因謹按中國多聰穎之士而以雕蟲琢篆錮之所謂足跡囿於方隅之地聞見限於耳目之前也太史公謂讀萬卷書行萬里路然則士之欲淹通而致用者固非僅恃伏案之功矣

十二日晴

赴格總統墓所此地離紐約約三十里一路花木青蔥馬車約數百輛來往如梭經過博物院入内一觀大約油畫居多有一幀値數萬金者婦女攜紙筆就學之專心致志終日不息又有埃及國掘地所得上古所瘞之棺其身已化爲石此外尚有石器刀劍之

類觀適時仍乘車到格總統之墓墓地坐東向西對面臨江棺用鐵板棺首有字卽其名也棺之下承以白石几約高一尺棺傍近南一方空之豫留格夫人之地也離棺高數尺以紅磚卷成半月之形如橋之洞外有鐵闌內多花皆每年人所送者墓之西南有小房東北有房屋一所可容二人守墓者居之上有竿懸美國旗墓前有巡捕往來官民到此者環視一周多不忍去其遺愛深矣

因亦以得見爲幸循舊途而回已戌初矣遂赴雪白之席席中格總統之第二子外部布連之子又三人爲某省察院銀行主人爲雪白席散已子初矣遂乘車至火車廠子正開車　因謹按美自自主以來其總統之著名者惟華盛頓臨艮格闌脫三人華盛頓

為創業之君其功尤大臨艮格蘭脫為中興之主救平南北花旗之亂其功在北花旗又聞當南北花旗爭戰時南花旗之主謀者為爹矮士其才足與臨艮格蘭脫頡頏惜糧餉不充致勢不敵耳可以成敗論人也

十三日晴辰正到使館

昨赴雪白之席宅中陳設窮奢極侈酒用五種水果四色盛以大金盤其餘刀匕皆銀製中設鮮花一叢值三十金自饌畢後食茶點水果則盤盂刀匕之類皆赤金服用之奢至斯而極　法京來電言俄廷於本月初與法國沙爹羅槍廠訂立合同製造新式洋槍一二百萬桿並言定以後該廠之機器工匠一概不准為他國分

用專爲俄國製造云云　因昨於雪白席間聞此言美紳因論歐洲時局可畏美國遠隔大西洋可以無虞然武備亦宜急講也因韙其言席散後寢不成寐因思俄國之地跨歐亞兩洲歐洲合縱以拒之現德義奧三國新盟已固俄人當不生心即使生心不必操勝算也亞洲兩國日本侈然自大與中國不和中國東三省之地俄人覬覦久矣琿春鐵路已成西比利亞又營鐵路其成功約四五年法國定造之槍其告竣之期亦如此此後斷不能無事於亞洲所望當國者綢繆未雨也

十四日晴

比國本國之疆土甚少而於阿非利加洲所闢之地名孔果者大

於本國所出之產甚多近復擬開鐵路　俄國裏海地方之鐵路既成數年以來貿易日盛前四年中每年運出棉花九十萬浦達（一浦達合二十七斤）今年增至一百七十七萬　英公使來晤言及英國駐祕魯辦理開礦之公司由英赴祕紆道來見請訂見期定於十八日

十五日　晴天暖單衣汗出

俄國產火油之海口名巴屯水深二丈六尺其寬可容大船二十艘近年火油出產日多去年出油十三萬五千石現將海口開闊可容大船三十三艘有貯火油鐵池一百處用工人一千五百名其銷路皆運中國及印度前此不過二三千人近日人煙之盛十

倍往年且有兵弁駐紮居然一大鎮市矣　因謹按此次祕魯之行途中曾過一處名打拉埠舟人爲因言三年以前此地荒涼並無一人後有商家探得此地實產煤油僱人開井驗之信然遂築室招人開採年盛一年近來每年竟出數百萬斤矣船至此必停以上煤油而下各貨此因所親見親聞者曲禮云地不愛寶古人豈欺我哉

十六日　晴夜雨

美國前此議造氣船由空中往來茲聞與英人合股籌費一萬萬圓於美國仙路伊市興工製造數年可望成功　美國議於尼亞嘉剌河道借水力以運電機費省而功多擬造機器爲九百萬匹

馬力分傳於各處業已興工將來之利大矣　因謹按前此法人犯越南美國卽有造氣船以破敵之議中國議購而未成迄今七年尚未中輟足見西人心志之一不肯廢於半途電氣之用漸廣美國已用以行車矣今又擬生電以傳至各處隨其所用由人自出心思則用更廣向之以電寄信者一變而爲德律風再變而爲行駛舟車今則惟所用之無不如意其奇妙百出者無非本於格致之學而悟得其原然則格致一道其可不亟講乎

十七日小雨

見美署外部詢卜雷耳事答以須俟布連回都總統商定因謂布連所允二十日定奪今已過二十日矣署外部謂布連非病當已

回都今病少愈想不日可與總統面商 因詢布連病勢既減何日可回且能否先於總統處請示署外部言布連之回難以預定日期惟卜雷耳當時業已啓行赴中國布連聞中國不肯接待而電令折回此時既不啟行似可無容急迫 因頷之遂辭出 美之毗連地方名卡拿大者英之屬地也十三日來電謂該地工商會議華人入境一事謂現在所征身稅日短由華人規避之故且可崙比亞地方礦務之工人均不願華人入境似宜禁之使不得來該地總督名麥克堂納而得者云華人入境已令納身稅五十圓何至多來其假道者將以入美境耳我等甚願與中國敦睦誼通商務不便阻禁華人衆遂無言而止 因謹按自光緒十四年美國

背約徑禁華工華人之至金山者悉被稅關阻遏折回遂由英屬
卡拿大潛越而入美境卡拿大於華人入境收身稅五十圓每年
計收十三萬以上亦歲入一巨欵也美之工黨憎拒華人而卡拿
大因以爲利故英美意見不同耳

十八日晴中夜大雨

午刻英國赴祕辦理開礦之公司來見年約三十餘歲言倫敦總
公司自與祕立約後今湊集金磅二千萬特派伊赴祕魯辦理開
礦事務將來需用華人特來相商因答曰祕魯綱紀不立不能保
護華人前此智祕搆兵及土人妒忌華人之被殺者約五千人其
餘各寮之虐斃者不下萬人中國鑒於前事已立約禁招工矣該

公司云祕國無政已所深知惟此次開礦係英公司英廷必爲保護斷不如前之虐待 因答曰新金山新加坡美國毗連之域多利卡拿大皆英屬地也華人之入境者須納重稅新金山至納每人百圓而域多利卡拿大之例華人入口納身稅五十圓者但經出口卽不許來來則仍須納稅何其苛也我中國人數甲於地球但准招工則來者麕至必不能容叉將設苛例矣故不敢允該公司固請且云祕魯開礦已於祕訂定五十年本公司斷不如此之苛待 因答曰寓祕華人尚有四五萬名中國之人不可招現在寓祕華人貴公司以善待之意招徠當亦數用何必舍近圖遠該公司額之遂辭去 因謹按同一華工也美禁之而英招之皆爲利起

見耳美之禁之也工黨之欲專其利也英之招之也公司之欲助其利也至於英屬之卡拿大則有身稅即許入境一似招之也如無身稅不准入境又似禁之也無非爲利起見也

十九日雨

爲英公司赴祕開礦欲招華人郎函致駐祕參贊吳濬領事張詒並立一章程屬其防該公司創招工之議且乘此該公司需用華人之時易就範圍先與妥商以免華人受虐　接駐英法大臣薛福　咨文以因前所言厄瓜多智利兩國華人由英公使領事保護請其照會英外部道謝並求以後仍爲保護等因經已照會外部矣此事因以厄瓜多智利兩國中朝未與立約無可措手而

華人又實可憐再四思維輾轉設法爲之咨託英廷此後兩國華人當不至大受淩虐矣　日本所開之官礦失杜礦中值日銀四十二萬其中十三萬爲所得之利意格奴礦中值日銀十八萬零六百得利銀六萬　因謹按開礦之舉利不待言歐洲各大國無不以開礦致富强也中國之不盡得利者一由於礦學之未精一由於辦理之非人也

二十日　晴夜雨

昨日義大利來電云美國煤油運入義國各口爲數甚鉅既奪本國之利又有火患現應加增入口之稅適義君駕赴米蘭埠義國舊都外部大臣卽前往奏聞批准下令遵行云　因謹按此義國因美

國之虐殺義民而示以報復者也聞美國煤油入中國者居多入義國者尚少以中國之地大於義而民數十倍之也中國大吏亦有請加煤油稅則者業已照會美廷繼而中止宜美國之虐待華人肆行無忌也語云見兔而顧犬未爲晚也失之東隅收之桑榆豈必不可行哉　德國克虜伯廠今爲俄國造成一極大之鋼礮礮身長四十英尺礮口大十三英寸半重二百三十五頓每分時可放二次今在德國愛森地方由駐德之俄官試放以十九寸厚之鐵板爲靶其彈既洞穿而過復直至一千四百碼之遠而始止每放一次藥彈之費計英銀三百磅　因謹按此種巨礮未必可用於兵艦置之礮臺則鐵艦不敢近矣俄之克龍斯達礮臺其鐵

甲厚四尺八寸既足以當鐵艦之礮矣而又益之以二百餘頓之
礮以守礮臺則極巨之鐵艦亦不能當其於海防可恃矣
二十一日雨
英國來電云近因美國與巴西國訂立報施條約美國貨產運入
巴西較英國之貨產稅則已減二成英商以貨物難於銷售禀告
英國政府聞英外部已與巴廷理論矣　因謹按此卽一體均沾
之意也巴西既減美國入口之稅則英國亦應援一體均沾之義
以求一律減稅惟意雖同而其實不同耳蓋巴西之獨減美國貨
產入口之稅者所以報美國之減巴西貨產入美之稅也有所施
者應有所報不得無所施而求其報也且不得求其施而不言報

也雖然此國勢相敵者之所言所行也國勢不相敵則雖言而不能行或且不敢言此弱國之所以益貧也

二十二日雨

光緒十一年總理各國事務衙門北洋大臣李鴻　以採辦外洋軍火滋弊甚多咨由出使大臣派員平時與各國製造廠講求因到美後當派紐約領事沈桓向各廠考究本日來文據稱紐約省槍廠五處礮廠三處華盛頓礮廠一處礮之新製則以礮口徑一尺者礮身須長三十倍則可及遠至二十五里華盛頓礮廠所造礮身長四十五倍者尤能格外及遠且每分時可出三十彈礮架用活動機器可升可降可盤旋轉動靈便非常槍廠雖未出新式

然林明敦槍以前所裝五錠陸續而發者今則增爲八錠陸續而發蓋以新錠之底不起棱故不占地步也其鉛彈向用純鉛今則鉛外加以鋼鐵中處所入尤深每二十杪八彈可以陸續出盡新式火藥爲大塊每塊隨所用之礮口之式中間有圓洞所以透火力使一時並著則力更猛

二十三日晴

又查得美國兵艦最新者三號今年將可造成每艘有十二寸口門後膛礮四尊八寸者八尊六寸者四尊六磅火藥快礮二十尊格林礮二尊魚雷六筒船身長三百四十八尺闊六十九尺入水二十四尺容一萬一千頓馬力九百匹每一時辰行中里一百零

七里鐵甲厚一尺八寸船面之鐵厚三寸現在美國兵艦三十五號內鐵甲五號白鐵及鋼三號鋼甲二十七號又氣礮船一號魚雷船兩號均係鋼甲每艘有六磅火藥快礮二尊魚雷五箇容一百零八頓計九百匹馬力每一時辰行中里一百四十七里總計美國水師十二寸口門後膛礮十六尊十寸者二十尊十六寸者一尊十五寸者一尊八寸者三十四尊六寸者一百零八尊五寸者二尊四寸口門快礮四十尊六寸者八尊三寸者六尊一寸者六尊格林礮二尊魚雷二十八箇惟收乎巍亦司船內有十五寸口門氣礮三尊　因謹按美國水師盡在是矣兵艦雖不多而多新式除英法俄德義五國之外亦可稱雄矣因今年至祕魯謁各

國公使時法國公使言頗洽因與商小呂宋設領事事該公使以爲日廷決意不允既而其言果驗因啟行返美再謁之談次誇其卓識該公使云使臣者國家之耳目也所駐之國必知該國之情形凡陸兵之數水師之數庫欵之所入所出交鄰之何親何疏胸中瞭然交涉方有把握云云因誌之故以平日所考據者筆於日記焉

二十四日晴

接金山電言華商二人隨帶學生一人至金山美國稅關阻之不令登岸當即與外部訂見　查美國氣礮創於一千八百八十三年中國光緒九年漸次加精其初只能造四寸六寸口門至八寸

而止今所造者已至十五寸其口門可卸下換上六寸八寸十寸之口門礮身長五十尺重八十頓以熟鐵鑄成價銀七萬五千圓連氣機在內礮架以鐵爲之形圓可旋轉如意升降用氣機不費人力其口門六寸者放五十磅之炸彈遠及五千二百五十碼每碼三尺八寸者放一百磅之炸彈遠及四千八百碼十寸者放二百磅之炸彈遠及四千四百碼十五寸者放五百磅之炸彈遠及二千五百碼其炸彈之價五十磅者價一百二十五圓一百磅者價二百五十圓二百磅者價三百圓五百磅者價五百圓彈身鋼鐵厚二寸一分二釐半長六尺徑十五寸計十一分三十四杪時可放五次用之海防口岸收乎巍亦司氣船亦用三尊每十七分

鐘可放十五次礮口比船面高六尺由漸而低至礮身低船面二
尺處可卸開裝藥彈裝畢用氣機合之陸路氣礮則不能卸均從
後膛入藥彈其收空氣也係另一機器中有扇輪用火機轉動可
收至二萬磅之力置諸遠處以鐵管通至礮所放之大氣礮現在
美國家共買九尊陸路六尊水師三尊英國買一尊試之均稱合
用　因謹按光緒十年法國爲越南事與中搆兵北洋大臣李曾
電出使大臣鄭藻　令購美國氣礮已向該廠訂定再三試驗迄
未合用遂以中止至今垂七年矣該廠考究不已卒以成功亦可
見堅忍專一之有濟於事也然非國家牌照之力不及此查泰西
各國之例有能獨運心思創造一物有益於民生國用者給予牌

照准其專業二十年他人不能攙效故人人願竭力殫慮以爲之至於耗財破家而不惜爲其有宏名大利在後也聞創氣礮之始股分數百萬兩盡歸無著至近日而始漸次收回以後則利益溥固由民心之堅忍專一而亦立法之善足以勸之以告成功也

二十五日晴

二十四日接金山電云華商三人附船至金山美稅關阻其登岸當日係美國淸明節例不辦事次日又係禮拜故約今日晤言 因 於午初到外部副外部已到 因 出電文令閱之外部曰領事無發照之權該商所帶護照係領事之照故稅關不准 因 答曰領事即中國朝廷所設之官不得謂其無權且美國但當査其是商非商

如其是商卽無領事之照亦不能阻外部曰俟商之戶部但須中國補一照會 因 曰可遂退是夜外部覆文已電金山准華商登岸矣 東洋西字報云日王因俄儲被傷出諭旨曉示民間嗣後如俄羅斯與朝鮮有齟齬之事日國決不再問 因 謹按此所謂名不正則言不順也刺俄儲者日本人俄當與日本齟齬何至與朝鮮齟齬耶俄與朝鮮齟齬按萬國公法日本例處局外何得而問耶朝鮮爲中國屬藩中國例應問者日本例不應問又何得而問耶俄與朝鮮果齟齬日本方將有殃及之慮又何敢言問耶且日本欲承順俄廷應向俄廷昌言何必出諭示民耶

二十六日 晴 天氣熱

前新報刋出美國一年進欵計四萬六千二百九十六萬三千零八十圓五角五分因向戶部查其入欵細數本日查到照錄計開關稅入欵二萬二千九百六十六萬八千五百八十四圓五角七分內地稅一萬四千二百六十萬零六千七百零五圓八角一分鑄金銀圓存金銀條出息一千二百零一萬七千二百四十四圓二角五分售出官地六百三十五萬八千二百七十二圓五角一分領事牌照買賣田地規費三百十四萬六千六百九十二圓三角二分北施域鐵路公司還欠欵一百八十四萬二千五百六十四圓五角二分國家銀行牌餉一百三十萬零一千三百二十六圓五角八分稅關罰欵充公一百二十九萬九千三百二十四圓

五角五分北施域鐵路公司交息七十萬零五千六百九十一圓
五角二分售出煙甸人土地三十七萬二千二百八十八圓一角
五分老病兵院存欵息三十萬零八千八百六十六圓九角九分
海龍皮稅二十六萬二千五百圓外國人民來美犯例二十四萬
一千四百六十四圓發賣國家物件十九萬二千一百二十三圓
九角九分履勘官地存欵十一萬二千三百十四圓七角九分損
壞官地罰欵三萬五千八百五十二圓三角七分美都入欵二百
八十萬零九千一百三十圓九角三分雜項一百六十萬零十四
圓八角一分郵政局六千零八十八萬二千零九十七圓九角二
分合之如數　因謹按美國入欵之多較之中國已有五倍其地

不如中國之廣也其民不如中國之多也其俗不如中國之勤儉也因始聞而疑之繼而訪之乃得其概其入欵以關稅爲第一關稅之多一由於入口之稅重一由於經理之人精明耳試以中美兩國較之美國收中國入口米稅每包至二圓二角五分每年以五十萬包計之稅銀百餘萬矣而美國之麥粉入中國口者曾不納稅焉以油計之中國之油入美國者計成本納稅百之二十五而煤油之入中國者計成本納百之五兩相比較則十萬兩之稅中國少收八萬兩矣絲綢一項美國收百之五十焉中國於美之綢布則仍百之五焉兩相比較十萬兩之稅中國少收九萬兩矣煙酒二項美國收稅極重而中國且不收稅焉外國之藥材如屈

臣氏德記各號分布各省每年所售出之藥計銀數百萬兩一概無稅而中國藥材僅爲中國人所用者其數甚微金山入口收稅極重中國入口如衣服煙酒蜜餞始以爲洋人自用不納稅者今則各洋行出售亦無稅焉中國之衣入金山口者無不納稅已屬不公平矣而華人附體之衣過五層者仍納稅焉何其錙銖必較一至於斯耶鴉片一物美國計兩收稅銀一兩中國仿之則每年收稅一萬萬兩矣郵政一項美國入欵六千萬中國則出欵三百萬一轉移間則六千三百萬矣或以爲美之稅則美之內政也萬國公法內政由自主非他國所能干預也似也中國不能干預美之稅則矣中國之稅則獨不能自主乎他國獨能干預乎煤油加

税非中國之內政乎何以甫議加税爲美使田貝所阻而中止乎此非美國干預中國之內政乎中國何以不能自主乎或又謂因所言者實不可行也因以爲爲徒託空言而無實際乎此由見諸實際而後發爲言者也不得謂無實際也外國初創一物如火車輪船之類其始皆不能行氣礮初創亦不合用今皆能行而能用矣有堅忍之力故也創例亦猶是也今先存難行之心而自阻卽以爲此不可行則實不可行矣因何辨焉

二十七日 晴熱夜雨

聞中國光緒十六年一年海關十九處共收税銀二千零八十九萬八千四百四十七兩零較前十年多一百餘萬而以美國較之

合十之一　美人云中國北洋水師兵艦二十餘艘之上祇有西人四名襄助其中云　字林報云丹陽教堂火燒時地方百姓勸外來亂民不可動手亂民置之不理一面搶掠一面放火均付一炬云　因觀此而知鬧教之事非良民之願而莠民之謀也不過明火搶刼之爲而另創一名目耳亂民所得甚微而　國家所損甚巨教堂毀則賠造必大於舊觀洋人傷則賠卹均過於萬數國體損庫儲虧每一教案出而洋人之勢燄必益張不禁拊膺而太息也

二十八日晴

俄國信云所造西比里亞之鐵路卽可造至琿春所有工程師與

鐵路所用之料皆已由水路載往琿春矣　德國京中出示欲借國債計德銀四萬五千萬馬克乃不逾時而願應者多於欲借之數四十五倍民信其上故也　因謹按中國前此貸銀於滙豐及至歸還而磅價驟漲以至交息之外又受磅價之虧若貸諸民間則息之外無所受虧矣且滙豐貸　中國之銀其中卽多中國商人所湊合而滙豐出名其中又扣用費則　國家所出之息商人不能盡得是洋人所得者多而中國商人所得者少也然則中國何不仿歐洲各國自貸于民耶曰民未信也民何以未信則以咸豐年間戶部所出之鈔未嘗收回民是以懲前而毖後也

二十九日晴

本日智利國來電云智國亂黨之兵船名意打達者前在美國嘉省聖地埃哥（近墨西哥界）埠私購槍彈爲美國地方官偵知扣留後而私行駛囘本國當時美國政府卽派兵艦一艘名查爾司頓尾追之不及茲聞該亂黨之船已抵智國之意基忌港口亂黨自知理屈卽將該船與所購囘之槍五千桿一並解交美國現駐該處之水師提督收管請押囘美國由美國朝廷公辦云　因閱此而知萬國公法之不可不熟也海軍之不可不講也公法載一國有亂及兩國搆兵地球各國不得有所左右袒並不得售以軍火此美所以扣留智國亂黨私購軍火之船也此美所以派兵船尾追也此亂黨所以解還私購之槍也然美國苟無兵艦則惟有坐視而

已坐視不辨則智國朝廷戰勝必據公法向美國以論曲直不出於戰卽出於罰賠兵費疆場爲之多事國帑爲之虛糜貽笑於鄰國見輕於他邦所損巨矣然則鄙洋務而不屑言者當深究此中之曲折也

三十日雨天氣轉涼可著夾衣

出使一役十年以前視爲畏途以爲水陸均萬里舟車亦兼旬遠涉他邦深虞彼族想當然耳厥後熟察外洋情形無猜無忌詳考火輪迅速易往易來盤費雖多而取諸國帑食用雖浩而足於俸薪無出洋之難而有出洋之樂故每遣一使求隨帶者常數百人其熟於此途者且必攜帶眷口頻數往來故有出洋未久而求差

使以言旋者且有請假爲名而帶眷口以復出者㬥一舉動即費千金員額空懸又須添派此所以經費日增而叢脞愈甚也因於求差回國者一切拒之於請假求領歸裝挈帶眷屬者則咨呈總理衙門請立章程不居恩怨今奉函示限制維嚴矣人之欲善誰不如我已照總署所云分行各處旣於公事有益亦於國帑無靡竊自喜焉

五月初一日元吉雨

泰西兵船三月過威海言中國整頓海防該口已築暗礮臺安放礮位時時演礮各營兵械一律整齊更擬築一鐵馬頭本年即可興工　因謹按我中國略有興作外國必知固由其兵艦遊歷之

勤新聞傳播之遠而亦當事者肯留心也曲禮云善哉覘國乎左氏云晉未可媮也魯未可取也契丹云宋相司馬光矣愼勿開邊釁也遐稽往籍振古如茲我中國之講究邊防如先五十年行之當不讓地球五大國矣惜乎往日無留心者而所見所聞不出本國之外也雖然及今而實力講求猶未晚也

初二日晴

美副外部請赴署商辦公事當偕繙譯何愼之於午初赴外部衙門外部言近接駐中國公使田貝電言南京有亂請電中國總署保護美國寓中國商民因答曰田貝既有電則必與總署言之且來電能知其亂由否可否抄示外部答以不便惟請從速發電因

答曰中國即有不靖之處不過會匪乘間刦搶不能終日官兵未到即已潛蹤此時計已靖矣外部曰美政府聞中國亂耗念切美之商民不得不特求電爲保護因答曰俟回使館商之及回使館與參贊等商因謂四月中國來電不肯接待美使金山來電請准華人登岸均以原電抄交外部此次發電似應令抄示原電方悉其詳遂函致外部請將案由地方復知外部無回信但請律師科司達來言不便復信應以發電爲是因謂交涉之事一切平等美外部屬發電而案由則不令知似與中國之於美外部者大分軒輊科司達仍持前說因未允科司達去參贊彭光譽以爲其中可疑必親往詢之遂往見科司達回述科司達言外部實不願作回

信彭光譽詢其故則云此等事無論何國何館向不推辭惟有請發一電而已因勉從之而心終不快也

初三日晴

紐約郵政局總管凡吳客脫來見　水底行船西班牙已造一艦而不甚合用茲聞法國又造一艘能於水底潛行而人不見其或隱或見操於行船之人法國嘗試驗當以兵艦排列海口作爲戰勢各兵艦嚴戒以待該船入水由兵艦之底駛過出海口七里之遙乃見於水面復潛行水底以回海口之內當其過兵艦底時有一兵艦知之而其行甚速亦無法可破之其船名吉彌歐　因謹按泰西各國均講求海軍而又講求所以破海軍之法水雷魚雷

而外有造氣球飛行空中以破之者有造泅船潛行水底以破之者其法日新其用不竭無非銷金之鍋耳然覘國者均以此測各國之用心不如是不足以杜敵人之覬覦而交涉一切必致棘手於是不能惜費而專求強焉阿非利加一洲自古至今混沌未鑿不於各國較力爭權不於本國講求製造不遣使以通情好不經商以權有無無機事無機心無機器其無懷氏之民與抑葛天氏之民與敻乎尚矣然而歐洲各國已分裂之矣

初四日晴

凡吳客脫偕其夫人來謁　接美外部照云駐中國公使田貝來電南京無錫等處匪類糾黨鬧事昨日又接駐上海總領事官電

稱九江地方又有匪黨滋事又距鎮江六十里法國教堂被焚揚子江地方殺斃英人二名又距上海三百里之地法國教堂亦被折毁云云　因謹按此會匪煽惑莠民以擄掠貲財特藉驅逐洋人以動公憤而便於聚衆也江南一帶自削平粵匪後卽以所撤之兵安置皖南游勇會匪率皆歸之搶掠頻仍愈久愈劇　因曾上疏切陳其禍奉

旨發交本省督撫惜地方官奉行不力不能拔去根株熒熒不滅炎炎奈何將來尚有甚於此者所望當事者制於未亂勿姑息養奸焉

初五日晴

是日設醼　美外部訂請赴希卡果相度賽會局地因不得暇參贊彭光譽前往　英國國中擬一律用電氣燈合計通國共用電氣燈十七萬六千八百六十四琖家用八萬琖初用時較煤氣燈爲費現已價廉於煤氣燈矣電氣公司獲利每成本百金竟得四五十金是商民均有益也　因至美已兩年見美總統各部衙門皆用電氣燈取其光足而又無火災也商家惟客寓全用之此外則盡用煤氣燈大約自今以後之燈電氣日增而煤氣日減矣其價雖廉而較之用油用蠟亦十倍之中人之家未易給也

初六日晴

上海招商局來電云忠等代存旗昌官項尊欵在內計十四萬兩

今倒閉滬不給請向其紐約總行力追函詳因查光緒十六年春前出使大臣張蔭　來電云馬允一年因即函致商局總辦馬謝其局中存放官項並詢明滙美之期馬觀察覆信期以九箇月並未提及存於旗昌銀行直至期過歸銀之時忽然來電云云殊爲可駭若前此詢明時即言明旗昌洋行因斷不允也查招商保險兩局外放之銀何止一處光緒十五年報滙豐有利等行均有今忽以旗昌洋行之欵屬因其中顯有挹注之意一面代向紐約查問仍一面函致馬觀察查問　因按美日祕經費存放商局自光緒七年出使大臣鄭藻　始當時即有轇轕尚不如是之甚至今日而直不可以理論矣此所以未見信於民也

初七日晴

丑正接總理衙門來電云電悉江南美民照約總應保護希告外部無慮魚當即繕照會送外部衙門矣　金山來電云美自苛禁華工以後到者日少近因開路需人與日本現居金山之工頭訂約招工五千人每人按月工資二十元赴施域公司承工云　因查此約雖訂而工未招以該公司惡工黨而改用日本人該工黨亦惡公司遂求金山議紳於議院創例禁美公司與外國訂立合同來美傭工此例行而日本工人恐到金山被阻故未敢來也

初八日晴

美國學堂林立因每出門見男女之赴塾放學者結隊而行秩然

有序因詢諸美國官紳知美國有男孩讀書之學堂有女孩讀書之學堂並黑人亦有學堂大約每百人中不識字者不過十人而已又以歐洲各大國讀書按每百人計之德國約九十四人英國八十八人法國七十八人俄國十一人所讀之書皆講求養民之法有用之道故國事蒸蒸日盛焉　因謹按泰西學校均以致用二字爲主而學分焉如礦學以採五金化學以鎔金石重學以運機器算學以精句股天文學以考度數始以爲淹博之道者今皆爲富強之圖中國近日講求富強必向泰西聘礦師購鋼鐵機器而海上行船則非精識天文不能知所行之度故中國兵船尙未遠出重洋則以算學未精而測天之法未熟也書云非知之艱行

之惟艱因願知此中之曲折者次第求精也

初九日晴

科司達來見言公使布萊爾事副外部屬爲道意（正外部病未返）請今日往晤嗣接德律風副外部請赴衙門商事因偕繙譯容揆往（何愼之已赴西卡果會）外部先謝中國保護寓華美民因答曰此我國照約應辦之事也外部言中國不接待布萊爾事㫐由未知其中實在情形如貴大臣肯允相商本大臣可以私見言之因答曰余於布萊爾事無權轉圜不能言不允亦不能言允惟有照例辦理而已外部曰貴大臣肯以我意電貴政府否因答曰貴大臣有所欲言何不電駐華公使田貝告我政府外部曰田貝處自當發電但貴公使

亦請發一電因答曰此事發端時因赴祕魯當時實由參贊彭光譽經手今貴大臣屬發電商諸政府自可代達但須待參贊彭光譽赴會返使署時說明再電外部曰可遂辭出

初十日晴

美國駐海帶島與古巴近公使戴克拉與水師提督記拉地奉美廷之命與該島政府商訂條約請該國聖匿克拉司港口歸入美國版圖以便美國兵船在附近洋面遊弋者得以添煤取水該公使與提督已見該島總統遞國書矣因謹按此美國之整頓水師也兵艦以煤爲力無煤則不行兩國搆兵之時局外之邦按公法當守局外之例不得助之以煤則海帶一島無事之時美人可以取

攜如意有事則應守局外而不能有所資也惟入美國版圖則敵國不能詰責亦如英水師之於地中海有新加坡錫蘭香港之可以接濟也既籌水師卽不得不籌及此國手之於碁也閒中一著亦惟國手能知否則視爲尋常之舉動也　英國爲紐方蘭士民欺淩寄居英人之故咨照美廷索解原故美廷遷延不答英廷遂派內閣大臣納此福至美會議

十一日晴

律師科司達以美總統及外部之意託爲派駐中國公使布萊耳轉圜請電總署彭光譽初不願允爲發電科司達謂明年卽換約之期過於嚴拒將有後患且總統有言中國實不知布萊耳實在

情形前此曾極愛華人者其詆華人一次乃詆金山之不安分華人耳不得以一眚掩其德也如肯接待則以後尚可相報如不接待則亦有以相報且布萊耳非大有才者易一桀驁之人尚不如布萊耳之易與也因以總統及外部律司所見均同允爲發一電至於接待與否使者無權科司達致謝而去是夜遂電北洋

十二日晴

聞直隸開平鐵路已接至林西以後即由林西開至山海關此路業經勘定插旗爲志不日興工造至山海關後即由山海關通連東三省以達琿春工部歲撥銀二百萬兩以爲造路之費其所由之路有山阻隔者倣西法穴山成洞又聞該鐵路公司現在運貨

日增但以運煤而計正月得儎價一萬六千兩二月增至二萬一千兩三月亦必有所增此明效大驗也　因謹按古語云民可與圖終難與慮始鐵路亦猶是也泰西之初創鐵路也爭論不已其不願者則謂奪民之衣食費國之帑銀覼縷陳之皎然明白無不以爲然也其願者至於通盤籌畫謂費成本若干儎人若干運貨若干除開銷外尚餘若干此銀不妄費也又計各廠用人若干開路用人若干修路用人若干運貨上下用人若干添設碼頭各棧用人若干民之衣食未嘗奪也然而其始行也或折其路或阻其行及至漸行漸便民亦無言今則衆口一詞以爲上下之利矣則堅忍之力爲之也中國已有端倪又有效驗其庶幾可行乎企予

望之

十三日雨未後晴霽

美國鑄金銀錢一千八百八十九年七月至一千八百九十年六月底計一年中所收之金值四千九百餘萬圓所收之銀值四千三百餘萬圓所鑄之大小銀錢一萬一千二百六十餘萬圓值六十餘萬圓另由他國入口之金值三百餘萬圓入口之銀值二千七百餘萬圓本境所出之金值一千九百餘萬圓所出之銀值三千六百餘萬圓存庫之金值六萬九千五百餘萬圓存庫之銀值四萬六千三百餘萬圓共計十一萬五千八百七十餘萬圓另金器一千六百餘萬磅銀器八百餘萬磅　因謹按鑄銀錢一事裕

國便民所益無限地球各國不鑄銀錢者惟中國及朝鮮耳中國不鑄銀錢前此用墨西哥之銀錢者已數十年近復增用日本銀錢明明利權讓之他人殊可惜也

十四日時雨時晴

華人來美向以中國官員發照爲憑准其入境嗣金山稅關又不肯以此爲準遂至廢而不行來往愈梗此次稅關以華人所持之照係中國駐橫濱領事之照阻其登岸因見外部以前例辨駁外部派員商之戶部戶部允其登岸因復照會外部以前例申言之本日接外部文戶部文准以護照爲華人登岸之據是添一方便之門矣　祕林海峽美人扣英漁船英廷詰問派來兵艦美政府

召上下議員集議一面將所扣英人船隻立卽釋放一面咨復英廷彼此各派大員馳往該海劃界以免越界　因查美國扣留英國漁船英使詰問久未釋放至今日而英以兵艦詰責美亦不復扣留漁船矣交涉大抵如此耳

十五日大雨

北洋來電云布萊爾不洽衆論既經折回彼欲轉圜云當圖報是否允除苛待華工新例總統外部有此權否本因布某詬辱華人不便接待若肯除苛例自易解說否則仍執前說婉拒爲是鴻咸得電後卽往見外部華頓華頓無他言但云俟總統回將此意轉達云　因微聞美之閒曹之言曰美總統與布萊爾爲總角之交

非不欲玉成布使也但其愛友之心不及愛位之心如允除苛例工黨必譁明年即爲保舉總統之年方欲留任豈可逆工不敢顧此失彼也然則苛待華人之例美之君臣非有所恨於華人實有所畏於工黨事勢至此苛例誰敢除哉

十六日晴未後微雨

昨日橫濱來電云本月初八日米旗馬路輪船由橫濱赴檀香山載有日本人一千二百名皆立有合同至檀香山糖寮傭工緣近來檀香山政府與日本訂立條約招徠日本工人其意欲禁華人而用日本人且欲現在該國之華人傭工無路自然棄該國而他往也查本年日本人往檀香山者已有六千餘名云　因謹按亞

墨一洲華人之足迹幾徧前此古巴祕魯之華人均以無約而受虐自立約後稍蘇矣而厄瓜多巴拿馬智利加拿大檀香山等處華人之憔悴於虐政者訴苦之狀無歲無之使臣以與該國無約辨詰無權不過苟且補苴終不能仗義執言致流寓之華人側足而立爲可慨也

十七日晴

智利國內亂未已初六日水師交戰亂黨以水雷轟毁兵艦一艘初七日來電又被水雷轟壞兵艦一艘智廷以經費支絀求美國代造銀幣二萬萬圓日內已帶回國聞亂黨已偵知將於巴拿馬地方截搶云　因謹按墨洲之亂黨亦知公法之不可犯也前之

購槍彈於美者美廷不允雖僥倖購成而終繳還今之智廷求造銀幣於美者亂黨雖欲搶掠必待於出境之後蓋以出境之後既非美國所轄之地則美國不能問也或曰巴拿馬實箇郎國所轄之地獨不畏箇郎之問罪乎因答曰此大小強弱之見也智利國勢小於美而大於箇郎弱於美而強於箇郎故美敢問罪而箇郎不敢問罪也春秋之世秦師襲鄭過周而周人縱之過晉而晉人要之兵法之所謂知彼知己也申舟之所謂鄭昭宋聾也

十八日晴

本日報館述金山新報云本月十四日戶部電飭金山稅關認中國駐外國之領事所發華人來美護照准令華人登岸查檀香山

各糖寮華人計有二萬但有中國護照均可來美香港華人亦可
照辦華人從此蜂擁而來豈不可慮情形如此惟有待今年下年
開議院時亟令議紳將華人來美事情認眞根究速立條例再加
嚴密俾戶部各員不能妄斷云云　因謹按美國工黨氣燄之大
可謂極矣戶部只准華商三人登岸而詆之者至於如是之醜雖
中國之
諭旨訓誡臣下不過如是嚴也蓋中國進退臣子之權操之自上
而美國進退臣子之權操之於民並總統之去留亦民操之此權
之所以重也工黨入籍故其權與美國之民同華人不入籍故無
此權安能敵工黨哉詳審事勢中國欲求美廷除其苛禁華人之

例恐不能矣　是夜子刻生女

十九日晴

從前破鐵甲兵船創用水雷而鐵甲失其堅嗣又有製成霍司開司機器礮者置之鐵甲船中每半時辰能發一萬彈而敵國之船放水雷者遂不能入本船之船底而水雷又失其奇現在日法兩國又造一船能行水底法國所製尤精且價亦廉其形如魚長一丈八尺寬八尺船身圓式船殼全用純鋼中容二人出入之處以螺釘之法旋緊密不漏水其進退升降不用舵而用輪其行船氣力不用水火而用電駛近敵船不需迅速但用檮行船之兩旁各有水雷潛置敵船之下引以銅絲回船至遠處但將銅絲捻合電

氣即通至水雷水雷即發無堅不破如敵船正行亦不能備又有鐵練繫以浮樁同置敵船之下樁浮上時纏繞火輪輪不能轉計每時行四十里入水可至三十丈船內有收空氣之地人坐其中可至四時辰每船價銀八千兩日國已經仿造矣

二十日晴

美國整頓海防前派員赴各口查勘情形昨日復命內有一節請撥二千八百零十八圓以制鋼綫纏繞礮身之新式小礮一尊以資試驗因俄軍試用此種之礮甚爲堅利異常故欲倣造兵部大臣已批准矣　字林報接英京魯特局十六日要電云現法國水師統領特奉廷寄迅速駛往俄國之康朗四旦城以便與俄水師

會齊也該統領奉到廷命後立時命駕至巴黎斯都城旋卽謁海兵兩部大臣面商機宜不日卽擬帶領各師船駛往康城會議軍政各國聞俄法有會師之約大都必爲訂立密約以期連橫共圖鯨吞他國之事不然法國何以有如此調動乎況俄法兩國夙稱莫逆此舉實增歐洲各國之杞憂耳

二十一日晴

美國與日斯巴尼亞所訂報施條約昨已簽押定於西歷八月刋布九月照行　德國開闢阿非利加洲經費無出擬開彩票以資籌費並禁販賣黑人爲奴開此項彩票每年可得八百兆麥利司合中銀一萬三千餘萬兩　因謹按售彩票之利如此則受彩票者其害可知

呂宋彩票徧行於中國矣將聽其暢行哉

二十二日晴

聞緬甸有酋不服英人據其兵弁終懾於英之强又復送還其形勢頗與越南相同近日英人於緬甸法人於越南興造鐵路達於中國西南各省以期通至中國且以勦撫生番轉運土產而緬甸礦產五金玉石之類尤多英所踞緬甸之地已二十萬英方里人數約四兆合南半北半計之人數約共八兆得中國四省之大將來鐵路一興不患人寡而曠土尙廣亦不患人滿英人得此誠大有爲云　因査緬甸越南二處共合中國七省之廣得中國地數三之一十年之間俱爲强梁所併惜哉

二十三日晴

美國近日考究兵艦所用之連珠速放礮所有新出之式共二十種一一試之以乞司開士之英寸四寸零七分口徑者爲合用此礮可放五十五磅重之彈子以諳練之礮手司放每半時辰可放二百四十次又考究無煙火藥各種一一試之適於用矣而不能久留留久則變其力不一其中則不能定現在務求於製造時能使久留不變歷寒暑燥溼而如一氣力如常命中如常方爲盡善又考究最猛最烈之炸藥一一試驗前此売彈無廠肯造茲已於賓省之密威爾鋼廠造成七寸売彈九十九枚以備試驗　因謹按光緒十五年　因始到美末聞美之整頓水師武備如是認眞也

自英國爲祕林海峽與美齟齬自義國爲紐阿連案與美爭論於是謂水師增兵艦講海防驗軍器不遺餘力焉見兎而顧犬未爲晚也亡羊而補牢未爲遲也美之形勢不與强國接壤本可以休兵息民然水陸無備不必於交戰之日判其低昂卽無事之時於交涉一道亦未能持平辦理蓋有備者每以盛氣陵人而無備者常爲積威所刦事勢至此而欲弭兵修好以求無事能乎

二十四日晴

歐墨二洲近年考究破鐵甲兵船之法奧國既用椎船制勝英法德美等國又創水雷德奧又創魚雷自去年西班牙法國創造水底行船之法其制勝又過於前人近日因遊觀美國天文臺其考

究天文者爲因言臺中兼考究鐘表爲水師兵船之用必求每日不差分杪至有行一年而不差一分者又考究空氣如何收法以備利用現聞有能收空氣縮之以寒氣歛之能以八百分縮爲一分則爲流質如水銀之類置之鐵管中再以風扇之復爲空氣以之水底行船極爲合用 因謹按學問之道因源以致流者易因流以派源者難泰西各國格致之學如氣學光學電學重學算學各有專門童而習之至於成功則唯所用之無不如志如但羨其製造之巧機器之靈尋行數墨節節效之雖偶得其一端究不足以創物既不能創安能日進有功因願講求西學者舍流而探源庶人才輩出焉

二十五日 晴未後大雨徹夜

美希卡果埠有商人欲創東洋車行於該埠於是由日本購東洋車二乘並僱車夫二名偕來牽車該埠地方官以爲違例報於戶部戶部大臣謂來美傭工新例所禁飭令遞回日本云云 因謹按美國苛禁工人新例載亞細亞洲東方之人不准至美傭工者別乎歐洲各國而言之也其別乎歐洲各國者歐洲各國之強也且有互准民人入籍之約也中國民人不許入他國之籍謂不欲民人輕去父母之邦乎是也然而賈誼有言飢寒交迫父母不能有其子君安得有其民乎以爲民人入他國之籍將忘其本而不念父母之邦乎歐洲各國之民其入美籍者仍常返其本邦踵相

摩舟相銜也且民之入他國籍者仍准其出籍仍爲本國民也以爲民人入他國之籍有礙本國之體面乎英俄德法皆大國也不聞其以爲礙也中外交涉步步受虧此其一也由所見囿於近也

二十六日雨

美國新聞載倫敦來電葡萄牙議增兵額終以無可籌費而止

因謹按葡之議增兵額也爲阿非利加洲之地與英齟齬而然也近日法國以養兵太多兵費太鉅議欲減兵而終未果一則欲增而不能一則欲減而不得時爲之也葡防英而兵不能增法防德而兵不能減以葡較法則葡爲無能矣中國澳門之地而舉以借葡斷非懾於葡之強可知當國者別有深心疆臣曾疏論矣因曠

覽今日歐墨兩洲之勢大抵皆欲練兵以圖自強其經費不繼者只英美兩國而已俄德之兵強矣而費實不足奧與義則年年借債日斯巴尼亞則專意水師而陸兵之力已單其他如土耳其埃及希臘波斯阿富汗勃爾加釐亞祕魯至於國貧而無欵可籌無債可借騎虎之勢仍不能下終必爲強者所幷此亦勢之無可如何者矣

二十七日雨

昨日新聞紙載華盛頓省葦拉伍埠有熟魚公司招華人充工而與該地隔河之布田地方土人聞之齊集會議禁止該公司僱用華人並聲言如不辭去華人必當集衆驅逐乃該公司不爲所動

仍舊招用恐以後釀成禍患云云　因謹按華人之勤儉耐勞各廠主人無不樂用土人之恨之者爲奪其生計耳議院紳士爲民所舉焉有不徇其所欲者詳觀美國上下之勢欲其删除禁工之例斷必不能若使華人能操投籌保舉之權其勢當與土人相敵雖不求其弛禁而禁自弛矣　金山來電華商七人由中國來稅關不准登岸卽往見外部請其照會戶部外部允之

二十八日雨北風天氣轉涼日中可著單衣夜中可覆棉被

是日爲西歷七月四號乃前總統華盛頓始改美國爲自主之國之日也美之君民每年此日例不辦事各處懸旗聲礮以誌慶幸熙熙皞皞有太平之象焉　因按美利堅之地始爲西班牙所得

繼爲和蘭奪之法又奪之英又奪之英人爲之開闢草萊營立宮室興造公司已如印度之爲外府矣後於茶葉之入口者旣徵稅矣而又徵出口之稅美人怨怒華盛頓創之乃背英而自立英人率兵船討之轉戰八年各有勝負美人終不言和而法與和蘭出而要英言和英亦以久用兵而經費絀乃曲從之美遂爲自主之國矣華盛頓爲總統乃創民政謂當自己始至四年而退讓位於賢美人不舍仍舉之爲總統華盛頓又創例謂以後卽有賢君亦只以八年爲限不得蟬聯遂成爲定例焉一切國例皆華盛頓所手創也至今國中承平富甲地球華盛頓誠人傑哉　英使館新到二等參贊來謁

二十九日 北風晴

謁英公使參贊　俄國前用兵於土耳其英法合縱以阻之俄以道遠徵調難繼志不得逞因查撤馬兒罕與新疆近又鄰印度鐵路既成再由俄京至阿摩斯至恰克圖至琿春其中水道阻隔濟以輪船派總兵安尼克經理其事計長一萬餘里如分五段同時興工三年可成工成之後琿春兵力不單西比里亞之出產自能轉運出口五金之礦亦可開採且歐洲各國之赴中國者又將舍地中海而由此路蓋一舉而富強兩字兼賅矣　因謹按鐵路之利俄人所論未免過於鋪張然費鉅欵以事經營固不得謂爲粉飾也今之談鐵路者或以爲鐵路興而軍行利我能往寇亦能來

乃俄人且欲歐洲之行旅出於其途其故何耶鐵路之設防甚易也

六月初一日元吉晴

昨日新聞紙云五月初七日美國公司與日本工頭訂約擬招日本人五千名來嘉省傭工一事查日本工人之欲來美者以千萬計嘉省如修築鐵路開墾荒地種植葡萄等事均需工人惟近日合衆國議定禁止立合同來美傭工條例所有此項工人到美國各口者均不准入境例禁嚴明茲日本工人雖可附船而來英屬之雲古華埠潛入美境仿華人之所爲然一經美關人員查知亦必阻止也　因謹按美國禁工之例愈禁愈嚴前此只禁工人來

美今則直禁各公司之立合同矣蓋不准其上岸尚可由他國而輾轉潛來若不准各公司之立合同以僱用工人則雖來無用矣

因嘗言公司之勢不敵工人之勢美國君臣愛公司不如其畏工黨也至此益信

初二日 晴申刻天色轉暗以後大雨

昨日新報云前日紐約來電英國新派赴祕林海峽之委員名泡爾者已到紐約即附火車至英屬之卡拿大往祕林辦理捕獵海龍一案又金山來電美國兵艦名麥林已於前日開赴祕林海峽以防暗捕海龍之漁船

因謹按近日議論英美爲祕林海峽捕獵海龍一案莫能相下至於出言不遜各派兵船懼其有決裂之

勢因以爲斷不至是也蓋嘗熟審現時交涉之勢矣大抵強與強遇則不輕用兵以強國之謀國者皆知彼己之情勢不能必勝卽不輕開釁也弱與弱遇則輕於用兵以弱國之謀國者均昧彼己之情勢以爲可勝故輕於一擲也強與弱遇則敢於用兵以能操必勝之權將以一戰而索賠割地故樂爲之也今者英之水師較美誠爲強矣然祕林海峽一案其擄英之漁船者法人也英人昌言以兵艦保護漁船未久而俄廷昌言祕林海峽俄國所轄居多英與美不得專主是俄亦不直英矣俄與法合英之水師力不能敵矣且祕林海峽鄰近美國英人越國鄙遠不如美之徵調之易度英之謀國者必熟審此中情形矣安敢輕於啟釁哉因固知其

斷不相見以兵也或曰英美既不相見以兵何以各調兵艦岌岌焉如將交鋒者此何爲耶因答曰此兵機也此交涉之機也英不調兵艦則英雖昌言而不能行英示弱矣美不調兵艦則美懾於英之兵力而慴伏以讓之美示弱矣但一示弱則將來商議此案必不能得其平此番交涉既不持平則凡交涉各國皆輕視之以後從此多事而防之不勝防易曰履霜堅冰至蓋言慎也又曰童牛之吉豶豕之牙言防之於始也有國者欲求大事之不受虧當先於其小者慎之防之此交涉之勝算也

初三日大雨

二十九日報云米西西比河水溢決隄沿河被水層見疊出無歲

無之前一千八百八十八年即光緒十四年築隄經費共美銀三千萬餘次年又費六十萬餘而終不免溢決傷毀民財以百萬計本年該省擬大修河隄因需欵甚多尚未議定興工云　因謹按光緒十年御史劉恩　以中國黃河屢決奏請倣美國治米西西比河之法以列陣圖治之當奉旨飭查查覆在案中美相隔四萬里傳聞失實以爲美國必有善法以治河可以一勞永逸而不知河患之至今未息與中國同而其費用之鉅尚過於中國也夫交涉之事機器之用中國向鄙夷而不屑講求故才智之人不用聰明於其中遂覺遜於外國若治河之法中國所歷代講求者豈有所不及哉自神禹不再作而河

患遂不休然而中國尚有神禹其人者外國乃並無之中國人才實勝於外國也在有以陶成之也

初四日 晴天氣轉涼

金山工黨創例收華人丁口紙每名美銀七圓省官已允派五十四人分往各處沿戶抽收並立例自西歷七月一號至明年正月一號止如華人未領紙者罰予監禁云云已飭金山總領事延請律師向該衙門辨駮矣 因謹按美國之人無爲工者金山之工黨皆歐洲各國之人亦客民也與華人之爲客民同也其所以能陵虐華人者以美之君臣庇護耳美之君臣所以庇護者以其操投籌保舉之權耳其所以操投籌保舉之權者以其入美國之籍

耳華人以不入籍之故而遂爲他族魚肉至於不可挽回則始謀之不善也

初五日晴

昨日紐約來電查歐洲各國人民由紐約海口上岸來美者自一千八百九十年七月一號即光緒十六年至一千八百九十一年即光緒十七年六月三十號止此一年中由阿爾蘭來者計三萬五千五百二十四人由英蘭來者計二萬四千二百二十八人由英蘭之西華里士來者計二百二十五人由蘇格蘭來者計四千九百零八人以上皆英人由德國來者計七萬四千三百八十二人由法國來者計四千三百八十八人由俄國來者計三萬三千

五百零四人由俄屬波蘭來者計三萬四千二百五十六人由瑞典來者計二萬九千四百十五人由那威來者計一萬零九百三十二人由義國來者計七萬零七百七十六人由丹國來者計九千零四十三人由奧國亨加釐來者計四千三百六十二人由奧國波希米亞來者計八千四百九十八人共計四十萬五千六百六十四人

因謹按此皆入籍美國之民也美國之所以准其入境者以其入籍也或問美於中國民人之來美者何以不容入籍乎因答曰中國自不願其民之入美籍也且中國之民亦不願入美籍也或問美國獨不憂人滿乎而容他國之民紛至沓來以入其籍乎因答曰據萬國公法固任民之往來自如也或問旣聽民

之往來自如則不入美籍之民亦何不可聽其往來自如乎因答曰此有礙於昇平之局也或問何以有礙昇平也因答曰入籍之民即作爲美國之民凡有起釁不和之事皆照美國之例治之其本國無須過問也其不入籍者土客之情形既顯分其畛域俗尚之歧異又易惹其猜嫌釁隙從此而生仇殺由斯而起至於案出則照公法於他國之民之受害受損又應議卹議賠此不入籍之所以難處置也至於入籍之民與不入籍之民其來去自便無殊且不入籍之民尚不如入籍者之來去自便耳蓋美國與各國所訂入籍之約必有聽民仍返本籍之條其願返本籍者但一呈明即脫美籍毫無阻滯且云客民入籍美國之後如返本國二年以

後不復來者卽可作爲脫籍紬繹其意入籍二字只以防患而已非因地曠而有希冀招徠於他國之民也

初六日晴

美國之富甲於地球卽紐約一地巨富已有四家其一名愛斯其每月可收息銀七十餘萬圓一名樂費雷每月可收息銀五十七萬餘圓一名番德別每月可收息銀四十五萬圓一名戈爾德每月可收息銀三十一萬餘圓 因謹按亞墨利加一洲開闢甫三百年或以爲蓄積旣久故發洩不窮宜其富也其實不然祕魯亦墨洲之國也 因嘗至其國矣考其每年所入僅銀六百餘萬兩不敵美國一富家也卽美之鄰國爲墨西哥各礦甚多然經理無人

國債纍纍今年尚擬向歐洲貸欵美之外未聞再有如美之富國也然則美之富也仍歸其功於創業之華盛頓耳　外部來文戶部已電金山稅關准華商登岸矣

初七日晴

海藍前此來電稱紐約華得力製造局所製五十二噸之鋼礮已由紐約運至散地貨克地方上岸試驗該礮身計長三丈六尺五寸礮裏自口至底計長三丈四尺可入火藥四百四十磅合中國三百餘斤礮口門徑三尺二寸礮架用活動機器礮彈遠至十五米合中國五十里試放之時房屋皆搖動云　因謹按外國之礮可謂愈造愈精愈能及遠也從前英國烏力支廠之礮能及十里

以爲遠矣而德國克虜伯廠造成一百噸鋼礮及遠三十里英國遂擬造二百噸之礮以勝之至今未聞成功今美國所造之礮較之德國其重只及半耳而及遠倍之是以少勝多矣查本年四月二十二日因以中國新購美國槍彈因飭紐約領事詳查近日槍礮新製遂查得美廠新法以礮口一尺礮身長至三十倍者格外及遠今試之信然乃知人心之靈無所不至過此數十年其機變正不知何極也世運如此不能不與爲轉移欲自強者當思趨風氣矣

初八日晴

美國精於軍械之員謂各樣速放礮之彈子極重不宜過六十磅

查安士脫郎速放礮所用之彈重一百磅以致彈與火藥不能一齊入礮又查乞司開司之四英寸零七分口徑之速放礮彈重五十五磅實爲合用近日法國水師已擇用之又謂現時兵艦交戰之時其開礮也必待兩船相距二千英也之時（每一英也合三英尺二千英也合六千英尺每五千二百八十英尺爲一米計二千英尺合中國四里餘）故船上小礮如六寸口徑之類者於一千五百英也之遠易於命中雖近日槍礮力逾從前礮彈之射甚遠然兵艦靈動不定如過四千英也亦難命中云　因謹按此美國近日之講求水師也自祕林海峽之案與英齟齬自紐阿連之案與義齟齬英義兩國水師美自審力不能敵於是竭力講求既派員查沿海各防以築礮臺又由廠考鐵甲之用以求堅

翺添製兵艦以求鐵甲之緊貼船身講求槍礮以求彈子之及遠命中試新出之無煙火藥考炸彈之轟裂機關又嘗求添煤之區於海帶之國雖非未雨綢繆亦可謂知彼知己臨事而懼者矣

初九日晴

新報載前十日德皇偕皇后至英國謁見英之君主英地方官夾道歡迎莫不喜悅兩君相見後德皇因向英君請觀英之軍容英君乃調隊伍合操步伐整齊槍礮成列德皇稱羨不已兩君浹洽是會也俄法兩國聞之頗生妒忌以德皇既與義奧兩國聯盟謀拒俄法今又與英合其迹可疑傳聞法廷已有密書至俄約共伐土耳其瓜分其地並迫英廷撤回駐守埃及之兵雖無確據然亦

可見歐洲局面戰爭之機無時或息云　因觀於此而知邦交之宜修也德國自該撤爾勝法以後推爲霸主可謂強矣而不敢自恃也猶且謙謙自牧修好於義奧兩邦聯盟既成而俄師不敢輕加於三國似可以高枕無憂矣乃又修好於英英德合而法人自不敢輕於啟釁法人自量其力不足敵英亦不易勝德故約俄人以助己爲遠交近攻之謀然秦之得志於遠交近攻者以所鄰之國皆不足敵秦也法之鄰爲英與德則非其類𣗳俄之勢近之矣然芬蘭各小國俄已盡之阿富汗土耳其英人庇之義奧又與德聯盟俄亦有志而不能逞焉觀變於未形察幾於未見中國之東三省其宜設防乎

初十日晴午後大雨徹夜

初七日訪事人接俄信言俄廷擬造新式大小兵艦二十五艘令該國各船廠趕緊興工務期速成以資急用此外另由戶部與外國訂立合同同時興造查新艦內有數艘可容一萬二千餘頓每一時辰可行五十海里云云　因謹按俄國陸軍之強甲於地球而水師不及英法近年添造兵艦皇皇如不及焉將與英法海上爭雄乎未可知也然非十年之內所能爲功也　美國民主出遊南方各省至貪克失司省極爾懷司登地方與人言曰予惟以商務之盛水師之強是急當先聯絡墨洲各邦以擴充商務整頓水師俾無隙可乘云

十一日晴

初九日新報載美國水師部軍械所人員於上禮拜六即初六日在紐鉢地方試驗各種新式水雷以備擇用按美國近年造成兵艦多艘船中所需各項器械均擇現時所稱最堅利者今各具已備尚有水雷未定何種水師部各員欲於美國廠中所造者擇其上等以資實用因將各廠所造水雷一一試驗乃知各有所長亦有所短未便專用茲擬先購英國懷乞脫廠所造水雷三十枚暫資利用云　因謹按泰西各大國均以兵強稱雄俄之陸軍英之水師天下莫強已英之陸軍微遜於俄俄以外無敵焉法之水師顯遜於英英之外無敵焉德之陸軍足以戡法法以下無論矣此

外則義之水師亦稱雄於海上奧之陸軍亦可固其封疆近日日
斯巴尼亞亦增造鐵艦舍此則自鄶以下矣美處墨洲無所用武
而不以武耀然製造之廠林立所有船礮不必購自他邦一旦疆
場有事閉關自守取諸宮中用之應敵而無不足焉查以上各國
惟日斯巴尼亞不能自成一船義奧之製造廠不多若俄若英若
法若德若美此五國者各廠林立鐵路縱横默計澄觀而可得其
富強之要領矣歐洲之土耳其芬閬希臘阿富汗波斯埃及勃爾
加鼇亞賽爾斐亞亞洲之機窪天山朝鮮琉球越南墨洲之墨西
哥可侖比亞厄瓜多祕魯巴西烏拉乖阿鎮丹泥格拉威内薩銀
國各國於船礮之廠未有聞焉其鐵路皆購於美國故富者閒有

之而強者則渺矣古之創業者其精神常周於數百年之後今之謀國者其耳目當周於九萬里之球英俄德法美各國如此而已欲富強者可知所棄取矣

十二日 晴中夜大雨

金山領事來信言美關於中國靴鞋入口一概加稅 本日新報載巴黎來電言近數年法廷曾立例美國豬肉無論鹹乾以及火腿均不准運入法國各口因其中有蟲民食之者多生疾病故絕其來源以重民命曾經美國迭與法廷再三駁詰未除茲值法國增修稅則法國外部大臣商諸議院復准入口每一百奇羅一奇羅計兩英磅及五分磅之一合中國二十六兩四錢一百奇羅合中國十六擔半收稅銀二十佛郎合中國銀三兩

餘

惟生蟲者仍不准入口云　因謹按凡物之有害於民生者不准入口如鴉片之類是也至於稅則隨各國自定而他國不能置議焉以其均爲內政也美於中國各貨之入口者其稅極重中國向未置一辭焉以其爲美國之內政也中國於外國入口之貨其稅至輕蓋由立約之時已議定也然而美之於各國也欲增則增之如一千八百九十年（即光緒十六年）所定新章是也各國之於美也欲增則增之如義大利於美之煤油墨西哥於美之牛羊法郎西於美之豬肉是也且欲禁則禁之數年以前法義於美之豬肉亦是也以其皆爲內政而不妨由己改訂也中國於各國入口之稅應更張者多矣願留心富國者一訂之也

十三日雨

紐約來信云前月二十日馬得力有信言小呂宋各島中有一島名沙蒲丹者向歸日國管轄茲聞英國已踞之矣　因謹按墨洲全土三百年前亦日國之先至而有之者厥後法人奪之英人又奪之而日失其所有矣其拓地於數萬里外者長駕遠馭之習也其不能久踞者兵艦之單也英人知之故水師之力甲於地球屬地之多亦甲於地球爭印度之地法人讓之爭阿洲之地德人讓之至朝鮮亘文一島俄人欲之而英先踞之俄亦讓之中國援公法以索回從此他國不得而垂涎英之謀亦狡矣

十四日小雨陰

美國自去年創增入口稅諸通商之國啧有煩言法人既擬移設製絨之廠於紐約德國之所製造亦恐運至美國或至折耗擬開日本一埠以冀挹注云　因謹按美總統之言曰美國加入口之稅於本國商民大有利益於他國亦無損云云夫入口稅增則他國之產運至美國者成本亦增將有裹足不來者則本國之產得擅其利於本國誠有益矣至謂於他國無損此欺人之辭耳卽於本日之報驗之

十五日　小雨

十二日奥都維也納來電奥廷既與德義合盟猶恐水師力薄卽議定添造兵艦俾爲攻守之資需欵一千二百九十六萬圓已籌

陸續分撥云　因謹按歐洲與俄比鄰之國蓋無日不妨俄也前俄太子將遊希臘奧君知之急作書貽之請以奧國爲東道主俄太子遂取道於奧奧君待以上賓之禮且留止宮中主賓之情極爲歓洽猶昨日事也似於決裂可無虞矣乃不忘武備復增戰船誠所謂勇夫重閉也　因嘗讀曾忠襄遺疏有曰鄰交雖睦不忘武備之修賢俊旁搜廣儲干城之選老成謀國所見遠矣

十六日晴

俄國來電云俄廷現擬立例凡外國人民商於俄者予限五年即當入籍爲民違者驅逐出境云　因謹按此襲美之故智也然美人禁工而俄人禁商禁商則於通商之約背俄人強故敢言言之

未必可行也且觀其後

十七日晴

美廷因外國人民近年來美日多爲患亦日甚已特派員往歐洲各國查勘各國人民來美情形以便將來立例防範庶艮莠可分流弊可杜茲所派之員由倫敦來電云已抵英即往英國各口岸訪查查明後分爲兩班一班赴法奥義等國一班赴俄隨處查問又通知美國駐各國之領事官隨處訪查云云　因謹按美人處心積慮又欲禁歐洲各國人民來美故以派員查訪爲名而後發言也其實各國人民來美之故何待查哉

十八日晴

美國上議院紳士白太里因美國漁船七艘於相近英屬衣斯巴埠捕魚被英之輪船駐加拿大者名臺列牡所獲請於戶部言美國漁船皆在美境未犯英國禁例爲英所誣請速派快船往英屬依斯巴埠以資保護並請駁詰戶部以此事大有關係不便自主卽告外部外部復稱快船卽當派往並將此案電飭美國駐英屬聖司底文領事官名尼耳權理迅速查明漁船被獲情形備文詳明

因謹按此英之所以報美也英之漁船曾爲美所拘矣請之美廷未嘗釋也請由局外之國斷之未嘗允也控諸美國刑司未嘗平反也若他國當此爲美所窘矣英曾聲明必派兵船保護美亦派兵艦十六艘以待之至是而英乃拘美之漁船美亦派快船

以助保護此案以前半截美與英爲難以後半截則英與美爲難美既受窘則當降心相從不復如前之武斷矣此外國之所謂以勢行理理必有勢而後可行也乾卦之言自強貞固足以幹事也

十九日晴

美國議院紳以發財票害民傷財立例禁止不許由書信館寄入美國以後如有此票附入書信袋內到美國各處者一經查覺全罰入官卽由郵政部定章布告此後外國信袋載來之發財票均當轉交稅關人員按例罰辦云 因謹按美國前已禁呂宋票入境矣茲又復申禁例例嚴於前而又渾其名者何也蓋法國巴拿馬開河公司以費竭而中止擬開彩票以繼之德國經營阿非利

加洲費無所出亦擬開設彩票美廷防其流入美國也故爲先發制人之計渾其名曰發財票以各項彩票皆不外其名也且不欲明言之而開罪於鄰國也不剛不柔而不可奪交涉之道如是其庶幾乎

二十日晴

金山總領事來電華利柯埠土人驅逐華人華人至被毆斃三名土人淩虐無已請速見外部因即往見署外部大臣恰在衙門告以有所聞否外部云尚無所聞因出金山來電示之并告以尋讎不已將來華人被殺尚不止此并恐他埠從而效之則更多事外部允爲迅速發電飭該省總督解散保護并查究兇手因謝之遂

辭出　俄國大增水陸兵費計陸軍中增俄銀四百六十萬羅布其中二百萬爲添造兵房之用水師中增四百五十萬羅布

二十一日晴

輪船公司送到

國書一道係覆祕魯總統告卽位之文舟車積壓外櫝已碎裂幸國書尙完好當卽易包縫以布仍交該公司寄祕魯　美國工黨以華人由英屬之加拿大及墨西哥國私行入境請於美廷行文英墨兩處代爲嚴防美總統卽照行文而英墨均以不能辦到婉辭照覆　因謹按工黨能請於美廷而華人不能請此華人之所以不能與工黨爭也且工黨一請而美廷卽如所請又可見美廷

之曲徇工黨也左氏曰將求於人必先下之美官紳之謂也

二十二日晴

美國戶部査一年之內（即西歷一千八百九十年七月一號至一千八百九十一年六月三十號）所收內地課稅總計銀一萬四千六百零三萬五千三百七十六圓比前一年多三百四十四萬零六百八十圓內所收蒸酒稅八千三百三十三萬五千九百六十三圓比前一年多一百六十四萬八千五百八十八圓煙葉煙絲稅三千二百七十九萬六千三百七十圓比前一年少一百十六萬二千七百二十圓米蒸酵酒稅二千八百五十六萬五千一百三十圓比前一年多二百五十五萬六千五百九十五圓假牛油稅一百零七萬七千九百二十四圓

比前一年多二十九萬一千六百三十二圓雜項稅銀六萬零七十九圓比前一年多一萬六千五百八十三圓又查一年收稅經費除刋印稅單土担費係刋印局欵項下支出未計外共計銀四百一十九萬三千圓

因謹按此美國內地所收之稅也酒稅共一萬一千餘萬圓煙稅三千餘萬圓合而計之已一萬四千餘萬圓其民較中國六分之一耳而收稅之鉅如此者泰西各國以煙酒非民之所賴以生者故重其稅也中國效之卽不能六倍但如其數餉亦增矣物窮則變亦周禮漆林之征之意也

二十三日 晴巳以後小雨中夜大雨

美國內地課稅已查明矣又查鐵路一項其入欵亦甚鉅總計通

國鐵路共二萬六千餘里據總理之局刊出一年進項共一萬三千三百萬餘圓除開銷九千三百餘萬圓實餘四千一百餘萬圓

因謹按鐵路之利其益不可勝言也調兵轉餉救災設防通商貿之有無運笨滯之貨物此其大者隱而難計者也卽以儎費計之其進項已抵中國之半而尚有九千餘萬散於民間悉歸經理鐵路之用此經理鐵路者皆本國謀食之人也以中國貧戶計之每一家十口每年僅需百金藎足贍九千萬人一年之衣食中國民數計四百兆九千萬人將近百兆矣中國貧戶亦不過百兆而已然則鐵路一興貧民其有豸乎

二十四日 陰雨

外部來文云華商林華以所領領事護照任意在美境導引華人越境由戶部咨來幷鈔戶部文一幷照會當飭紐約領事查明金山工黨已沿門偪華人領丁口紙每名索銀七圓華人不領已控諸該地方官矣

二十五日晴

美國火車賽速有由金山兩日到華盛頓者蓋每日行五千里每一時辰行四百一十餘里矣今聞美人又創新法已造一電車試行每一時辰可行八百里則一日行萬里矣電氣之用漸試漸廣電氣偏於各洲惟阿洲未興造然阿洲已為歐洲各國分裂將來亦必興造矣因考各國電綫里數以英里計之美國十七萬八千

餘里俄國七萬二千餘里德國五萬八千餘里法國五萬四千餘
里印度三萬三千餘里英國三萬餘里義國二萬餘里土耳其一
萬九千餘里奧國一萬六千餘里日國一萬三千餘里中國一萬
二千餘里日本六千餘里　因謹按阿非利加洲自開闢至今尚
仍混沌之俗其民皆黑人故也其洲之南名好望角者即大郎山
地廣人稀久爲英屬英已設郵政局凡鐵路電報次第舉興郵政
進項每年已銀六十餘萬矣

二十六日晴

是日寅刻卽起恭祝

皇上萬壽行三跪九叩禮各員均到惟繙繹二人未到辰刻設麪

申刻公醵　律師科司達來因以紐阿連省苛禁華人假道事告之因訪以美國今年新立之例不許各國人來美傭工此例行否答言已行又訪以美國派員至歐洲各國査各國來美之民人日多之故將欲何爲答言美廷恐以後有人滿之慮故派員査之可禁則禁尚未定準也　紐約領事沈桓覆稟該處並無濫發護照事而美國各處關役有意留難故以誣罔遂照原文照外部　閏日本國因中國會匪滋擾已擬派兵艦五艘往駐上海　因謹按沿江一帶多會匪皖南尤多大抵皆以搶刧爲生其鬧教者不過白日搶刧而飾以美名使官兵之不敢遽捕團勇之不與爲難耳四紮之案上下諱之而會匪之氣燄日長因嘗已疏陳矣

二十七日晴

謁律師科司達座中適有美紳因談時事言歐洲時局可危因問其詳美紳言昨日倫敦來電謂泰姆士報述俄國駐法之公使名馬黑來希姆近奉俄廷之命擬與法國訂一新約如德義奧之同盟互相援助該公使近日正與法國妥商此事如兩國意同卽可立約訂定云　因謹按前此德皇遊英英皇待之甚厚並閱英國操演軍容法人忌之卽潛與俄商欲深相交結以敵之並欲攻破土耳其分裂其國以牽掣英之兵力且離間英德之交始以傳聞爲未可信也今果然矣法與俄合德介於俄法兩國之間未免實偪處此其可危乎　亥刻接總理衙門來電云日國署使阿樂嶽

來京並無公文望電詢外部速備公文以便接待感

二十八日 晴陰申刻小雨

辰刻電駐日參贊楊慕璿以總理衙門昨夜所來之電令其速詢外部　本城八月三號新報稱俄法密訂新約俄國駐法公使已簽名法廷卽派水師提督親持約欵呈俄皇批閱又和國京都司炭達報言俄法二國同盟一事已經法提督至俄都與俄廷講求兩國水師協力合隊之事法提督謂俄洲北洋一帶海面礁石極多極大兵艦不利往來故不能臨時相助至於德國葛利脫白耳脫洋及米刻林巴洋此二處海面兵艦便於行駛然此乃交戰之時法國所以助俄者如俄國以兵攻德俄國兵艦當會戰於啟爾

海口也　因謹按同治七年德法之戰法都被破法君被擄法固未嘗一日忘也徒以德之軍政嚴明自揣不足以勝之故隱忍未發耳今與俄同盟則勢強矣俄法均為佳兵之國所見略同俄有志闢地於歐洲而為各國合縱所制無可用武今法乃助其勢歐洲之兵事其興乎

二十九日　陰未後小雨

金山稅關以英公司輪船名唐那所儎鐵釘由紐約運至英國利華埠轉運至金山金山稅關按美例由本國此埠運至彼埠者須用美國之船儎運今以英船即是違例且未納稅遂將其鐵釘扣留計值銀三萬五千圓云　因謹按此事可備稅關考證者中國

於外洋貨物入口後又准其運入內地至於茫無邊際藩籬盡撤
長江輪船貨物旣運至漢口已入內地五千里矣今新與英立約
又准運至四川重慶則共萬餘里矣奪小民之利足外國之欲似
非無礙於理財也稅則者中國之內政豈不可以自由也哉　字
林報接英京本月二十六日電云俄國現擬造設鐵路由裏海東
省通至波斯西北境之薩臘克斯地方云按薩臘克斯係在茂甫
城之南說者謂俄人於亞洲志在南下矣　俄國裏海以東與土
耳其交界之處巴庫地方日出火油八萬八千大桶美國出火油
雖多尚不能及其半
三十日晴

亥刻日署參贊楊慕璿來電云阿本三參由前任帶見例無文外部懇乞接待新使朏發楊　駐祕參贊吳濬來文以英公司在祕辦理掘運鳥糞等事僱用寓祕華人知會該參贊由吳濬稟來請示因以中國禁止招工者係禁招中國各口之工如華人業已出洋作工所居之地已非中國地方外國固無所用其招中國實不能禁其僱如必拒之非特該公司不從卽華民亦不從也且中國所以禁招工者以豬仔頭之販賣人口耳名雖爲招實則爲賣以致不能自由任其淩虐如其僱用則一切弊竇自不能行故擬允之參贊彭光譽不以爲然遂函商於律師尋律師以爲可允故仍允之　聞法國外部大臣力陪與中國駐法參贊言中國會匪作

亂焚刼洋人傳教人請飭速電本國政府保護參贊答以現已平靜矣外部又言如中國不勦平會匪以後法國政府將合歐洲各國自行保護云云

出使美日祕崔日記

七月初一日大吉晴

發電與總理衙門爲日國駐華之署理公使無日廷文書之事也
電文云阿應前任帶見例無文外部懇接待新使將到因　日本
神戶報言俄國駐朝鮮之公使奉俄廷之命於朝鮮求界一口岸
以爲俄國之用朝廷拒之　因謹按俄人之覬覦中國東三省可
見矣即於垂涎朝鮮口岸見之也中俄交界之曠地三百年來俄
人以混界佔之每勘界一次中國必失地數百里昔之索倫勁兵
地方今已入於俄矣俄固不費兵力也朝鮮口岸必無可混則以
君命求之求之而得則陸軍可以轉運水師可以添煤添水於數

萬里之外而得一屯兵之區何異攻敵之平行壘也（泰西兩軍對敵其攻營者往往築平行壘其製逼近敵營壘土石與敵營齊則敵營不能守）幸朝鮮不允也易曰履霜堅兵至過此以往俄人之心其未已乎

初二日晴

二十六日照會外部之文茲接外部覆文云已收到卽照戶部俟戶部覆文云云　近來美國留意海防需用大礮因將各國所造大礮試驗比較查英國新造兵艦名域多利阿者有大礮數尊每尊重一百十噸長四丈三英尺零九寸口徑十六英寸四分寸之一係英國紐加司爾埠安司脫郎廠所造每造一尊成至速須十五箇月受火藥九百六十磅鋼彈重一千八百磅每放一次需英

金一百七十七磅現在所有各國鐵艦礮臺均可洞穿惟放至七十次則有炸裂之虞　因嘗謂礮可加巨而鐵甲不能加厚者至是信矣如以二百頓之礮能洞穿四五尺厚之鐵甲則鐵艦豈敢攻礮臺乎

初三日晨起大霧辰刻霧消日出

接總理衙門文書知會匪鬧教已奏奉

上諭矣所願各督撫實力奉行庶會匪可靖而中外無事也　又接南北洋暨蘇松太道文書以華商所領來美之護照美國稅關以爲有弊故仍留難已據文照外部矣

初四日晴夜雨

越南東京西報云前由福關東築至諒山之鐵路今近福關東首一站業已告竣往來利便可使地方安靖且沿鐵路兩旁不墾之地今以火車遷其農人攜運農器可以開荒易草萊爲稼穡又中越交界去年經中法兩國派員帶兵會勘分界尚有近山之地未立界石者約六七百里野人居多野人所售之鴨購而烹之其腸中必有金沙蓋因金礦由水流出之沙爲鴨所食故也此礦在中國界上法人欲之故界不能遽定云　因謹按墾荒開礦均天地自然之利也越南人冥然罔覺致啟法國垂涎今則鐵路日開荒地漸闢而礦沙亦露混沌鑿破同於阿洲惜乎越人祕其藏而貽法人享其利也

初五日晴

祕林海峽捕海龍案西歷八月四號該峽來電前美國漁船七艘在英屬海之衣斯巴埠違例捕漁爲英兵船臺列母所獲由英員審問該漁船供實因大霧不辨海面界限致誤越界並非有心英員以其言尚近理釋之　因謹按祕林一案英之處美較美之處英爲寬非怯也其爲用心之深有待而發歟其爲交鄰之厚有怨則忘歟要之勢之強者顯用其勢不如隱示以勢使之相喻而有所懾且市以德則易就我範圍而我又可以博仁人君子之名此英之作用也

初六日晴以上三日均大熱

本日新報載法國來電稱外部大臣准於本月底往瑞士國避暑俄國外部大臣亦因避暑赴瑞士遂約相晤雖未聞何故料其皆赴瑞士似因約定必爲國事起見云　因謹按從前法君拿破崙第一曾約合俄以混一各國乃因無信先欲圖俄遂至寒盟法人加師於俄俄之木司科都城自焚以淸野法人無所棲止無可掠食八十萬人傷亡殆盡其得歸者只萬餘耳拿破崙遂敗事今俄與法其國皆佳兵其君皆好戰如果深相交結歐洲難保昇平矣

初七日　晴大熱寒暑表升至九十五度未刻暴雨大風雨過仍晴

德國來電云近日德國政府請歐洲各國會盟訂立通商稅則同盟諸國均須照商定之稅則抽稅以昭畫一惟所請之國俄法兩

國不與蓋疑德國此舉爲制己也茲聞德廷本意實因美國近增稅則所有歐洲各國貨物運入美國各口者抽稅比前較重故聯盟各邦以定稅則相報云云　因謹按觀此而知稅則爲各國內政他國不能置議也美增稅則歐洲各國雖不願而無能與駮詰者亦只能以增稅報之而已墨西哥已行之矣此其可證者也　因又觀此而知交鄰之意不可不講也德欲聯盟以增稅報美各國皆從而俄法不與者法與德讎俄與法密也歐洲各國之君歲時晤見如古之覲遇朝宗焉固通情好亦懼齟齬也細針密縷願細心者共體會焉

初八日　晴大熱未刻暴風小雨仍晴

倫敦來電言法國有兵艦一隊不日開往俄國之克龍士達埠海面以意度之當是與俄之兵艦合操也　因謹按此當係局外揣測之辭然而形迹固可疑也歐洲各國如德如義如奥及諸小國其畏俄法之横恣皆利害切身也即英之水師甲於地球似可不慮然俄與法合則兩國水師之力實足勝英英亦安能自恃比權絜力遠慮深思蓋均不能不自危矣

初九日晴

是日赴美國國家銀行與美紳某相遇因作寒暄并詢中國民人滋毁教堂一案因答以我

國家風行雷厲匪人現已斂迹某謂亞洲形勢俄處其北南臨中

國印度等國志在鯨吞茲又擬築火車鐵路環繞中國印度各國直達太平洋海濱不久可成英國雖強亦懼其侵印度閩業與中國聯盟信否因答以未聞某謂會匪滋擾教堂一事各國駐華公使均求竭力保護惟英公使不甚著力殊不可解或者英國別有所求於中國故不欲以勢迫也因曰此間所未聞也容查之遂散

初十日 晴是夜丑刻大風雷雨

金山來電又以去年金山稅關所定之護照由洋人簽名准其回華後仍准來美此次又援戶部文附會不准復來而去年持此種護照回華者已有三四千人忽然改章均不能返請爲設法已電律師科士達矣 因嘗讀呻吟語云兩人相信形迹皆土苴也如

不相信形迹亦上萛也美之上下無不願以禁工媚工黨中國無論如何應付均非美之所願必至華人不來而後快心護照曾何益哉

十一日晴

申正接總理衙門電云密申倫敦來電美派水師一軍赴華以防鬧事查美教在華均安輯現惟英法教案刻已次第了結美國此舉確否希詢外部卽電覆瑱此時外部衙門已散明日又爲西歷禮拜遂定於十三日往見外部　因查咸豐十年之役英人以焚燒鴉片搆釁而各國亦附和之葢其合兵以事挾制自昔然矣此次會匪所毀教堂非盡法國而法乃約各國之兵船以恫喝葢有

見於庚申之役均得便宜故欲踵其轍也

十二日晴

前日新報言美國邀請中國赴希卡杲賽珍會一事美國先有禁止華人來美之例有無干礙赴會之人蓋美國既邀其人前來及其抵美弗與登岸自傷國體有商之外部者外部謂應商之議院

因按此所謂名不正則言不順言不順則事不成也賽會者美人之所欲故惟恐華人之不來傭工者工黨之所忌又惟恐華人之來其意兩歧其言反汗中國不詰問而美國乃自詰問外部亦辭窮也而議院可知矣

十三日晴

午刻赴外部衙門外部大臣華頓亦到相見因告以中國會匪滋事久已敉平美國人民無受累者外部答曰亦接到駐上海領事電信已知之矣因又曰聞美國近派兵船一隊赴中國是否尚因教案外部答曰非也美國駐上海之兵船本係舊式久應更換故派兩船瓜代且所派之船仍往檀香山遊歷又往日本然後到中國與教案無涉也因詢該船何時起椗外部曰前二日已有一船開行矣尚有一船仍稍緩則開也因頷之遂辭出　發電與總理衙門云密申外部言兩船常例巡海無關教案因　因謹按美國水師之力當無遠略之能但附入各國之羣則可慮耳美國不聯合度歐洲亦必有不聯合者法以一國爲禍首將爲衆論所不直

則亦難悍然行矣

十四日晴

接總理衙門電云函悉經費六月望日由三晉源滙解寒又接北洋南洋文書爲商人持護照來美事又接山東登萊青道盛宣招商局馬建忠文函以十六年六月所交該局之經費銀六萬兩謂爲洋行所倒不能滙撥　因查光緒七年前出使美日祕大臣鄭藻　所撥經費銀八萬兩商局即援李傅相之奏創爲緩期之說延至十一年始行交清此前事也一之爲甚其可再乎

十五日晴

美國戸部於今年五月創一新例凡華人由金山假道赴古巴者

一上車後卽不得出入自由乃至食物亦由窗門遞入拘束太苛
已商律師科司達告諸戶部此等苛待實爲違約昨日戶部已行
文金山稅關屬令查明停止矣　因謹按美國各國之阻尼華人
自總統以至各員非不知之但託於不知以假手各關行其驅除
之虐以悅工黨耳迨經照會則不得託於不知聊勉強調停而已
非眞願也
十六日　晴　中夜大雨
外部總辦布郎來見談及昨日巴黎來電云法國近接公文以中
國會匪鬧教一案前此歐洲各國聲明欲合水師交相保護現聞
中國地方官認眞彈壓亂黨辦理各案因此各國無須聯合水師

以保護云　因謹按歐洲各國聯合水師以至中華或開釁端此會匪所願望者也今作罷論會匪之計不行矣然厝火積薪其志未逞其種終未除也願綢繆未雨焉

十七日晴

美國各省博學之士現集本都會議昨已在可侖比亞大書院開堂一次查美國博士多在美國大書院充當教習各有所長專門名家如星學化學電學光學氣學之類日窮其理以求其精惟以一人之心究無窮之理恐有不到故約定各博士每年齊集一次各以所得者互相考究以資觀摩庶見聞廣而進益速也　因謹按外國於格致之學較之中國士子之用心舉業者略相同焉然

舉業之學但託空言而格致之學實有實用宜其日致富強乎

十八日晴

是日爲美總統五十八歲生辰各大員均往慶賀　聞俄法兩國有聯盟之議以抵德義奧三國也查德義奧三國軍民之數德國計四十六兆八億奧國四十兆五億義國三十兆合計一百十七兆有餘又查俄法兩國軍民之數俄國九十六兆法國三十八兆合計一百三十四兆分五國爲兩甄旗鼓兵精礮利如有戰事痛鉅創深殊難料矣　因謹按歐洲情形一戰國縱橫之局也弱者合縱以拒強強者連横以幷弱莫敢輕發故有形格勢禁之力莫能相下遂無休兵息民之時國其地者常虞挫削故刻刻以練兵

爲念而遂能自強易所謂亡者保其存孟子所謂生於憂患也

十九日 晴入夜大雨徹曉

昨日新報載倫敦來電謂各國駐中國公使因中國會匪作亂求中國政府派兵艦赴各處駐防以備後患中國政府允之 因謹按我

國能弭亂未形而不待外國之請則國體尊矣

二十日 天氣熱大風午刻雨入夜大雷風雨

前聞英廷以法國水師一隊來英擬籌費一萬圓以備欵待之用茲閱新報言十七日倫敦來電法國兵艦已抵英英君主卽偕王子公爵同往亞斯巴閱兵艦軍容英法兵艦互聲礮示敬下午英

君主設宴讌法提督兵官以示優禮云　因謹按泰西各國極重邦交非有所畏而然也英之水師勝於法法之水師不如英法艦至英英君主往見并宴勞有加焉英法比鄰聲勢相應情意之密卽輯睦之形不特兩國無所齟齬卽他國聞之亦不敢輕意離間并不敢相侮也

二十一日陰夜雨

美國近日考究炸藥有一種名安門泥脫者力雖猛而易防久洩氣而性不變當製造然燒之時亦無意外之虞從前英國舟車載運炸藥其例甚嚴近試此種炸藥之性並無自炸之患與他種迥別嗣後運此種者不必照前例嚴辦云　因謹按炸藥之力可以

破敵而每自焚爲其性烈而難防也泰西各國每制一物必取其利而去其害使炸藥無意外之變近日始思而得之儻能使火藥無意外之變則盡善矣

二十二日　陰　夜雨

美國富人萬達庇於英廠定製鋼身單桅小艇一隻原價銀七萬七千七百五十圓今將船料運美擬至美後拼成美關照戶部所定稅則徵原價四十五分計稅銀三萬四千九百八十七圓五角爲保本國製造廠匠利權防外國攙奪也　因謹按此亦美國富政之一端也若英若法若德所需船礮槍械均由本國自製俄則半製半購此五國者皆稱富强而俄之富則遜焉謀國者可知所

取法矣

二十三日晴

美國近以俄之猶太人絡繹來美已知照俄公使與俄政府商議云　酉正接總理各國事務衙門電云十九日奉

旨崔國因轉補翰林院侍讀欽此

二十四日晴

黎明望

闕謝

恩撰謝

恩摺查轉侍讀向毋庸謝

恩以出使大臣許景　會奏謝故循之　朝鮮公使李宋淵來函云本月二十五日爲國君生辰略設茶會自酉初至戌正請到

法國水師提督卓威統帶水師一軍游弋到俄與俄國外部大臣相晤茲聞該提督已帶回俄法盟約大意爲互相援助內有一節言以後中國會匪有騷擾兩國商民情事當互相保護云　因謹按俄法聯盟似畏人知而出之以機密何也蓋欲操勝算也俄法二國之水陸二軍與德意奧旗鼓相當若德而聯盟於英則俄法又似不及故不欲張皇其事使德人防之以求於英且使英人防之而合於德也

二十五日　陰小雨

酉初至朝鮮使館見美外部總辦英參贊所到之人甚少以均避
暑未囘也聞朝鮮歸俄國保護如果屬實則又踵越南之轍矣
因謹按朝鮮爲我
國之藩通使各國不得已也亞洲只三國而日本不願與中國脣
齒相依時形桀驁愈致歐洲各國輕之因不欲效日本所爲實詩
人外禦其侮之意也
二十六日晴
拜發轉侍讀謝
恩摺近日傳聞俄法聯盟一事因俄不願而尚未成是否俄人所
要求於法者法人未允抑以鞭長莫及不能急法人之急也然二

十四日所聞法國赴俄之提督已至俄國與政府立約幷將約寄回矣似確鑿而有據且聽以後消息　因謹按此俄法之機密也俄人數百年來以遠交近攻擴地至二十倍得地球六之一矣非失計也與法聯盟之策亦猶是也亦安有所不顧哉

二十七日晴

接總理各國事務衙門來文幷報夏威仁國主之書又賞美國駐巴拿馬領事阿丹信之寶星及洋員科敦之寶星照幷撥欵十萬兩　英國路透局電言俄國報云俄國告知英國如歐洲各邦果有同心聯絡之事則俄國將奪取英國所屬之印度地方云　因謹按俄法之交方合而俄遽欲解散他國之交此可知其心矣英

不與德合則俄人尚有所難爲若德義奥既聯盟而英人又助之則俄人惟有完守入保而已故昌言以解散之也然而此舉實關歐洲昇平之大局英人當自有權衡而非可以恫喝止矣

二十八日晴

英美兩國合議派船查捕海龍一案本日聞有漁船三艘在祕林海俄界私捕海龍爲俄國巡船所見追拿一漁船中彈不能行駛被獲乃美國漁船也其餘二艘已逃出界外云　因謹按祕林海峽禁捕海龍其議創於美之總統本將以禁英人而美人得專其利也繼而英人以理爭之然後議禁英美兩國均不准捕讐之爭訟原告被告均不分彼此矣至於今日美國漁船乃被俄人所獲

向之所以禁人者今自犯之向之所以扣他國之船者今被他國扣之前此美國議紳謂英國以祕林海峽扣船之事控於美之察院爲礙體面今竟何如

二十九日　晴　申刻雨

譯致夏威仁國信繙成英文該國公使現避暑歐洲卽寄歐洲

本日新報載美國通至巴西海電工程告竣前此美巴兩國電音往來須由歐洲或由墨祕兩國轉至殊多遲滯此綫既成於公事商務均有益也　聞智利國議院黨戰勝智利總統已出亡實自戕矣　因謹按墨洲多民政之國其不以爭位致亂者惟美而已祕魯之爭總統至於兵交於都城而智利又甚焉然美於舉新總

統之年南北黨之相爭雖未用武其莫能相下固已無所不至數十年後美其如拓拔之南北朝乎

八月初一日元吉晴

本日美國接駐上海領事電言中國宜昌地方會匪又焚刦洋人請添調兵船往中國云　歐洲電傳法國自割地求和於德常懷復讎之心近日法人昌言現在本國兵精糧足軍器齊全報怨宜趁斯時不得遲待德人聞此亦有戒心卽已設備德皇卽於本晩赴奧國閱兵與奧王相晤議商一切云　因謹按從前法皇拿破侖分裂布國限以不增兵額不增礮臺若非師丹一戰布不國矣起釁之由固在法而不在德也是役也法皇擄法都破殺傷共五

十萬人法國割來因河以東之地以求和賠兵費計銀七萬萬兩德以是稱霸而法遂失其雄法人恥之迄於今二十四年矣法人果能報復乎抑託空言乎如法必加兵於德是又爲戎首也民生之禍亟矣

初二日晴中夜大雨徹曉

本年四月巴西國駐紐約領事招猶太人赴巴西作工昨日猶太人四十三名由巴西返紐約言巴西工價每日給銀一角七分不足敷用而伐樹割草其工甚苦故美國駐巴領事爲之載回以猶太人已入美籍也　因謹按入美籍者其利益如此無怪歐洲來美之人均入籍也巴西之待客民如此光緒七年巴西國曾遣使

至中國求立約招工幸政府准其立約而不准招工否則蹈猶太人之覆轍而無以載回則與以前自赴祕魯之華人無異矣

初三日 晴夜中大雨傾盆至五更而止

昨日倫敦來電云德法奧三國大軍向來每年大操一次今值操演之期三國大軍同時調動一似有戰事者歐洲人民頗爲驚疑云 因謹按德與奧已聯盟相助以拒俄法法人又有與俄聯盟之事以防德奧之聯盟且又昌言欲乘此時以報德國之怨閱時數日德與奧同時調兵法亦調兵旁觀因疑其有戰事而不知其實合操也因意德奧合操之時法之覘國者必隱觀其軍容如其不壯則法將興報怨之師商書之所謂兼弱攻昧也如其實則

法當緩搆兵之議周書之所謂度德量力也此可悟交涉之道矣國勢强則敵國隱弭其覬覦國勢弱則外國顯生其叵測而强弱之勢並不待戰而始知也其綢繆未雨哉

初四日晴

美政府以駐上海領事來電言中國湖北省之宜昌府城又有會匪焚刼教堂洋人逃避雖未傷人而財産悉遭搶掠遂擬添派兵船　因急命車赴外部查問以是日係外國禮拜外部不到衙門乃改明日　因謹按哥老會匪我中國之大患也其人皆游勇及流徒無家産之民故好有事其焚刼教堂者欲中外之開釁得以乘機爲亂耳州縣姑息養姦率事隱諱每一教案出

朝廷賠欵十餘萬至數十萬不等而不盡參劾示懲宜會匪之日熾也

初五日晴

午刻赴外部衙門見署外部大臣華頓先作寒暄語然後敘及公事問曰九月三號新聞言貴總統貴大臣因中國宜昌地方有會匪滋擾洋人一事擬添派兵船三艘赴華信否外部答曰宜昌會匪已懲辦否因答以此時尚無確信然我政府斷不容漏網也外部曰前此各處會匪滋事中國辦理從嚴此次當不寬縱我國亦稔知之故添派兵船一節雖有請者已作罷論因領之遂辭出聞美國已認智利議院黨爲新總統

初六日晴

初三日倫敦來電云俄廷商籌巨欵法國巴黎銀行允借銀一千二百萬磅每年四釐行息又云本日法軍大操法國外部大臣已請各國使館人員同往閱操又云聞俄國政府已添派兵勇十五萬人赴波蘭省之戈梭埠防守查波蘭往日係自主之國地在俄德奧三國之間嗣爲三國所滅瓜分其地此埠係形勝之地故俄添兵設防共計有戍兵五十萬云　英國以印度人爲兵駐防緬甸者每百之中患病者有六七十云　俄國核計西比里阿與其東方所採之金自西歷一千八百三十四年至一千八百八十七年計之有二千九百八十二萬五千兩黑龍江各處與溦立畐司

紀地方所採之金在一千八百八十八八十九兩年一有二十萬三千兩一有二十四萬二千兩合前所採總計之共得三千二十七萬兩　因查古之金價不若是之高也即中國二十年前之金價亦不若今日之高也其故由外洋各國皆用金錢故金不敷鼓鑄而價日長耳西比里亞爲產金之區其實奉天黑龍江皆產金之區也外洋均於上海購中國之金若開採得法我東三省豈讓美國之富饒乎

初七日晴

美兵官來謁談及近來德法兩國均已各增兵額上年德國增兵十九萬五千五百零二人內四千一百二十一人係充水軍法國

增兵二十萬四千人較之德軍多增八千四百九十人　因謹按歐洲各國蓋無一日而忘戰也時而增鐵艦時而增槍礮時而增兵額時而增戍守蓋即以己之心度人之心知我之所日夜淬厲以期抵人之隙乘人之閒者敵國亦猶是也勢不均力不敵則外侮乘之此所以休兵無日而稅斂日苛也然亦爲騎虎難下之勢無可如何矣

初八日晴

昨日德國伯林來電言俄皇現遊丹京前擬由德國返俄順道與德皇相晤一節此次已電知德國政府不能如約矣想俄法兩國近日結好情形層見疊出俄皇恐與德皇相見難於措辭故託故

由丹馬返俄云　因謹按歐洲諸國君臣機心機事無日無之亦其所處之地不得不然也我國向以坦白待人無詐無虞去古未遠然以此交涉多失便宜易曰無有遠近幽深遂知來物左氏曰民之情僞盡知之矣古人早有見及之者但熟觀戰國策則得其端倪矣

初九日　晴天氣漸涼

美國軍械所人員言近製就無煙火藥昨日驗用與各國所造者不相上下查歐洲各國無煙火藥其製法不令人知今由本國水師部化學博士留心考究多時近來始能自製云　因嘗謂泰西各國開礦之利製器之精其原皆由於化學也化學既精則持源

以往惟所用之無不如志講洋務者亦盍探其源乎

初十日晴

美國副戸部大臣查英美交界地方華人潛入美境一事茲據英屬可侖比亞之云古華埠關吏稱自本年正月一號起至七月十五號止華人由華抵埠者計七千九百人其中赴美者約百之九十五云云因查英美界限由云古華埠至滿里奥阿計千餘米其間處處可通而北達哥他省北界自西徂東計數百米之遥看守人員祇乘馬巡捕六名又敏他拿省之北界計五百米並無一人看守且有引帶華人入境者擬下年與議院商設法以嚴防之

因謹按自古無久而不敝之法不以窮變通久之道濟之雖聖人

不能治也美之立國也聽客民之入境中國之立例也禁華人之出洋乃至今日一則立例以限制入境之民一則設官以保護出洋之民且一則欲限制而不能一則欲保護而不盡非立法之有弊實時事之變遷也是於沈幾觀變之士不反古亦不泥古

十一日晴

美外部接美國駐華公使電謂近日會匪在宜昌鬧事美國教堂被燬水師部仍擬添派兵艦赴中國保護教民現有泊紐約之兵艦名白脫鳌耳即令赴華又英報言湖北漢口地方幾釀事端幸英兵艦調兵帶格林礮登岸彈壓會匪寒心事遂解散云　因謹按會匪爲患日甚一日由其黨羽潛多蔓延日廣也前此地方官

竟無能清其源者其刼掠本國商民則事掩飾其焚搶外國教士則事賠償掩飾則百姓含寃賠償則庫欵支絀均於民生國計有妨（因）嘗疏陳矣惜乎至今未已也

十二日晴

初十日柏林來電言俄國欲取土耳其都城人所共知近數年來謀此不遺餘力現俄國兵弁假冒工商在土國都城刺探虛實但伺其無備卽調精兵三萬人襲而取之云（因）謹按俄人二百年來無日不以蠶食鯨吞爲事歐亞兩洲小弱之國鄰於俄者俄實盡之兹歐洲尚有土耳其阿富汗勃爾加鳌亞羅馬尼亞希臘波斯等小國亞洲只有朝鮮日本兩小國俄人之意未嘗一日忘也

數十年中當不能無忽諸之恨者矣

十三日晴

辰刻土耳其都城來電云本國米地林之昔掰力島英鐵艦已派兵數隊帶格林礮數尊上岸踞之該島之名即改爲君亞英吉利取當今女主所有之義從向例也此島係米地林之緊要海口英水師將於此爲米地得藍尼之英兵船會集之所並資屯煤　因謹按此英人之所以敵俄也俄覬覦土耳其謀襲取之英保護土耳其謀密防之其事並不著迹如國手之碁兩相牽制而絕不露攻刼之形俄人蠶食之謀其庶幾稍緩乎

十四日晴

四號報云聞法國現調兵一隊屯紮德國邊界德國亦調兵防之

法國水師兵艦一隊駛往康斯旦城時俄王特命該城俄官優禮相待並自行設宴款待法水師提督一切武弁毫無閒言不知何故法廷忽有廷寄飭本國駐土公使暨統帶水師提督嚴防俄人佔據康斯旦體拿怕爾都城云　因謹按歐洲之勢蓋無日而忘戰也其外修玉帛之會如古之覲遇朝宗也其內修矛戟之威如古之蒐苗獮狩也必使勢均力敵而後可以立國乃可以安民所謂以戰止戰其用心深矣

十五日晴

是日設醮　倫敦來電云土耳其國政府已告英之駐土國公使

名外衣德言以昔搿力島之事英使答以不知及固詢之則云此或英之水師上岸操演以期得力耳　因謹按交涉之道於此宗公案出使者斷不敢漏師多魚不知爲不知理固應爾卽使知之而推爲不知亦理應爾非敵國之所能責備也爲土耳其計當求耳目之遠偵探之廣不宜與羊謀羞與狐謀裘矣

十六日晴

英兵艦佔土耳其之昔搿力島本日又聞該上岸兵隊是晚已登舟且該兵艦已開往麥馬力多地方矣　墨西哥國駐美公使已調回現由參贊代辦交涉各事　是日美總統由避暑之地回華盛頓　因查美國自總統以至各部議院無不出都避暑逾三月

而後回而事不叢脞者簡也簡則節目不煩而弊亦不多凡立法以救弊者不知所立之法即弊所由生也美國之爲治可謂簡矣未嘗無弊而弊不至於甚者則上下毫無隔閡之故也

十七日晴

法國游歷人員來見言昔曾至中國者因訪以近日德法時事據云近日德皇在本國麥爾好生地方閱操第十隊與第四隊軍分爲攻守之勢第四隊爲提督亨尼書所領以大礮置格爾哥夫山顛而列隊於山麓以迎敵第十隊係男爵紐老漫統領爲攻敵之勢均用無煙火藥故只見火光而不見煙閱時既久乃罷具見認眞講武法國現亦操軍矣談逾時而辭去因十年前在京供職

時聞德國操兵而法人效之德國乃創爲夜操以後又未聞焉今則操無煙火藥之用此藥創未數年蓋既得風氣之先而遂欲精習之以適用也

十八日晴

昨日英國駐美國公使彭士芬照會美國外部以今年英美所訂合同在祕林海捕獵海龍不得逾七千五百條之數今美公司已逾其數而貴政府不禁有違合同定章云云　因謹按美國之專利可見矣其始假仁仗義謂英人捕海龍太多恐類竭澤而漁以致不能蕃息而議禁捕致拘英之漁船乃以英政府執言詰問遂爲模棱之說限以額數淺者視之必謂美人之仁心仁術矣今乃

自逾其額致啟英人詰駁然則美國前此所云恐其竭澤而漁以致不能蕃息者乃假託之辭實欲拒英之捕以自專其利也各國交涉用意大抵如斯無以防之則脂膏暗耗歷久豈有不貧者哉

十九日晴

美國軍械所以近年各國所造礮彈愈出愈利雖堅厚鐵甲亦可洞穿必得一物見水即脹大多倍自然閉塞所穿之口使水不能入則船不致沈因查得一物名舍有螺螄者殊合此用丹國巡海兵船名協拉者現已試驗知其可用云　因嘗聞臺灣基隆之戰法人預測量中國之礮口礮彈先爲木楔以備衣𧘂之用今丹國乃又思出自然閉塞之法則船雖洞而無妨不得謂非巧也然亦

僅防實心彈而炸彈終不能防也

二十日晴

法國兵船向來轉動大礮裝藥入彈等事其運機器均以水力近電學家考得以電氣運動較爲靈便擬一律改用電氣云　本日美總統派下議院紳馬羅爲嘉省北方按察司　因謹按馬羅最惡華人前此請立新例迫令華人領照其無照者卽逐出境又上條陳言中國除公使之外一概禁絕不准來美其求見好於工黨久矣總統派爲刑司信乎聲應氣求一鼻孔出氣也

二十一日晴

本日美政府接俄國電云俄國今年歲荒收成甚薄且有數省亦

地無收現在下令禁止糧食出境并招商來美國且赴埃及國採買糧食接濟云云　因謹按俄國之荒甚於中國前此河南山西之荒而尚不憂餓殍者鐵路之力也然至於收成之日而即爲乞糴之謀其歲歉亦可想矣中國北邊一帶毗連之處俄人或無暇開邊也夫

二十二日晴

美國近來整頓水師添造兵艦試礮驗甲不遺餘力現造新式兵艦多艘次第告成保守本國海口可恃因籌及遊弋重洋必有添煤之地上年曾特派公使赴奚提國近古巴求給毛山尼克拉司一地該國不允茲聞美政府欲以鉅欵購聖駝馬島於丹國查此

島居南北兩墨洲之間前此二十三年美國會與丹立約願以美銀七百五十萬圓購入版圖嗣以議院不肯撥欵而中止茲又與丹國婉商事關軍政議員當不再阻撓矣　是夕接倫敦轉到總理衙門電言英人黨於會匪爲會匪私購洋槍三十五箱且屬告美外部　因謹按洋人之嗜利無忌共積習然也中英通商條約本有不准販運藥彈槍礮一條然違者不過入官外國刑律至輕犯者不過監禁是我之受害重而彼之受患輕欲其不犯固不能也惟稅關之稽查能使絲毫無遁則彼無可得利庶幾不爲冀以此杜之耳

二十三日晴天熱

午刻赴美外部衙門見署外部華頓告以鬧教之事實係會匪前十二日中國上海稅關查獲私運洋槍三十五箱乃由香港運至鎮江者係英人梅生經辦又於梅生行李搜出炸藥五磅梅生爲鎮江關稅司幫辦當卽解滬據供英人愛司美在香港代鎮江會匪購辦軍火內有頭目爲英人泰山另有洋人六名均住虹口總署已照會英使速飭領事拿訊云云華頓云中有美人否因答曰似無華頓曰既無美人我可放心矣因遂詢前貴大臣言不添派兵船至華似聞又有添派何也華頓云前未聞宜昌之事以爲中國會匪已靖今聞宜昌會匪兇燄甚熾故略增一二淺水之船會匪如此猖獗我國向來有兵船五六艘往來中國豈可此時尚少

於前如有過於受虧之處致傷兩國交情事後之爭論不如事前之綢繆也可共諒之因遂辭出

二十四日晴

聞律師已回遂往謁之告以戶部新章不肯認前此金山領事所給華商來回之照又立例以後金山紐約不得給照給照必由中國政府此例甚苛前曾電請速商之戶部戶部意見如何律師謂前得電時卽函致戶部言戶部於前二年已許華商由金山領照作爲回美之據今領照者已有四五千人而忽然不認此照是不信也不可以告人戶部已允前此之照仍准返美當電飭金山稅關矣至自九月起以後不得再發此項護照卽有亦作爲無用矣

因謂給照一事前此本已訂定今又立例廢之理應駁詰律師云立例爲防弊也因有弊端故立例防之例既立定雖駁何益因仍執前說律師云俟緩商之因遂辭出

二十五日晴

因今年春赴祕魯值智利國內亂寓居該國之華人求爲保護因遂謁駐祕魯之英公使託其電駐智公使代護華人英公使允之茲接駐祕代辦吳濬來函言此次智利之亂英公使爲旅智華人身家財產開單照智政府如有損失則請賠償故此次智亂經年華人尚無受虧者云云因深慰焉　因謹按光緒七八年間智利與祕魯交鬨華人之死者五千餘人損失財產鉅萬無卹無賠可

爲恨事此次智利內亂不過一口舌之費轉託英使遂能處險如夷其機括與巴拿馬厄瓜多同而華人之受益則又過之豈不幸哉

二十六日 晴小雨

美紳某言近日法國各軍大操各國政府均派武職大員赴閱德國武員閱後函致本國政府稱法國步兵分隊而戰進退整齊練熟之至及其合隊而戰行伍井然氣象雄壯頗合古時希臘國之步隊云 因謹按烏孫希臘埃及猶太波斯其立國甚久蓋舊邦也烏孫即俄羅斯之轉音自漢至今日漸盛強波斯尺土尚存未必能久猶太民已散至四方希臘終當入俄埃及終當入英希臘

古時步隊德人稱之則亦往年一强國也今不然矣盛衰倚伏治亂循環考古者以之唏嘘治國者宜爲殷鑒焉

二十七日小雨晴天氣轉涼

美國與夏威仁國前所立報施條約夏國土産至美國一槪免稅美國則以夏國所管之普爾夏巴地方爲美水師船隖幷准美國官兵隨時隨便來往夏主已允而其民則以爲如此報施似夏國已歸美國保護故夏主不敢批自女主卽位遂背美向英美國亦不免夏國之糖稅夏商苦之現美國又設法與夏請申前約云

因查美國已擬購丹國之聖駝馬島又求海帶國之海口今又求夏威仁之普爾夏巴無非注意兵艦添煤之地欲其水師稱雄於

墨洲耳自英之兵艦天下莫強而商務亦極盛美誠富矣而強則不及故英義多侮之此其所以綢繆未雨也夫

二十八日晴

二十三日倫敦來電言俄皇與衆軍官正整飭水陸軍士兵馬糧草以備出師至土耳其都城因聞其宗室某公主訃音而止　因謹按此必有他故也果欲出師斷不中止且所以中止者非大故也軍情秘密傳聞異辭仿春秋之例疑以傳疑可耳

二十九日陰

昨日新報載亞洲之中俄國之西比里亞英屬之印度中國之新疆三國交界之地地勢平衍名爲巴美爾近爲俄國所踞英國屢

派武員前往偵探防俄人之侵印度也茲俄京來電言英廷如再遣員赴彼查勘必啟釁端云　因謹按俄人蠶食各國之地蓋無歲無之也此次所踞之地可以窺中國之新疆可以窺英屬之印度厝火積薪待時而發無以禦之則俄人又得遂其蠶食之心其綢繆未雨哉

三十日晴

外部總辦來見言中國會匪陰謀藉焚燬教堂以起事英國奸人干預其事故爲代購軍器中國官員亦多干預其事者聞有某道員之子與會匪來往業已十年公館中藏有洋人衣服數十套以備臨時應用云云　因謹按湖南道員周瀚著書闢教固以人心

世道爲憂而惜其不能審時度勢也某道員之子結會匪製番衣兼入會教誠不知其何心然或者少年無行其父或未知也從前林清倡亂內監尙有通者會匪以入會惑人邪僻者多信之地方官吏如時時查察何至蔓延也哉

九月初一日元吉晴

歐洲東境保士波海口俄國戰艦之在黑海者出洋必由之地英嘗與土耳其立約以重兵守之不准俄艦出入茲因土國有小島在歐洲之南前爲法人所踞英人爲之奪回而索兵費土國乃將該島交英暫管准其收稅收滿交還現已收滿英人尙未允還土王郎照會俄皇准其兵艦出入保士波海口俄皇大喜現聞英廷

急於地中海等處設防云　因謹按地球各強國無不以侵佔土地爲心俄人注意於鄰封遠交近攻之計也英法德美注意於屬島長駕遠馭之謀也兵艦以煤爲氣力無煤則不能行越國鄙遠兵端一開則局外之國當守局外之公法不得接濟以煤此所以注意於島也此謀國者之深心也

初二日晴

仰光西報云現法人已踞暹羅國之呂汪及不林望兩處地方查法人久已垂涎越南暹羅越南已得欲猶未厭所踞之地已逼近英之東印度俄國又開拓至印度之西北兩強國由三面而來爲英國計宜力助暹羅無使他國踞暹以爭印度查該處有江楓地

方爲暹羅要隘英宜踞此以阻法軍　因謹按暹羅向貢獻於中國修藩屬之禮近年以來漸攜貳矣其地與越南緬甸接壤故英法兩國皆垂涎英人則謂已入牢籠不畏他國之攘奪法固不甘心也將來兩虎爭一羊分裂不匀其不免戰事乎然而法固非英敵也水師不如英也

初三日　晴夜雨轉涼

本日報言小呂宋之東有羣島名嘉羅蘭者日屬也美國教士向在彼傳耶穌教而日國向重天主教故島民屢燬教堂虐教士地方官以教士非同教之人不爲保護美廷會照會日國駐美公使案懸一年未結美廷遂向日廷索償聞日廷以美國教士所傳之

道非日國例所准將請美政府撤回教士至於已往之咎日國不能不認焉　因閱此而歎洋務之不可不熟也教不同者不能相強以傳道故俄以女配英儲會先訂明俄女自習希臘教英儲自習耶穌教不相合也亦不相妨也我中國自奉孔子教耳自咸豐十年之約泰西以設教要求當時無知洋務者以不同教拒之貽禍至今致外侮糜庫帑傷國體過此以往猶未已也可勝慨哉

初四日小雨

智國內亂甫靖英德義日等國公使擬向智廷爲本國商民損失財產者索賠約共美銀二百萬圓云　因謹按古之邦交皆盛言救災恤鄰之義今直幸災樂禍焉耳國弱則召外侮內亂亦召外

侮戰戰兢兢日慎一日庶幾免於今之世乎

初五日晴

聞會匪鬧教之案蕪湖一處法使索賠銀十一萬兩且須割教堂以後之空地及山界之云　日謹按自洋教入中國莠民多歸之其平居無事莠民則藉教士之勢以魚肉善良至激成事端教士又藉該國之勢以恫喝官吏所求必得所欲必遂匪特國帑為之虧國體亦因之褻抑惜哉

初六日晴

金山總領事詳言戶部新例為省察院批准華商不便擬即上控請向律師科司達熟商遂訂見於午初刻比往則墨西哥派往日

本之公使已到因先見商所以駁之之道律師謂立例已定駁亦何益因謂當援約以駁之蓋例者美一國所立約者中美兩國所訂中國可以不循美國自立之例美國不能不遵兩國共立之約也律師言外部布連尚未回署外部無此權因言布連月底可回中國公事合先預備故先商之不得再緩律師謂且先商之戶部察其意見如何再照外部方不造次因許之遂返

初七日晴

美國認眞整頓水師事屬創始製船鑄礮利弊不能洞悉兵部謂現在造成之兵艦如渣爾斯頓之類者有六七艘費鉅而不合用以其甲薄而不能禦彈行緩而不能及人且需煤甚多今擬不再

造矣水師部謂以後造船只用三式一則甲厚礮巨足容萬噸可敵他國上等鐵艦已定三艘告竣尚遲二則厚甲巡海船駛行必速以爲緝捕敵國商船之用三則小礮船容一千噸爲行淺水之用將來造齊雖英國水師來攻亦無能爲矣　因謹按此可以窺美國之用心矣美爲自守之國向不以兵力佔他國之地而各國水師之強於美者輒陰以兵力脅美如現在之英國義國是也故其所言振興水師者並無鄙遠之心但謂英之水師來攻亦無能爲則義更無論矣此美人之心也

初八日晴

軍械向以鐵制德國以其質重而難運動擬代以礬精現向美國

扣爾士公司購用計銀十萬圓查礬精係由白礬化出似鐵而較輕　接總理各國事務衙門文爲墨西哥國立約事即札飭金山總領事查明詳細情形　因謹按墨西哥之求立約與巴西同爲招工耳既爲招工則約可不立矣然我能拒其立約而難禁其招工即能禁其招工而不能盡禁華人之往至於華人之往者日多或被欺陵而求保護則後時之立約補救又不如先事之周章也此最要也

初九日小雨

本日新報云俄國商人以各國貨物由黑龍江運入境者須增稅則應於該處擇地設立稅關且西比里亞鐵路將成將來貿遷必

盛應加增入口之稅以保本國利源　因謹按俄國之兵強矣而富尚不敵數大國者振興商務不如數大國之縝密也今亦漸講求矣所以開西比里亞鐵路而於瀕太平洋設船隖者蓋非僅長駕遠馭而亦期通商也惟黑龍江係中國地方而擬於各處設關收稅已欲強富而侵削鄰封乎然而俄人損人益己之心固不自今日始矣

初十日陰天氣轉寒

美國製造局言近有炸藥一種名火地市者其性極烈現在法國之黎埠試驗其炸力比尋常炸藥加至四十倍云　因謹按泰西各國爭勝其習然也然軍旅之事特患其不爭勝耳槍之由前入

藥彈者改而爲後膛矣又改而爲來復綫矣礮之三五千觔者改而過百噸矣船之鐵脇者改而爲鐵甲矣不知者以爲奇技淫巧其知者以爲出奇制勝也平心而論易地以觀不視其所言視其所行不察其立言察其立國強弱之勢勇怯之形不可掩也焉可誣也

十一日細雨

前聞美國博士有能致雨者因不信茲閱初八日報言美國西南諸省曠地旱多雨少故不能墾茲有博士講求氣學於風雲往來潛心考究因得擊雨下降之法呈諸議院議員以事關農政撥銀九千圓俾資試驗由農部派員偕往常旱之笛沙司省該博士以

氣球炸藥空中轟放立卽雲行雨施屢試屢驗徧灑數十里至數百里不等云 因查外國之輪船火車電氣燈德律風電報氣球其初創也人皆不信致雨之法因亦不敢信也惜未親至其地觀之

十二日晴

俄法二國聯盟立約已一年餘近又續議增添多欵以期周到兩國政府不日可以簽名其續增之約尤爲祕密各部大臣均不與聞云 因謹按當今之世非力敵勢均斷難立國也德義奥合縱以防俄法俄之地利險阻自守尚可無虞然水師則不能敵三國矣法之强不如俄非但水師不能敵三國陸軍亦不足自守然則

俄法之連横亦事勢之不得已者乎

十三日晴

法國代辦公使戴布萊謁見談許久而去　聞美國水陸各軍所需無煙火藥向來購自歐洲茲美廷以不能自造既耗公帑將來如有戰局歐洲守局外之公法亦不能來擬在賓省富闌科埠設局專造無煙火藥并炸藥已由各製造廠爲造造火藥之器具矣

因按凡槍礮兵船不能自造而購於他邦者昇平之時似使及有戰事則必掣肘盜萬國公法兩國交訌則別國應守局外之例無所偏袒甲申中法之釁德國先爲中國所造鐵艦雖已造成仍不肯交此前事也至於銀錢流入外國以致國帑空虚又其次矣

十四日晴
各國公使於墨西哥使館商輓德公使事惟俄使未到英公使彭士芬創言先發公函唁之將來如何送奠再行通知質之各國公使均以爲然遂散　俄儲之赴日也日君犒其從者一千圓茲俄儲抵國後電滙五千圓爲賞日本官員前充迎接侍從者　因聞俄儲之赴日本也日人欵之費銀十六萬圓豈祕之不使人知歟奧之待俄儲也可謂盡禮然不久而俄兵即逼奧界焉立國之道以自強爲第一著以交鄰爲第二著其庶乎
十五日晴
謁法代辦使事戴布萊寒暄之後因訪俄法聯盟之事該代辦言

未與聞故不知詳細然總有益於歐洲昇平之局云　聞日本朝廷近於朝鮮國事最爲留心且云無論中國俄國把持朝鮮朝政日本必爲申理云云　因前聞日本因行刺俄儲一事畏懼之至遂宣言將來俄國如有事於朝鮮日本決不掣肘是所以媚之者至矣今乃又此言　因決知其僞也否則直指中國而言而連類及俄耳狡哉

十六日晴

聞俄國所佔亞洲巴美爾之地已侵中國之界中國已由公使詰問而俄兵又犯阿富汗地方英人憂之茲聞俄兵又窺羅馬尼亞國已紮營於該國境上羅國嚴緊設防云　因嘗謂俄之國勢實

七國時之強秦也比鄰小國歲有并吞歐洲雖合縱禦之但能保全土耳其阿富汗其他究鞭長莫及也然蠶食漸近將來土阿兩國終不能保何英德能制拿破侖而不能制俄耶則國事異也

十七日大雨至申而止日出

十一日倫敦來電謂前三日俄國有鐵船名拿伐林及半鐵艦名底尼同日試水尚有礮艦一艘不日亦可試水水雷礮艇數艘黑海所需兵艦現已興工製造俄國於加增水師可謂認眞云

因謹按俄之兵額至二百三十九萬人而讀書者不過十中之一可謂重武輕文矣乃其國勢日強版圖日擴幾於縱橫無敵焉則不得議其計之非矣豈風會使然耶亦形勢足恃也

十八日晴
金山領事來電云金山稅關又附會戶部新章不准持照商人上岸請速設法當即函致律師往見外部外部立照戶部戶部許電稅關准華商登岸但須具結候總察院核定戶部新章如何再爲定奪遂電金山領署以戶部之意詳示之并發一函
十九日晴大雨徹曉
新報云俄人數百名往中國之西藏遊歷俄人之遊歷者屢矣其毋乃有窺伺之心乎　因謹按我　國家之於西藏特設大臣經理較之琉球越南不同他國有窺伺者可援公法拒之
二十日晴

美國新創電氣輪船不用水火專以電氣激動機器其行之速與用水火相似轉折亦靈聞已帶至中國矣是美國又闢一利源也

因謹按美國之用電氣以之行車以之行舟又以生馬力至九百萬匹以運機器而供製造聞傳聲筒亦係電氣能以人所言者留諸筒中寄至萬里之外存至十年之後啟而聽之如親謦欬其用神矣

二十一日晴

金山總領事來文工黨欺淩華人以草麻油塗其身並毀其室卽將案交律師　昨日俄彼德堡來電云該國新製鐵艦名拿伐林那容九千五百頓長三十三丈馬力九千匹猛駛每半時可行十

六海里鐵甲厚十二至十六英寸架十二寸口大礮六尊六寸者八尊速放礮十尊放水雷之管六具已下水矣又有鐵艦二艘一名格來也是居一名阿伐尼稍小亦已下水　因謹按俄人鐵艦日增彼德堡在歐洲而亞洲地方無添煤之地此其志在歐洲可知矣

二十二日晴

本日新報云美國賽珍會戶部已商之律政大臣據律政大臣斷定謂各國赴會帶同巧手工藝幫辦事務不在禁止各國合同章程之內中國赴會帶同華工幫辦會事者應不准上岸云　因謹按此顯有軒輊之見也各國之工則以巧手別之所以為入境地

步也中國之工不言巧手所以爲不准上岸地步也欲蓋彌彰矣

二十三日晴

夏威仁國女主之父名刻來鶴來美修好總統及外部與之宴婉詢曰聞貴君主親英而疏美何也刻來鶴答云地球之上與美最鄰近者夏威仁耳英則隔大西洋矣焉肯疏近鄰而親遠國乎總統嘉之　因謹按美君臣之結好於夏威仁者籠絡之也太平洋之島國夏威仁爲近美如有事亞洲亞洲有事於美兵艦於中途添煤惟有該島所關係者大矣此美之所以厚禮該使也

二十四日晴

昨日俄國彼德堡來電言俄國出口之糧食太多適値歲飢遂致

不給此時待哺飢民已有十三兆人口云　因謹按俄人好武合乎大兵之後必有荒年今無食者至一千三百萬人不知何以賑濟俄如因此休兵息民固俄民之幸而亦鄰近各國之民之幸也

二十五日晴

十八日報載俄人侵踞巴美爾地意在兼并中英兩國已詢之茲據俄京來電謂英俄兩國爲爭亞洲土地常有齟齬現爭巴美爾之地正宜乘時一決勝負以善其後云　因謹按此可以知俄人之心矣亦可以見俄之強矣其心以兼并爲事出諸口而無忌憚者習焉不怪也歐洲強國無敢與英爲敵者法之搶攘爲傑猶降心於英焉則其他無論矣乃俄人昌言之而英人受之此可以覘

國焉

二十六日晴

某教士及武員來謁談及俄法聯盟法國提督赴俄俄人盡禮相迎至於破格行啜口昇肩之禮實因俄國所佔土擔保路城保法國屬地欲法國不索回云　因謹按俄國處心積慮固無日不以兼幷爲事也其於弱國之地如取如攜無敢與校矣法雖不如俄之強然其水師固非俄所能敵也俄雖奪其地而不能不懾於中故爲此卑禮降心之舉乎

二十七日晴

午刻赴外部衙門見布連寒暄甫畢因言自光緒十四年美國自

立苛禁限禁華人經前公使張蔭　照會駁詰本大臣莅任具文駁詰者凡五次又兩年矣貴大臣意見如何應請照復布連曰苛禁之例本大臣亦不謂然乃商之總統及議員迄無端緒故未能復因曰今我總理衙門屢次函詢實難再緩幸速商之布連曰現在必當急議以期報命因又詢中國教案均已嚴辦美國尚派兵船赴華何也布連曰前所派者已留紐頓一艦不令開行且亦不再派矣美國必不爲難也因遂辭出

二十八日晴

美官武弁談及英皇之孫英儲之次子名佐治者兵部派充安身鐵艦管帶查此鐵艦容一萬六百頓馬力一萬一千五百匹弁兵

五百八十八人巨礮十門海軍中巨艦也　因
謹按英之太子前曾遊歷歐洲幷至印度光緒十六年又遊亞洲至中國日本矣今其子又充兵船管駕亦如殷之高宗學於甘盤遁於荒野閱歷深而見聞廣也宜其強也

二十九日晴

智利議院黨戰勝卽位後曾派兵看守美國駐智使館茲美國兵艦水手上岸又被殺傷多人美公使照會智國外部外部覆辭不遜美廷已議調撥兵船赴智問罪矣　外部大臣布連答拜　因查美國駐智公使於智國內亂不守局外之義而干預其事故議員黨卽位後卽窘辱之然智非美敵也徒洩一日之忿以快一時

之心美國國體所關如與爲難則是一波未平一波又起矣

三十日晴

輪船公司律師來見爲華人來往之事也詢及英政府以俄人侵踞亞洲之巴美爾地方將不利於印度請諸中國准其在新疆之喀什噶爾地方添設領事及武職大員各一名駐紥於彼信否因答以未接我國政府公文不知果屬實也律司又言英廷已飭印度總督練兵嚴防又令沿印度西北邊界一帶火車鐵路歸英員管理以便轉運矣　因謹按巴美爾當係不毛之地古所謂甌脫者也俄人好蠶食故樂得之以擴其邊英人善防俄故嚴備之以遏其勢但使俄不侵阿富汗英決不因此而與戎也此可料及者

出使美日祕崔日記

十月初一日 大吉晴

金山延律師利亞頓來美都駁詰苛制華人來美之例因來見言已控諸總察院大約七日後可定奪也因詢以美義兩國交涉之案利亞頓云美國之意欲以待中國者待義國至今未聞轉圜因曰義國將聽之否利亞頓曰向來各國交涉之事以強弱爲權衡義國海軍強於美未必甘心受之且看以後如何耳談許久乃辭去 因謹按利亞頓以強弱論交涉則不徒論理而論勢矣義國海軍強於美未必甘心受之然則義國海軍弱於美將甘心受之耶因以爲弱者受之非必甘心特不能不受耳有國者不可以不

強

初二日晴

至外部大臣布連宅謝步又至律師利亞頓處在座美國官紳二人言法國近爲日本造鋼甲戰艦三艘均容四千二百七十八頓又水雷船一艘又擬籌銀九百萬磅添造新式鐵艦十一艘聞日本因此次中國兵船至橫濱自知海軍不及且僅有致意達一船每半時能行六十里其餘均係舊式故不敢不添造也談久因先告辭 因謹按此海軍之效也前此日本覬覦臺灣猝以兵船運兵犯境中國海軍未立措手不及至費銀五十萬兩今海軍漸強日本深懼報復故急於籌添如所添之船告竣中國海軍又似不

及應審彼己之勢及早圖之

初三日晴中夜大雪

接北洋大臣電云吉林將軍電現派員在滬向禮和洋行購美國十三響八轉箭馬更快槍千枝請轉電駐美星使於起運時查驗是否新造有無用過及工料不精云鴻冬當即函致紐約並飭繙譯查明該槍出自何廠以便察驗　巴黎來電言俄君前日由丹國回俄德主以伯林爲火車必由之路訂與相晤俄君乃乘輪船旋繞避之不與相見其不洽之意顯然云　因謹按此法人之所深喜也俄德不睦則德須防俄而法人高枕矣

初四日大雪至地而化午刻止

從前歐洲各國畏俄之強而蠶食屢次聯盟不准俄國兵船出黑海以達地中海近有俄商輪船公司藉開西比里亞鐵路載鐵路器具竟由黑海而出土耳其阻之俄國駐土公使駮之仍准放行各國皆詫異云　因謹按此俄人之覬覦歐洲也由是以觀則其與法聯盟也實爲遠交之計其與德傲睨也或爲近攻之謀若英法各國不能合力一心與俄毗連之邦必有挫師失地者矣

初五日晴

查俄商輪船公司雖稱商船實兵船也共計十三四艘容一千二百頓至三千四百頓不等每半時行四十餘里至五十餘里不等載礮六英寸至八英寸六尊至八尊不等近年又在英國添購二

艘各容五千頓每半時行六十里此十餘船可容二萬數千人一有戰事可以運調一軍之衆云 因查歐墨各洲近日風氣新造商船均用兵船之式所以備開戰時擄敵國之商船而不爲敵國所擄也故商船多之國其兵船亦強英之商船俄法二國合之猶不及也中國兵船多於日本而商船遜之則以無航海之商船長江商船之利爲英商奪三分之二故也

初六日晴

九月二十二日報云俄國自知水師不敵英法欲從事歐洲則英阻之必水師強盛乃可勝英因是加意船隖戰艦以期得志於土耳其波斯高麗等處云 因案俄地環繞北冰洋其形如玦只以

一面當敵其強以此也然其地苦寒一年之內海水冰者半年欲設船隖實無其地其水師之不如英法亦以此也今欲增戰艦但能籌費固可驟增若船隖則限於天時地氣俄人果何道以籌之其必出歐洲之黑海而圖亞洲之東三省乎是宜防之

初七日晴

前因美國駐巴拿馬領事阿丹信實心保護華人奏請賞給寶星業已頒到外部大臣亦回美都今日備文（因）親送交布連布連甚悅且云俟開議院時屬議院議准即發交該領事收拜先代謝云　新報言金山華人陳某槍傷美人二名拜斃巡捕一名華

人不安分至於如此欲廢苛禁之例必不能矣因嘗見美下議院好德其人蓋持正而不附工黨者其論亦極持平嘗謂中國富商不至美其至美爲商者大抵始於工而繼爲商者也又間有干名犯義而不容於鄉里者以美爲逋逃主也美於工固宜禁然宜商之中國立約以禁之不宜廢約而直遂徑行也因觀於現在金山華人陳某而益信

初八日　晴　夜雨

上議院紳多福偕科司達來見科司達言總察院於華商領照之例尚待妥商多福言美國禁工苛例殊爲背約華人性儉耐勞可惜良莠不齊好爲讎殺又好洋煙故工黨得以藉口因答以美國

刑律太寬故華人玩之如獲兇犯交中國自行辦理可儆刁風多福云此條約所無當時並未慮及談久而去　因謹按多福之言尚爲持平華人如能安分美國當有正直之人爲之平反今工黨既惡其攙奪生計而官紳又惡其敗壞風俗難乎免矣

初九日　細雨天氣燥熱

本日新報云奧廷商之議院籌撥巨欵添設礮隊修築毗連俄界之礮臺以防俄云　因查歐洲各國遣使分駐通問不絕其君亦時時相見情好常通似無慮啟釁矣而兵額日益兵艦日增兵費亦日加戰戰兢兢時若有強鄰壓境之勢至於今而尤甚其斯爲亡者保其存乎然而民生苦矣

初十日陰
是日寅刻與盥漱朝服率參贊等員於卯初恭祝
皇太后萬壽行三跪九叩禮朝鮮使臣李朵淵亦到與䜩　新報
載英皇今年七旬有五精神矍鑠其孫已充兵船統領云
十一日晴
會匪鬧教一案我中國當事爲之保護既事爲之緝匪且允賠䘏
邦交之道盡矣聞英法等國尚要求無厭合以謀我因憶本年夏
間俄國發配罪犯於西比里亞地方監禁乃該犯等逸出十五人
遇法國兵官聚而殺之俄員即通知法國兵艦爲之斂埋兵艦以
西樂送塟及其旋船樂工首領又爲該犯所斃俄不讓䘏法不索

賠交鄰之道如斯而已然則公法條約惟勢強者可執言耳

十二日晴

答拜上議院紳多福該紳尚持正論言前此美邦殺斃義國民人一案已允賠䘏但數甚微俟開議院時由議紳議准卽照覆義外部矣又言中國教案美國無意作難現在駐中國之兵船名卞厘頭已調赴檀香山矣談久而散遂至科司達處　因查紐阿連命案其初美政府持之甚堅非眞昧彼已強弱之形也嘗試而已至於義廷必不干休則願議賠議䘏旁觀者固早知其必出於此矣布連尚有煩言其意固別有在蓋明年卽保舉總統之年也

十三日晴

十一日報言巴黎來電俄君由丹回俄拒德君不與見本月爲俄君娶后之二十五年俄國駐德公使率隨員於使署行慶賀禮各國駐德公使亦赴俄使署道喜惟德未派員往似德俄兩主有不合形迹云　因查交涉之道歐洲各國常使持平其於利益固不讓矣卽禮節之細微者亦不讓焉非好爭也不能持平而時時讓人習而慣焉他國直以爲應不持平敢侮予矣俄君與德主約晤而間道還俄是失信於德也德亦有以報之使俄知德之不可玩也庶幾不示怯也

十四日　晴　夜小雨

英商集股由緬甸創造鐵路直達中國邊界聞每一英里需銀十

二萬五千圓俄國琿春鐵路現在築路兵士二千五百名罪犯九百名工人四百名中國高麗工人一千七百名俄國石匠一百二十六名中國石匠三百名共約六千名且設醫院治病以求迅速

因謹按此所謂實逼處此也英法逼於南俄人逼於北事雖未動機則已形彼族皆藉口通商也果僅通商乎哉

十五日小雨

聞暹羅朝廷新創一例收中國人身稅現已議准夫暹羅中國之藩屬也中國以字小爲心而暹羅不以事大爲禮豈夜郎自大哉蓋自日本幷琉球法人踞越南英人取緬甸暹羅知中國之兵力不行於四裔故悍然自由耳

十六日晴大風雨有冰

律師科司達來書言劉道表之案總察院已准提至美都覆訊當即函知金山領事　湖廣總督張之　來電云惠人星使鑒請代辦好棉子二頓速寄漢口價即滙還至感洞咸當即派參贊彭光譽繙譯容揆向副戶部大臣處查明又飭紐約領事沈桓詳查

因少時讀書於山寺山多種竹時際兵燹之後徧地荒蕪竹亦枯瘦山僧經理之越三年而葉密陰濃柯巨如碗因詢其故僧曰吾删其穢而培其根根肥則筍肥筍肥則竹肥其次年乃伐其瘦而留其肥則根益肥竹亦愈肥如此三年而竹復舊觀矣不善種者反是因查美國棉子中國之購者多矣而終不及美者則人事之

不齊也其殆如生質之美者必進之以學乎

十七日 始冰 晴

巴黎來電言奧王與廷臣論歐洲時局謂俄人將乘飢動兵法亦整頓軍務不遺餘力乘隙而逞德奧義三國皆稔知之惟俄國府庫空虛如三國合力與戰當可得志云云　中國會匪鬧教英法德三國既約美國聯盟要挾聞日本亦附和之因謁外部大臣布連曰美國向爲仁義之邦不爲恫喝要挾之謀聞之久矣布連曰然因曰中國會匪鬧教業允賠償聞歐洲各國約美聯合水師以肆要挾美亦爲之乎布連曰未允也因曰若是則因當函達中國政府矣布連曰可遂辭出

十八日晴

今年春夏之交美廷派員赴歐洲查客民來美情形有員名蘇秦士者在歐洲扮作窮民向英國招人出洋局請給赴美川資該局即發銀五圓六角二分蘇即附雪惠阿輪船三等艙至紐約登岸後告知該埠官員并告美廷以歐洲各處招人來美之局甚多即請議院迅速設法立例嚴禁歐洲無業窮民不准入境云　因謹按美廷以他國窮民入境有礙昇平之局遂派員詳查茲查得來美工人不止中國并禁歐洲各邦此例若行歐洲不能辨詰則中國更難置辭矣

十九日晴

昨日伯林來電言德國兵部趕製帳篷以備東邊防兵之用倫敦來電言俄國駐芬蘭之兵調赴奧界而另募新兵駐守芬蘭云

因謹按歐洲各國蓋無一日而忘戰也俄人伺間乘釁以冀蠶食鄰封凡毗連之小國如波蘭芬蘭勃爾加厘亞等國蓋無一能自存矣國之大者如德與奧及土耳其尤兢兢以防俄爲事而懼兵力不敵故德與奧聯盟而土耳其則仰庇於英國此合縱之勢也强俄不戢歐亞兩洲其無安枕之時乎

二十日 晴 天氣轉暖

謁律司科士達以中國所發華商之護照金山稅關有意挑剔因言美國既顯禁華工又陰阻華商殊違中美和約第六款今議院

將開應照會外部請問其故且禁工苛例自前任張使駁詰迄今已過三年何以尚無回覆因前此已面詢外部大臣布連布連答以必覆今又兩旬矣亦擬催之撰稾請商科司達以爲是遂留稾候酌定又謁上議院紳多福

二十一日晴

美總統於十六日出都赴白耳底馬地方昨日已回　昨日巴黎來電俄外部抵巴黎俄國駐法公使率隨員迎於車廠法外部亦派人往迎是晚法總統設醼欵之本日巴黎來電法國銀行已貸銀一百五十兆羅卜合七千萬餘兩於俄或以爲俄外部爲貸銀或以爲實聯盟也　因謹按此必聯盟也貸銀爲戸部之事外部

何必親行哉或藉是以爲掩飾耳

二十二日晴午刻大風暴吹倒房屋壓斃之人甚多總統宮殿所建之旗爲風裂破未後仍露見日風未息

俄國向德貸銀八百萬磅德商商之政府德主以爲當此時勢不應代籌遂止 因謹按俄法之交方密其意必將修怨於德德如爲之貸欵是藉寇兵而資盜糧也德主所見誠是矣然非禦敵之方確有把握則卽因此啟釁亦未可知如以弱小者當之有不進退維谷乎甚矣立國之貴自強也

二十三日晴

日本來電云派兵艦赴中國從英法之約也領事沈桓接上海信歐洲各國兵船集上海者約四十艘 因急謁外部布連詢以前言

不與歐洲各國聯盟要挾中國斯言信否布連曰美與中國交情與歐洲各國不同安肯聯盟要挾因曰審若是請發一電與駐中國公使田貝俾中國政府知美國之意則善矣布連曰美政府業行文與田貝令勿與各國聯絡今既欲速即發電可也因謝之遂辭出囘使館即發電致總理衙門云各國聯合兵船要挾教案因見外部外部允電田貝不與聯合云　因按布連虎視鷹顧城府深邃寡言笑蓋梟雄也當爲議紳時即昌言禁華工非有所惡於華工也要結工黨而已亦非有所愛於工黨也求得保舉而已上次公舉總統布連名居第二爲哈利順所奪即現任之總統是也布連任外部長於交涉之事皆好勝祕林海峽一案總統倡之而

布連助之遂至與英齟齬進退維谷智利殺斃美兵船水手布連主戰義大利民人在美被戕布連立意不認賠卹禁華工事亦主從嚴 因與交涉諸事尚少阻撓惟駁禁工例則不見覆蓋決不敢開罪於工黨也

二十四日晴

金山來電言差邪輪船由橫濱回聞俄兵一隊由西比里亞進侵中國邊界中國雖不與決裂或失地云 因謹按中國西比界曠野之地二百年來俄人所蠶食者多矣此積弊也顧以前相距猶遠今則漸至偪近而俄又造鐵路兵力可及東三省其可虞乎

二十五日晴

昨晚接總署覆電云各國聯兵要挾教案其事漸息何以此時始商外部是否又有萌動抑新聞所刊敬當即覆電云沈稟兵船集滬美報日艦聯歐赴華故慮因

二十六日晴

是日戌刻赴上議院紳多福之席同席者副外部華頓水師大臣脫來施上議院紳七人各國公使六人又主人之壻席間聞美國派員查明歐洲窮民來美情形擬由議院立例禁止而歐洲各國亦已共約派員至巴黎會商自禁之策亥正而散　因查多福與密組爲同省密組惡華人而多福持正論志不同也然工黨與舉總統議紳過此以往附工黨者必益衆而華人勢孤矣

二十七日晴是夜微雪

本日倫敦來電云俄外部大臣與法廷訂約之事英駐德公使已咨本國言俄外部在德都已將約章詳告德主及外部謂俄法聯盟與德奧義聯盟用意相似德奧義欲保本國自有之權俄法欲守舊約所准之權查歐洲各國會訂之舊約英國不應派兵駐守埃及英兵之駐埃及者例應撤回又俄土兩國之間有小國名勃而加厘亞者俄國按約能干預其內治之事俄法聯盟實爲此也此約雖定尚未簽名據此俄法尚無興兵之舉意在先與英德奧義四國理論如其不從再相機而動云　因查埃及貸英銀至四萬五千萬兩英以兵駐埃及防俄之佔其地而失貸欵也萬國公

法雖有銀出於地之說然俄之強悍又難以公法繩之俄欲英人退出埃及且以不從相機而動恐之英人究不肯從俄法亦不敢動天下事惟強者敢言之亦惟強者敢行之耳

二十八日陰始冰

倫敦來電言中國會匪鬧教係在蒙古地方法國又擬聯合各國保護教人且約在北京商議云　因謹按法人至好事且好干預他國之事尤好乘他國之不靖以生事前此拿破侖第三干預日事又干預布事卒以僨事今其流風猶未艾也世有畢思麻其人者乎

二十九日晴

近日考究美國所造快礮有五種曰吉林曰哈乞克司曰稅力司來遠曰嘉拏曰麥臣惟麥臣之機器最巧該礮長僅四英尺九寸高三英尺重不過五十磅礮管之外有鐵筒其間盛以涼水以防礮管之熱其巧處在礮機能自行動礮手但照料放初一彈以後入彈子出彈殼以及然放礮手均不必管礮機自能如意其快也每一分時可出六百六十六彈其命中也曾經試驗懸靶於一百二十丈外可以寫麥臣之名於上云　因謹按此種快礮僅能及一百餘丈以置山路崎嶇之地可以守隘城戰巷戰可以當關若廣野平原敵人設開花礮於百餘丈外轟之鮮不敗矣

十一月初一日大吉晴

本日巴黎來電言各國派員在法都議各國人民出洋業已成議凡人民欲由本國他往須由所往之國之領事驗妥方准出洋美員又謂美國雖禁客民來美例尚未嚴當由議院另立新章而法國和國瑞士國已有新例禁罪犯窮民等他往矣　因謹按美國禁工之例日益加嚴蓋不僅禁華人矣中國欲弛禁工之例美國自嚴禁工之章其禁也先自歐洲中國不能問也歐洲既禁而禁中國中國亦難爭也國有人焉未可輕量也

初二日晴

謁水師部大臣上議員紳宣文摩根談最久其意謂美國之患在南北分黨中國之患在南北交訌南患在英法北患在俄也美以

後將裂爲南北花旗二國中國則以一國力支三國雖屬竭蹶然有志振作不患侵陵視德之分支俄法猶較易也惜中國輕武重文以四百餘兆之民而不講訓練耳　因　謂美國苛禁華人殊不公允摩根曰華人出洋應由中國自禁美自欲禁自應相商不應徑行苛例也此外皆應酬語

初三日　晴天氣轉暖冰盡釋矣午後雨酉刻止

日本謂與中國通商獲益甚巨蓋海鮮及山貨歐洲以爲無用而中國之銷甚多中國不過棉花米糧等物行本至輕而物至笨且運至日本仍需日本之船水脚所得亦多自二十年來所得於中國者蓋一百四十兆圓矣　合一萬四千萬圓　因　謹按此亦一漏

戹也貨物者日出而不竭銀錢者有限而難繼故地球各國均欲貨物之暢銷而慮銀錢之出口其意深焉

初四日晴天熱如中國四五月時

本日俄京來電言俄廷查點本國海軍船數計頭等戰艦三十六艘二等四十八艘三等八十八艘四等二十艘大小共一百九十二艘各艦共載員弁兵役計三萬五百人云　因按俄之海軍於地球各國實可列第三也英第一法第二俄第三德與義相頡頏但德之水雷艇多長於守義之巨礮艇多長於攻蓋居四與五耳此外則數美次數日次數中國而後及日本海軍之利鈍盡之矣

初五日晴

昨聞俄國自蒐軍實因考近日英國海軍員弁共計六萬八千人有奇較俄倍又過之鐵甲戰艦六十二艘薄甲二十九艘巡海船二百八十二艘共計三百七十二艘而現在添造之兵艦約於光緒二十年一律可成爾時合新舊計之則鐵甲七十七艘薄甲八十八艘巡海三百三十六艘共計五百零一艘云　因謹按英之水師天下莫強乃猶按年加增如恐不及英人之志不小矣人所共知也而其用意之深非沈幾者則不能測因請得而言之英國戰艦固多然極富之國如美者悉索其賦十年後尚可幾之至於藩邦屬國布滿各洲處處有接濟水煤之地則地球各國所不能也而猶若有長慮却顧者何耶則以俄故也俄之水師不如英而

陸兵則天下莫強焉俄人又眈眈於土耳其勃而加厘亞諸國則歐洲之藩籬也且亟亟於波斯阿富汗等處則印度之藩籬也以俄人陸軍之強但有一處發難英即鞭長莫及惟以水師牽制之則俄人有所顧忌而不敢逞焉蓋俄人用兵於陸所得而蠶食者其地無多其害不驟英人用兵於海恃其戰艦之強電信之捷一日之內可以同時發縱一月之內可以隨處交鋒一年之內而俄之海軍盡矣此勝算也俄人之所顧忌而不敢輕啟兵端也　是夜駐法公使薛福　轉來總署電言京北會匪作亂鬧教宜昌教案已結事

初六日　晴夜大風繼之以雨

昨日巴黎來電言中國駐法代辦照會法外部大臣力伯言中國各省會匪政府自能剿滅無須他國保護而法廷仍派兵艦一艘駛往天津自行保護法人該報又言法國約合各國水師以恫喝中國現已接義國覆文謂此舉非出本心所願且待他國合成後再商云

因謹按法人之好尋釁自古已然前此拿破侖第一尋釁於俄英布義日奧諸邦卒敗於俄而爲英所虜近年拿破侖第三又尋釁於布藉日事以脅布國卒爲德所敗國亡身虜矣現歐洲各國日強法人無敢尋釁者則尋釁於中國越南之役法雖敗挫而創不深且又得地故覬覦之念未消也中國豈無戚林屯畢思麻其人乎亦在知人善任耳

初七日雨

昨日爲外國禮拜例不辦事故今日約外部見期以午正因到外部大臣布連已待因將總署來電詳言一遍布連詢以貴政府之意何居因答曰一則謂會匪不過烏合中國已派兵合勦不難剋日盪平貴國可以放心一則謂教堂自應照約保護宜昌教案已結一則謂法國好爲要挾貴國與中國向敦夙好勿爲所動布連曰前此已電田貝今當再爲行文與田貝不准附和以表美國與中和好之忱因謝之又談少頃遂辭出　因與布連交涉除禁工例外公事均不作難蓋工之禁與不禁權由議院而外部無權也且布連亦垂涎爲總統者不敢歛怨於工黨也

初八日晴
駐法公使薛來電云北洋陽電二十七八日葉提督建昌大捷建平賊勢已蹙現由建昌進勦朝陽奉天奏報亦迭獲勝仗四面兜勦不難撲滅請告外部並質西報訛言成　因昨日見外部外部言中國會匪何如是之多　因答曰中國人數四百餘兆甲於地球而又政尚寬大故宵小蘖芽其間此股雖近京畿然北洋大臣所練淮軍精銳無敵諒不日卽可盪平今果然矣
初九日晴
有美人名黎宅臣者由朝鮮回美言俄國自任保護朝鮮之責云見華盛頓昨日報　因謹按俄之覬覦朝鮮久矣蓋自日本縣琉

球法人踞越南英人佔緬甸而俄人之垂涎朝鮮愈急俄地當寒帶海口至冬必冰兵艦不能出入得朝鮮之地以其海口屯兵船則出入無阻而勢益強然不過密圖之謂其昌言自任且布告各國名不正言不順俄人未敢爲也

初十日晴

昨日倫敦來電言接印度蘭公埠電謂近日英兵在該埠南濱江戍守與中國戍軍相隔不遠華兵好放空槍擾之其在中國境界四十里之西地方名白米士鎮英人已據而有之云　因謹按俄英於印度邊界爭地而中間甌脫之地每爲所據彼疆宇日擴而我則漸逼近強鄰亦猶楚盡漢陽而中原多故也識者傷之

十一日晴

謁律司科司達已見美總統諭議院文其於義國民人被戕之事立言至爲和順而於中國拒布萊爾事頗不慊意且於禁工苛例毫無轉圜次日律政司又上條陳請議員於禁華工之例再加嚴明然則欲求苛禁之除其可得乎　因查紐阿連命案其始外部之覆義使甚崛強自義昌言絕交而美始懼遂允郵償固已形見勢絀矣此時之論安得不和順乎

十二日晴

倫敦來電述印度之電言該處亨石尼吉地方藉俄人之勢謀攻英界吉利脫礮臺英統領得闌闍信卽飭先攻泥耳脫礮臺亨民

敗走英人踞之　因謹按印度一地俄人極欲得之英人亦嚴防之巴美爾地方俄已侵佔中國邊界矣玆又欲奪英之礮臺方今弱肉強食爭城爭地無日無之亦逐鹿之世也

十三日晴

昨日倫敦來電言接北京文熱河馬賊現已盪平所擒四十二名亦已正法矣　因於初七日見美外部外部大臣布連頗以馬賊猖獗爲言　因告以北洋大臣所練淮軍精銳無敵諒此蟊賊不難即日盪平今果然矣竊自謂尚能料事也

十四日晴

議院開後分日謁議院紳見下議院紳好德談逾時言中國當防

俄幷防英法提綱以開鐵路練兵士爲主又言昔美國南北花旗之戰北花旗三戰三敗其時鐵路尚未成也及鐵路既成調到兵士二十萬人一戰而勝從此南花旗屢敗竟無勝時此明效大驗也因蹕之戌刻赴律師科司達茶會入門見墨西哥士耳其公使外部總辦入餐房則爲之送茶者乃今總統之姪女也飲茶畢辭出回館已亥正矣

十五日晴是夜風繼以暴雨

本日新報言美國賽會之事已商之中國度中國政府以美國既立條例禁止華人至美現在華商之至美者多被留難且美政府謂赴會之華人亦須議院另訂例章方准入境薄待如此未必派

員赴會云　因謹按美國此論可謂名正言順美國此際可謂理屈詞窮矣交涉之道大抵不外抵制二字一味曲從則倒行逆施自以爲莫予抗也果能如此其亦抵制之一端乎

十六日　晨起微雪及地而化遂霽日出

本日爲美國各部大臣見客之期因謁各部僅見戶部農部兩處

昨日美報言美國兵船水手在智被害經美駐智公使照會智廷已久未覆美國水師以爲智國外作宕延內修戰備新艦造成必與美決裂不如乘此未成之時以勢迫之云　因謹按此各國交涉之故智也以勢迫之則所求必得所欲必遂勝算操矣然則將何以不爲勢迫哉

十七日晴

聞諸美國部臣言俄國約與土耳其聯盟而法使之駐勃爾加厘亞者因法國訪事人造言生事爲勃國政府所逐法使遂遞辭行之書與勃絕交俄法方聯盟而皆注意歐洲之東偏意者歐洲其有事乎　因謹按俄法兩國皆佳兵者乃俄忽用柔而法仍用剛其中作用法易知而俄不易知也然無非戰國縱横之習也

十八日晴

本使館及各屬參贊領事等有送禮物者一概不受　謁律司又謁外部見副外部埃德因詢以本使署照會詰問禁工苛例自十四年張大臣照會至今未復其意安在埃德答以現正上緊商議

以期必復因詢以毋乃空言搪抵埃德答以決非空言因再三敦
促遂辭出
十九日晴
戶部總辦來見言美國擬以粟米數千頓賑濟俄國饑民又言法
國新修稅則又詢中國北洋大臣李傅相之疾言倫敦來電謂李
傅相得感冒頗重已有數日病臥不能起因謝之　因謹按中國
稅則所取於入口之貨均按百抽五無所分別此所宜亟修也李
傅相勳平粵逆又平捻匪爲我
國家柱石中外重之今得感冒至於各國電聞此萬里長城北門
鎖鑰也因惟祝其勿藥有喜以保昇平焉

二十日晴

美副戶部札與墨西哥毗連之稅關言墨國鐵路公司招到華工一千二百人失業必將有潛入美境者飭加意嚴防云　因謹按墨與美接壤天時地利相似礦產亦多而貧富迥異者則經理之人殊也既招華工矣而又聽其失業雖未言其失業之故想必因經費支絀而停工也然則極貧之國雖有自然之利亦難興矣

二十一日晴

外部大臣訂送上議院紳布倫之葬午正往議院入中門至東偏大廳各國公使先有到者以後陸續而到至未初同至中堂議事處副總統及下議院長在正中南面並坐教士在其前亦南面坐

議紳在東南向西北坐各國公使在西南向東北坐總察院在公使之前一層坐向同總統及各部大臣又在前低一層與柩近坐向亦同其在樓上者分四層環坐教士宣講約一時辰舁柩去議紳有送至舟者各公使皆返

二十二日晴

寅刻盥洗畢率參贊隨員等拜

牌行三跪九叩禮辰初設麪申正設醮醮後出門謁律政部各大臣聞法國以勢欺淩勃爾加厘亞國法使之駐勃者遞辭行書以恫喝之茲美國於昨日接巴黎來電言法外部接法國駐德公使文稱德國政府於此一事力助勃廷且謂法廷因此小事力絕邦

交殊屬無理云云 因謹按法固好橫行者而於中國尤甚此時又用之於勃國以爲勃可欺也而不料德國之明目張膽以助勃也且嚴辭厲氣以譏法也好勝者必遇其敵此之謂也

二十三日 晴 夜雨

是日爲各部見客之期因循例往見僅見副戶部又謁檀香山公使爲華人事也 昨日報載俄京來電言俄國武員謂應於此時取高麗俄廷則謂兼幷高麗難於如願惟不許他國強佔高麗以防有礙於俄云 因謹按俄員之言實肺肝之見也俄廷之言乃掩飾之謀也俄豈一日忘高麗哉待時而動防有力者之妒之耳應早備之

二十四日大雨至未刻而霽天氣燥熱如五月時

是日爲議院紳士見客之期因帶繙譯謁十六處僅見福來克耐二人　紐約本日報言倫敦來電謂英駐華之水師提督已赴朝鮮琿春一帶爲巴美爾事也又言中國如以臺灣給英英國將助中以拒俄云　因謹按此英人之以言餂也中國斷不爲也如果爲之是前門未能拒虎後門業已進狼矣竊嘗兼權俄英之勢焉俄爲患在北英爲患在南俄爲患在陸英爲患在水陸患尚可防而水患無可防也俄患遠而英患邇俄之患也不過北邊一面其進兵也難英之患則北省如天津南省如浙江江蘇廣東福建皆受之若泝江而上則安徽江西湖北又受之其進兵也易且英能

助中以勝俄則要求無厭勝固受其患也英不能勝俄而俄入北境英人之狡將乘中國之力絀而趁勢以求沿海各埠不勝亦受其患也且兵未交而先失地明者決不爲也咸豐十年之亂俄人乘勢以取黑龍江北岸地方此前鑒也故以爲中國斷不爲也爲今之計惟有造鐵路以合南北之勢築礮臺置水雷艇以固各海口之防及今爲之尚未晚也

二十五日陰天氣仍熱

是日爲美國令節送外交處議紳綢茶共八分　此次開議上議院紳共八十八人下議院紳共三百三十六人而遞條陳禁華工者計三百五十五人　因查美國國例總統由民舉議紳亦由民舉

其未舉也必先要結民心將以求舉也其既舉也必求允洽民心所以報舉也美國土著係茵陳一種與黑人相似不歸王化畫地而居其居中土爲民者皆歐洲客民耳顧歐洲客民入美籍而中國客民不入美籍入籍者得與舉不入籍者不得與舉而親疏向背之勢遂冰炭不侔嵩誰生厲階至今爲梗哉

二十六日晴

是日爲外國吉辰不辦事不見客　本日新報載法國與勃國齟齬一事德國昌言助勃矣茲彼德堡來電言俄廷決意助法云

謹按此歐洲不靖之萌芽也勃小國耳法人陵逼之者其慣技也而德人助勃法幾無能爲矣乃俄又助法德以一國支兩大力

能勝乎且俄之與法聯盟也即昌言干預勃之內政矣今有待而發是德則無心而俄則有意也地球風氣至於如此苟不富強其何以立國哉

二十七日晴

華人周某持出使美法義比大臣護照來見言赴詩家谷賽會請照美外部因謂我政府方以美國苛禁華人派員赴會之議未決本署未便輕照外部當由參贊帶見外部總辦可也

二十八日晴

是日爲總察院見客之期因帶繙譯往謁見不綠瓦哈輪不來履斐路四人餘五人未見 因見斐路夫人時座中有婦年約六旬

言美國之禁華人殊爲違約因答曰美經營草昧僅一百年而富強如此之速者鐵路之力也創造鐵路如此之速者華人之力也今可謂飲水忘源矣婦以爲然

二十九日晴申正以後雨中夜大風

謁下議院外交處十三人見麥克力安多羅二人皆在客寓言近年各國整頓水師自爲至計但鐵甲戰艦需費數百萬金告成須四五載惟水雷艇則造易而費輕查法國有鐵艦四十三艘水雷艇一百九十艘茲又添造水雷艇三艘一艘已成計長十四丈二尺寬一丈五尺容一百零五頓載兵弁二十六名有速放礮二尊放水雷之管二枝分置船前船後前管不能動後管可以擺左擺

右每半時辰可行二十一海米又半合中里七十餘里如此之速鐵甲船難恃矣 因謹按水師之用鐵艦利戰於海中雷艇利戰於口岸一長於攻一長於守故英多鐵艦而德多雷艇其志可知矣中國之創海軍遠略未遑但能保守各口岸使敵國戰艦不敢輕來則足以固吾圉雷艇似尤重焉 因聞其言切當特歸而誌之

三十日晴

是日爲上議紳宣文嫁女吉期 因已備禮送嫁矣今日遂往道喜午刻總統各部各公使均到成禮時主婚者先詢女郎曰汝願以此人爲夫矣答曰願又詢以後或貧或富或疾病或康強至老不悔矣女郎一一如所詢對次詢其夫亦如之禮畢總統以下均與

二人握手遞辭出女郎遂別父母偕其夫出遊此美俗也

十二月初一日元吉晴

是日爲各部議院紳見客之期因謁二十一家只見副戶部一人談及美與智國齟齬美國方整飭船礮一切智國亦向歐洲各廠購辦軍器且派員赴德國學習軍法美廷即電飭本國駐歐各使密查智員動靜談未久辭出　因謹按智利自勝祕魯後龐然自大從前中國向索商民所失賠欵峻詞相拒中國不與校也今該國內訌日國已索賠三百萬矣美又以其侮本國使臣欲相問罪竊料智非美敵也有不卑禮求成者乎

初二日晴

是日爲美國元旦總統於午初見各國公使以次見各部大臣兵官及紳民因率參贊等覲總統後即往見外部大臣并謁各部申正而返　聞美國官場言中國馬賊已平東北地方又有賊黨萌動幸李傅相病已痊愈即派馬隊往勦云　因謹按外國電綫之便音信之靈宜其事易措手也至李傅相感冒則以爲可虞及茲病痊又以爲幸爲教民幸乎爲寓華之商民幸乎不可知也因則爲

國家之保障幸焉

初三日雨

美兵官魏禮森來見言美國北境卡拿大地方英屬地也近有願

入美國版圖之議緣英國屬地各洲皆有其最大者爲澳大利亞此外殊難悉數英國政繁其於屬邦外交事務隔膜不能浹洽故卡拿大願隸美籍澳大利亞亦欲改爲自主英國官紳不以爲異且謂不妨從之以省英之越俎云云　謹按此當爲英人之度辭也法與俄合英之海軍勢不敵矣而各屬邦遠在異洲非兵船無以控制兵船勢絀則令有所不行不得不知難而退故先爲此言以文飾後此之形見勢絀也

初四日　晴午正大風雨雪遽止仍見日逾時又飛乾雪日光如天晴時

起程赴瑪林公司驗槍是夜宿紐約　初二日報言巴黎來電言德相畢思麻告退今已三年自俄法聯盟德皇內怯措置內外情

若棼絲近已屢派大員密赴畢思麻第商令出山但不知畢相允否耳　因嘗讀漢史至飛鳥盡良弓藏又讀唐詩至時危身赴敵事往任浮沈未嘗不廢書三歎也德之霸也由畢思麻德皇承祖父之舊業而不任舊人以爲可從容坐理矣不料俄法聯盟英國既以屬地爲憂德皇能不以尋讎爲慮急而求子是寡人之過也德皇有焉至於電報來自巴黎則知德皇諱之而法人揚之其揚之者所以顯彰德皇之短而實內懼畢相之長也

初五日晴是日華盛頓大雪而紐約晴蓋相距已千里天氣不同也辰刻瑪林公司來引導因帶繙譯武弁仍附火車巳正至紐海芬地方換馬車行十里至廠廠中已豫備卽抽驗五十枝均爲靈便

驗畢約申初矣當令該廠具結其餘悉照此樣仍回紐約時已戌初飯後赴火車廠正交亥初中夜奔馳至卯初到華盛頓往返約二千五百里　因查以前中國購用槍礮悉於上海向洋行定價交貨其價則洋行中飽不肖委員又從而浮銷故多不實其槍礮又非新式新造大抵多以舊式改造者弊日滋矣自奏定章程由駐各國公使驗收而舊式改造之弊絕焉

初六日　陰入使館是夜大雪

近聞俄國築造西比里亞鐵路之員名卑書富至金山金山人員訪詢情形言自俄京以東計一千七百米合中里三千六百餘里業已築成至全路工程約十二年可竣沿高麗之一段約二百餘米合中里六七百

里現作工者有五千人明年可增至七千人云　因聞此而先爲高麗危也俄高通商自有水路且商務亦甚微細安用鐵路爲哉可因此而窺其心矣

初七日陰

本日巴黎來電言勃爾加釐亞國驅逐法國報館訪事人法國詰責勃廷勃廷覆以訪事人藐視勃廷先已照知法國駐勃公使禁止迄無斂戢勃廷不得不保全國體也勃小國耳竟不畏法之決裂而爲所挾持也　因謹按挾持之習不可開也開則一事如是百事皆如是矣一國如是各國皆如是矣況法又好挾持者也拿破侖第一挾持布與日等國而敗於俄英拿破侖第三挾持布日

各國而敗於德蓋風氣使然矣勃以小國而抗法但不知其究竟如何或有密交之國爲之理斷或有強大之國爲之主謀則庶乎其可耳

初八日晴

謁總察院上議紳不來奔宣文律師科司達外部總辦播郎　昨日報言巴黎來電言羅馬尼亞國與俄毗連一千八百七十七年（即光緒三年）俄土交兵俄君謬爲與羅君友善假道入土耳其之境獲勝凱旋時乘勝奪羅國一省之地羅君未之忘也今聞德奧意聯盟遂於前日赴奧國之跛司埠面見奧王商議時事云　因謹按晉假道於虞以伐虢旋師滅虞劉璋藉劉先主以拒張魯卒

以失國然得地者祚皆不長此往事也

初九日晴

下議院紳思麻來見言及日前戶部派員查華人由英屬卡拿大潛行來美且有美國多人挈帶一案今已查明實無其事只兵丁一名暗助華人過江而該處入境之華人業已減於昔日云　因謹按此實情也美國工黨妒忌華人此外皆不然蓋工黨爲攙奪其工而工黨之外實喜華人之工價廉也顧工黨甚衆而又有舉總統議紳之權總統議紳無不徇之此華人之所以屈於工黨也

初十日晴

外部總辦播郎來謁幷持總統及后謝帖言謝中國茶會且許代

為照料茶會之事談次言初八日巴黎來電稱埃及國王已薨該國前王曾借英國銀一百兆磅（合中國銀四萬五千萬）而不能償英廷與各國商逐前王而立其子是為今王至一千八百八十二年埃及內亂英國為撥兵剷平之而遂留兵駐埃及法國不允屢詰英廷令其撤回英駐兵如故今埃及之君已薨法俄方合且俄君已有不願英兵駐埃及之言恐不免決裂云　因謹按歐洲之勢擾擾無安定時其不遽相見以兵者兩強相當未敢輕發耳英固強矣然俄與法合則英之水師不敵兩國即英之陸師亦不敵俄國勢力不均則一有齟齬強者必先發難英人於埃及之事將何以善其後哉

十一日晴

昨日金山來電稱該埠新築礮臺已由華盛頓運到八寸口徑礮四尊連前共有八尊尚有十二寸口門者不日亦將運到云

因謹按美自紐阿連民人殺斃義人不肯辦抵議䘏義遂齟齬美亦慎固海防皇皇焉如不及近又與智利齟齬智國水師雖不敵美然蠢蠆有毒亦應未雨綢繆也美國船廠礮廠林立其籌守實不難非若購自外邦者之緩不濟急也故優爲之

十二日晴

是日副總統訂見總統因於亥初偕繙譯乘車至副總統宅今年官紳似不如去年之多僅見內外戶農郵政五部議紳十餘人公

使則英法俄德朝鮮日本中南墨洲諸小國婦女則不減於去年亥正總統副總統出見握手爲禮各就大餐房飲酒進饌子初而散

十三日 晴 夜雨

是日總統見各國使臣因於戌正偕參贊繙譯各員往及亥初而到齊以次入見握手爲禮總統見使臣後民人之入見者至亥正而猶未止因等於亥正回使館矣　聞美國與智利齟齬一事外部已商之總統總統已諭商議院時論多以智利海口實爲天險不易進兵將欲假道祕魯由陸路而入將來戰勝即脅智利所踞祕魯之地還祕魯以爲酬此意不知能行否尚待審愼而發云

因竊意此美廷之計也如此則智利增一敵祕魯旣可復讎而又得還所失之地自願假道此策果行而智利危即未行而智利亦先自危安得不降心以相從哉

十四日雨

巴黎來電稱西歷元旦德主大集武職大員密諭適時御前侍衛均不與聞想係不日用武云　因謹按法與俄合自以爲德必畏之矣乃德主只勵精講武而於法國仍視之蔑如法則時時窺其動靜其言若有畏焉何法之鴟張跳梁向之好淩轢他人者至是而甚畏人之淩轢也勇怯勢也

十五日雨午刻而止寅以後大雪

是夕本館舉茶會自總統以下均於前十日具帖屆時總統之長子挈其婦到大將軍外部及各部大臣總察院上下議紳各國公使均到外部大臣向不赴茶會是舉爲破格會者逾千人車馬擁擠延及通衢亥初到齊寅初而散香冰酒用至二十箱他酒猶未計菜與水果茶點計二十餘品呂宋煙大小十二盒堂倌十餘人伺候易衣服者稱是巡捕六人可謂盛矣　因查外國新年舉行茶會延請無虛日不能盡辭也又不能受而不報故一效顰而所費多矣不可再也

十六日　大雪約深一尺至申正而止

美紳爲因言巴黎來電稱德主舉動令人疑慮近日忽然優獎提

督阿勒芬所黎賓蓋以該提督於一千八百七十一年即中歷同治十年敗法兵於離蔓也此時忽又奬之者將以收德弁之心而激法人之怒云

因謹按法之搶攘爲雄者向自以爲一怒而天下懼莫余敢侮也今德主乃欲激之使怒若惟恐其不怒也者殊不可測也

因家居近山嘗見捕虎者矣虎之攫人及獸畜也有持挺刃追之者虎乃故遲遲吾行焉且時返顧作怒目之狀追者雖衆無敢近逼虎終銜所攫者以去人莫可如何也追者返乃約獵戶偵得其巢穴遂集獵者挈槍而往如牆立排穴前虎不敢出乃束火而燎之虎怒奔出衆槍齊發遂斃之德主之用激也意如斯乎

十七日晴

拜發條陳摺昨日新報言英法兩國於埃及國爭權法國本擬於埃及舊君新逝新主未立之時與英理論無奈歐洲各國無助法者俄雖與法聯盟此時亦不助法惟密戒法毋妄動法國獨力難支悉聽英之所爲以期異日英國報以他益現在不過照例詰問英廷掩飾耳目顧全國體而已　因謹按法人之於中國侈然自大其於歐洲頹然自廢始以爲不可解也顧嘗見齟齬者之情形矣其於遜己者百端陵之不論理也其於勝己者百端讓之亦不論理也地球各國局面大抵如斯法又甚焉然地球大國之受挫折者亦拿破侖尤甚焉天道好還事有必至論事至拿破侖之末

路未嘗不少舒抑鬱不平之氣焉

十八日晴

湖廣總督張之　電請購美國棉子茲已由農部大臣於鄉間購成由大西洋運鄂矣　因謹按美國特設農部專司播種之事錢糧出入另有戶部司之中國戶部亦稱農部但司地丁錢糧戶口而播種則聽之民美國每年戶部出入計銀三萬數千萬圓較之中國幾四倍而其事反簡者則以有銀行而可省收發之煩用銀錢銀幣而可省驗平驗色之煩有火車而可省解運之煩也事不煩則弊不滋故未聞有劫餉鞘虧庫欵扣平色之事其制之善有足擇焉

十九日晴申後小雨

是日爲總察院見客之期因往謁勒馬布郞不賫之福穀磊均見又謁下議院紳斯斌介亦見　聞華盛頓礮廠近造成六英寸口門來復礮二十尊八英寸十英寸者十六尊每尊造成只五十日又水師部造成十二寸口門者一尊需費四萬五千圓其六千圓係工價重十萬四千磅約四十餘頓較由外國購者價省其半云

因聞此而知機器廠之不可不自營也能自造礮其便有一其利有五兩國交兵各國守局外之例不准售軍器茲則不需外購其便一也價省其半國帑不糜二也鋼鐵之產不棄於地三也中國人多營工而食四也風氣日開日漸富強五也地球之國其富

強者大抵皆自造兵艦鐵路槍礮者也其貧弱者大抵皆外購兵艦鐵路槍礮者也其不能自存者大抵皆不能講求兵艦鐵路槍礮者也今衆說龐雜無從適從盍就實在情形而靜驗之

二十日小雨是夜下雪

是日爲下議紳見客之期因往謁見勃郎姐門三奮克力火街五人克力爲嘉省人出金山新禁華人例相示因婉託之　因於此而歎禁工之例未易爭也議紳由民舉當其舉也卽先以禁華人要之允之則舉不允則置之其願爲議紳者無不許以禁工矣夫美國之人固無不願爲議紳者矣難矣哉

二十一日晴

本日爲各部大臣見客之期 因謁各部見兵部副戶部 聞南墨洲之威內薩國東鄰英屬地英人屢侵其界威請與英分畫界限英又畫過威界威不敢爭因商請局外之國公斷英亦不允蓋其地產金故英人欲之也近求美廷爲代申理云 因謹按此弱肉强食之風氣漸偪墨洲矣中俄交界之地俄人無日不思侵佔每與勘一界俄必進佔數十百里蓋其地多金故俄垂涎焉今漸偪近矣數十年以後邊防其費手乎

二十二日晴

本日爲上議紳見客之期 因往謁見宣文多福福來地甫司不來奔聞英國商務局刊出年報本年購茶二百零二兆磅印度居四

之三中四僅五十二兆磅計三千九百萬觔　因籍隸安徽地多山民多業茶父老言四十年前荒山日闢民資茶以生者居其半近二十年中茶價日賤而稅不減除納稅以外所獲甚微故茶山多任其荒矣轉移之機是在關心民事者

二十三日晴祀竈

美國近日爲與智利齟齬之事催趲兵船赴智日有所聞而智利亦向英法兩國定購兵艦法國爲智利所造之兵艦名開撥頓白來者不日成功其中有電氣礮尤爲靈便每一時辰可行一百二十餘里而美議院亦定於二十六日大議焉　因嘗讀易至安不忘危治不忘亂之言而參以周禮蒐苗獮狩之義而知古聖之用

意深也戰不常有而欲戰之事無日不有戰局不可自我興而備戰之道不可不先時而興蓋兵力可以戰則敵國將不欲戰而戰局不開是以能戰而止戰也近日英法爭權於埃及法與俄聯盟以敵英俄外部且昌言英之非矣乃英人毅然行之而法人拱手讓之俄且戒法以勿妄動焉非皆攝於英之兵力哉美固強於智利然越國鄙遠未能決其鞭長之必可及也故以全力籌之　是日至紐約赴塞潑席中夜回車

二十四日 晴夜雪

辰正抵使館　昨日報言俄法聯盟英國始則望其不成及其既成又欲解散其交故於本國駐俄公使莫里雅患病請假回英後

又復屬其至俄蓋以莫里雅與俄政府相得所言易入如俄不附法而與德親不至決裂則戰局可不開此英志也 因 謹按歐洲各國俄與法皆好事者 因 嘗於俄法聯盟之初詳論之矣中國教案英法有意挾持並約義美各國英則始急而終緩法則終始恫喝幸義國向惡天主教而美政府又從 因 言不與聯盟故法願不遂也莫里雅與俄政府相得英廷不以病而棄之用意深矣

二十五日 晴謝神祭先

昨日塞潑鹿閣有某察院及前總統格蘭脫之子言美國擬開尼格拉之地以通東西洋此工若成則商務益盛 因 答以此工如成則中南墨洲之小國必遭大國鯨吞本日見新報言南墨洲之厄

瓜多國整頓武備將棄舊式槍不用而易以奧國之曼里加爾快
槍云云是該國有戒心矣
二十六日晴
是日謁議紳摩根克類狹麻阿倫麥豈力斯斌介又郵政大臣宴
總統請各國公使各部於本宅見總統因於亥初往見又往議紳
奥地士處茶會返館已子正矣斯斌介言美於智利齟齬昨日總
統請議院議之北黨以爲應戰南黨以爲不宜開釁遂令再議云
因謹按美國開國之律由華盛頓訂定政歸三處立例者議院
行例者總統守例者察院議院有立例之權則大事爲議院主之
總統不過奉行焉耳蓋議紳總統皆由民舉而總統僅一人不及

議紳之數百人者但能公而不能私爲民而不爲己也故事之創者必由議院決之此美國之創制顯庸也

二十七日晴夜大風

是日總統訂於亥刻見議紳察院并見各國公使因率繙譯亥初而往見總統後又見各部大臣并議紳宣文狹麻斯斌介談次智利因美整頓兵船議與開戰已有轉圜所有前此殺傷美國兵船水手已允卹償言歸於好矣因謹按當今之世有理而無勢實不能以理屈人也美民殺斃義民義廷詰問美初不肯卹償乃至義使絕交離美美始轉圜今美之於智亦猶義之於美也美之水師不及義智之水師不及美然非實有決裂情形仍不就範則交

涉之窾要可得端倪矣非兵力勝人斷不敢與人決裂非兵力勝己斷不肯舍己從人公法不足恃條約不足據惟勢強者乃能伸理耳有國者不可以不強

二十八日晴

謁外部大臣布連爲將赴古巴辭行也布連言美國駐古巴領事勤能一切可以照料當爲通信因謝之　律師科司達來見言於外部處聞因將赴古巴特來送行因詢以習利之事言可不戰然尚未就緒因又詢祕林海峽之案答以美與英兩不相讓已商定再派員妥議日內爲此甚忙碌也　因嘗讀孫武子兵法謂勇怯勢也強弱形也不禁喟然歎曰此孔子所謂誠之不可揜也強弱

之形因彼己而分勇怯之勢卽因強弱而別強與弱遇則勇美之與智是也弱與強遇則怯智之與美是也兩強遇則不怯亦不勇英美是也不怯則不相讓故英美齟齬駮詰者至於一年不勇則不決裂故英美終不以兵戎相見而宛轉相商也孔子曰能治其國家誰敢侮之此之謂也

二十九日晴

昨日羅馬來電言德義奧之同盟本以外防俄法而不料有內憂蓋以奧民羣奉天主教而義則視若仇讎兩國民心因此不洽德皇力顧大局婉勸奧皇致意義國委曲調停使國內不致交訌教皇亦不與法搆結爲患現聞奧義兩君屈意從之可保昇平之局

矣　因謹按地球各國莫不有教大抵入主出奴惟孔子之教則包所有亦空所有一視同仁焉然自宋以來業已分黨顯作異同至明則每下愈況矣自洋教入中國庇莠民犯名義君子嫉之而激烈之士顯與爲讎狡猾者又藉口爲亂焉則不慎於始之咎也中國每鬧教一次則教勢愈盛一分由兵力不足而民教之理不能持平也可勝慨哉

三十日晴

聞日本改鑄銀錢大獲利益近按年鑄出計一千萬餘圓中國及大東洋來往之商均多便之流通漸暢每年獲利至六七十萬圓云　因謹按泰西各國皆自鑄銀錢防利權之外奪也而便民便

商更有言之而難盡者中國南省所用之銀錢向爲墨西哥國獨擅其利計近百年矣商民便之至以重七錢三分之低銀作重八錢有餘之足銀現上海雖改用鷹銀而安徽江西各省尚仍舊也中國苟自鑄銀錢則利源不外漏矣

蓋觀於今日之交涉而歎天地之狹人心之險也禍患每生於萬里之外兵戎卽兆於玉帛之間無可避也無可遠也天下之强國首推俄其地跨歐亞兩洲皆在萬里之外而兵力所及卽足爲患其在歐洲也兵逼德界則德有戒心逼奧則奧有戒心逼土耳其波斯阿富汗則不僅有戒心而直有覆亡之慮矣其在亞洲也造西比里亞之鐵路增琿春之兵建黑龍江之船隝則我有戒心而

朝鮮日本亦不能無恐美與智利分赤道南北而因兵船水手一案幾至搆兵英人由緬甸造鐵路以規滇法人由越南興火車以達粤阿非利加洲亘古以來鴻荒未闢而歐洲各國羣起而分裂之皆遠隔萬里者也德奥義聯盟以防俄法此玉帛之會自守之見也而俄與法聯盟俄又與土耳其聯盟俄之與法與土實世讎也德法有不可解之讎而結好無間亦牴牾時形美因喀羅連島教士之案而責義英因祕林海峽之案而責美俄法因埃及之事而責英俄因勃爾加鳌亞之事而責德中國沿江會匪鬧教之案興而法欲聯歐墨亞洲各國水師以要挾雖好會無間而擾攘不休居今之世奚可局淺近囿耳目而高言耀德休兵哉水師之力

英之兵艦至五百有零法稍遜之俄又遜之次則義德日三國亦可稱雄美國水師居第七中國居第八日本居第九日本今年以水師之力不敵中華乃於法國訂造鋼甲三艘亦黽勉企及之意也法與日美與墨互增入口稅以相抵制法重美國豬肉入口之稅俄增英國棉紗入口之稅烏拉乖墨洲小國耳亦增入口之稅以足國用義禁美國煤油入口美禁歐洲窮民入口皆內政之可自主持者也若夫美國之近政則駐美之使尤耳熟能詳焉其測天文也則有算學諸士挾貲赴祕魯以測南半球其測地理也則有商務諸人赴尼格拉以通東西洋水道其講海防也則建礮臺於太平洋購聖駝馬島於丹國增海口之巨礮造極速之兵艦講

求礮穿兵艦塞漏之法措置兵艦中途添煤之地試白鐵之甲造
電氣之船其蒐軍實也則造無煙之火藥至猛之炸藥創鋼綫纏
身之礮試電氣之車考連珠之礮煉礬精以代鋼藉水力以生電
其講富國也則與歐洲墨洲各邦立報施條約增入口之稅收丁
口之費禁入境之彩票賽珍於希卡果免稅於夏威仁鐵路入欵
四千萬有餘本年所入之欵至四萬六千萬有餘直駕英國而上
之矣至於博士新得致雨之法隨時隨地可以立沛甘霖其說不
經乃聞農部已撥巨欵試驗各省亦且以貲定購則又似非子虛
相距較遠未能目覩姑志之以備一說云耳

美日祕使者誌於美國華盛頓使館時辛卯十二月

清末民初文獻叢刊

出使美日秘日記

（第三册）

〔清〕崔國因 著

朝華出版社
BLOSSOM PRESS

出使美日祕崔日記

光緒十八年正月初一日元吉晴

卯初率參贊等員朝賀行三跪九叩禮辰初設麪申正設醼天氣溫和　美國去年查核民數後又查民間產業共值六萬二千五百兆其富者約二十四萬餘戶每年所得之利多寡不等約共一十四萬萬圓云　因嘗考美國之所以致富矣其開闢不過二百年耳而日益加富如是之速者則鐵路之力也統計地球鐵路以美爲多統計地球各邦亦以美爲富　因赴美紳雪白之宴知其一家并其妻屬其計產業值一萬萬圓其富於美推爲第二其所管鐵路之多亦推第二且即爲管理鐵路之副辦雪白嘗謂中國欲

富宜興鐵路蓋以已所以致富者告因也又欲爲中國興辦鐵路蓋又欲以其致富之術試之中國也雪白爲人光明正大美國重之因亦知其言之不謬也

初二日晴

美戶部查自去年與古巴及巴士力戛二島立報施約後出口之貨至該二島者加至一倍計此四月之內共值美銀八百三萬六千九百二十圓云　因謹按外洋農商並重而商利尤顯而易見各國立約必於商務三致意誠恐朘己而肥人也中國與外洋通商僅通外國之商於中而不能通中國之商於外勢成偏重則創始者之不諳洋務也積重難返之勢其將何以挽回哉　前美駐

中國公使楊約翰來見

初三日晴

接總理衙門文言以後借洋款者必奏明奉

上諭後方可借貸此極周密當即擬稾照美外部先交律師修飾遂答拜楊約翰談及法國新訂稅則除於瑞士比國另議外於義日葡萄牙等國最重於英德奥土耳其墨西哥智利閔都拉奚地山都敏哥各國最輕此外有未定準者均照最重納稅美與法議尚未成大約亦可照至輕之稅則云　因謹按稅則爲內政本可以自由者也中國於本國土產稅釐至重而於外國貨物稅則至輕是厚於外而薄於內且使外國之貨暢銷而本國之土產滯積

也於富國富民之道均未合焉前此嘗疏陳之矣

初四日晴

是日赴總統讌戌初而往亥正而返同席者各國公使外部上議院外交處首領均挈室而往至入席則總統挈墨公使之妻而墨公使又挈總統之后餘仿此因不挈室故亦不挈他人之室席終傾談許久而散席間聞美國禁發財票入境不許郵政館寄不許報館刊玆魯希安奴省賣票公司控於總察院仍被駁云 因謹按利不易興也必有撓之者如英美各國之初興鐵路是也害不易除也亦有撓之者如美之禁發財票是也先儒謂進德修業並資識力有識則能知有力則能行也傅說謂非知之艱行之維艱

知不過明其理行則見於事也治天下亦如之

初五日晴

初二日報館由俄京來電俄國去年由正月至十月入欵較上年少三千七百萬羅卜出欵增一千七百萬羅卜云　因謹按俄值大飢故入欵頓減而急營西比利亞之路故出欵頓增也俄每歲所入亦三萬餘萬兩頡頏於英法德美等國而國用不足乃與法同而較甚於法則窮兵黷武爲之也所幸其國形勢背繞北氷洋不至受敵而其地苦寒又非鄰國所欲故得無虞否則鮮有不敗者矣

初六日晴

日本輪船自同治十年起至光緒十七年九月止獲利銀二百零二萬有餘圓　因謹按中國招商局設立二十餘年始則巨虧繼而亦無大利則不得人之故也日本之船不過由橫濱至上海中國之力儘可爲之何難獨專其利而使日本專之且卽不能獨專而與日本分之亦不甘讓人之一道也乃中國內地輪船之利既與泰西共之而中日來往輪船之利又爲日本專之利之所在拱手讓人而不覺日朘而日匱也則商務之未講求而草創未得法故也

初七日大雪

是日辰初啟行赴古巴時正大雪火車行至申初雪漸少申正天

晴已見日矣蓋地隔千里氣候不同也所過之地平衍悉屬松林四望無際土人結廬伐木斵削成材由火車運至通衢取之不盡大約一百年內足供採擇也　因嘗聞京北熱河地方松樹極多四望無際中間有嶺即名萬松嶺行人均出入於松林之中松之老而僵仆者行人即就以爇火爲炊火種終年不息惜其地荒遠不近都邑故大材皆廢棄也若興鐵路則運載輕便其利無窮然則鐵路信爲富國之第一策也

初八日晴

午刻至哲臣威換車戌正至覃壩上船亥初開船因於車中眺望見由華盛頓至覃壩三千里內悉屬松林近覃壩數百里則近村

落處多種橘柚盤開闢松林以後就其地而改種果實也此數百里中其土色白如粉如雪禹貢紀冀州白壤不能如是也上船之後漸近赤道氣候漸熱欲脫棉衣矣

初九日晴

申正至克物司島島爲美屬上下貨物約兩時仍開船此海風浪頗大船行顛簸舟中美商四人頗欵洽言此次下議院議苛禁華人者甚多大抵多西省人西省客民之傭工者畏華人奪其利故禁華人其實此種亦非美國之民但以入籍之後能公舉議紳并總統故自總統以下皆徇情而助虐惜華人之不入美籍遂至無援今實難挽回矣因詢以議紳中亦有悅華工者何也美商答曰

此中有兩種人一爲不覬覦爲總統者故好直言一爲東省之人其地墾荒現需華人故也因謝之

初十日晴

卯刻船抵古巴夏灣拿埠總領事等及華商已備小輪船來迎當即入領署即專人持日外部藩部之信交古巴總督巡撫又以美外部之信交美總領事午正即命駕謁見各地方官總督名波拉威夏巡撫名嘉沙將軍名哥來司府尹名哥羅希度均見

十一日晴

古巴總督來見因以華人相託言華人在此經商傭工皆有利於古巴地方官所當保護該督答曰華人現在來往自如毫無拘束

即最優之國亦只如此如其不信願派員護送貴大臣至各省巡視則知實在情形因又言古巴各鄉約局所欠華人工資歷久不給應請設法該督答以即爲追償談久而去

十二日晴

古巴巡撫及府尹美副領事等來見因即以昨日告總督之語告之該巡撫答以華人非惟來往自如地方官且有破格以待之者如出售爆竹是也今因無所拘束行街紙亦少領矣因又以各鄉約局所欠華人工資請即追償該巡撫即面屬府尹府尹自任代追遂辭去

十三日晴

華商九家公請美總領事及古巴總督先鋒官來見美總領事言十餘年前古巴虐待華人時伊卽駐古巴曾與力爭不勝乃告美政府達之中國得以派員華人遂出苦海因謝之因婉告以古巴華商之赴美者當入境時關吏每阻之例須貴領事簽名爲據方可放行願少通融該領事頷之

十四日晴

再謁古巴地方官幷辭行是夜古巴府尹又來見因告以鄉約局所欠華工工貲府尹屬譚乾初將來至府署時可徑入辦事房面謙必有把握因謝之紐約報言西歷正月卽中國十二月二月內駐紐約埠管理客民入境之員查明歐洲各國民人到該埠而不

應入境者計一百零三人均不准登岸已由原船載回原處云

十五日晴

美總領事來送行古巴總督來送行言以小輪船護送上船因謝之是日午初上船華商等均來送未初開船船行仍顛簸戌正至克物司查克物司爲美屬地美人經商於此言美政府爲俄國大飢普勸捐賑聞已捐麪粉三萬桶每桶約二百斤現銀五萬圓由歐洲運往振濟矣 因謹按美國禁歐洲工人來美而俄不允若於他國美必以全力持之禁而後已矣而不敢用之於俄且振其飢焉何恭順耶畏其強也

十六日晴微雨遽止

酉正至覃墹船主陪上岸至火車廠登車戌初開車車棧有譽新報者載華盛頓二月十五號報稱麥天那省來電言該省土人毀華人之洗衣館復具呈於下議院紳言華人洗衣攙奪其業請驅逐出境云云　因查美之土著多擁厚資其爲工者悉歐洲之客籍也與華人同屬客民而能上書議院驅逐華人者則已入美籍之故也使者之權安能敵議院哉事難爲矣

十七日晴

黎明至哲臣威聞麥天那省之海倫那地方居民立例禁止不與華商交易且於華商鋪前派人看守又勒令房主勿以鋪屋租與華商迫華商令出境云　因謹按華人不入美籍衣服不同致招

忌於土人而美國官紳又以其未入籍不操保舉之權無庇護之者而華人遂不得安身矣

十八日晴

未正至華盛頓即命駕回使館已申初矣查訪議紳所遞苛禁華人條陳惟蓋力士碩等尤苛云 因謹按禁工苛例皆出於西省之人其舉議紳之時皆先以禁工要之議紳既由此而舉自不得不以此爲專也蓋力嘗爲因質言之

十九日晴

謁外部大臣律司下議紳蓋力又力乃贈外部律師并外交處各議紳以古巴土產照會外部以麥天那省苛禁華人驅迫出境事

二十日晴

謁上議紳多福地甫司及見律司闍德國已申明舊例德民自十八歲至二十五歲均須當兵不准擅赴他國輪船公司運載民人出口須由地方官查驗云　因謹按此德國之自禁民人出口也歐洲各國惟未見俄英自禁其他各國想已從美廷之議矣

二十一日晴

謁戶部大臣聞中墨洲之尼格拉國因近來國用不足無可籌欵特加進口貨稅所有他國入口貨物一律值百抽十以裕國用將來美國運至該國之貨利遜於前云　因謹按值百抽十是十而稅一也可謂重矣或謂尼格拉墨洲至小之國耳如此重稅以困

他國之商不畏啟釁乎因答曰稅則者各國之內政非他國所能
干預也或又曰中國仿之稅加一倍則每年所收入口洋稅當四
千萬兩矣因曰然

二十二日晴

謁外部大臣布連布連詳詢古巴情形因告之遂備照會布連答
以必有但因事冗不免遲耳因再三敦促遂辭出復謁德國公使
又見上議紳宣文地甫司爲苛禁華人事也

二十三日晴

上議紳言去年俄國所佔巴美爾地方侵入中英兩國之界遂致
英與辯詰今聞俄國已有悔心擬仍言歸於好與英商議云因

謹按俄人銳志侵鄰國之地而忽然中止者非始强暴而終仁義也其中必有由焉或因民飢內亂而餉不敷或因英忿與爭而力不足少緩須臾以待時耳非眞能敦好也

二十四日晴

謁上議紳火街狹麻摩根均見又謁下議院紳斯賓介亦見火街言下議院紳士碩所上禁華工例太苛已駮之謂當與中國商議不宜率意立例云云

因謹按美國西省議紳無不議禁華工阿工黨也彼由工黨所舉不得不然他省亦有阿之者則又同官爲僚之意惟老成知大體者則持公論然不可多得因於此事心力竭矣未知能濟否也

二十五日晴大北風

謁上議院紳奥地士言美國人名奚士至歐洲訪悉客民來美情形謂歐洲民人來美絡繹不絕其不得登岸者僅十之一二英國之助窮局近十餘年每年撥英金二十萬磅合中銀八十餘萬兩給窮民赴美之川資尚有資助犯人赴美之局猶太人亦立會資助窮民赴美已近萬人德國義國瑞典瑞士各國資遣犯人來美率以爲常近因美國駐瑞士各員認眞禁阻瑞士一國來者漸希云　因謹按美國之禁客民實有不得不然之勢但宜立善法不當用苛且苛於華人未必敢苛於歐洲之人也非所謂公法也

二十六日晴

謁律司詢以上議紳宣文所上禁工條陳與平日所言相悖律司曰此戶部司員條陳不能自上而由宣文上之宣文已聲明上議紳亦已作無庸議矣律師又言禁工條陳下議院無可遏止惟俟上議院駁之耳因又謂外部大臣布連云有覆文終不見覆卽當照會催之律司期以十五日爲限

二十七日 小雨

謁上議紳多福地甫士均見福來克累衣士谷白得勒均未晤聞戶部司員某所上禁工苛例已由多福駁斥不行矣又聞德義奧三國聯盟密約如德法交兵則義國以兵二十萬駐亞立山以戰艦扼於哥錫加海以礮隊攻法屬之亞路枝亞如義法交兵則德

國調亞路沙士及卑丹之第八第十四第十五三營之兵攻法國之哥士枝士海面如遇地中海有事則義奧合兵艦以相助戰云

因謹按歐洲局勢如此眞有莫敢寗居悉索敝賦之苦矣其禍則俄法二國貽之也天欲息民其必變二國之風氣乎

二十八日小雨

謁下議紳匪姐聞下議紳之議禁工者尙未已也又聞英駐中國水師提督於十二月帶兵艦赴琿春朝鮮一帶偵察俄人動靜云

因前聞俄人侵佔巴美爾地方不准英國兵官逗遛其地勒令出境英廷憤怒要言開戰俄人服罪自願降心相商言歸於好矣而英猶偵探其所爲者蓋不敢全信俄人而懈於爲備也此兵機

也

二十九日 小雨大風雨止

華盛頓本月二十四號報言紐約來電謂近日有歐洲人二十二名來美爲管理客民入境者查知均係工人不准入境已交原船載回矣　因謹按美廷自去年派員赴歐洲詳查以後一律立例禁工今乃見諸設施矣但英俄二國似尚未允而不聞有所駁詰何耶

二月初一日 大吉雨兼微雪至地而化

上議紳宣文之本家并其二女來見言本日自耳底馬來電謂有德國磁匠二名赴會士孔尼省之會林地方承工故不准登岸勒

令回德矣談許久而去　因謹按此事本日華盛頓報已紀之此美禁歐洲工人來美之措施也美與歐洲各國無准民人來往自便之約其禁令易行令行而後必援此以與中國立禁工之約其間又費辨難矣

初二日小雨霰已後大雨至夜止

英屬卡拿大地在美國之北華人羣趨之向來華人到該地須納身稅五十圓茲聞新例加至十倍每人身稅須納五百圓此例想由美與英密商以杜華人之至盜華人之至卡拿大者多潛入美境也當即函商駐英公使向英廷詰問矣　因謹按華人遠適異國又納身稅方能入境而趨之若鶩者則以其地商務之盛用人

之多可以餬口也中國如講商務而興鐵路民何必遠赴異邦哉

初三日細雨夜中微雪約厚一分

俄國新訂客民入籍之例必通俄語諳俄例者方准聞將以制德國也　因按德人流寓於俄者至多俄訂新例將以禁制之近日德俄兩國時見齟齬之象非勢均力敵則決裂矣

初四日大雪約厚一寸

歐洲人論德法兩國兵數言法國民數不逮德而兵實多現已多三十四萬有餘照現在操兵法再待二十三年可得兵四百十二萬五千德兵則僅三百四十五萬八千耳至論礮兵則法皆新式在歐洲實居首車礮計四百八十副有十礮十二礮不等一百副

以開路十九副以攻城十五副以護軍火德則馬隊九十五營較法多十二營云　因謹按德法民數只四十兆而當兵者已近五兆是不僅十之一也歐洲局面搶攘爲傑不得不然否則不能自保所謂勇夫重閉也危哉

初五日晴

昨日倫敦來電言美戶部大臣福士達已抵倫敦訪事人詢之答以至此遊覽非查察客民入境之事查察客民自有前此派來之專員擬盤桓數日即赴巴黎由巴黎返美云　因謹按此遁辭也凡客民入境由稅關稽查而實由戶部主政此戶部應留心之事也戶部大臣以禁止歐洲工人入境關係綦重尤當詳慎故親臨

密查知之不疑然後行之必力也歐民之禁從此決矣

初六日 晴暖

昨日議院各紳以紐約管理客民入境之員辦事殊不認眞若非受賄則必尸素特由管理客民入境議紳訂於今日親往查辦有無弊竇云　因按此必戶部大臣至英密查情形電告美廷美廷故爲此舉也禁歐洲工人之例漸加嚴矣

初七日 暖小雨

倫敦來電云中國西藏地方英人久欲通商惟向來關禁甚嚴英商不能如意茲聞中英新約業已訂定從此商務可增云　因謹按英俄同窺西藏俄人派員往遊者不僅至再至三究以財力不

及而不如願英厚於力而雄於財浸淫而至西藏該地又增交涉之擾并邊防之虞矣

初八日晴

聞奧國陸軍近用新制之護心鏡以鋼爲之云可禦一切槍彈如不用則卷而懷之德義兩國亦擬仿用云　因謹按前俄國武員曾創此鏡矣今奧又創之皆以近日之彈皆以鉛爲之其性輭可循來復綫而出也然以剛者當之則委靡不能入故鏡可禦也若彈首亦鑲以鋼則仍不能阻矣

初九日晴以前數日發熱身痛夜臥不安想有感冒服加味香蘇散入赤芍黃芩

新報紀西班牙來電言日國部臣以頻年入不敷出擬減來年各

署經費云　因謹按日國入欵每年一萬六千餘萬圓合中國銀數蓋一萬萬兩以上矣乃交國債之息一欵即五千六百餘萬天主教務一欵即近千萬其爲國用者實不及一萬萬圓而海陸兩軍所需甚鉅宜不足也歐洲局面自英國以外大抵皆如斯耳民窮財盡安得休兵息民者爲民請命哉

初十日　晴寒熱仍舊周身發斑疹服犀角大青湯

美外部大臣布連又病照會又復延矣　因謹按美國禁工之例倡自工黨總統以下阿其意而行之論其所爲則背約言之無可言也中國詰責之詞名正言順駁之無可駁也且今年又當議例之年其權操之議院議院承旨於工黨外部不得過問匪特無可

渴止且并不能損益折衷也其何以措辭復我耶宜其窮也

十一日晴仍服犀角大青湯斑色鮮紅顯於肌肉目背赤口不渴心煩

初八日倫敦來電言英國軍餉每年需一千八百萬磅合中銀八千萬餘兩而英兵不遵營規情事屢見想兵部必有情弊茲下議院紳擬即日詰問兵部矣　因謹按三代入款未有如此之鉅也三代兵費未有如此之多也時爲之矣易曰隨時之義大矣哉聖人處此必有以自強而不甘居人後也決矣

十二日大雪斑疹透勢亦定肩背仍痠疼服羌活川芎芩芍鉤藤寄生蘇梗

新報載英國新造成一百一十頓大礮一尊然放一次須火藥一千磅驗放時透過厚二尺之鋼面鐵甲厚五寸之鐵板厚二丈之

堅木厚五尺之石厚一丈一尺之三合土墻厚三尺之磚墻統計地球現在之鐵艦及礮臺無能抵禦者矣乃置之兵艦則掉用不靈現擬設法修整云　因謹按過此三十年鐵甲戰艦當無用矣蓋礮可以再巨而鐵艦不能再厚也厚則沈矣俄國克龍斯達之礮臺鐵甲厚至四尺八寸以禦此礮已不免透後有作者能造厚一丈之鐵甲礮臺重二百頓之巨礮以守海口彼鐵甲兵艦其無能爲也乎

十三日雪止水冰肩背痠痛稍減前方加當歸去蘇梗

昨日報言土耳其國向有各國教堂近因民教不和地方官要挾教堂每被封禁茲土國新又下令所有在土國學堂均須領照違

卽查封聞美國駐土公使已向土廷辨駁矣　因謹按土耳其弱國耳而辦理教堂如此嚴峻志之以附考校

十四日　晴　肩背痠緩仍服前方

十二日巴黎來電言德王醼賓席間議論時事偶涉俄國德王曰以德破俄易事耳俄國駐德公使卽以此言電俄王俄王卽召德國公使告之曰德王之言已聆悉請爲代復俄國亦有兵馬數百萬可調赴邊疆也　因謹按今德王之祖威棱第一破奧滅法遂霸歐洲其歿也年九十餘矣臨終嘗謂今王曰慎勿與俄開釁今德王之爲是言也豈忘之耶抑實有把握而以此挑戰耶未可知也

十五日晴斑已退瘦痛亦輕但覺肩背微脹耳服生地六味湯

十三日俄國來電言俄軍大操期近今年擬卽於舊都木司科城調集弁兵二十萬人合操云　因謹按德欲破俄俄亦操演兵戎伏於尊俎之間德王之言是也選士厲兵以明好惡俄王之舉是也耀德不觀兵至今日而不可復覩矣且幷不敢恃矣

十六日晴是日始食葷腥

昨日歐洲來電言德國大軍今年擬在滅司城操演此城原係法國名城爲德所破法兵十萬皆降德於此地操兵欲激法國之怒也　因謹按法固善怒者也近年以來怒於突尼斯怒於中國怒於馬達加斯加怒於摩洛哥怒於勃爾加鼇亞怒於埃及惟未見

怒於俄英德耳或曰前拿破崙第一曾怒俄矣以八十萬人攻俄之木司科城大敗生還者不百之一焉又怒英而爲英所擒焉拿破崙第三又怒於德矣師丹之戰國破身俘怒之效可覩矣

十七日 晴是夜大雪

美國農部考究蠶絲上議紳滿得勝函詢中國蠶絲出產本日又面究一切方知墨西哥國近已留意養蠶蠶絲共有十二種云

因謹按美國戶部之外又有農部戶部司會計財用出入銀幣而農部則專司物土之宜也所種棉花已甲於地球矣稻與麥種尤美徧行歐墨兩洲觀本年總統諭議院文可知其民食之足焉

十八日 晴卯刻起雪深八寸猶下細雪午刻止

巳刻紐約來電言義國民人十二名是日由歐洲抵岸紐約查察官以其係承工開礦有干例禁一概不准登岸由原船載回矣

因謹按美國禁工以媚國內之工黨可謂極認眞矣但工黨亦客民不過來美有先後之別耳先來者已入籍有投籌保舉之權故可以禁止後來者亦猶歐洲各國覓無主之地其先覓得者可以立禁限後來之人美卽是也

十九日小雪時止時下

美國舊例商船非由美國船廠自造美廷不給牌照所以防利源外漏也近商務日盛商船之購自歐洲者日多均不得與美國同沾利益有礙商務現議院擬除此例云 因謹按立法無久而不

徼者要在變通隨時而已美之於商船凡購自歐洲者不給牌照所以保本國船廠之利也而於商務有妨權其輕重則廠商之利於國其數不及衆商之利於國也宜其更也然非有議院之審商務而通下情何能如此

二十日　微雪天氣轉寒本館大爐已息火矣

謁上議紳宣文　聞美國兵艦尚闕水雷現飭水雷公司上緊速製每月以十箇爲度交水師部收查此種水雷全用鋼質其形如呂宋煙可以自行每箇值銀二千四百圓云　因謹按美與義國紐阿連之案尚未全結義已露挾制之形叉與英國祕林海之案相持甚堅此不可不防者故自去年以來愼固海防如恐不及現

時交涉形情必勢之足以自立者而後理可以自伸美廷知之稔矣

二十一日晴

謁見律司爲駁例也因言布連久不照會而下議紳日以禁華人爲事是置和約於不顧而以立例爲無理取鬧也美國向以仁義之國自居今所爲乃如此乎擬即以此意增入照會律司曰可律師又詢丁韙良曾與外部及伊言中國有自禁華人之意因答曰未聞也律司又詢聞此意已陳之總理衙門且交使館矣因曰條陳誠有之實未聞自禁之說律司曰可錄一通觀之乎因曰不便律司曰可屬繙譯讀一遍聞之乎因曰可律司遂訂以二十三日

因辭出

二十二日晴

廣東自鑄銀錢近日流通漸廣有運至新加坡者商民均以爲便近入市日多新加坡總督遂立例禁止自本年始不准行用云因觀此而可證通用銀錢之得利也中國行用墨西哥國銀錢近八十年中國利源漏卮入外國者蓋數千萬矣因嘗言之或不信也試以此證之非能奪他國之利新加坡何以禁其通行哉

二十三日晴

謁律司商議美國立例禁工事決意照會外部又教習羅廷佐眷屬爲稅關所阻亦應照外部稾已訂定又聞俄國於其京城添三

船塢增造兵艦土耳其畏俄之逼亦增兵額三十萬人連前共一百萬并向奧國曼里夏槍廠購新槍二十八萬桿其舊槍七十二萬桿現擬以五十萬桿改爲新式以資適用而仍省費云

二十四日晴

照會美外部爲下議院議新例禁工事　奧都來電言俄以兵十餘萬駐紮保蘭省其地與德奧二國接壤奧廷向俄詰問俄國駐奧公使答以移兵就糧實無他意云　因謹按俄人佳兵歐洲爲之不靖偪奧則奧自危偪德則德入保偪土耳其則各國皆畏脅亡齒寒偪阿富汗波斯則英人慮失印度前此佔踞巴美爾地方入中英兩國之界詰責未已茲又覬覦德奧豈天之不欲息民耶

抑俄人爲天之驕子耶

二十五日晴

德國新派公使訂未初來晤談及曾駐中國爲代辦中國民數甲於地球富強甚易爲力前文相今李相皆公忠體國者因詢畢思麻之年答云已七十六歲矣至四月已七十七歲近亦多病故退老林泉矣因謂俄法聯盟德介其間強鄰偪處畢思麻不出如蒼生何答云規模已具宿將猶多可無慮也談久而去　因按文相國李傅相之名外國仰之德使以比畢思麻國有人焉所謂猛虎在山藜藿爲之不採也誠哉是言

二十六日晴

總理衙門以會匪鬧教匿名謗帖屬以節略面致外部今日往見華頓已到衙門因以節略交與并言鬧教之事出於會匪我國家深恨之近湖北省有出匿名謗帖者地方官查獲立時正法矣華頓曰歐洲各國始以鬧教謂中國政府之惡洋人嗣聞貴公使再三言之已知乃莠民所爲非國家之意今得此節略益瞭然矣美國斷無所苛求也因又詢照覆一事華頓言必有因辭出

二十七日晴

美紳雪白來謁言昨日外部爲言中國公使來見言禁工苛例已許以遲日照會但須俟議院於此事有成議方可下斷語故遲遲也又言一千八百九十一年十月六號即中歷光緒十七年九月已行文田貝

令詰問中國不接待卜雷耳之故曾以告公使曾聞之乎曰未聞蹇潑曰豈繙譯未傳言耶容當查之談久辭去　因查美外部之不遽照覆者實不能照覆也將駁因之照會則據約而言者無可駁也將自認美國之錯則議紳方又議禁工不可認也此其所以辭窮也　郵政局總辦凡吳客脫來函請即赴紐約商辦事件

二十八日　雨至紐約則晴

卯正上火車廠辰正開車申正到埠凡吳客脫到言今日爲紐約大狀師聚會之期可赴會聯絡至則赴會者已數千人皆陸續入席每席二三四人不等狀師十餘人皆握手傾談爲禮雪白言紐約有舉動必訪諸狀師禁華人之事工黨無不向狀師請命者但

能得狀師一言以爲不然則工黨氣沮矣因然之遂赴領事署

二十九日雨

至大律例書院太平會中人言將派人赴華盛頓向議院駁禁工新例已捐數百圓爲資斧因亦捐百圓又至中西學堂該教習言華人勤儉耐勞可嘉而工黨妒其同業奪利所以議禁然華人亦授工黨以藉口之柄者則煙賭尋讎三事也公使宜出示諭之能改則善矣即不能改使美國知公使之用心並不寬縱則亦可以自解因然之申正而散

三月初一日晴

辰正太平會中西學堂大律例書院聚會於雪白之宅言如此聯

絡布置使議院之不惡華人者可以藉口以拒新例但中國亦須向美國換約以爲久計因答以換約由政府發縱公使不能自主也又問公使何不請命於政府因答以去年已函達矣使館事煩留紐約已三日今日卽回凡吳客脫等堅留因謝之遂於未正至車廠申初開車亥初到使館

初二日晴

昨在紐約聞俄屬波蘭來電謂俄兵紮波蘭德國有戒心遂派氣毬偵探直至俄礮臺之上俄兵放槍擊之高不能及聞其氣毬運用甚靈風力緩時尚能逆風而行當其抵軍營至礮臺之上少停片刻又能升高其制甚巧將來如自上擊下營中兵弁不免受傷

云或問歐洲氣球之制較往日漸精若以數百箇隨帶炸礮下攻敵營何以禦之因謂亦以氣球禦之而已若鐵甲礮臺上有太平倉者上攻亦不能入也然以攻鐵艦能使炸礮入煙筩則鐵艦碎矣

初三日晴戍刻雨

本日歐洲來電言德國以俄軍大隊偪近防邊員弁前升氣球下臨俄營以探虛實茲又載兵弁飛過俄界俄營以德軍屢次越界軍情不能祕密擬向德廷詰問以警後來云因謹按俄德兩國勢不相下舉凡應酬禮節動作云爲均不肯稍形遜順焉此歐洲氣習類然若不如此則示弱也者而一切恫喝要求之事亦遂泯

焉不得謂其好事也即折衝尊俎之意也

初四日雨

美國議院上年撥經費六萬圓以行禁止華人來美之例雖與輪船公司訂減船價每名至五十一圓尚不能給茲副戶部擬再減巡查各員之俸四成以期持久云　因按美國於禁華工經費每年六萬圓尚不足用茲又禁歐洲人其費當尤鉅矣但不知果能閉關使遠者之不來而鄰國之不詰責否耳

初五日小雨天陰

美外部病痊已到衙門英美祕林海峽一案相持不下現已如英國前議訂定請局外之國公斷律司科司達繕具各案文件鎮日

不息俾局外之國公評云 因謹按美國近日爲華工之事與中國相持紐阿連之事與義國相持兵船水手之事與智國相持祕林海峽之事與英國相持智國許賠卹美國其事先結美國許賠卹義國其事亦結惟華工之事爲議院所持祕林之事議院不能持已訂請局外之國公斷比而觀之則智弱於美故受美之脅制美弱於義故受義之脅制然則美亦不敵英終不能不如英之意也故請局外公斷也

初六日小雨

初四日俄京來電言近日德國以氣球入俄界偵探日多一日此毬能逆風而行槍礮遠莫能及又無分日夜時去時來防不勝防

惟有仿製氣球以憑向空禦之云云　因謹按自歐洲創氣學而氣礮氣毬輿氣毬之用日精不隨風爲進退則與輪船同矣現以此偵探敵營虛實全知擴而充之必有以此破敵者奇巧日興而民生之禍亦日亟矣

初七日陰晴

聞英國商務局議以緬甸鐵路由曼特留都城接至中國西南邊界瀾滄江之公龍渡卽於該地設通商埠又云所經荒僻地界但有鐵路卽可成村已交議院議矣　因嘗由金山至華盛頓計一萬數千里又由華盛頓至紐約至哈富至罩斸亦近萬里凡鐵路所經荒蕪漸闢有不數十年而成大鎮市者則必有水通海之區

也其餘榛莽之區類有人築室伐木出運通衢變僻壤爲膏腴化廢材爲有用鐵路之利於國計民生實無疑義惟親歷其地者眞知之耳

初八日　晴天氣轉熱

昨日伯林來電言詳察俄國軍務其政府當不遽與德國決裂緣俄軍需用新式槍械上緊製造亦需兩年方備俄人此時斷不輕舉妄動云　因謹按古之覘國者覘民情今之覘國者覘武備此可以知風氣所趨矣弱者事事循理迫於勢也強者事事挾勢恃其強也今之小國無不事大者大國竟無字小者世變亟矣有國者其早圖自強哉

初九日晴未刻小雨遽止中夜大風

本日報言下議紳蓋力苛禁華人條陳執意議行前因議紳好德狹麻火街安多羅等屢以背約失信與之辨駁遷延至今本日遂爲投籌之舉以爲當禁者計一百七十九人以爲不當禁者計四十二人議禁遂成　因查美國西省多工黨均妒華人議紳爲工黨所舉先有要言故出死力苛禁華人以報之雖背約失信不顧也中國兵力不足以懾之僅恃筆舌此交涉之所以難持平也

初十日晴

昨日智利來電稱南北墨洲各國海口輪船之利向由美國公司專之該公司任意勒索各國商民病之茲中墨洲之沙華他國已

擬自興輪船各國便而效之將來商民均便而智國之麥亦可運出以分美國之利云　因謹按美國輪船擅墨洲之利而又病民美之政非昔矣中國江海各口爲外洋輪船專利者數十年茲江口之利雖收回三之一而海口輪船之利依然外國專之也歐墨各洲中國誠未易與爭利矣何至上海日本來往輪船之利亦任日本專之中國向來於言利一節夷然不屑豈知治國如治人也脂膏朘削體質無不羸焉且古之不言利者不欲與民爭也今之奪吾利者乃敵國也二百年來漸入吾門而窺吾奧矣願有心者籌之

十一日　陰雨

昨日聞美外部言前任上議院紳卜雷耳派充駐華公使不爲中國接待一事其來往文牘不日送上議院交議現此宗文牘尚在總統處云　因按美國下議院議禁華人苛例甫成將交上議院而卜雷耳事所有文牘亦將由總統處發交此美國之權術也卜雷耳以上議紳出使中國中國拒之則兎死狐悲既足以動上議院諸紳之怒而其拒華人也亦有辭矣

十二日晴

昨日聞南洋之加羅蘭島係日斯巴尼亞屬地前此美國教士赴彼傳教爲日人所逐上年美國遂派領事駐島保護而日國駐島之官竟不接待美廷商之日國政府外部亦不肯給准照美國領

事只得撤回云 因謹按萬國公法凡領事駐紮之所均由各國自行指定其有不准者鄰國亦只聽之以其爲自主之權也美國近來行事頗有霸氣非復華盛頓自守之規蓋爲他國所侮辱者非一次矣

十三日晴

費城太平會女狀師來見言爲下議院禁華人事將赴議院駁之詢因何言因言中國惟知守約美紳背約而強行例本大臣未便與議紳言已照會外部矣該狀師言美國如此不但違中國之約亦有背華盛頓開國之例也理當駁之因獎以所言切理談逾刻而去 因謹按美國禁工苛例凡有求於工黨者均附和之凡無

求於工黨者均詆訾之惜無求於工黨者大抵皆無權者也故理雖足而勢不行焉

十四日晴申正日色皎然而飛乾雩仰視天際只微雲耳

未初接總理衙門來電云北洋轉倫敦電初十日美下議院議定不准華人再來美國居住確否果有是議應援約與辯並電復寒當卽訂見外部本日爲外國禮拜例不辦事遂定次日

十五日晴

午正赴外部衙門告以本大臣上月以下議院立例苛禁華人照會貴部未見照覆茲本國政府來電云云華頓答曰此例尚未定奪前照會已錄交議院如再有照會亦照例錄交因又問此次下

議院新定苛禁交上議院時總統幷將中國拒卜使案並交叉聞
貴部上月且以此案電田貝其意何居華頓曰美廷並無他意惟
因中國爲美國禁工而拒卜使理有不合故飭田貝以此意轉告
總理衙門以備存案而已因 遂辭出

十六日晴

昨夜訪律司因出門未返遂自起照會草本日巳刻律司來見相
與熟商參贊彭光譽繙譯何愼之容揆均與焉律司謂下議院議
廢約而中國援約據理雖正其如置之不理何哉必有抵制之法
方可使之就範耳因 言抵制之法俟緩商之政府美國下議院廢
約而上議院多老成敦謹之士豈肯徇之且總統與通國正人未

必不畏人言我之援約所持甚正彼之廢約於理不通且事亟矣有此照會上議院之持正者猶可據此以爭也遂由何愼之譯成即遞外部

十七日晴

華盛頓新聞載前派駐華公使卜雷耳因中國不肯接待昨日又上書議院請査究不接待之故云　因謹按此又一機事機心也上議院尙多持正之人其議覆禁華人例未必肯從必思有以脅之激之方可如下議紳之願也下議紳既以投籌脅之矣其意謂上議紳只八十餘人不敵下議紳三百餘人之多也總統又將中國拒使之文交上議院矣謂中國所拒者即上議紳上議院當動

公憤也茲卜雷耳又以拒使之事呈請上議院查究自謂冤死狐悲物傷其類也茲三者不先不後同時並舉明者知其用機之深矣

十八日　晴巳後小雨

送總察院布路瓦之女出閨禮物湖縐二疋　太平會女狀師駱活來函已將本會所駁新例條陳分遞上議院紳各一紙使知新例之不公並以一紙相示云　因按美之上下紳民凡不覬覦爲總統作達官者皆毅然昌言新例爲不公其在民間以華人爲當禁者皆工黨也其在議院以華人爲當禁者皆工黨所舉之紳也此外若總統若各大臣則心非之而不敢言恐拂工黨之意而不

久於位也若議院中之昌言新例背約者殊不多見此其人大抵不肯趨時求顯如漢之汲長孺唐之宋廣平也

十九日晴

前數日但聞總統以中國拒使之全案交上議院本日由律司科司達送到刊本二册方知禁華人之事總統實欲激成之以報中國之拒使也中國以卜使鄙詆華人不願其使華於理本順不待辨也而總統必嘵嘵於斯時卜使又喋喋而不置其意何哉一則恐上議院持正論駮禁華人之苛例也一則恐各國有煩言譏禁華人之苛例也彼固以爲用謀之深也因實以爲淺而易見也

二十日晴

科司達來見言上議院紳宣文多福以盡力所訂新例背約失信必不可行宜駁棄不用外交處各紳均以爲是有議紳名飛路頓者作而言曰華人之來美實與我近太平洋數省人生計有礙我等不敢緘默新例雖嫌違約實係便民請從緩再商勿卽駁定遂又待再議云 因謹按禁工之紳大抵皆金山一帶省分近太平洋者民之所欲紳必從之以爲便民可也以爲徇私亦可也卽以爲爲己不顧中美之約亦可也華人不入籍而不能舉議紳豈非自貽伊戚哉

二十一日晴

昨日倫敦來電言俄國議論近日整飭軍務不遺餘力且下令飭

國中火輪車船爲政府調兵之用該公司業已允許又不准國中官民公司人等泄漏不准報館刋布以防人知云　因謹按俄國貪佔鄰邦土地每以兵力脅之其濟則可不煩血刃而擴版圖其不濟則出於戰亦可必勝而割他人之地考諸往古嬴秦之於六國大抵如斯俄固襲其武也

二十二日雨

至銀行又至總察院布路瓦處送其女出閣　昨日巴黎來電言俄國擬派大軍往西方各省駐防又言愛拉新報載俄國兵官已由彼德堡帶兵赴德國邊境云　因謹按俄國無休兵息民之時其民苦矣而毗連之鄰國若德若奥若義亦因俄而不能息民焉

民之苦也俄貽之也義國悉索敝賦至兵費不能給部臣辭職見昨日巴黎來電則尤難也其他如波斯波闌等諸小國或危或滅更不待言矣　戌刻接總理衙門電云美卅年前派蒲安臣使奧不納六年前派糙禮使義不納美均有案美廷若以我拒卜雷耳爲嫌即屬律師查案辨解禁工苛例仍希駁論各摺片昨已代遞養

二十三日晴

美義兩國去年因紐阿連人命案美不允卹遂至齟齬以致兩國使臣均不分駐茲美總統已允賠卹二萬五千圓由外部額外費項內支給案已了結兩國使臣仍擬照舊分駐矣　因謹按去年義與美索賠卹時美之拒之何其堅也迨義撤使以示絕交美頗

內怯則以義之海軍非美所能敵也今竟願賠䘏矣以拒始者以與終以堅始者以懦終交涉之道如此可得其間矣謂非强之足恃哉　謁律司商照會美外部駮詰新例

二十四日雨

倫敦來電言波斯國前給英商准照准在境內創設公司專售煙葉煙絲他國不能攙奪詎料國人不願因之多事波斯政府情願賠出英金五十萬磅與英商收回准照正在籌欵爲難俄廷允如數借與云　因謹按俄方向德法等國求貸入不敷出安有餘欵借與波斯所以借與者爲與英爭波斯也波斯土耳其爲歐洲之屏蔽聽命於俄則蠶食歐洲易易也此可以知俄人之心也

二十五日時雨時止

墨洲聖多敏國與古巴近爲太平洋輪船來往南北墨洲要道玆聖國向美貸銀三百五十萬圓以後煙葉等稅由美抽收官員之俸由美發給一似美國之屬邦外部布連頗助美商成就此舉云

因謹按美欲與海代國約一兵船添煤之埠海代不允聖多敏國與海代同島者也從此得一添煤之所而貸欵又得息富強二字兼之矣

二十六日雨

巴黎來電言西歷五月一號爲法國公舉各地方官日期各處天主教監督先通知同教人應舉何人法國政府以其干預國政有

礙公事擬送官究辦云 因謹按天主教之不安分在本國已然無怪中國之怨惡也從前聲勢極大時至能廢置各國之君德國威棱第一之祖即爲教王所廢法國護之所以有師丹之役法之國滅君虜護教爲之弛自法君虜後義國收回羅馬城而天主教遂衰今法政府又惡之則其衰當又日甚矣自取之也

二十七日晴

美國兵艦之鋼甲與大礮之鋼質由賓埠之卑司理宴廠製造該廠自得祕法所造鋼器精堅茲聞歐洲各廠密派人來美偵查其法以冀仿之本廠得此消息即禁閒人入廠遊覽並添暗查之巡捕密防云 因謹按外國化學其用甚大以鑛質鍊鋼此化學之

一耳而學有淺深則鍊法亦有淺深而鋼遂亦有美惡西人肯用心故精益求精遂以強富美廠鍊鋼之法精矣歐人思之而不得則密查之皆求精之意也

二十八日晴

美戶部由派赴英屬域多利偵探華人入境人員遞來消息言本月二十四日輪船入口載到華人五百餘名將領取入英籍之執照來美戶部已定新章凡華人持有入英籍執照者一例不准入境云　因按美國之禁華人何其嚴也曰徇工黨也然則美何以敢悖英之前例耶曰此美內治之權也然則中國獨無內治之權以抵制報復耶曰積習已成各國不受也中國亦不為也且英俄

德法美諸邦其相齟齬者傍人不附和之而與中國爲難必附和焉此其積習非中國自强能與力抵殊不易挽回矣

二十九日晴

巳初啟行赴紐約爲前格總統立紀功碑赴會也申正到紐約聞上議院已會議下議院所定禁華人新例以爲是者僅十四人以爲不是者四十三人而上議紳多福所定之例下議紳亦多以爲不是故亦不能行須再議矣

三十日晴

謁前上議院紳靄佛司其人素有重名曾舉總統而未成今爲大狀師向以禁工之例爲不然數見於華盛頓去年以任滿而去未

見者一年矣今見之仍以禁華人例爲非也年逾六十有目疾視
細字不甚見頗不願與外事而來謁者仍踵接其門云又謁雪白

四月初一日晴

午初乘車至格總統墓所未正而到現總統及各部大臣亦相繼而到格夫人暨其子媳孫均到碑在墓之西南方工程甚巨聞已費銀三萬餘矣巡捕到者約百人軍兵到者十餘隊水師隊亦有到者各部大臣惟外部水師部患病未到百姓到者數萬山隴爲之蔽先宣頌詞者爲總理紀功碑人次總統次教士次爲善頌者頌畢已申正矣總統以頌文置碑下先退下臺因與格夫人等作周旋畢欲下臺已擁擠不能行久之始下上車後車數千輛又擁擠不進乃改由東道至領事署已酉正矣飯畢於戌正赴火車廠

亥初開車天明抵華盛頓

初二日晴

卯正入使館參贊以下均未興辰正飯後查上下議院因意見不合各派三人會議上議院三人爲多福地甫司白得勒白得勒告假代之者爲克累下議院三人爲好德蓋力匪妲本日尚未議及也　謁狀師絡活夫人夫人言新派各紳伊嘗往見責以大義此中多公正之人可望信受云

初三日巳後小雨申後止

謁律司查議院事言地甫司克累二人亦告假院長又以宣文摩根代之日內即會議矣律司又言因　赴紀功碑之會美國紳民深

以中國不忘故舊屢見於報此舉甚爲有益云　未刻接總署電云經費已照撥江　撰抵制美國苛例華人條陳

初四日晴

新報載中國公使以前總統格蘭脫墓立紀功碑親帶繙譯赴會見中國之不忘故舊且言格蘭脫遊歷中國與李中堂至契中國公使年年於墓祭之期親自送花從未間斷中國如此優待美國美國之立苛例以禁華人殊無禮也　因謹按格總統紀功碑會到者約數萬人各國公使亦多到者而新報獨言中國蓋以新例之酷代爲不平也此亦公論之不容泯矣

初五日晴

紐約鐵路公司之狀師來見言美國工黨妒忌華人之奪其工且減工價致各司之棄工黨而用華人已深惡之華人又不安分致工黨有所藉口此次工黨爲破釜沈舟之舉倩人挾巨資通聲氣以禁華人議紳之不染指者甚少而下議紳爲尤多云　因謹按議紳舉動本屬可疑下議紳尤爲可疑其議新例也只一刻而即成是先有成議也聞此言乃恍然悟矣

初六日　晴申刻大雨天氣驟熱雨至夜而止

下議紳名狹麻者與因最契且常言美國苛例之非其眷口且常過從此時忽附蓋力上議紳斯斌介不來奔亦至契者今則中立嘿無一言地甫司白得拉前之侃侃而談詆新例之非者今均告

假不願與議摩根向謂新例背約令乃附和盡力之領照註册一條非鐵路狀司言因實不解其翻覆之故矣

初七日晴熱

訪律司查詢上下議紳合議之例律司云下議紳盡力之新例上議紳已駮棄惟禁由英屬卡拿大暨由墨西哥國潛偷入境之華工此例行之已久今不過更認眞辦理耳認眞之法則惟分別華工之新舊舊華工之現在美境者飭其領照卽由卡拿大墨西哥偷入美國其業已入境者既往不咎亦准領照自今以後再有偷入境者其人無照自無所容然亦予限一年此一年內之偷入者仍可領照一年以外則不能矣此言偷入美境之華工中國公使

例難過問前已聽之矣商人則不必領照其有願領照者亦給照非上議紳之力駁尚不止此因又查假道一節據云尚未議及

初八日晴

上議院所議之例已遞交下議院議紳好德火街安多羅等共十餘人仍以此例爲非其以前投籌之一百七十餘人并士吉飛路頓等以爲可行遂議准送上議院矣

初九日晴

新例今日送交總統因即於午初謁外部布連病未到署遂見華頓爲言新例之背約華頓深爲抱歉言外部實無權此美國之例也諒可鑒原因言此例不能不駁本日照會未刻必到請呈總統

華頓言必爲即呈因辭出遂趕謄稾飭洋僕速送外部時華頓尚在署已接受立交辦事人遞總統處矣

初十日晴午後大風暴雨即止

聞上下議院合議領照之例昨呈總統總統即派人邀外部戶部律政部署商數語即批准發行云　因謹按下議紳蓋力等之建議可謂不顧國體乃附之者一百七十餘人則知徇工黨者衆矣上議紳尚持正論故蓋力之例不行而華工領照一事不願者只十五人平心而論既禁工十年矣領照以別新舊其意不過欲禁新來之工無他意也然而苛也

十一日晴

律司來言此次下議紳之新到者受工黨之託一鼓作氣事在必成爲上議紳宣文等所阻雖面從之心實不甘戶部司員前擬苛例呈上議院亦爲宣文所駁心亦未饜查領照一事亦不過照光緒十年及十四年之例限制後來之工及復回之工而已然戶部司員恰好藉此爲詞行其苛索將來公事又增轇轕矣

十二日晴

午正接總理衙門來電云美例廢新仍舊所廢所仍究係某年某例華工領照須註册否卽復電文當卽復電云駁棄今年新議仍壬午甲申戊子例兼註册因　英公使來見言美國當蒲安臣立約之時求華工之至若渴以後乃因工黨之妒再三立例禁工全

不守約此次領照註册又進一層所以如此者以頻年屢次嘗試貴國不爲抵制報復故放膽爲之也報復二字中國一向謹慎誠不輕舉然抵制未始不可也今貴大臣之意如何因答曰新例甫定已電達本國政府以俟後命因未能輕動云

十三日晴

謁英公使已出門未見前駐中國公使楊約翰來見言已見總統微窺其意知新例之所以批准者將爲蟬聯計也然前任已有此心卒未遂願徒爲人竊笑耳因答曰此余耳可聞而口不可言者未知所對楊約翰又言已將新例寄李傅相以後再相機耳因曰然此外皆應酬語

十四日晴午後大雨

謁律師告以中國來電幷詢善後之策律司云下議紳蓋力苛例大害於華人駁除將盡而以領照爲轉圜且丁韙良去年即建華人領照之議爲華人安居地也以後如美國地方官及關吏不相苛索殊無大害但須設法防之耳

十五日晴小雨申後見日

查此次議例上議紳外交處九人無不以新例爲背約下議紳之持正者只好德火街安多羅三人耳而附蓋力者極多故蓋力之勢盛工黨又密派人挾貲以賂議紳其受賂者始詆蓋力而終附之上議紳明雖不阿而暗畏其激成投籌故以領照爲調停之計

也

十六日晴

華工領照例光緒十七年卽西歷一千八百九十一年三月工黨業已舉行因飭金山總領事照錄一通寄閱本日寄到查此例係二十五條除出使人員外悉行禁絕來美其收費甚重其約束至嚴其第二十二條乃至照化外之人之例辦理可謂苛虐無理之至乃知蓋力之例卽工黨所授也下議院有稍知大體者故刪其至無理者而以示上議紳幸卽被駮斥則上議紳猶以禮自持也

十七日晴

當下議院例遞上議院之時上議紳魏禮森曰我美創國以來各

國人民均准隨時隨地入籍迭由美國出使人員轉告外國政府
各國固執不允均謂入籍一事不能由民人自主因是之故美國
以求各國人民來美入籍一事與各國歷年爭論至一千八百六
十八年美國議院立例聲明准各國人民隨便入籍載在政綱即
於是年七月二十七號由總統批准次年蒲安臣訂立中美條約
其第五欵與政綱相符則是天下各國於准人民入美籍一事最
先允美國所請者中國也今下議院立例不遵美國政綱又悖中
美條約前後相反自食其言余於一千八百八十八年議院議禁
華工時曾斥其非而此次下院所議比前猶酷尤非理也　因謹
按美國非無偉人也特無如徇工黨者多勢不敵耳

十八日小雨至酉而止

美國醫生瑪高溫於滬上行醫聞美國新例致書於 因 極詆新例之不公 因 按光緒十三年前任出使大臣張蔭 擬於金山設立中國醫院美人以中國醫生應由美醫院考試給照然後准其行醫瑪高溫如寓金山其用意立言亦不過附和工黨耳此時爲詆新例之言亦慮中國政府仿美例以矛陷盾耳然而中國不爲也

十九日晴

本日報言考究家查自德法交戰以來德國整頓水陸軍務用費計銀二千二百兆圓 合中國銀二十二萬萬圓 因 謹按德法師

丹之戰迄今二十三年分而計之則每年需軍費一萬萬圓國不富者安可籌耶當時德索法國兵費約得十萬萬圓以此數乘除之可抵二十二萬萬之半則每年只籌五千萬圓在德國尚易爲力若在義奥日諸邦亦未易措置矣此富強二字所以相因也

二十日晴

接北洋文言新創電綫由俄達歐洲其價較廉由洋人璞爾生成金生經手其中有密電不能代轉一欵　因查所謂密電者係發電與收電之人預先訂定惟二人獨知之旁人安知其爲密哉殊難索解存之以俟質疑

二十一日晴

俄大饑由俄廷振濟府庫爲之空虛入欵又短前此定期操演大軍以此項用費需一百五十萬羅卜合中銀約百萬現以費絀業已停操矣　因僅按俄君好武而災及其民蒼蒼者似夢夢也俄廷因此而罷操非以䘏民實欲節費俄君之心可知矣府庫空乏乃至百萬亦不能儲俄之窮可知矣俄歲入亦計銀三萬萬兩有零耗於用兵者大半俄之佳兵可知矣前此告貸於法而法允之告貸於德而德郤之俄之債累可知矣天心悔亂使俄如元世祖之末路歐亞兩洲其太平乎

二十二日晴未刻見雨點乃霽見日

美國議院議鑄銀錢未衷一是近請歐洲各國派員會議俾金錢

銀錢並行無礙聞英義奧三國已許派員法與瑞士尚無明文然亦必允所請云　因謹按美以重四錢八分之金錢一圓抵七錢三分之銀錢十圓按輕重乘除之每銀一兩五錢二分可易金一錢是金價低而銀價高宜其金錢之漏入歐洲此一年中已有二百八十兆磅中國滙銀至美近日每庫平一萬兩只得美銀一萬一百三十八圓按輕重而權之每規銀一萬兩只得美銀六千七百五十兩是三分而去其一也其不平孰甚焉宜美國急求整頓也

二十三日晨起陰辰正大雨至午而霽未後又小雨

巴黎來電言法國自得越南其民不服常與防兵爲讎近日兵民

鏖戰越民死者一百二十五人法兵六十八人內兵弁五人云

因謹按癸未甲申法越之戰法兵屢挫中國以統領非人至於終蹶致失北甯法人滋擾不休幸淮軍諒山大捷而法不敢佳兵言歸於好自時厥後法以重稅治越南越民不服法常損兵折將蓋得不償失矣

二十四日 時晴時雨

是月爲各省舉總統之期本日華盛頓報言金山一省之工黨以下議院紳蓋力建議嚴禁華工雖未全用實已出力擬舉爲副總統又言上議院紳宣文本有總統之望惟其駁棄蓋力之例太平洋一帶人民均不謂然舉者少矣 因謹按美國分黨有四一北

黨二南黨此二黨者人數至多權力最大議院總統由其舉錯其次爲工黨亦有權勢但其用權與南北二黨異蓋南北黨如水火南黨不舉北人北黨不舉南人也工黨則不分南北人惟常懸賞有能苛禁華人者則舉之其黨頗多附北黨則北黨勝附南黨則南黨勝故南北二黨皆畏之徇之又其次爲農黨現在勢微不能自立一幟依草附木而已

二十五日　卯初天陰辰正大雨至申而霽

謁律師託其致意美戶部因閱戶部已籌撥銀十五萬圓爲籌發照新例之費本日又聞上下議院管理限禁歐亞各國人來美之議紳會同議例分別良莠以杜弊端業有成規不日頒行律司許

以是晚即至戶部查問云

二十六日 陰時小雨

二十三日美國議院以美國例輪船不由本國廠造者禁用美旗號遂致所購於英國之船皆用英旗殊失國體茲議弛禁准用美旗本日報言英人聞此甚懼利益爲美所奪且礙於用兵擬將前所售於美國之船購回云　因謹按法以救弊而救弊之法亦不能無弊也其能見其弊也恃乎識其能救其弊也恃乎力議院萃萬姓之心思以審時度勢固宜其有識矣合萬姓之稅租財貨以創制顯庸固宜其有力矣

二十七日 晴午刻見雨點

昨日倫敦來電言歐洲各國惟英國不抽入口稅而英國貨物運往各國均輸重稅天下各國以美國之入口稅爲最重以致英國受損而無益茲英國選舉議紳期近英相先期曉諭通國謂各國均圖利已重收入口貨稅而英獨以薄稅爲貴損已益人若不因時制宜改變舊章必致自累爲今日急務當修稅則重徵入口稅以重本國人民生計云　因謹按稅則者國之內政爲輕爲重本可自由歐洲各國大抵重徵入口之稅以裕國而不徵出口之稅以便民且入口稅重則他國之貨物難來不致奪我國之生計出口無稅則本國之貨本價賤足以供他國之行銷中國反其道而行之宜金銀漏卮於外洋而土產不行於異國也

二十八日晴

美國政事或歸省辦或歸國辦向有定章向來他國寓美人民有被戕命刦財之案均由本省自辦國家無權美國與各國立約雖云保護及至生事又以無權推諉去年紐阿連戕殺義人一案美廷推諉幾至決裂終出於賠卹今上議紳多福議將此種案件歸國家審辦云　因謹按此義國兵船之力也當美民戕殺義民之時美國亦以辦中美交涉之法處之一味推諉乃至義國撤使絕交美廷大恐以其水師之力不敵義也卒至卑禮遜詞以認賠卹而後歸於和好居今之世其可以不強哉

二十九日晴

本日新報言美國造礮愈出愈奇近日造成大礮一尊能於水底施放現由水師部試驗是否可用卽當詳覆該部大臣云 因謹按人心之靈猶井之水也井之新掘也其水常渾猶心之初用也其思常鈍也井愈汲而水愈清猶心愈用而思愈啟也井之廢而不汲者其水自枯猶思之廢而不用者其心自塞也歐墨各洲之人用心最苦每造一密室獨坐其中終日思之必求有得其得也則獻之國家國家給以憑據二十年內不准他人模仿則其人暴得名而致富如中國善制藝而取科名也其有思之至老而終不得者歿後其室必爲世人所貴重謂是固苦學者之所處而靈氣所鍾也風氣如此宜其巧不可階哉

五月初一日大吉晴酉刻大雨徹夜

墨西哥國來電言駐美公使已改充戶部大臣另派員來駐美又言布衛布路省各處地方近日華人到者甚多云　因謹按華工之到墨者向以爲到美之階近不能潛越至美故覺其多又華工近有去美赴墨者故益見多矣但必應先立章程則庶無後患耳

初二日晴時雨

美上議院以新金山之東南有島名紐西蘭三十年前美人魏布士達於彼購地數千頃嗣英國佔其島地魏布士達請美政府照英外部索地英外部置不理茲議紳以爲美國本可按公法奪英所有以爲賠補惟於交誼有礙特請局外之國公斷云　因謹按

此案可以證中美之交涉矣英強於美美之爲民請命者英置不理美無如何也奪英所有此抵制之法而美恐傷交誼不遽行焉仍請局外之國公斷英如不允或可以行之乎英苟外畏人言內防抵制當不至一意橫行如美之待華工乎

初三日晴

巴黎來電言義國與德奧兩國聯盟實係義君一人主之民不謂然近日義民苦於重歛議院遂與各部爲難昨日又迫各部大臣辭職此一月內部臣竟兩辭職義主如不廢聯盟部臣難安於位云　因謹按歐洲各國武備實有騎虎難下之勢其經費不絀者只英一國而已若法若德則絀而未甚也俄則無歲不貸而猶有

貸之者也義則重斂而民不聊生矣日則每歲交息至五千萬矣葡萄牙則直不能支持而鬻土地以清債矣天下之局一變而至如此乃知古聖偃武之言為民造福獨見其大也然而必不能也

初四日陰

美國北黨公舉總統前兩月間外部布連致書同黨之刻拉生云無心總統現總統聞之大喜以為莫予奪也乃自布連赴紐約後而舉布連者多於現總統於是現總統亦出美都竭力收拾人心今舉者亦多矣見華盛頓初三日報　因謹按美國當舉總統之年憧擾熱中一如舉子之望榜也而終南捷徑尤以禁華工為第一階葢禁華工則工黨必舉其人是可操劵者已三之一矣華人

不入籍過此以往如鼠入牛角其道窮矣

初五日晴

是日爲美國展墓之節因即於前格總統墓所送花　前日倫敦來電言卡拿大地方官請於英政府以本地所產五穀入英口岸與各國同如英國予以格外利益卡拿大亦減英國貨物入口稅以相報云　因謹按此卡拿大之抵制美廷也美創新例入英籍之客民均不准來美故請諸英廷以美國入英之五穀至多如英廷能使與卡拿大分別則本地五穀可望暢銷矣西人鑽利心思無孔不入於此可見

初六日晴

近聞俄駐北印度之步兵計二十萬人馬兵計三萬八千人查英駐守該地步兵計十萬人馬兵一萬三千人多寡相懸勢不敵矣

因謹按俄人如洪水力之所到足以爲患各國防不勝防俄兵又調動無常近德則德增防近英則英增防近奧近土耳其防之皆如不及防俄不戰兵各國皆不敢息兵矣印度爲英屬俄以重兵二十餘萬壓境土客之勢顯然不敵然因料俄人必不開釁者何也俄之水師萬不敵英兵端一啟水師爲英所殘矣所得不償所失也

初七日晴

巴黎來電言阿洲小國名烏干達曾立約歸英保護法國教士有

在此傳道者英駐該國武員不欲他國分其利權因虐待該教迫使他往法廷向英詰問英外部覆以未有所聞俟該武員禀到然後照覆云　因謹按法之天主教向不安分天下各國之所惡也弱者敢怒而不敢言强者則限制之如俄如德是也其次則詆毁之如美是也其次則窘辱之如義是也英人則直欲驅之矣因料該教士必不能安於其地也詰問何益哉

初八日晴

巴黎昨日來電言義國人民苦於重歛恐有內變聞義君屢請德主藉端與法啟釁俾義國人民有事於外不生內患云　因謹按歐洲各國重歛以整武爲騎虎難下之勢所不至匱乏之者惟英耳

其餘則蓄積有多寡即形見有後先堂堂義大利乃至不惜民命以求孤注一擲其孱焉不終日之勢可想而知過此數十年歐洲大局其必大有變更也夫

初九日晴

謁外部大臣布連布連尙有病容寒暄畢因詢照覆事布連曰美議院權重所議新例余不能以爲是亦不能以爲不是惟中心抱疚而已因曰然則終不照覆我耶布連曰新例雖成行例時尙有通融幸勿介懷我等尙有補救之意至於照覆未避暑以前亦當上緊辦理因再三訂定遂辭出　因按布連之言其爲厚貌深情歟抑爲良心不泯歟未可知也外部本無議例之權落得推卸至

於照會久而不覆者則又以今年爲舉總統之年慮有觸礙也其必待於避暑出都之前者則以總統之舉此數日中可定既定矣則可任意言之而不憂觸礙也所謂患得患失者非耶

初十日晴

金山狀師阿他麥克自薦充中國駐美金山領事辭之　倫敦來電言英國下議院紳六年一換其權大於上議院蓋下議紳由民舉上議紳由世爵充各部大臣之任事必由下議紳允准也今年係換班之期謀此者極多云　因謹按歐墨洲各國均設議院而章程不同美之議紳均由民舉不分上下也英之下議紳由民舉而上議紳則由世爵然權歸於下議院則政仍民主之也歐洲除

法國瑞典瑞士外政皆君主而仍視議紳之從違則民權仍重卽洪範謀及庶人孟子民爲貴之義也

十一日晴

昨日布連之黨致書於布連謂其有意爲總統卽當辭外部之職以明其心使大衆見之而決於舉布連遂上書總統辭現任外部大臣之職總統批准矣　因查本年爲美國公舉總統之年凡希冀爲總統者無不分布黨羽竭力招徠擾擾營營熱中無已而祕魯智利至以爭位遂動干戈以勝者攘不勝者之位又其甚矣以美較之猶此善於彼也然如宣文之力持正論不事夤緣無心於舉而舉之者亦無多人豈三代直道不行於今歟蓋非華盛頓創

制之本意矣

十二日晴未刻見雨點仍霽

南墨洲之英屬忌安拏地方以美國加税出口之糖無利國用不足乃加礦税古巴亦以入欵不敷出亦加貨税商民苦之云　因

謹按税則爲内政本可增加而入口之税尤應增加者蓋入口税重則外國貨物不易入口卽不致奪吾民之生計近年中國入口之貨煤油洋紗洋針大行而本國所產棄之無用之地業此者皆失業矣識者傷之

十三日晴

本日伯林來電言德君於本日由德都往啟爾海口期會俄君同

行者有外部大臣俄國駐德公使武員等俄君明日可到兩君之會約有一日盤桓無公事相商但以修好而已　因謹按前此俄德兩君訂會而俄君爽約遂至齟齬者半年德主遂有攻俄之言俄主亦有敵德之語幾決裂矣而俄君此次之行仍肯過德德主仍修地主之禮似可言歸於好其終不決裂者非眞有推誠釋怨之心特以兩國兵力皆強戰則無全勝之算而有民生之禍故未敢妄動耳如其中有一弱者則戰局久開矣

十四日　陰小雨

巴黎來電言俄德兩君之訂會法外部會照俄外部謂法人猜疑恐礙兩國盟約俄君乃於會德君之時遣其介弟謁法主於南施

埠以示與法親厚法人大喜　因謹按法之於俄與日本相似矣俄君之子被刺於日本日君恐懼失常問安不絕至許以後不干預俄與高麗之事可謂怯矣法則前見俄與德分而喜今見俄與德合而憂又見俄君之弟至法而大喜一若依以爲命也者何乎日之搶攘爲傑傲慢稱雄至是而恭敬有禮耶

十五日　陰細雨時霽

聞中墨洲海帶國之海口名剎買那願歸美國管轄美駐海帶國及兼理三德明哥之公使已向三德購地云　因謹按美國近年之所行非復創國時自守之道矣於古巴檀香山無不垂涎雖露痕迹尚未顯有設施也海帶國之海口前此曾遣員向該國求之

此亦猶俄人之求朝鮮海口也乃朝鮮不允俄而海帶允美一則爲鷩弓之鳥一則爲海客之鷗也

十六日小雨時止亦時見日

美國希卡果兵艦前調赴墨洲爲水師提督坐船本月廻美交船廠查驗有無損傷經查得此船巡海僅八箇月而船底生蟲已滿每駛行一日須減速率一百六十中里云　因按十年以前即聞歐洲各國以兵艦下水後即有一種海蟲附於船底逐漸而多而厚船行之速逐漸而減因思得一法以藥膏塗船底則蟲不附船以爲此患可永除矣今乃仍舊生蟲豈藥力之不驗歟抑美國新講求海軍尚不知歟

十七日晴

是日北黨總統已舉定即現任總統哈利順也紐約紳士言哈利順於三月之前即派有權力之紳通信各省布置一切一月之前美駐英之總領事駐法之公使特爲此事返美親至密臘巴里地方聯絡各省派來之委員而去年總統所派駐金山之按察馬羅駐中國之公使布萊爾均洽民心本年簽苛禁華人之例極爲迅速衆情翕然故得保舉聯任云　因謹按美國風氣如此保舉如此可見大權之操自民矣蓋各省派來之委員皆民所派也其中有民間訂定必舉某人者則委員無所左右也有民間訂定從衆所願者則委員可以通融也有聯絡委員之人則思過半矣

十八日晴

接北洋電發總署北洋電　日斯巴尼亞國以船廠造船工夫未精已聘英國船廠各色工匠管理云　因謹按地球之上兵艦商船以英爲最多且皆自造則地球船廠自應推英爲第一也因嘗至日國矣查其造船僅造船殼而機器仍購自英法今乃以整頓水師爲事而求自造亦自立之見也

十九日晴

本日伯林來電言俄都有信美國遊歷各國採訪風俗之士名比及羅名望素著近遊至俄境俄人逐之出境云　因謹按美人越數萬里以船載運糧食銀錢振濟俄飢可謂恭順矣遊歷人員爲

公法所不禁惟美國今年下議紳蓋力創立新例專禁華人而上議紳仍駁棄之今俄人不必立例而輒逐美國遊歷之人豈天道之好還耶抑所謂出乎爾者反乎爾耶

二十日晴

酉正奉總署電云銷册寄還聞布連告退科士達接任外部確否電覆號　十八日巴黎來電言歐洲各國日修戰備兵費日增近日借欵愈多籌借愈難多者八九扣少者至四五扣奧國賴德商挹注尚未竭蹷然德亦難久恃若義日蹙三國則府庫已空矣惟法能取信於民借貸甚易且債票近日竟無虧損與德法交戰時之落至折半者迥殊矣　因謹按歐洲各國武備如騎虎之勢其

有餘裕者惟英次則德法尚不竭蹷以其商務盛也其餘商務蕭條之國皆每下愈況焉然則有國者其留心商務哉

二十一日晴

覆電總署云布連退華頓署　昨日新報刊出美國殘兵郵欵現已撥定來年所需計一萬二千四百八十二萬五千圓管理此事人員以爲不足應添一千三百萬圓查美自南北爭戰養贍受傷兵士前十四五年每年只二千五百萬圓以後按年加增所估來年入口稅項計一萬七千萬圓不過敷一年郵欵云　因謹按美之郵欵可謂巨矣此亦猶富貴之家踵事增華不免浮靡因嘗於光緒十四年今

皇上親政奏陳四事其中崇儉一節言事逐情生費隨事廣蓋陸
宣公之論深得我心焉

二十二日晴

昨日巴黎來電言英國作事多拂法人之意阿洲英法教士既爭權矣近勃爾加釐亞之君到英擇配英國竟以國王之禮待之豈不知勃國係歸俄保護而俄法實同盟是尊勃而藐視俄法也茲俄法兩君已諭駐英公使不與勃君同讌云　因觀此而知俄法同盟之局已成也其始俄法二國猶諱言之今乃昌言之矣前俄之外部至德曾言有權干預勃國之內政矣今又似不能干預也者幸此舉出自英耳如係弱國俄廷有不聲罪致討也哉

二十三日晴

奥京來電言德國前相畢思麻爲其子婿於奥訂期日內赴奥而德駐奥公使例應相見德主乃令該使休假數日離任以避畢思麻前此傳言畢思麻復用似不確矣　因謹按德主襲前人之霸業令行禁止而輕創霸之畢思麻是飲水忘源矣畢相當國時威稜第一待以殊禮頗有俯視一切之概或以此而見忌於人然強鄰偪界而自壞長城非長策也因於此爲德危焉

二十四日晴入夜大風小雨而止

歐洲報言俄國飢民弱者爲餓殍強者爲盜商旅難行猶太人之去俄者尤多由俄入德國境界約四十萬人德人拒之不從至用

槍斃數人始不敢入境云　因謹按俄之民苦矣猶太居俄之民亦苦矣中國前此河南山東之荒尚不至如此也客民安居已久忽逐之出境至無所歸流離道路均仁者所不忍也

二十五日晴入夜大風小雨而止

本日新報言英廷造成頭等戰艦一艘自興工至成功只兩年半因查法國造頭等戰艦每需十年極速亦需五年較之英廠天淵矣　因謹按從前中國駐德公使李鳳苞於克虜伯廠訂造鐵艦至期不成一再展期以致中法之戰不能得用固該廠遲延之咎亦該使考究未深也知其廠中向來之工程遲速則臨時臨事有把握矣

二十六日晴

聞歐洲各國分裂阿洲至今不靖有達河米國王以兵攻法所踞之地商民不安法國因於英之野魯船廠定造淺水礮艦一艘以便深入內地小河長百英尺寬十八英尺入水十八英寸每一時辰行六十餘里容兵四百名船身分爲七節每節重二頓今已造成並已試驗矣　因查凡新闢之地未有不求恢復者然當今之世而欲如少康之一成一旅以興舊業求之未開風氣之國斷不能矣其強國已根深蒂固其弱國皆客氣虛憍閱時稍久同歸於盡而已可勝慨哉

二十七日晴

律司科司達持上議紳多福書言亞利干省宜設領事因婉辭之

因謹按設領事以通商也美國下議紳已普禁中國商人來美矣事雖未成其迹可見我能使現在之不禁而欲以後之永遠不禁斷無把握也且禁工已十年矣歷任至今未能駁除而且加厲焉禁工而華人之來美者益少商務必衰方將裁減領事以節無益之費增何爲哉

二十八日晴中夜雷電

二十六日阿洲盛齊白城來電言德國駐防阿洲馬西之兵爲土人所擊敗統領別羅受傷兵弁亦多傷斃礮彈被掠已退至麥林地方矣因謹按歐洲各國分裂阿洲德法皆有損兵折將之事

惟英將施旦來事前久於其地與土人相習其分有其地也不專恃威故土人未與爲難則綢繆之早而措置之善也

二十九日晴申刻見雨點仍霽日出

美國紐約省博士渣士田歷年考究炸彈之法茲創一式以鋼殼內襯木筒貯炸藥以尋常大礮施放其彈重五十六磅半者貯炸藥五磅重二百五十四磅者貯炸藥三十磅驗時能穿厚三寸之鋼甲查巡海兵船鋼甲不過四寸此彈再求精利即可破之矣因嘗謂數十年以後鐵甲船當無用以礮可加大而鐵甲不能加厚也今如德美所製之礮且不必加大能以五十頓之礮洞厚三尺之鐵甲矣今且以三十磅之礮彈洞厚三寸之鋼甲礮之力日

益而鐵艦之甲除康邦鐵甲及白鐵甲外未聞有更堅者則將來船之堅究不敵礮之利矣

六月初一日晴

倫敦來電言英國向不徵五穀入口之稅而英屬卡拿大澳大地亞地廣多種五穀運入英口與他國之五穀同不徵稅其利爲人所分今商務局議稟英廷請收他國穀稅而免本屬以示區別而專其利云　因謹按此美國之作俑也美國重稅他國而免本屬以冀他國鄰美之屬地隸入版圖故古巴頗有歆動之意茲卡拿大以本處之產入美稅重而美之五穀入英無稅上年美總統諭議院文已昌言其五穀出口之利茲英國亦以徵稅報之而其利

乃移於本屬之卡拿大矣洋人之於利己朘人心思無孔不入莞算稍疏即爲所朘殊可畏也

初二日晴

新報載美國製造之物爲多卡拿大則爲土產茲美國與卡拿大政府商免製造之物入口稅以爲報施不蒙見允是卡拿大得利多而美國得利少茲總統已請上議院立例限制卡拿大貨物假道利益云　因謹按外國言利剖析毫釐中國人多鄙之而不知其不得不然也各國商賈輻輳於我非慕義向化也求利而已伺閒抵隙以奪吾民之利有所限制則得其平聽客之所爲則工商失業自棄利權攘外安內經費何出歐墨各洲諸大國莫不如是

即小國如比利時瑞典腦威各邦亦莫不如是也其不能如是如波斯芬蘭阿富汗者則日削矣

初三日 晴天氣轉涼

新報言英政府前以英金四百萬磅購蘇彝士河股分票近此票價值日漲竟至一千九百萬磅不但利國兼且豐財云 因謹按蘇彝士地方向無所謂河也兵商輪船來往向繞道由地中海道遠費時法人勒伯西議集股分以開之開成後收來往之船費以彌補開河之費英人以此河爲咽喉之地如有兵事或有股分者創議封口則兵輪不准來往而英之水師失其強於是議購入此項股分票庶權亦我屬而不受制於他人此實爲軍務地乃該河

之來往船隻日多而入欵日盛則出意外矣然俄之西比利亞鐵路成則陸路尤便捷該河之來往船隻又當減於此時矣

初四日晴酉刻大雷電風雨至夜而止

昨日伯林來電言義王赴德與德王晤商者係因德奥義三國聯盟約定各備重兵而義經費不足無可設法支持因以減兵之意商諸德王德王以減兵則爲示弱將致敵國之輕必不得已代爲籌貸於德商庶兵食均足云　因嘗以歐洲增兵增艦爲騎虎難下之勢爲鷸蚌俱斃之道今果然矣義固不能支德奥亦不能久支俄亦不能久支也法固後於俄德然亦不能常其能久而不敝者英耳然則俄法聯盟德奥義聯盟相持不解兵費不支及其敝

也義奧爲先德法繼之俄人尚可自守而英坐收漁人之利二十年內可決之矣

初五日 晴涼

巴黎來電言法國書辦紐闌尼以海防圖私售德義二國其售德國者爲秋巴海佛伯來士之圖售義國者爲米地得闌尼之礮臺道侖地方新制之礮臺均有實據道侖礮臺工尚未成擬改換新式云 因嘗言歐洲各國機心機事無日無之此其一也中法越南之役北甯守兵當法來攻時礮不鳴兵不戰各鳥獸散粵省守險之礮多爲強水所淋此皆內有間諜也然則不逆不億非難先覺者爲難耳

初六日 晴涼

昨日巴黎來電又言法國亦以重資募英人名火而騰密探德義兩國之礮臺在地中海之兩處及在德法交界者故不能以偵探本國之礮臺責他國云 因查交涉之道莫非自私自利之見雖有智士亦不能盡伐其謀賴在有以防之并有以抵制之耳如偵探之方槍礮之利兵艦之堅賴在有以防之要求之非理侵佔之不休詰責之不情要在有以抵制之大抵太剛固折太柔亦廢蘇老泉曰慎勿爲積威之所刦誠哉是言也

初七日 晴陰午後大風雷雨酉刻雨止

初五日馬得力來電言日斯巴尼亞國稅則於貨物入口有輕重

之分茲英國政府與日議定英貨入口均照輕稅則并無報施日國格外利益云　因閱此而喟然歎曰甚矣立國之不可不强也今日之勢一弱肉强食之勢而已矣强者事事得利弱者步步受虧是强愈富而弱愈貧强者愈强而弱者愈弱矣夫日弱於英俄德法義諸國而而視歐洲之他國猶强故稅則分輕重以輕稅處强國而以重稅處弱國弱者固不能與爭也且爭亦不允也所謂失之東隅收之桑榆也

初八日陰時見日午後小雨止仍陰

昨日巴黎來電言自一千八百九十三年三月三十一號起議院所定煤油入口之稅熟煤油每一百基羅每一基羅合兩英磅又五分磅之一合中國二

十六兩零一百基羅合中國一百六十斤半收稅十八佛郎每五佛郎合銀錢一圓每銀錢一圓現價值中國銀八錢零十八佛郎合銀錢三圓六角合中國銀約近三兩生煤油則減收三佛郎現在以期將滿擬至明年三月改議稅則時照新例辦理云

初九日晴

赴外部道喜　上年九月美國醫士家理下至英遊歷英人以其在阿爾蘭與地方匪人謀戕英官拏審定以監禁終身之罪茲聞費成善會禀呈總統言其無辜請與英廷理論云　因謹按此可以證中英美生交通會匪之案也此可以證英員之不公也此可以證中國辦理之失平也同一謀逆而美人於英謀逆則由英斷英人於中謀逆則不由中斷美人於英謀逆則監禁終身英人於

中謀逆則監禁九月豈得謂之平乎中外交涉凡不平者多矣皆類此也此可爲長太息者也

初十日 晴中夜雨大風排闥徹曉

是日爲美國七月四號前一百十六年此日爲美國改爲自主之國之辰相沿至今以爲吉日合衆國上下升旗鳴礮不理公事因查美本爲英之屬邦英征稅重美人怨之華盛頓倡爲自主之議英人伐之美與力戰八年英不得志法與和出而排解許美自主而美遂爲五洲之大邦焉嘗考華盛頓之拒英非必戰勝攻取但以堅忍之力肆應不疲損傷相當守者無瑕攻者敝矣儻爾時氣慴於強敵功廢於半途俛首請和不過如印度阿爾蘭之屢蹶

不振受命而已安能若是之富强哉若華盛頓者亦可謂人傑也哉

十一日晴

美英祕林海峽爭捕海龍一案初九日域多利來電言阿拉斯戛有英漁船二十五艘網捕海龍現爲美兵船考溫所獲并海龍六千條充公又獲供火食之船考闊拉云　因查美英爲祕林海爭捕海龍一案齟齬累年若在他國必畏英之決裂矣近已請局外之國調處判斷法義兩國均允法爲紐芳蘭之案與英不合義爲紐阿連之案與美不合而不辭調處者通好之國例當彼此相維也英美亦不畏法義之挾嫌者局外之道不願偏袒招怨也

十二日晴

上午巴黎來電言近日越南東京駐防之兵屢爲土人舟師所挫法國防兵一百五十人被斃者十七人逃亡者十六人云　因於此而歎越南土人之有志也法國始假保護之名而卒侵其地驅其民蹂躪其鄉里苛斂其賦稅土人之憔悴於虐政者至今日而始知我

國之寬仁矣時時擾之所以報之惜無華盛頓其人者撥亂反正而自主也

十三日晴

倫敦來電言阿洲之摩洛哥國小而無政匪徒往往滋擾商民茲

英義日三國近訂密約謀滅之而分其地云　因查阿洲之地英法德義日葡諸國已瓜分之摩洛哥卽修內政臥榻之側亦不容鼾睡也謂其滋擾商民者所以加以可滅之罪三國共立密約者所以防德法葡之妒居今之世一弱肉強食而已

十四日晴

本日報言卡拿大以雞蛋入美美關按十二枚抽稅銀五分擬卽抽美國雞蛋入口稅以報之又近日美與日斯巴尼亞立報施約因獨得古巴利益卡拿大應與美國同沾如日國不允卽徵收古巴糖煙入口稅云　因於外國之稅則變更及彼此稅則之施報必留心者非好爲瑣屑也中國欲求水陸兩軍之強必求經費之足

而不能足者則以入口之稅未講求也稅則爲內政例可隨時整頓亦可隨時加增墨洲之三德明哥極小之國耳而其稅則按物值征百之四十未聞開釁則以其爲內政而應出本國主權也雞蛋入口銷數至微者也摧稅而計及此中國必恥言之而英美至富之邦乃斤斤然爭之而不少讓焉外國交涉之事大抵如斯孰於此道者自知之

十五日晴

美政府以本國稅關章程不如歐洲之善特派副戶部司賓訂總辦稅務考司多克赴歐洲各稅關查考一切以便仿照辦理準於今日啟行云　因謹按法無歷久而不敝者亦有新創而未備者

美自華盛頓開國至今僅一百十六年所訂稅章自不若歐洲各國之備此其所宜參互考訂者也我國中外通商收海船稅僅數十年嘗考其章諸多疏漏安得一爲整頓乎

十六日晴

美紳某來見言印度來信謂現在亞細亞洲俄兵四出侵阿富汗之界臨英屬之印度中國之新疆云　因嘗考俄國近三百年之疆域而慨然也當明之季年僅七十五萬六千方里耳至國初而驟增至四倍矣再一百年而又增三倍再一百年而尚無所增至道光年間則驟增增至今日而至十一倍蓋七百九十萬餘方里

得全地球六之一焉其侵諸歐洲者則瑞典波蘭土耳其波斯等國約四百萬方里亞洲則回部最多基發霍罕茂甫穆哈剌黑龍江以北則近年所侵佔者也近又注意於印度英人未必肯讓然阿富汗之疆宇必日蹙矣

十七日　晴夜雨

日本新到參贊來謁卽往答拜　因昨考俄國疆域驟增之數因并憶其民數而筆記之俄國當我雍正初年民數只十四兆越三十二年而增二兆又越二十年而增三兆又越二十年而增九兆又越四十年而增十三兆又越四十年而增二十七兆是爲咸豐元年及至同治五年又增十七兆共計八十五兆餘矣其所以增

者非關休養生息蓋因地闢而民亦益所謂有土有人近比鄰小國蠶食殆盡非復往年之易於開拓矣

十八日 小雨

昨日柏林來電言德奧義三國聯盟因英外部大臣與義密約如法攻義則英助義故義樂於聯盟現新舉議紳與外部同黨者少而英各部臣非議紳相得不能久於其任若此則外部難留義之聯盟亦難固云　因閱此而知俄法兩國實招各國之忌也二十年前德國攻法則英坐視英與法固比鄰也俄國攻土則英救援英與俄又兒女親也然則憑陵之習兼并之風身受者固不顧也旁觀者亦不平矣

十九日晴

十五日巴黎來電言接越南來文謂駐防東京兵弁於白刻爾地方被土人埋伏狙擊領兵官旁尼兵頭卡丙打均陣亡兵士斃者十人傷者稱是云 因查越南不服法國之情屢見疊出自李埃利以來損兵折將者頻矣因論中國屬地琉球幷於日本緬甸幷於英越南幷於法惟琉球不聞相抗大約世守荒島無遠志無武備依人爲生而不暇擇主者緬甸勝琉球越南又勝緬甸其民似可用者

二十日 晴 夜雨

昨日美國戶部刊出自上年西歷七月一號至本年六月三十號

此十二箇月內計美國出口煤油共值銀四千四百十九萬一千零七圓較前一年少七百餘萬圓云　因查美國煤油至中國者約十之八至歐洲者十之二緣歐洲各國其繁盛之地皆電氣燈次則煤氣燈凡客寓輪車火車無用煤油者所以防火災也且其收稅極重已見於法國報矣至美國出口之數此一年中遜於前一年者則以義國已禁不准入口銷路之偶窒非出産之不豐也且俄産煤油近又日多此二國之油幾徧給地球各國矣

二十一日　晴未刻雨仍晴

昨日伯林來電言德前相畢思麻議論國事每揚德主短處德主怨恨有送畢相交官懲治之言終以其功在前王惠溥萬姓不敢

輕舉而止茲畢相擬周遊德國各處其時人民夾道歡迎又恐觸德主之怒云　因觀此而歎畢相之不可及也議論國事此老成之不忘國也揭德主之短此老成之不忘君也向以畢相爲伊尹太公一流人德主如能信而崇之則爲太甲成王亦守成之令主而足以保威棱第一之勳名君臣之遇足千秋矣

二十二日　晴申刻大雨仍霽

謁外部商檀香山華人求美國公使領事保護事外部允即行文

又聞美國兵艦水手在智國被殺斃三十五人一案現索賠䘏銀二百餘萬圓智國以爲太多飭駐美公使與美外部商請減少外部謂總統之意如此不允減數云　因按智國內亂方定而外患

興矣日國已索賠三百萬美又索賠二百萬他國雖未聞大約亦必有也智遭內亂庫帑已空必出重息以貸勢將日貧貧則弱矣

二十三日晴

二十一日報言賓省之必司堡大鐵廠及挨達浩省之礦均用工人數千名現工黨停工霸工地方官不敢彈壓急電該省總督發兵八千由火車馳往圍之現該廠主議不用此項工人另行招工云　因查歐墨兩洲之公司極大用工人極多工黨之勢亦極橫英德兩國工人滋事尚未了結美國又復滋事幸電報火車之迅速兵力之厚調動之捷否則緩不及事非蹂躪百姓亦必分裂公司矣

二十四日晴受寒不爽

美兵官來見言及沿海各省以美廷現在整頓水師遂招集壯丁習練水戰一旦有事不患無人美政府遂派水師提督一員巡歷教練云

二十五日晴是夜泄瀉

二十三日報言美國新造兵艦數年可竣竣後有兵艦四十五艘所載礮位三百六十四尊員弁兵丁一萬一千零四十九人內計頭等厚鐵甲五艘重甲巡海船三艘雙旋轉礮臺船六艘巡海十六艘礮艇六艘水雷炸藥礮船五艘水雷船三艘鐵觜船一艘云

因謹按美自經紐阿連祕林海峽兩案以後整頓水師昕夕不

邉亦可謂自知所短者矣蓋美之國勢本不爲強徒以亞墨一洲盡爲小國無足相抗者美於是若夜郎焉然外侮不在同洲而在隔海輪船興後履若坦途及此武備不修匪特決裂以後抵禦爲難即交涉之間持平亦不易矣前日已聞其練民兵今又報增戰艦備豫不虞古之善政也

二十六日 晴酉刻大雨

卯初盥漱因率使館各員黎明行三跪九叩禮辰刻設爇申正設醮 美國之挨達浩省五金礦上年所採金銀銅鉛值銀一千萬圓黃金居十分之三現年冬春多雨雪淘洗礦沙較便開出之金較上年多二成云 因查北墨洲多五金礦墨西哥與美接壤美

富而墨窮豈開礦不得法歟抑其人不足恃也美國傳言中國京北之礦有英人承辦開採已見之於報矣

二十七日晴

至外部晤總辦播郎詢美國新例禁歐洲工人來美歐洲各國公使有照會論及此事否答言無之因謂當不能全無播郎謂如果有之則報紙當刋出矣因請查公牘播郎答以容細查之改日回信　因前晤德國駐美公使詢以美國新例普禁歐洲工人入境貴國何以處之該公使答曰我國本不願民人出境以壯年者均須隸兵籍也本國又不能盡禁美國代禁恰合本國之意聽之而已然則歐洲各國豈盡如是耶

二十八日晴

接紐約書言近日賓省銅鐵各廠工人停工滋事其意使各廠公司無人僱用將來自可予取予求嗣聞外國造銅鐵各工由歐洲來美者日多一日工黨因即禀請戶部大臣請於工黨之內挑選兩人派充紐約埠之巡驗來美客民差役以杜違例來美之弊戶部已允派云　因觀此而知工黨之權重也然美國亦患人滿矣嘗閱美國人數表一千八百七十三年其民數只三十八兆迄今僅十九年已增至六十餘兆此非生息之速乃客民入籍之多也再過二十年將有人滿之慮與德義諸國相同不得不深思而早計而工黨獨擅其利之意亦於是行矣

二十九日晴是夜大雷雨

上議紳地甫司來贈小女物一件談次言美國以白耳底馬兵艦水手被戕索賠於智前月智國新任外部愛拉協力援任照會美國允援舊例每名卹二千五百圓計美銀共七萬五千圓美總統已允收了結矣因查美兵艦水手之家屬索賠甚鉅而智國所賠只如此數者歐亞兩洲有例可援也因嘗詳詢之美國官紳練習時事者均以爲不過如斯而已然則中國所戕西人共賠卹動輒逾萬而中國之人爲西人所戕者或竟不賠或所賠甚少則不諳西律之故也

三十日晴

昨日報言美國由卡那大河道運貨來往英關抽稅較英屬貨船爲重美政府屢向英廷駁論未除總統乃請議院立例於卡那大商船出入美境亦照英例重稅以報之下議院已議准今交上議院矣　因嘗論外洋各國通商爭利抵隙擾擾不休有以爲洋人嗜利無饜者不知不如此則拱手讓人以利權而民財之卮漏日多久則貧瘠也但其間細鍼密縷非猳饋其中者不知非揣摩有素者不能非公法精熟者亦不敢耳

閏六月初一日大吉晴熱

答拜議紳地甫士座中有自俄回者言俄國大饑道殣相望而整軍經武仍不稍緩德奥邊界時復增兵經營琿春不遺餘力大約

歐亞兩洲之鄰國將來必有被兵者　因謹按古人修德弭災之言至今不行而不戢自焚亦不能全信矣俄之災重矣而佳兵依然俄佳兵久矣而不聞敗衄豈眞人定可以勝天乎毋亦有天命者任自爲耶

初二日　晴大熱寒暑針至九十四度

智利來電言兵船水手案結後美國向智國索賠之案自一千八百二十八年以來未結者甚多茲美外部飭駐智公使催智政府商辦以淸積牘云　因查美與智索賠之案有延至六十餘年而未結者非怠也以前則風氣未開墨洲交涉尚重義而輕財近二十年間智頗振作祕魯一役幾霸南洲美國久無外患水師未事

整頓近年則美之水師漸強而習之兵力美亦盡悉智於美艦水手之案又自顯露虎頭蛇尾其技倆可知故乘其畏我之時一振國威使智利俯就範圍其餘小國不煩鞭策矣

初三日 晴大熱寒暑針升至九十八度

德國近闢阿洲東北地方多歸德保護矣有莫三鼻給島在阿洲東南向屬葡國近以葡國府庫空虛所欠德國之債難償德國請於葡廷願以此地抵還債項云　因嘗閱歐洲各國報葡國有鬻地之說未敢信也然考其近年出入表每年入欵不過銀一千六七百萬兩出欵需二千一百餘萬兩入不敷出固已巨矣國債之息每年需銀一千一百餘萬兩則債息已將耗入欵之全而國用

所需幾無所出焉宜其窮牝宜各國之疑其嚮地也

初四日 晴戌刻大風雷雨約一時而止

美紳某來見談久言俄國西比里亞鐵路工人近加至一萬二千名限於秋冬告成又伯林來電言勃爾加犛亞國有刺客謀刺其君及各部臣當時雖疑爲俄所使而無實據茲勃政府查得俄廷致駐勃公使密電令該使與刺客聯絡當將電文分達德奧兩國政府德奧已請勃廷詰問俄國矣 因謹按古人所謂睦鄰字小之義今不復見惟見蠶食鯨吞而已俄造西比里亞鐵路藉口通商其實志在朝鮮於勃爾加犛亞國內政藉口干預其實志在廢置道居心積慮無非夷縣小邦耳乃甘出於暴客之所爲獨不懼傷

國體哉

初五日晴

近聞英義日三國密約共滅摩洛哥三分其地英廷遂派公使往摩明爲立約實欲保護法人妒而陰阻之英謀不成將來英擬派兵赴摩法亦派兵前往前德相畢思麻嘗論歐洲大國起釁必由於爭摩洛哥茲已見眹兆云　因嘗讀商書至兼弱攻昧取亂侮亡而歎千古興廢之故不外是也孟子創言字小之論欲以救當時并吞之習而究無補於時不若商書所言爲合栽培傾覆之理也摩洛哥政事不修日就衰弱與阿洲之突尼斯歐洲之波蘭相同自蹈亂亡雖欲圖存而不可得矣

初六日 晴熱

美駐日本公使函致外部言俄國煤油公司新創油船載大桶煤油由歐洲取道蘇彛士河運至印度中國日本南洋各島發售此舉若成必奪美國煤油之地以其運費較美爲省也應飭美煤油公司早爲設法以免此利爲俄所奪云　因查公使之任匪特以聯邦交凡有關於本國之利源者皆當留意也俄國煤油出產日盛已習聞之所以不能爭勝於美者俄由陸路運出不及美之水路運出之費輕也今設法由船專運則費輕矣興利非託空言也必有興之之法惟留心者乃知之耳

初七日 晴酉刻大雨雨止仍晴

前二日伯林來電言英法德三國定界三分阿洲之地後德國遂派員帶兵入境察看情形而英國商民聞德員將至卽給土人槍彈截德員於機爾曼赭大山之間盡殺之　因按上年德人攻阿洲時英兵官施旦來會教土人拒德德不得志讓地於英今德又被英商指揮兵弁盡殲於阿蓋英人之遊歷阿洲深入內地已十餘年久與土人相洽浹發縱指示德人斷不能如英之靈也弱肉強食之中強者又自相齧如三虎爭一牛惜無卞莊子者因以爲利爲可惜也

初八日晴陰午後雨雨止見日酉刻又雨

查得美國費城刻拉生船廠製成新式兵艦於初四日試水副總

統水師部大臣親到命名可侖比亞該船係三旋螺（凡一旋螺每時行三十海里再旋者行二十六海里三旋者行四十四海里）馬力二萬匹戰時可加力三千匹容煤二千噸足敷行二萬餘里之用長四百英尺寬五十八英尺容七千四百噸置八寸口徑礮一尊六寸者四尊四寸速放者八尊小而速放者二十尊水雷六船價二百七十二萬五千圓并軍器雜項共三百二十萬圓

因謹按弓矢之制變而爲槍礮刳木之制變而爲鐵甲鐵甲之堅兵刃矢石不能入惟巨礮與水雷可以破之礮之百噸者每尊需銀十萬兩水雷之新式者每箇需銀三千兩居今日而爲攻守之計非鉅欵不能此小國所以日盡貧國所以日削也然則欲言強者非富不可也

初九日陰

本日金山來電言接倫敦電知新金山域多利埠新定進口貨稅松板千片加稅銀六圓二角五分裝罐水果每磅加稅銀六分美商以該國如此重稅必因美國新定重稅阻新金山入美之羊毛以此報復如英之屬國皆然金山出產不銷種水果者無市矣

因查美國自增入口稅以來大國如俄英法德義均各有報復矣小國如墨西哥尼格拉孤亦加稅以報之卡拿大屢議加稅而尚未休此外則未聞焉大抵皆入美之貨甚微而或不能振作者也歐墨各國交涉事無巨細無不有抵制之法否則事事受虧而惟利己是圖者必毫無忌憚也深心者自知之

初十日 晴陰

新報屢言英兵船加邦欲佔太平洋中喬士頓島美政府已查舊案此島係美國船主勞孛之產歷年經理已費五萬圓向有船駐守以經費不敷而止該島係由美至中國日本之要衝亦由檀香山至錫蘭之要道但須費銀一萬圓轟去口內暗礁便成絕好島隖美斷不肯讓英云　因查海中荒島向之以爲棄物者今皆重之非地勢之有變實時勢之不同也自鐵艦興後行船不恃風而恃煤煤盡則船不行當無事時隨處可以市煤固不憂匱乏也兵釁一開則隨處皆當守局外之義不得市煤故當圖之於早圖之於早莫如隨處有屬島存煤候用則有備不匱焉此爭島之事所

以層見疊出也

十一日晴

見上議紳拔茅訪聞印度來電阿富汗部落爲亂英印度總督已派兵至界防守昨日倫敦來電俄又派兵三隊踞巴美爾地方卽去年所踞之地今復踞之云、因謹按巴美爾爲歐脫之地而與中國及印度阿富汗毗連俄人得之則四出蠶食隨其所欲聞俄之台士根省饑民作亂已戕該省總督且敗兵官俄方平內難之不暇而乃亟亟於開邊蓋弱肉強食其性然也

十二日晴夜雷雨

美外部長訂見午刻赴衙門德國代辦已先到見後因至道寒暄

畢因言貴國增立苛例於中國文絕不覆而戶部已議刊行何也
外部答云尚未刊行照覆侯徐商之因言金山副領事之缺金山
省上議紳飛路頓言此缺應派美國人員庶於中美有益因言此
非議紳所能干預且飛路頓卽與葢力同創苛例者彼安顧中美
之有益耶外部再言之因言此事已請示總理衙門使者無權容
以尊意告之遂言檀香山保護華人事外部言已函致美國駐檀
公使尚未見覆信也因遂辭出

十三日晴

寓檀香山中國華商稟請照會檀國政府以古今輝王殿璋加正
副領事銜保護華人因以中國未與檀國立約不便照會遂謁檀

國駐美公使於亞林頓客棧託其致意政府檀使謂古今糕王殿墠二人向常見面故知其人立身公正可令保護華人卽當致意本國政府又言中國宜速立約則事自順手因答以立約一事因已商之政府適值美國立例苛禁華人故政府不願當從緩議檀使頷之因遂告辭

十四日晴

檀香山公使來會談次言美國增其國糖入口之稅有背舊章頗爲不平又言美國擬於尼格拉孤國開通東西洋以專其利如蘇彝士河已與尼國立約將興工矣而法人以巴拿馬工程已費銀三千萬圓不甘中止而讓美國現於巴黎集議擬籌鉅欵并招工

頭包辦尅日興工云　因按此法人之好勝也巴拿馬工程停歇已久創辦之勒伯西屢次集股渺無應者今聞美國開尼格拉孤之道而法人復集股興工雖曰好勝亦不棄前功之意也嗚呼當今之世亦特患其不好勝耳

十五日晴

近日美國製造玻璃器之工人聯名禀於戶部言歐洲各國此項工人來美者多漸奪其利請於該工人中派人於紐約波士頓費城波地摩等埠之廠查察以杜其來戶部長已批準云　因查美總統諭議院之文曾言准巧匠來美製玻璃器者非巧匠乎工黨欲專其利遂使總統自食其言民主之國固順民情獨不慮國體

哉

十六日　晴天氣轉熱

十四日維也納來電言奧國大軍於十六日在嘉里施阿省大操陣法除德國駐奧公使准觀外其餘俱禁往觀且派馬兵四面巡邏以期機密云　因查前此法國大操准各國派員往觀雖讎敵如德國亦與於會今奧雖示機密毋乃軍容尚有不足者不堪以弱示人乎

十七日　晴熱

十五日伯林來電言德國與南墨洲之可侖比亞國立約通商德商甚喜以該國市利向爲美國壟斷今德立約使德土產多一銷

路而可與美分其地也　因於各國立約之事徧諮親歷而有以窺其心焉大國與大國爭利錙銖不讓惟心計之巧交涉之熟者操勝算焉其與小弱之國爭利直以勢迫之甚則頤指氣使而已故大國與大國立約互爭兩國之利也大國與小國立約將分彼國之利也而小國與各國立約亦有利焉如歐洲之阿富汗則英俄互相牽制而不至於亡墨洲之檀香山則英美互相牽制而不至於亡土耳其則英法各國保之而不滅於俄比利時則歐洲各國認爲局外而不滅於德法若亞洲之浩罕機窪越南琉球均以無約無牽制而驟亡者也

十八日　晴夜大風雷未雨

至美國家銀行談次聞俄國西比里亞鐵路俄人督工日夜不
限於今秋告成而鐵路之料由黑海轉運者全船壞沈以致停工
待料須延數月想必待今冬明春矣　因查俄造西比里亞鐵路
固昌言爲商務計也俄於中國北路入口商貨不過值銀數百萬
兩而以值萬萬兩之鐵路求利乎或曰俄以此開源爲以後計也
俄之府庫空虛方苦無門借貸而乃不顧目前之急以冀後此不
可必得之利乎俄有人焉應不若是之失算也然則忖度其心中
國西北毗連之地其宜設防乎

十九日　晴戊刻有風雷小雨

聞墨西哥因國用不足向英商借銀六十萬磅兩年交還美國駐

墨公使查墨國進口貨船以美爲大宗內江之船美居十之六七墨國運載之利幾爲美國所盡奪云　因閱此而知美之所由富墨之所由窮也因鑒此而願爲中國進一解也中國外洋運載之利全爲英法各國所專日本運載之利則爲日本所專內地江海運載之利則爲英美所分雖輪船商局創設十年然收回者不過三之一耳幸中國根柢盤深不致精華盡朘然已非復昔日之富饒矣其亟思挽之哉

二十日晴

至博物院又至種魚處查博物院如禹之鑄鼎象物所以廣人之識見耳目也其院外古樹二段長二丈餘圍八九尺色黑由掘地

而得業已全化爲石且作石理質堅如鐵院中儲寶五金皆備金有涵於土石中者有結成方粒者寶石則綠者甚多其色不一珍珠如大豆者其光晶瑩魚骨獸骨有長至數丈者猿類至多小者僅如鼠大者過於人狀貌獰猙手足皆如人而足叉能握或曰狨也古棺一具盛骸一具亦由地中掘得均化爲石鋸魚一種脣之上生成一骨兩邊爲鋸紋烏賊魚之大者其足長丈餘蝦頭如大甕其鬚亦長丈餘蟲類則大而螣蛇小而蠛蠓無不有焉

二十一日晴天氣轉涼

希卡果華商由卡那大回美稅關收其照而不納稟請駁詰遂郎謁外部時德國代辦先到談次因言德主至英適好事德代辦言

德主之勤儉實爲難得夙興夜寐事必躬親新定營規黎明卽起浮費盡裁按日三餐不准飲酒操演之時自統帶至哨長均不准乘車馬以習勞內有武員名格立事者向來畏勞業已辭職云繼見外部告以稅關阻華商事并交以律師原信外部允卽通知戶部電查

二十二日晴

十八日巴黎來電言法國以阿非利加洲之馬達加斯戛國之北所屬格羅力殺島爲印度洋要道業已踞而有之云　因謹按光緒十年中法交戰之時法國卽加兵於馬達加斯戛國該國力不能敵遂偪之立約歸法保護甫八年耳乃遽佔其所屬之島[illegible]

強食習爲常矣近年佔島之事層見疊出大抵英法居多德俄有之美則多以計求或以銀購蓋水師之力有不同故措施亦不一而無非爲水師之強計耳

二十三日晴

倫敦來報英廷以俄踞巴美爾意在印度已由印度派大隊兵馬赴阿富汗以防俄人及阿之亂黨又中國天津來報亦已派兵防於邊境云　因查俄之不得逞志於歐洲也以德義奧三國聯盟無隙可入也顧其養兵太多需費至鉅勤而無所必有悖心故斷不能無事而思用之亞洲巴美爾一隅可窺阿富汗可窺印度可窺西藏譬如狼奔豕突有閒則來則備之不可以已也

二十四日晴

金山商董陳大照來爲華人領照及賽會事請與外部商之訂以明日　因查賽會一事卽周書所云奇技淫巧也然商王以玩物而泰西以利用其用意不同焉槍礮之門藥易火繩而爲火石易火石而爲銅冒易銅冒而爲錠皆漸臻便捷也礮之式易而爲後膛礮之架易而爲車盤皆欲其靈便也自德國以一百頓爲一塊之鐵賽會而礮日巨自英國以一萬頓之船出洋而船日巨此僅卽用以戰陣者言也若夫農桑之利便民之方算學化學氣學重學光學無不各出心思以求精進富強之業基焉甚未可以奇巧而斥之也

二十五日晴

謁外部長言戶部所定華人領照例窒礙難行外部答曰此例由議院議准總統允行外部無權廢棄因曰中美二國有約之事豈美國所能專行領照新例中國固不允行美國擅行則爲背約中國據理當駁外部曰此事當於暗中通融舍此之外外部實無權辦理因曰金山商人已請董事前來可否賜見外部允以次日因又言賽會事總辦尚未準定給華商設會地段何也外部答曰當代告總辦仍屬商董自往商之因遂告辭

二十六日晴

午刻帶金山商董陳大照見外部長寒暄畢外部詢陳大照意欲

何爲陳言領照實多窒礙戶部擬章亦難遵行外部曰領照新例由議院議行總統允准戶部擬章不過遵照辦理此章與例有不符處則可駁詰陳未能對因答曰以美戶部行美議院之例安有不符所不符者中美之約耳外部曰余亦深爲惋惜且陳君之意何如陳請於開議院時再議外部曰姑待之陳又言賽會事外部謂此由戶部主之人數勿多致招疑忌遂辭出

二十七日晴

遊華盛頓第宅乘小輪船約半時辰到岸上小嶺高數十丈至華盛頓墓有屋一所自鐵欄外瞻之白石棺二停土面蓋夫婦二人也屋外左右有神道碑又前行不半里至其第屋甚小鄉居盡

如是也第一層畫華盛頓像縱橫約八尺爲騎馬赴敵形前一將執刀馬前後則華盛頓之兄最後則從戰諸將皆騎馬像外有華盛頓親筆書又德法諸將小照皆從征有功者右室爲洋琴竹笛琵琶各一則平日所陶情者室外衣架二海花一朶爲婚時人所贈者遂上第一層樓中廳掛槍一枝牛角箭一具下置筆架墨盂廳前掛刀二柄長二尺餘皆其生前所用之物樓左右男女像各一則其兄妹前爲客房後爲華盛頓臥房房中有甆盆木箱木榻華盛頓卽壽終於此榻又上第二層樓則臨江一室可眺長江又一室亦置盥具幷木榻則其夫人之臥房也夫人後君歿卽壽終於此榻再上一層則已扃不可陟乃下至各處瞻眺畢約未初遂

返　因謹按美國舊爲英屬地英以爲外府摧稅日重民不堪命乃拒英舉華盛頓爲主鏖戰凡八年英不能勝美遂自主蓋西歷一千七百七十六年爲中國乾隆年間越十年而舉華盛頓爲總統又十年辭位又二年薨壽六十七歲因至其墓其宅穆然仰慕其爲人也功在美國而不自居名滿天下而其宅不盈五畝自古英雄未有不宅心淡漠而能成功名者外洋何獨不然乎

二十八日　晴天氣又熱

伯林來電言德國兵制凡男丁二十歲至二十七歲均在營習軍務三年不准倩替如遇戰事則備調用至四十五歲而止德兵臨陣向不失措者以習練有素也現德民以學習兩年儘可通曉兵

事且德兵已精而壯丁以此虛耗歲月可惜請改作何事廷臣均謂可行德主小心尚未允云　因謹按德之地輿當中國十五之一其民數當中國十之一而介居俄法兩大之間俄法皆事兼并而德足以支持者強之故也其民四十一兆數非多也而通國皆兵則兵多矣且人人習於戰陣則精兵多矣其地二十一萬方里土非廣也而入欵至銀三萬萬兩有餘則國富矣以德之國勢而富強如此者考其所規畫者可謂煩難而卒以成功稱霸有國者足以興矣

二十九日晴

英京日報言俄人佔踞巴美爾實有侵陵阿富汗印度之意蓋其

欲有事於亞洲久矣英相格闌斯登與德相畢思麻齊名決不讓之孟買報又言俄兵踞巴美爾後現分五路進規印度哥希正查探路徑云　因前聞俄人有言英俄相持不下久矣當乘時以決雌雄又言俄人於巴美爾事英人如或干預俄必佔取英之印度地方云云今英人於俄踞巴美爾不過撥兵以固印度之藩非干預也俄果窺印度乎

出使美日祕崔日記

七月初一日 大吉晴

美員某來見言聞中國宜昌府尙不平靜四川亦有會匪滋事美國已造有淺水輪船數艘長二十三丈入水九尺容一千二百頓以備駛行內江且巡緝東西洋各埠云 因查傳教之事終爲中國之患緣教士所到莠民附之而正人惡之其間游手無事之人又欲藉口以激衆怒而爲禍階非水陸兵力之強懾之以威約之以法交涉之事益覺難矣

初二日 陰午刻見雨點

美報言德國新增額兵五萬人民有怨言以增兵必派餉須增餉

一千五百七十五萬圓也前月二十八日俄國來電近有俄國農民二二百十八人徙近阿富汗境開墾俄主大悅免其租稅兵役并減其火車之費以招徠云　因查前月俄德方訂通商之約已有成議兩國之交似可益固而德猶增兵額宜民之有怨言也然俄兵已佔巴美爾方規阿富汗英人亦撥重兵以防之近日俄又遷民以實近阿之邊左衝右突英俄戰局如開則德國可無事否則俄挾開疆拓地之願而不能遂安能不顧而之他乎德廷之增兵額誠未可厚非也

初三日晴酉初細雨即止

復謁美員某談次聞印度來電言中國駐防阿[illegible]江東邊之小隊

近已撤洄惟阿富汗與俄楊統領之兵因相詬詈小有戰局阿兵敗斃七人俄員受傷一人阿兵退紮發白石地方英廷已派兵設防云　因按俄人之所欲者戰也戰而勝則得地即以和局終亦必割地或索兵費二者必有一得也惟美國喧傳中國已棄巴美爾之地此必不確或者巴美爾爲甌脫未隸中國版圖中國力不能爭耳

初四日　晴辰初雨仍霽

前月二十七日伯林來電言有法官三員攜帶二婦於尼西地方遊覽迹似偵探當即於身畔搜出畫圖即係該處地勢該員言係遊歷畫圖實爲自用業已拿訊云　因按外國機心機事無時不

有惟有機心者知之所謂惺惺識惺惺也甲申越南之役中法戰局甫開各口礮臺有爲内應以強水澆礮口者且有以釘釘礮門者又有間諜潛悉礮臺形勢知其礮皆外向而自後以攻入者疏節闊目茫無防閑殊可慨也

初五日晴

美外部長照會英國駐美代辦海孛云英屬卡拿大於聖迺命各處運河通美國者船貨一概收税殊屬不公美國應設法報之茲擬於聖麥利河亦抽收各國船貨之税云云英代辦答以聖迺命各處運河之税請俟徐商革除美外部限以十日英代辦面求再緩未允遂訂九月一號行例　自查交涉之事繆轇擾擾一言以

蔽之曰抵制而已通商之約必曰兩國均益今益於人而損於我則我亦以損人益我者報之其人如願則我以抵制者增我國所收於人之稅其人如不願則我亦以抵制者裁彼國所收於我之稅必使持平方不至朘我以肥彼也此各國交涉無時不有者應加意也

初六日　陰申正仍見日天氣轉涼

美國上下傳聞俄已與中國增立新約於中國通商各口添設領事中國應派公使專駐俄都以合兩大國體制云　因謹按俄爲大國又與中國爲鄰專遣使臣理所應爾惟法國如援例則無以辭之是又不可不遣專使則遣使自此多矣

初七日晴

美廷以哥司答立戞國前加稅則又百之五有礙美商亦於哥船入美口者報以重稅茲哥國自悔已將所加之稅減除美廷現亦除去所加之稅云　因思哥司答立戞中墨洲至小之國耳其民僅十餘萬人入欵僅三千餘磅加美國之稅豈不慮美國之啟釁乎不知此內政也美以此啟釁爲無名無理將抱不韙之名於天下則亦惟報之以加稅耳哥以重稅自發其難既不能怨他國而哥商之失利者又歸咎於本國雖欲不除而不能也此致人而不致於人之道也

初八日晴

前日印度昔拉城來電言阿富汗求助於英又言俄人不許英國保護阿富汗又言俄國兵官耶納夫踞守巴美爾不許中國及阿富汗人入境云　因按俄人於亞細亞又進一步矣阿富汗安能敵俄將來自必挫師失地印度藩籬又撤一層而中國西北邊境又加緊焉俄本佳兵而又難制與俄鄰者有不深蠶食之虞乎

初九日晴

阿富汗求助於英英廷衆議紛然以爲一經允許必致兵連禍結泰晤士報謂幫助阿國抵拒強俄爲上策英相格闌斯登尚在猶豫且謂英廷不願與俄開釁況俄之侵陵阿富汗決不肯休無論中國英國出爲幫助亦難遏止俄人聞阿求助於英已增調兵二

千大礮十二尊備用云　因按前年俄求與阿通商阿人允之英人方以爲憂豈料約立未久兵端旋開然則俄以通商爲名而蠶食其實也阿人方求英爲助而俄人隨即添兵此伐謀之意也英亦懾於強敵而氣餒不敢干預阿其危乎

初十日晴

初四日木司科報言俄因巴美爾地與中國毗連疑於甌脫今應據之以淸邊界幸該處華兵現已退出此境初八日彼德堡來電言俄國駐英公使現與英外部長會商願將巴美爾之案從善了結云　因按此似俄人但欲佔巴美爾之地不垂涎阿富汗也其爲眞情歟抑將以弛阿富汗之備而怠英之救援歟或懾於英水

師之強而慮水戰不勝歟抑既踞有巴美爾之地不復得隴望蜀歟兵機萬端殊難逆料一是且徐而觀其後

十一日晴

初八日孟買來電言接阿富汗消息阿王已竭力整兵嚴拒俄師以防深入昔南羅山地方不及待英國援兵云　因按俄與阿戰局已成阿若無援安能敵俄自必損兵失地矣惟阿富汗之地折入於俄則印度之藩籬漸薄英不助阿則失印度之勢助阿則招俄君之尤至此實難自處矣

十二日晴

辰刻接紐約沈領事函言美郵政局總辦及狀師請赴紐約有事

相商當卽於巳正附車酉正到紐美紳等與商董均集領署所商
係美國巡捕近拿罰華人日甚一日稅司逼華人領照領則例成
不領則受逼請予定尋中國如不願與美抵制卽當與美換約此
三事均不可緩因答曰巡捕拿罰華人自當照會外部華人亦應
請狀司控告領照一事領與不領均有利弊蓋領則可無逼迫而
暫安居然新例成而華人不能復返其礙實多不領固可待駁廢
然駁由我而廢由美事不可必因亦不便作主至於抵制換約皆
非公使權力所及之事但備一說未之能行狀司謂領照抵制換
約三事此時姑置之惟巡捕拿罰一事急待拯救請備費用銀三
百圓當爲控除因答曰有把握否狀司答以可使永遠不准拿罰

美紳亦力贊之因遂屬商董先墊付三百圓明日由商家湊還商董欣然給與狀司力任此外悉談時事亥正而散

十三日晴

辰正飯後往謁狀司等聞昨日祕林來電有英國漁船三艘美國一艘在俄界海面捕獵海龍被俄兵船拿獲船均充公漁人三十一名下獄勒令具違例越界私捕之結方行釋放云云言畢辭出卽赴車廠附車酉正抵華盛頓使館 因謹按左氏云惟無瑕者可以戮人大學云言悖而出者亦悖而入今於美見之矣美禁英漁船越界而美之漁船自行越界是戮人而已實有瑕矣美方以越界責英船而俄旋以越界拿美船是悖出而亦悖入矣美之於

俄可謂恭順之至矣聞俄歲飢運糧以振之輸銀以濟之相距至遠相與至親此卽上年事也乃俄於美員之遊歷者則拘執之於美漁之越界者則拿監之曾不稍寬縱焉乃知交涉之道不恃情而恃勢不論理而論強斯二者天也天實爲之謂之何哉

十四日晴

朝鮮代辦來見其夫人辭行回韓談及英君派兵艦專使等於六月十二號至太平洋之畢太力太國宣諭云大英君嗣後當保護氣耳白島所有土客人等均照常居住幷有數事飭畢王速辦一速還積欠商人之銀四萬圓二土人謀殺入英籍之華人何不重辦盜刼者何不嚴追三畢國應改用英旗現畢王一一從命矣

因按過此以往小島之國當無自主者矣太平洋距英甚遠而其所踞之島獨多美國雖以利餌取而勢不及也二十年之外美國將防英乎

十五日 晴中夜子刻小雨

美國嘉省忙得來埠有帆船名好根私運鴉片值三萬圓並華人十九名入口於近埠之華人捕魚所居之村名酡司加得地方起岸爲巡船所獲帆船已逃云 因按華人之運鴉片由卡拿大私入者動輒數萬金今由嘉省入者又數萬金被獲者如此則未被獲者必多矣所以然者美關抽鴉片之稅過於成本故走私者但求於三兩次之中一次入口即已合算故走私者日多而華人之

嗜好此物爲美所鄙亦可見矣

十六日晴

沈領事轉來駐英使館書言俄佔巴美爾地方已與阿富汗開戰局中國駐守之兵亦與交鋒云云　因按阿富汗非俄敵一強一弱故戰局易開英不助阿阿必并入於俄中國之兵與俄交鋒此間尚無聞見然中國鐵路未成調兵轉餉事屬煩難不如俄國之策應靈便恐難操勝算矣

十七日晴小女有美病重似痰閉

德國增兵籌添軍費七十兆馬克於一千八百九十三年加重皮酒煙草出口入口兩項稅則議院尚未批准云云　因按此爲防俄

起見也或謂德係防法耳於俄無怨無庸防也不如德之兵力足以敵法所不敢自信者俄耳俄與法合耳故德雖與義奧聯盟而尙慮力之不敵兢兢業業日愼一日以期鞏固封圻然歐洲無隙可乘而亞洲因之不靖俄之所以踞巴美爾而攻阿富汗也

十八日晴

十六日英屬亞得劃來電言俄拘英漁船案已電達英廷謂俄人如此橫行若不卽時報復則將來無所底止云　因謹按以怨報怨之事聖人所不言然孔子以直二字後之釋者或未當也今時報復之說固近於縱橫捭闔之爲然不如此則受虐無所抵止是迎合敵國之意而不自恤其民也或曰吾將以息事甯人也則盍

觀宋明之季

十九日晴

昨日巴黎來電言阿非利加洲之達河米國近日好與法國商民爲難屢以兵騷擾之法廷詰問不應乃派兵三千三百人前往問罪所向無敵諒不難滅其國云　因按歐洲諸國分裂阿洲已成破竹之勢達河米國卽使如宋之江南卑辭厚幣猶不能存所謂騷擾者或守邊之兵不容法商入境否則法人加之罪耳近年以來小國之被滅者時時聞之如春秋之時將變爲七國矣

二十日晴

墨西哥商民請於政府以美國糧食入口應令納稅以與土産糧

食區別墨總統以前此美墨兩國條約許免美國運糧入口之税至本年九月三十號爲止當俟期滿之日然後抽美糧食之税此時未便遽行云　因查税則一項其用意頗多或僅以收税爲濟國用者此僅見其小也有固本之税則防他國之産奪吾民之利者是也如糧食果實草木之類産於天者入口太多則本國之産將棄於地此一端也如綢布衣服器具之類成於人者入口太多則本國之民將失其業此一端也有抵制之税則防他國之税朘吾民之利者是也如他國重征我國土産入口之税則土産無所銷而産於天者失其利成於人者失其業則我國亦必以重税報之使不致獨擅利權此又一端也此外如煙酒之類珠寶之玩非

民之所賴以生者則重稅之欲使銀錢不耗於無用之物此又一端也若鴉片一種則不但耗銀錢於無用直有害於民生則禁之而已矣此稅則之大畧也

二十一日晴

接金山電商董二人由粵來即照會外部以免稅關阻滯　美國安奴報禮司埠之國家水師學堂學生學成者頗衆昨由水師部挑選聰敏者三人分派英法兩國船政局學習造船之法云　因查近來歐洲各國多覬覦太平洋顯而有徵美國亦整頓水陸各軍不敢暇逸非復前此之晏安蓋時勢有變遷謀國者當見微而知著也

二十二日

昨日義國來電言美派赴慶賀可侖比亞會之兵船名紐華抵禽那埠有水手一名入客寓被毆而斃兇手已獲美外部不卽行文言義國自當持平辦理不須迫也　因詳觀美國交涉之事而有以見其心焉同一兵船水手被殺也於智利則迫之於義則待之美以爲自有權衡矣　因以爲可迫則迫之不可迫則不敢迫而待之耳以言迫智利而智利不受則以兵船迫之以此施之於義美之兵船不足以迫義也則圖窮匕見不如不迫之不圖窮矣孫武子曰勇怯勢也強弱形也形格勢禁美亦無如何矣地球之上不爲形格勢禁者惟俄之陸軍英之水軍而已

二十三日小雨竟日中夜大雨傾盆

美總統二十日回都與兵部外部會商機要立發公文二道一飭水師提督瓦堪急帶兵艦二艘速赴威內薩國海口拉加拉一則密封由該提督出口後開閱該提督立帶兵艦出口嗣閱密封知現威國大亂英兵艦三艘泊威國及英屬之亞令拿哥海口勢將干預威事乘威之亂以踞威美國亟宜保護威國陰防英人云

因按俄於阿富汗英於威內薩皆欲乘亂以取之英助阿富汗美助威內薩非救災恤鄰之義實脣亡齒寒之憂也英如救阿富汗之災何以乘威內薩之亂用心相反必不然矣通商各國大抵陽以交鄰爲名而陰以拓地爲實惟於富強之國則不敢垂涎弱者

以畏事而多事強者以生事而多事兵不可戢而民遂無休息之時爲可歎也

二十四日晴

美賽會總辦訂於八月初十日赴會所觀禮閱水陸軍操并讌至十四日而止　美國年報紀今年正月至八月止出口煤油計值銀二十六兆八億四萬七千五百八十七圓去年則值銀三十兆一億七萬六千八百七十八圓又核一年之中中國之茶入口計值銀十一兆圓英商細核情形中國所得茶價約三百萬圓商賈行棧約得二百五十萬圓洋商買賣運載利息約五百五十萬圓

因按美國煤油每年值銀三千萬兩可謂鉅欵今年遜於去年

者俄出煤油日多奪其利也中國至美之茶售銀一千餘萬業茶者所得不及三之一商賈行棧則中外均有人中國約得其半運載買賣全歸洋人綜計此十一兆中入中國者未及半也由商務不興而無洋輪船讓外國之獨擅其利也

二十五日晴

朝鮮使臣以國王即位三十年函邀慶賀 因 率繙譯官踵賀外部大臣及俄法德各國公使代辦均到 英廷近遣使赴阿洲之摩洛哥國立約法國尼之以致不行茲法廷派使繼往欲得英國所要之利益英國亦陰尼之云 因 謹按當今之世彼此交涉機械變詐無日無之強與弱遇則顯行其要挾之謀強與強遇則隱用

其陷害之術膠擾不息無非欲損人利己而已聖賢處此固不爲害人之計亦必有防患之權則當熟於彼己之情而能思深慮遠方可隨機應變也

二十六日晴

二十五日印度及倫敦陸續來電言俄國駐巴美爾之兵已退出大隊皆入阿富汗國墨黑地方紮定爲持久計阿王亦約白達信德華士華黑口地土旦四國酋長聯絡拒俄俄亦增兵決戰云

因按俄阿戰局既開勢成決裂矣欲求其開釁之由則阿幷無干犯俄國之事俄人亦無聲罪致討之言直如宋太祖之下江南謂臥榻之側不容他人鼾睡耳然則弱小之國其將何以自存哉

二十七日晴

朝鮮使臣訂宴因晤德國代辦火把根能爲華言言總署大臣徐用於交涉事最爲精細會與商事故深知之美廹華人領照中國但照行於美教士美必內訌因謝其關切又南墨洲之阿鎭丹公使言近日威內薩國大亂來往護照遂不作憑郵遞公文每被折閱出入貨物勒增餉稅寓威美商被擄勒贖種種無理非兵力懾之難望就範美國兵船到後或可轉機云因按理勢二字相輔而行缺一不可綜觀經史之訓所云逆取順守者先勢後理也所云左德右威者先理後勢也有勢無理謂之以力服人有理無勢謂之不入莫纖太剛則折太柔則廢也

二十八日晴

墨西哥來電言墨國定例天主教堂產業一概無稅因此墨國入天主教者均將產業託諸教堂以免納稅國庫收數日短經費日絀現墨戶部擬請議院革除此例而煙葉煙絲等物均加稅云

因嘗歎墨國之貧也今乃知其治道之不善也天主教向不安分前西班牙之亂亂黨運軍火均用教王封條使不能查此明證也產業免稅則入教者多矣即未入教者亦冒名入教矣通國皆入教則直無入欵矣國用何賴焉查墨戶部大臣即駐美公使羅美魯也駐美最久蓋十餘年矣熟於交涉之事又熟於美國掌故故毅然改章否則必畏教士之挾制而怯懦不敢行矣

二十九日晴

昨晚晤美紳言美國兵船已抵威內薩海口提督瓦堪倘未到帶領康考船之總兵維脫立飭威國亂黨將以前所擄禁之美國商民即行釋放云　因於此而歎辦理交涉之不可無兵船也又歎兵船之不可不出洋也威內薩小國耳又與美同洲一水可到其亂黨豈不知美國之強於己國百倍而膽敢擄美國之商民者以兵船未到姑玩之也兵船一到如泰山壓卵不敢稍抗此明效大驗也前日本乘我無備以兵船擾臺灣我之辦理頗爲棘手至索兵費甚鉅此已事也

三十日晴

美國議院議造之頭等戰艦鐵甲巡船各一艘水師部已繪圖招辦惟美國官廠所造各船工劣價費故政府欲歸商辦計兩艦船身需銀七百五十萬圓鋼甲四百五十萬圓二者分廠而造商廠能造鐵甲只二家均在賓省一設別理司咸埠一設比士堡埠美國船廠甚多其爲國家造船者向係賓省費城之克闌廠金山之總鐵廠　因嘗謂機器各廠宜准商人分設蓋至是而益信也以美國議院之權足以節制通國之官雖總統猶從之乃官廠所造之船猶不如商則官辦之眞難恃矣嘗讀詩至雨我公田遂及我私又曰言私其豵獻豣於公一則先公後私一則先私後公似不及後世公而忘私之言之爲大矣然因以爲古之語質而後世之

語文古人之語所謂卑之無甚高論可行也惟知其不能無私使之私念遂而公事亦舉卽親親長長而天下平之意也亦商廠之意也

八月初一日　晴夜雨徹曉

二十六日倫敦來電言印度政府已派將軍羅柏帶兵赴阿富汗面晤阿王商辦內平國難外拒俄侵云　因按阿富汗爲印度之屏蔽阿滅於俄則印度爲俄臥榻之側矣英不助阿則印度可危助阿則俄人必怒事處兩難實難遽決然考十年前俄土之役英始不助土而終助之實爲大局計也今或仍舊貫歟

初二日　雨中夜大雨

上月二十七日倫敦來電言俄廷請於中國奉天吉林地方設立領事俾西比里亞鐵路成後通商之用中國已允准云　因謹按自中外通商以來奉天一帶雖有教堂尚無領事吉林則洋人尚未駐足其地今則風氣開矣俄之西比里亞鐵路告成外以示通商之便內以遂薦食之謀顯以求貨產之通隱以計轉運之速不僅爲商務籌也

初三日小雨

土國政府現接到俄國照會言土國如不於屬國勃爾加釐亞自行整頓以安商旅俄國即當代爲整頓不能少緩土廷聞之大恐　因嘗言俄國好事其兵勤而無所必有悖心今果然矣其在亞

洲方遣兵於阿富汗其在歐洲又肆志於土耳其且勃國前君已爲所廢而更立矣何以詰責尚未已耶嘗觀漢魏之季其奸臣柄國廢君立君終不免於禍也勃政似之

初四日卯初大霧巳正而散晴

美國之阿拉司戛地方與英屬可侖比亞毗連向未畫界近兩國政府議定派員查勘畫淸界限昨田英國駐美公使照會美外部言英廷已派天文博士一名名經者爲分界委員云　因嘗閱西報言三百年前歐洲教士由陸路遊歷至吉林僅以每日行路若干積之計兩地相距之數殊不足憑蓋途有紆折故也自天文家出以經綫緯綫測地而後得地球之形遂全知地球之里數若干

分而析之遂知各國之里數若干并兩國之界限何處截然分明無所蒙混則測天之爲益大也今英廷測地分界而派天文博士卽此意也

初五日 晴中夜大風

英國預定一千八百九十三年卽光緒十九年用項其第四宗係格致技藝之費獨有加增本年係七百零五萬五千五百六十五磅來年增一百三十四萬三千三百三十七磅共八百三十七萬六千二百三十一磅 因查前此巴黎賽珍會中國絲綢顧繡甆器均爲出色皆工藝所成者周禮以考工屬冬官古人未嘗不重工國有六職王公士大夫以下卽及工商至漢乃有賤商之說其實商

之交易多成於工國之賦稅多取於商抑末之言雖大而無當也英爲地球富國而所重者在格致技藝此明效大驗也

初六日晴

昨日巴黎來電言俄國近有照會詰責土耳其勢將以勃爾加釁亞之事與土啟釁俄國値饑饉疾疫猶能用兵歐亞兩洲其勢甚強德君訂於西歷十月九號即赴奧見奧君託名遊獵實欲奧國加增兵額以資防俄義國民窮財盡無可設法故德君專注於奧云　因按俄如封豕長蛇薦食天下鄰近之國小者坐以待亡大者側足而立歐亞兩洲時局皆視俄人之動靜以爲安危民不能休兵不能息此亦時勢之無可如何者也且聞俄國整頓水師今

年經費需銀六百二十三萬六千二百八十四磅合中國銀三千
萬兩饑饉洊臻尚有如許閒款殊不解也
初七日晴
昨紀俄國整頓水師茲分析其船名價值備考鐵甲三艘一名布
拉都窪一名博得樓堡勞佛斯科一名賽窪斯都堡拉均重一萬
一千頓每艘值一百二十三萬磅又一艘重八千八百八十頓值
八十九萬四千三百七十五磅快甲船一艘值九十六萬五千九
百三十七磅海防甲船二艘均重四千頓快雷船二艘一名倭烏
代一名普克達尼格每艘值十二萬五千磅雷船一艘名葛里敦
值七萬五千磅信船二艘一值二十二萬五千磅一值十五萬磅

雷船十艘又有鐵甲五艘一名高古特一名訥窪林一名卓爾志博一名理深慈一名都愛拉烏又快甲船名祿里克防海甲船二艘一名奥得窪則尼一名格里墨得斯吉均將陸續下水云因查俄之水師如此過此以往雖不逮英法將駕義大利而上之其志不在小矣

初八日晴

接外部照會言英屬卡拿大有華人二名潛入美境搜其身得票布二張訊之有入會情事特將票布并案情移來因閱該票布大小二張其字循環成行文理不可解惟洪字可認識則係粵匪餘黨票上有血跡有針則爲刺血拜盟之證二人皆粵籍則與闈教

之湖南籍者不同類其針織細而有帽即係美國所用之針爲中國所無則刺血拜盟係在美國地方可想其票布上之字係石印更可決其在美所爲即以此意照覆外部矣

初九日晴

美國祕林海峽自美總統議員禁英人捕海龍拘英漁船英廷爭之不理英人亦拘美國漁船從此英美兩國互拘漁船英廷初意願請局外之國評論美總統外部不允至今年夏始允乃俄人又拘英美兩國之漁船屢見疊出且將船中所有之海龍皮充公又拘漁人至俄坐監至是始有釋回者漁人川資不足幾爲餓殍各訴本國英美二國又各向俄廷詰問云　因按祕林海峽捕魚之

案自美啟之而英爭之幾兩年矣英美兩國互拘之船各有抵制尚無陵虐之處俄最強又無漁船在祕林英美無可報復故陵虐之英美均失國體矣

初十日晴

狀師梅來見　美議院議新增兵艦已交本國船廠照造限三年而成一爲容九千頓之戰艦每一時行三十二海里一爲鐵甲容八千頓每一時行四十海里如能加速四分之一則加銀五萬圓如減速四分之一則減銀五萬圓二船之價約八百萬圓　因按每一時行四十海里爲中國一百三十餘里可謂速矣加速四之一則加至三十餘里矣未必能也然有以獎之或激於賞而盡力

求速正未可知且減速則減五萬圓造此船者斷不敢草率以搪抵也中國方興海軍如訂造兵船似可仿此辦法庶有益而無損矣

十一日晴

英例居民家畜一犬納稅三圓領取牌照美例納稅二圓出使人員向例免稅而須報明由稅員送與牌照茲美國駐英孛立斯士之領事拉失陸畜犬未領牌照英稅員已控於戶部美廷聞之遂查英國公使畜犬亦未領取牌照擬將辦駁云　因按居民家畜一犬納稅二圓至三圓可謂重矣收稅而及於犬可謂苛矣出使人員所畜之犬例准免稅而漏未領牌照可謂毛舉細故矣而英

稅司居然控於戶部美廷又查本國稅例以相抵制可謂小題大做矣而兩國均不肯鬆勁者則何耶講交涉者當知之

十二日晴

譒律司梅談及倫敦有信言接中國天津來電謂俄國駐紮巴滿爾提督名耶納夫略地至奴隆地方適與中國邊兵相値當卽分兵前往接仗云　因按此言如果屬實則中俄邊境已有釁端而俄人居然加兵二國矣然審其大勢仍專重於歐洲而亞洲之兵尚非大隊如與土耳其開釁則三國均受其兵俄人之志不小矣

十三日晴

俄屬華沙埠來電言接俄都消息謂俄德兩國邦交本不洽浹各

慝怨恨之心惟尚未顯露耳而現在情形又非從前幾於不能忍耐云　因　按俄已攻阿富汗矣又拘英之漁船矣不畏英之決裂乎又似與中國邊境啟釁矣今又與德不和然則俄近日之所最合者其惟法乎　因　故謂其遠交而近攻也俄人舉動如秦而法人乃欲效齊與燕耶

十四日晴

昨日羅馬來電言義國人民在巴西國爲工商者近有稟呈外部計數千名言巴西國之苛虐巡捕尤甚故求伸理又有商人以所失貨物向巴西國家賠償其數甚鉅該國均置之不理義外部已允爲詰問矣　因　按巴西國前此求與中國立約意在招工此約

已成而招工之舉只允華民自往不許巴西自招華人知巴西之無政亦無往者寓美之猶太人往者均失業無依已由美國給資招回查巴西與美國同處墨洲而荒土之未墾者猶十之九乃竟不得善法以開墾焉大學言有人有土中庸言人存政舉旨哉斯言

十五日晴

設醮　美國卑士穆地方鐵廠工人糾衆停工爲亂有不從者輒戕之該處鐵廠共需用工人十五萬名有零地方官立派巡差三百人保護未附和停工之工人亂黨拒之相持不下云　因謹按中國之利出於農外國之利出於工中國之利與於人力外國之

利興於機器以人照料機器一人之力可當百人美國卑士穆一處鐵廠已用工人十五萬名此一千五百萬人所出之手藝也歐墨兩洲運至中國各貨物無非機器所成乃至此利時小國民數僅五光而用鑛工至九萬餘名宜其國小而富哉

十六日晴

美戶部查通國民人產業共値銀一萬二千七百二十九兆零六十萬磅因查三十年前則値銀二千四百十六兆零八十萬磅二十年前增至六千零十二兆六十萬磅十年前又增至八千七百二十八兆零四十萬磅云　因按美國之富較三十年前幾六倍矣鐵路之利也實華人之功也現在使館自出使大臣鄭藻　初

賃至今十年當其賃時使館左右第宅甚稀居人鮮少皆一片荒地耳十年之間築室已滿因到此甫三年則見館後已增一宅館左又增兩巨宅館前亦增數宅月盛日新正未艾也考其設施大抵興商務修農政開各鑛立製造局講求入口之稅使利之所在不棄於地不漏於卮不奪於他國而已

十七日晴

昨查美國通國產業誠爲富饒因又查英國之產現在合各屬及各處通商埠頭計共值銀一萬零七百八十一兆五十萬磅查前三十年則僅值六千一百十三兆磅前二十年值八千五百四十八兆磅前十年則值一萬零三十七兆磅因按以英較美則三

十年前實勝於美現在乃不如美英之進境遲而美之進境速也然美國多英人而英國無美人則美之產業英人亦必有之其富當可相抗矣

十八日　晴　夜小雨

美國議院撥欵銀十萬圓以備本國兵艦在太平洋薩摩阿島建設添煤之地又查地球有水師之國添煤地方若干查得英國最多美國最少現僅有墨西哥檀香山薩摩阿島三處云　因嘗論籌海軍難籌添煤之地尤難以無煤則兵艦不能行也又嘗論美國之富籌海軍不難而籌添煤之地仍難以佔則兵力不足購則急切不能得也薩摩阿島處太平洋就其切近者而圖之先所急

也聞仍需向原主購地其議購也必有需索之處居奇之價則急切不能得之證矣

十九日陰

巳初附火車赴紐約可侖比亞之會因查可侖比亞係義大利人而仕於日斯巴尼亞前四百年即西歷一千四百九十二年可侖比亞悟得地球全勢不盡於大西洋逾大西洋必有土地請於日主給資備船泛大西洋向西覓之日主爲之備船及半年之糧暨從人使往是時輪船未興僅恃風帆其行甚滯西行三月仍屬大海茫茫而糧已耗其半不敢前行乃返國日主不加詰責可侖比亞以未見功爲恥再請於日主日主仍令往遂有好事者助之資

斧多備糧食足支年餘遂行泛大洋三月後忽見飛禽翔於空際可侖比亞大喜曰離岸不遠矣越三日遂抵岸卽中墨洲之地今之可侖比亞國因此地初得卽以人名名之因赴祕過其國則可侖比亞有塚存焉岸上皆野人面如古銅色卽今之煙甸人也可侖比亞率從人騎馬帶兵器上岸土人見其下有四足上有二首大駭而奔可侖比亞遂據其地返報日主漸闢漸廣此初得墨洲之事蹟也

二十日晴

會總送到入門票因於巳初偕繙譯巡捕往則人民熙攘擁擠衢衢爲塞遂遶道而往至坐定則見巡捕兩隊或騎或步淸道而前

以後則各學塾學生武備院學生律例院學生育嬰堂男女約三百餘隊每隊人數少者六十名多者百二十名不等各塾學生爲最多女工院只一隊育嬰堂男女各二隊武備院皆肩槍間有握刀持戈者各自爲隊每數隊間以軍樂各學生多徒手或肩小旗每一隊有隊長二人領之齊其步不使參差其行𨑨如雁字横排而前其手皆垂其足之步皆畫一凡左足前則一隊皆然另有槍隊數百人爲一方陣隊長居前後中旗指前則皆步而前旗指後則轉身步而後槍向後進退整齊至申正而畢

二十一日晴

辰正僱馬車行至海邊則水師提督已派總辦具輪船相待副總

統內部外部戶部農部兵部水師部各大臣均陸續而到俄德葡土耳其南墨洲各公使英總領事均到遂展輪出海約行數十里則兵船漸多法國鐵艦二艘義大利一艘日斯巴尼亞一艘餘未見國旗不盡悉大約美國兵船爲多商船遊船尤多約共二百五十餘艘各船皆奏樂因等坐船居中各船環繞而過過時吹氣筩本船亦以氣筩答之以後遊船多奏樂兵船則升礮救火船則噴水高約四丈遠五六丈水雷船爲極速多由各船相間處穿行而過至申初返輪申正抵岸

二十二日晴

赴會其隊與二十日相同而人數較多整齊亦勝於前聞共計三

萬三千名其中弁兵一萬九千零八十名救火會及各會館幫共一萬二千餘名水師提督總辦訂明日赴醮因以本館有照會外部駁例事辭不能赴卽附火車回美都戌刻抵使館

二十三日晴

十八日報言歐洲各國初與日本立約其情與中國同挾其強梁肆意要挾約款有各國人民在日本犯法則由各國領事究辦無不漏網日本爲之束手乃至葡國之貧弱亦效尤横行其犯法漏網者極多日本雖照會而葡置不禮茲日本以此關繫國體卽照知葡政府謂葡國既背約則以前兩國之約作爲廢紙以後葡民在日犯法者由日本地方照例辦理云云日廷此舉誠自強矣

因嘗謂萬國公法各國條約如中國各部之律例頭頭是道惟強國能以責弱國弱國不能以責強國也即能責之而強國或游移其說或文飾其情甚且置之不理故外國有抵制之法有報復之法甚且有以勢伸理之法勢伸而理與俱伸矣然亦惟強國能之非所論於弱國也弱國則勢屈而理與俱屈耳

二十四日晴

前赴會時在舟聞某紳言美與三德明哥所立之約英法德三國妒之恫喝三廷以爲宜廢三廷置之不理英法已有公文詰責德國則以三國煙葉售於德者得利甚厚擬限制之美國則聲言此事有關通商決不相讓云　因嘗謂強國與弱國通商大率要挾

朘削而已近年歐洲各大國皆垂涎於墨洲而美國亦不少讓夫墨洲之大國僅美利堅一國耳此外皆貧弱不能自立貨棄於地利讓於人其民數甚微其武備皆弛以前美國無兼併之意歐洲亦無朘削之心今則皆虎視眈眈其欲逐逐數十年後墨洲小國必如漢陽諸姬矣

二十五日晴

前二日羅馬來電義主諭散議院令國人另行公舉明年兵費需銀三千九百三十六萬圓較以前數年爲大減運售煤油則歸官辦云　因查泰西各國議院所議與國君意齟齬者則國君有散議院另舉之權義主之諭散議院自以兵費之故義主以爲設備

議院以爲病民也　因詳察義國近日情形實有民窮財盡之勢而猶悉索敝賦以經武爲亟者實以俄之不可不防也煤油之運售歸官亦似奪民之利議院之不悅應爾然義國政府之出於此者亦實無可如何耳

二十六日晴

二十四日羅馬來電言天主教會普天同慶屆期教中人躬赴羅馬致賀法國所割與德國之阿爾薩斯省人民初擬取道瑞士赴會繼因路險改由法國德政府聞之大怒天主教監督恐生事端遂諭民人勿赴會云　因查天主教之寓各國固最猖獗者也獨於德國最馴法國之護天主教又最強粱者也獨於德國最謹世

俗人情驕者常諂驕其所可驕而諂其所當諂也金人慢宋主而
畏元人板升擾明邊而畏俺答曠觀千古前後合符有志者可知
所從事矣
二十七日晴
美戶部查本年正月至八月底進口貨物值銀五萬八千萬圓零
較上年多一千五百萬圓零出口貨物值銀五萬九千一百萬圓
零較上年多四千六百萬圓零出入兩比出口之貨多一千一百
萬圓零云　因查美國入口貨物至值銀五萬萬餘未嘗不多而
出口之貨足以抵之且多一千一百萬焉則銀錢不外漏而尚有
贏餘矣歐墨二洲富強之國大抵如斯其弱小不振者則入口之

貨多於出口出口之銀多於入口由商務不興民力棄於閒而物
產棄於地也
二十八日晴
參贊彭光譽繙譯容揆赴希卡果觀賽會之禮　美紳謂南北花
旗搆兵後商船之利幾爲歐洲所奪近擬設法收回前此議院議
定准美商所購外國之船改懸美旗矣向來美國郵政凡書信往
來例由最速之船計程一米給費四圓每年往來歐洲需銀一百
二十五萬圓此項鉅欵悉爲歐洲商船所得近飭輪船公司造快
輪五艘限三年内陸續造成往來歐洲收回郵政之利云　因謹
按立法無久而不獘者但聽其獘則獘者愈獘能救其獘則獘者

亦利嘗見善治家者凡有益於家之事纖細必舉凡有損於家之事纖細必除不數十年富家大吉矣卽小可以見大治國通於治家勿謂外洋之計算爲可鄙也

二十九日晴

西報言日本制作日精大阪製銅鐵器東京製綢布橫濱製酒火柴等物其價甚廉故能運出外洋銷售德國已畏其奪本國之利矣　因嘗遊美都之市見有粵人列肆者自謂出售中國貨物詳細察之則甆器古銅綢巾茶葉等物皆來自日本者問其何以不售內地土產則曰稅重價昂不能銷也閱此報因附記之

三十日晴

美廷近接太平洋吉白海島書言英國強佔其島後自任保護且限制寓該島之美商島主以前屢求美廷保護美置不理云云外部科士達言美國開國定例不准強佔他國土地故於保護無權旅該島美商未言英之苛制未便向英嘵舌如英實有妨礙美商情形自當詰問耳　因按美外部之言可謂不多事者然亦海軍之力限之也美之兵船尚不如日安敢與英抗哉審己量力苟非大不得已者聽之可也

九月初一日晴

美國駐英領事名老耶士告假回美言自美國增入口稅以來英之黒特士飛城居民十二萬業紡織者盡已失業其他利次埠亞

爾黑埠那丁黑埠情形畧同有欲徙紡織局至紐約者有欲徙往印度者蓋拮据萬分矣英報因言前總統基利芬之體恤商務云

因按美加各國入口之稅頗聞怨言而各國惟聞抵制而不聞爭辨者稅課爲國之內政例可自主也英之紡織局可謂窘矣而不聞以改章請於美廷則交涉之事可見矣

初二日 晴戌刻見雨點

伯林來電言德主於二十一日抵奧奧主率大臣躬迎行接脣之禮同車入宮設醼并同觀劇惟所商何事祕密不揚二十五日俄國調囘駐德使署之武員德亦如之蓋德國使署人員俄廷暗派人偵其動靜凡機密之事均不使知故乘此時調囘云 因按數

年以來德國親奧義以防俄俄主衛之確有形迹近年則益齟齬矣阿富汗土耳其波斯之恭順於俄亦確有形迹近更無敢戲渝矣乃俄不用兵於德而用兵於阿不知者或謂俄主之好惡顛倒而其實不然也法爲德挫至於國亡君虜至今二十二年乃法人之武僅加於突尼斯馬達加斯加越南阿非利加達河米諸遠國而近者無聞焉其揆一也

初三日卯刻小雨即止仍晴

美國礦學家言地球產煤之地至多其深者非機器不能得法國煤礦有在一百丈以下者比國則開至一百八十丈英國採至三百一十丈而不盡德國又有開至四百一十丈者統計地球之煤

當以中國爲多且爲易採云　因嘗閱同文館教習丁韙良所論泰西礦務有鑽至深二百丈者準以今之所聞尚爲淺也或者歐洲煤礦漸採漸希故不得不深求之但不知其深者採盡以後更何所恃也中國所蘊之煤抵歐洲全洲五倍及今而講礦學將來能操歐洲之利權矣

初四日晴

倫敦來電言英國前任外部於交涉事務願助德奥義三盟國以制俄法今新任外部不以爲然已密告法國政府如俄法與德奥義搆兵英國決意守局外之例云　因按此歐洲之變局而英之用意殊難測也將以爲守公法乎而本年干預威內薩之政佔太

平洋之島其違公法者正多也將不欲德法各國之休養生息以增其富強乎則與英后前此所言不嗜殺人之意相悖也且俄法兩國如憚英之制而不動兵則聞此言而將與德奧義啟釁如憚德奧義之合縱而不動兵則英雖有言亦未必遽敢啟釁也誠不解也

初五日晴

聞美總統后薨差人持名帖往唁當即發電於總理衙門云美總統妻薨請示因微　初三日伯林來電言德奧義三國聯盟近日以增兵爲第一要務義國財竭民疲軍費無出奧君以籌餉不易不願增兵德主無法可施惟有本國增兵而已現已飭相臣格布

理按年增募新兵六萬人增餉一百餘萬圓交議院議之惟慮議院以民力難勝未必議准云　因嘗言歐洲各國講武自防爲騎虎難下之勢實難持久今已見支絀之形矣德奥義三國不合則不能敵俄法法不合俄又不能敵德兩勢相敵則思有以勝之遂謀增兵彼增而我不增則無以自防又無以求勝遂至相率而增莫能相下無所底止奥義兩國處不能不增之時而已有不能增之勢形見勢絀可奈何哉

初六日晴

午刻因偕繙譯往外部衙門慰唁總統　聞英屬卡拿大以土產入法國稅重於各邦請於英廷英廷特派專使名脫伯至法協同

英國駐法公使德福林與法廷訂立報施之約法廷已允即日商議云　因按卡拿大英國一屬土耳民數鮮少所興之利度亦不能多也而能請於英廷英廷遂爲派專使所謂有害必去有利必興也不以害小而不去不以利小而不興泰西之謀國者如是而已

初七日晴

美於太平洋慮水師無添煤之處竭力籌之查得薩摩海島之索哥白科地方可建埠頭請諸該島之政府已如所請即於今日招工承辦限一年半造成云　因嘗言兵艦以煤爲氣非煤不行又言美國海軍實不足恃以鐵甲不多而又無添煤之所也今由議

院議增鐵甲而即籌各處添煤之所可謂知所急矣
初八日晴
檀香山島主願與中國立約不允其島地曠人稀中國民人趨之若騖島主乃立苛例以限制其利益又暗通華人之黠者招之使來華人不知貿貿然來來則受其苛虐日本國已與該島立約華人寓該島之便利遂遠不如日本華商等稟求救援已數十次矣不得已爲之轉託美外部由其駐檀公使領事等保護自正月與商至今始妥從此華人當可安居矣
初九日晴
英國於光緒十六年估十七年用項計九千零二十六萬四千磅

茲於十八年核計實銷八千九百九十二萬八千磅因考十八年入欵計有九千零九十九萬五千磅出入兩抵仍贏餘五十六萬五千磅云　因按泰西各國均預定來年用項以爲入欵量出爲入也顧用項至需九千萬磅餘則計銀四萬萬兩餘可謂多矣而入欵尚贏焉則取諸民者尤多矣非商務之盛民產之富不能也然則富爲強之本也商務民產爲國之本也　酉正接總理衙門電云優妓赴會大傷國體何繙譯偕陳姓往商殊荒謬尊處應卽禁阻何待請示儻敢陽奉陰違定將經辦之員查究靑當卽以此電分札繙譯何慎之及金山總領事矣

初十日晴

又查英國進項所自分析計之則關稅共銀一萬萬圓土產及國內銷用貨物稅一萬二千萬圓契紙票稅六千五百萬圓官民進欵抽稅六千萬圓郵政入欵四千五百萬圓電報入欵一千萬圓地租田租房稅雜稅四千五百萬圓以上共計四萬四千五百萬圓

因按英國進項每年四萬餘萬圓不知其底細者必以爲難及以因考之除官民入欵抽稅外其餘似皆可仿惟煙茶兩稅不能若是之多耳然鴉片稅實足以抵之英國煙稅年徵銀一千零六萬五千磅茶稅年徵三百四十七萬磅苦酒稅年徵九百四十萬磅燒酒稅年徵一千五百七十萬磅茶煙酒三項幾及銀二萬萬圓已抵所入全數之半泰西各國皆以此三者非民生日用所

必需故有意重其稅也中國煙酒皆無稅則入欵之短者此其一
也
十一日晴
昨考英國入欵因論泰西煙酒茶之稅茲并計其價值因於煙向
不入口洋酒亦不敢近以其冷飲於脾胃不宜也近辦茶會及頻
醼美官紳故知其價煙之小者其形如小筆帽每枝計銀一分其
味美者價倍之大者如聯筆之帽每枝計銀五分其美者計銀五
錢上下不等酒之至賤者每十二兩計銀一錢醼客不用等而上
之以至於每瓶五兩名爲香冰紳富之醼客大抵皆用此種每一
茶會需二三百瓶茶之次者每十二兩計銀一兩佳者未見計其

價目則知其稅之重矣

十二日 卯刻稍見細點晴

查光緒八年英國購中國茶計一萬一千四百四十六萬磅購印度茶計五百四十九萬磅至光緒十七年則購中國茶五千二百萬磅已減過半購印度錫蘭茶一萬五千萬磅已加至三十倍蓋緣茶樹至三年後其味卽劣印度錫蘭能於三年後另植故仍佳也中國如能講求則不讓印度矣 因考泰西農政不僅講求播種五穀也教習丁韙良嘗言之以此徵之益信

十三日 將曉有細雨仍止晴

十一日報言美國籌民生國計以商務爲本而貨物往來必需舟

車大西洋往來輪船之利惜爲歐洲所奪幸內地各口均不准行此項利權仍歸本國查前十年北邊大湖輪船載七十一萬一千二百六十九頓本年增至一百一十八萬三千五百八十二頓又有鐵路接濟故利源不漏巵云　因按美國東西兩洋西洋之利奪於歐洲則失其半而存其半內地之利絕無漏巵故元氣不傷而國計民生仍充裕也中國外洋之利既全漏巵內江之利僅收回三之一比而論之則失算多矣

十四日　卯刻小雨如霧陰

昨日倫敦來電言聞美國鐵廠近得鐵甲新法其堅異常水師部特購一塊昨在波士模海口試驗將鐵甲造成一板高八英尺闊

六英尺厚一英尺半以六英寸口門大礮一百磅彈轟擊五次該鐵甲無恙而彈已碰碎英國擬仿造云　因查丁韙良言泰西之學不泥古而以日新爲主頗有非之者顧窮變通久已見於易器非求舊亦見於書孔子以生今反古爲非氣運日新爲治者自應與爲轉移亦猶晝夜寒暑之遞嬗耳夫言豈一端而已固當有所當也

十五日晨起大霧晴

新聞述德京報言法國自一千八百七十年（即與德搆兵之年）至今二十二年練兵之費計美銀三十八萬萬圓而償還德國兵費銀十萬萬圓尚在此外近日法戶部籌餉飭通國造脚踏車清册計二十

二萬五千餘輛每輛按年納稅銀二圓可四十五萬圓郵局電局發信收信之人亦納半稅云　因嘗言泰西各國練兵自固勢成騎虎支持難久近聞義日諸國已見支絀之形奧亦漸窘德法雖可支持而歲歲增兵籌餉亦覺喫緊民不可息受困胡底將有富強之國出而乘其敝者殊可慮也

十六日晴

伯林來電言議員新議一例凡各國皮酒運入德國口岸者議加重稅以杜其來每成本百圓抽稅五十圓云　因查中國於洋酒入口無稅乃至鴉片入口其稅亦輕李傅相稍議增加英使威妥瑪即肆挾持非李鴻　以堅定持之幾爲所奪矣夫皮酒爲糧食

之類無害於人德國收稅欲加則加鴉片者害人之物也泰西各國皆禁入口美國則按磅收稅十二圓視成本已三倍之中國照此以收稅則入銀一萬萬兩即照德國收皮酒之稅亦入銀四千萬兩矣但須俟武備增修以後耳

十七日晴

聞秋初俄國兵船於浙江甯波招寶山海口外測量海道嗣又有英國德國兵船亦至該處測海云　因查泰西兵船所過之地往往測海蓋亦閒中一著棊也方今中外尚少齟齬雖不必為杞人之過慮亦不可無未雨之綢繆憶道光二十一年英人先陷招寶山次陷金雞山以次陷鎮海甯波定海蓋以此地為浙海之門戶

而江閩之中權也

十八日　小雨地溼

昨日羅馬來電言俄國聞德國增兵籌餉亦擬增兵以防外侮又倫敦來電言俄國向各國借貸無一成議近又向法國富商議借英金二千萬磅按年納息四釐以九十六磅作爲一百未允繼減至九十磅仍未允云　因查歐洲各國增兵角勝已成騎虎難下俄値饑饉告貸無門亦議增兵自固時事可知二十年前俄之告貸有以六十一磅作爲百磅者扣折之重至於此極然則俄之立國其強可畏其窮亦可畏也

十九日晴

拜發三年期滿保奬

奏摺　美國太平洋輪船名馬立怕薩從薩摩亞島行抵金山途經裴奚島相距五百里之島名愛立斯有英兵艦名扣拉岡在該島停泊聞將設埠屯煤云　因按美國於前月方謀於薩摩亞島建埠以備屯煤而英人乃於相距不遠之愛立斯島亦謀設埠可謂明者所見略同但一攻一守耳且英人已於前月得保護吉白海島之權是太平洋形勢所得已多將來英美啟釁水師之力美不敵英矣

二十日小雨帶雪子

美各省舉總統已舉定基利芬查基利芬即前四年之總統也

十八日倫敦來電言法國已與摩洛哥國立約名爲聯盟實則保
護云　因聞前此英法二國爭摩洛哥之權英欲保護法人尼之
兹竟歸法人保護可謂如願以償摩洛哥國距新加坡不遠法人
於越南之外又得一土地矣數年以來小國之不能自保者頗多
亦兼并之習使然也
二十一日小雨午後晴
聞英國鐵艦名好威失事沈沒該船造成計銀三百餘萬兩俄國
造成鐵艦一艘定於十一月三號試水船名羅利長四十三丈五
尺廣六丈七尺容一萬九百三十三頓機器馬力一萬三千二百
五十匹自克龍斯達至琿春計海程一萬六千米中途雖無儲煤

之地不慮缺煤又美國新式兵艦六艘現由官廠日夜加工以期即日告成云　因按英法俄德四國水師本強美自知不強極力整頓幸本國各廠林立取諸宮中故能日有起色如此十年當可與法俄抗矣而英所失鐵艦計值銀三百餘萬圜十年成之一朝毁之泰西以此爲銷金之鍋信矣

二十二日　細雨陰晴不定

美國駐檀香山公使來信言檀國地跨八島懸太平洋中爲亞墨兩洲要道英國以其扼要久思蠶食而礙於美美商之寓該國者千餘人地方官多美籍故親美國如美之附庸前二年查核民數男女共九萬一百六十一名口土著三萬五千零二十八人華人一

萬四千五百六十八人日本一萬一千七百八十八人又考十三年前
土著約四十萬人日漸凋零將來必無遺類察看該國時事難保
自主之權商民均願歸美保護云　因
謹按氣運日新而不新者
遂如親盡之廟不特國運之興廢由之卽民種之存亡亦繫焉居
恒嘗慕上古渾噩之世恨不親見今乃於荒島頻見之無機心無
機事榛榛狉狉是眞天不變俗亦不變者何以不能自存耶豈天
道之難知耶抑人事之未盡也
二十三日晴
檀香山來信言檀島女主以民心不靖議院不服已派律政部大
臣紐曼來美求美保護美外部立邀各部聚議所以待之之道一

面電達金山以前日調派駐檀兵艦赴薩摩島之事暫且從緩勿行另以蘭吉兵艦代之云 因 按華人之寓檀香山者以無約故數被虐政屢稟求援 因 雖諷檀國駐美公使婉言相託而檀國政府時時反覆終不可恃乃函商總理衙門決計轉託駐檀美使保護總署既以爲是 因 卽商之美外部外部行文檀島已允照行今檀國內亂華人有保護者當可晏然矣

二十四日晴

檀香山議院欲廢女主哥斯答立憂國山水大發所損甚鉅民心叛亂欲廢其主祕魯因與智利阿鎮丹二國齟齬新購槍十萬枝增修武備將開戰局云 因 查此皆太平洋墨洲之國也美國晏

然無事而各國膠擾不休非貧則弱宜檀香山女主欲求美國保護也同處一洲而治與亂判若冰炭則其人其政不同耳曠覽墨洲大局將來衆小國均將折入於美矣

二十五日陰

昨日維也納來電言俄儲於二十三日到奧奧君親率部臣赴車廠躬迎俄儲與奧外部長子爵容那蓋晤談半時奧君讌俄儲於宮中并偕觀劇又巴黎報言俄法聯盟之約已於二十二日簽押互換云　因按俄法聯盟之舉法界英德二國之間或有戒心藉以防患俄非有所懼於德也俄不犯德德必不犯俄然則德奧義三國聯盟實以防敵法國之意諒亦相同惟俄則不然是俄固與

之患也乃俄儲至奧而奧君禮意有加焉雖曰以篤邦交而亦出於不得已矣

二十六日小雨天暖

英國卡拿大公司來見言巴西國現欲向中華招工該國可容百餘萬人請爲致意中華地方官准其舉辦因謂中巴立約已載明不准招工只准華人自往如巴西國優待客民客民得利自然不招而往招工之說有違兩國之約不便准行該公司謂巴西已定開墾章程其待客民甚優不妨聽其招工因答以去年寓美國之猶太人赴巴西之招及到巴西則工資甚少至於衣食不給返美無資窘迫之至乃由美國駐巴西領事資遣回美此近事也該公

司語塞乃辭退　因查華工必由卡拿大以赴巴西如聽其招工則該公司得無限運載之利故以爲請彼固但求利己而不顧害人也如不知巴西情形則華人之受苦更有甚於古巴祕魯者矣

二十七日　陰　天暖

接總理衙門公文言接田貝照會以希卡果賽珍會如有創辦之件他人效之者亦准入會比賽云云當交赴會之員彭光譽矣　因查昨日倫敦來電言美國鐵路火車股分票近日漸漲以英國商民知賽會期近火車運載之利百倍於平時故購之者多價驟漲也且各國人民赴會者總以萬計美國此舉他國之財流入本國共計二萬五千萬圓云云然則美國賽會築屋各費雖用四千

萬而尚可長二萬萬有餘且此四千萬築室之費仍美國之工人得之並不漏巵然則賽會之舉實生財之道也泰西心計乃如此其工哉

二十八日晴

西歷將屆歲終各大國句稽進項聞美國上月出口六畜牛乳值銀一千零五十四萬三千圓法國郵政一年中得利一千萬餘圓各局已請增給工資英國核一年洋藥之稅共入銀一千九百萬圓農黨以他國五穀入口日多奪本國自有之利羣請加稅政府議行云　因謹按孔孟不言利以其利皆朘自本國之民也今日之勢不同矣泰西各國所取之利於入口之貨稅爲多棄而不取

則各國所產羣集於我而我民失業是瘠我而肥彼也消息他國入口貨物酌爲輕重其稅以保本國之利益以防銀錢之漏卮泰西各邦其揆一矣

二十九日 晴陰

日本國君現派大臣詳查與各國和約之不便於民有害於國者查出以備修改又德國請與俄國修改通商條約俄廷特派大臣將兩國所議條約查明是否有益可行茲該大臣等以爲無益遂不允德所請云　因按條約之定限年數修換者所以防損取益也顧必籌之於平時而後施之於臨事且必有熟於時事之人而後知其何者爲損何者爲益又必有堅忍之力肆應之才而後能

折衝於樽俎之際收效於爭執之間泰西各國所以重專門名家也

出使美日祕崔日記

十月初一日晴天氣轉涼

本日伯林報言布國戸部大臣密該爾擬徵收國中產業稅餉立有章程交下議院國人以爲自增收煙稅以後煙業虧折今雖爲增兵自固之謀而民生日困慮不能行云云　因按歐洲各大國勢成鷸蚌其不致自斃者幾耳俄則借貸無門矣義奧則餉絀而兵不能增矣法則國債日積德則徵斂日苛皆相持不下所致也難矣哉　接天津電

初二日晴

謁律師梅詢此兩次照會外部駁詰禁工苛例外部之意如何梅

律師云正在商議照覆又詢各國會商議平金銀之價如何梅律師言必添鑄金銀錢金銀之價方平惜乎議院屢請而總統屢駁也又言美廷議以本年所餘撥償國債而商民不願收回以銀行屢倒無處存放云　因謹按光緒十年閩粵共借洋款二百萬磅合銀九百萬餘兩按年八釐半起息又神機營借洋款一百五十萬磅合銀七百萬餘兩按年七釐起息其實經手之滙豐怡和洋行所招股分中國之人居多而反假手於洋商者則以前此戶部行鈔失信於民也英法美德各國債息不過四五釐而我倍之致洋行居中得利殊失算矣

初三日晴

上月二十六日琿春來電言美國漁船於亞刻和斯刻海捕鯨爲俄兵船所拘遂電駐俄美使向俄廷理論俄已認錯釋船幷賠銀四萬八千九百五十圓該漁船查琿春現爲俄國要隘除日本領事外餘不接待而予日本領事之權亦不能優地方官皆武職駐防官兵七千名兵艦六艘云　因查俄以琿春爲重鎭又造西比里亞之鐵路達於琿春又造極大之鐵艦由克龍斯達至琿春中途可不添煤著意經營不遺餘力彼固昌言爲興商務也豈其然乎

初四日晴

美紳言明年美國水師大會據駐華公使田貝已接中國總理衙

門照會云中國海軍新創駕船員弁尚未深諳海綫礙難赴會云
又言俄國整頓水師年精一年兵艦日增近年所造幾與英國相
埒查所造鐵艦名尼哥拉士容八千四百四十噸業已成功又更
格容六千五百九十二噸那伐林容九千四百七十六噸又拿剎
容八千零七十六噸以上一年可竣又洛力刻容一萬九百二十
三噸佛力格容八千八百噸北皮多拿容一萬二百八十噸司法
利脫利容一萬二千四百八十噸昔伐司都巴巴推佛倍脫羅破
拉三艘均容一萬九百六十噸尚有未命名之一艘容一萬二千
噸又海防鐵甲一艘容四千噸水雷船頭等十艘二等三艘巡船
十艘以上過此四年一律工竣各廠有法人爲之料理從此海軍

駕義大利而上之矣

初五日晴

美國前駐日代辦來見自言爲南黨與前任最相契今由鄉移居美都談次言美國欲於山德明哥國求一口岸以爲兵船添煤之埠該國畏其蠶食終不允從墨西哥國向產五金鑛沙運美售煉美商利之自美國加徵入口稅墨國因自設爐以煉遂知自煉之利較售沙尤厚竟不運美美政府雖允免稅而墨國已禁出口云

因按美於今日可謂專利無厭也求山國之口岸而不成加墨國礦沙之稅而反失利是所謂自侮人而人侮之矣墨國礦利與美同而向不自煉以利授人西人謂墨人最懶實定評矣今乃如

夢初醒實由美國之加稅而致此所謂困於心而後作也雖然墨國鐵路輪船開墾之利多不自謀其果盡能收回此權也乎

初六日晴

美總統已舉定嗣由各省公舉下議院紳共計三百五十六名計南黨二百二十四名北黨一百二十五名民黨即農黨七名其中留任者甚多布萊爾亦在所舉之內云　因查美國下議紳屆二年一更改今年係更換之年南黨之紳多於北黨者幾倍之自此以後北黨之勢不敵矣

初七日晴

紐約省尼加拉城開河工程局所用挖泥機器係五千匹馬力計

價銀二百萬圓用之年久現已疲鈍該局因此河開通利益甚大遂向費城機器廠訂造極大機器一架須十四萬六千匹馬力限明年七月竣工一時聞者皆以爲地球至大之機器咸往觀焉因壓至紐約矣跨海之橋以鐵造成約長數里懸空鐵路周環紐約約長數十里火車即於其上行駛其房屋有高至九層者均以白石砌成或不用木計一宅需銀百餘萬圓其營造之巧而巨可奪天工所以然者外國有營造專家之學又有精藝之學講求有素出其絕技匪僅以侈靡飾觀也蓋有大用存焉

初八日晴

初六日倫敦來電言中國漕糧由滬運津不准英船裝運以爲有

違中美一千八百八十年之約中國政府以爲美廢約而禁華人中國此約亦廢英廷遂詢諸美外部外部以爲禁華人事只廢約中一欵並未廢全約云 因按此美外部欺飾之辭也美廢約中准華人來美一欵中國亦廢准美船運糧一欵中國之理甚正也且美首先廢約而中國卽廢全約其理亦至正也雖然因尙有進於是說者美英於內地貨物由彼運此均不准他國之船攬載由滬運津皆中國內地比例應禁也非他國所能干預也

初九日 晴丑刻以後雨天氣轉暖

法國所造商船遇有軍務均可改爲兵艦遊弋洋面故於商務軍務均有裨益茲法政府恐承平日久各商船以爲具文因將大西

洋輪船公司之那曼地商船試改兵船驗其是否合用云　因查美國前造商船時卽有此議明者所見畧同德國方議增兵且禁壯丁他往法亦籌及水師彼此鬭智鬭巧不待爭戰之時卽在承平之日不待開釁之際卽在修睦之年從前殷光　上疏謂始終不忘戰其知幾乎

初十日雪厚約一寸仍未止

卯初率隨員等恭祝

皇太后萬壽行三跪九叩禮辰初設麪申正設醼　初七日伯林來信言俄政府電達伯林各銀行限六禮拜內將以前所存各銀行之銀滙至彼德堡備用云　因查俄無可恃之銀行故銀存於

德國近擬增水陸軍兵添造鐵艦故以向所儲者供現在之用也

十一日晴

俄國自土耳其禁止各國之船於達滕尼來士河駛行大於調度水師有礙故請諸土廷仍准俄船來往土廷似不敢不從土國將軍布利耳門請在該河兩面建置礮臺以資防守云　因按此積威所刼也光緒四年俄土之役俄兵已逼土都非英之援土幾不國然猶割巴統阿達亨卡爾司三省之地與俄而賽爾斐亞門的內哥勃爾加厘亞向之藩國均給地使自主土國歐洲之地所削已過半矣英人嘗譏其武備廢弛所購兵艦永遠停泊而不駛行上年駛赴日本之兵船中途沈沒此明效大驗也亦殷鑒也

十二日晴

美國西北各省沃野千里產麥極盛政府以其出口道滯爲之浚蘇山梅里河以利之貨產之由是河出口者一年之内計値銀一萬零二百十一萬四千九百四十八圓向來英屬卡拿大商民運貨過此一律免稅近因英屬官待美商船苛刻總統遂創新例徵收英商之稅云　因查外洋好興大工工之所至利即隨之如埃及之蘇彝士河法國之馬賽隄其稅入足以敵一小國若美之浚蘇山梅里河則專爲利民其用意微異耳至於因英之苛待美商而亦稅英商船以報之則大小各國無不如是　因之隨筆記之者一以見美之爲民興利一以見美之爲民防弊也

十三日晴

答拜美紳克力引觀玩器古甆瓶一具自羅馬來云二千年前之物大花瓶一座自法國來望之如金鐵鑄成瓶腹之畫十分工緻其餘古物甚多談次詢因到此幾年因答以三年惜美禁華人自前任駁詰至今歷外部三任均不見照覆也克力言前十年以來上議院紳向歸北黨專權今年下議院紳南黨已倍於北黨上議院紳雖未定然北黨斷不能過三十九人南黨則可望四十餘人明年議院之權南黨可操且總統亦南黨北黨勢不敵矣或有變更也

十四日晴

昨日謁梅律師未遇是夕又往見之言議院將開擬撰文照會外部外部曾許以交冬必有照覆且許以此意奏總統請下議院再議故宜問之梅律師允以次日申刻赴使館面議又聞上議院紳曾特派員查察客民來美實在情形以便立例各員已於十二日在紐約會商擬請總統於明年三月一號起普禁各國工人來美即例所不禁之人亦必向美駐該國領事處領取護照然後准其入境云　因按明年三月即新總統接任之期也自三月起再申例禁工是又由新總統禁工矣新總統即喜禁工以媚工黨者故得復任則禁例之復嚴可知其由美國領事給照一端尤易上下其手於所難禁之國則給照於所易禁之國則不給照雖云普禁

亦不過禁中國而已此情弊之所以百出而交涉之所以難言耳

十五日晴

梅律師來見商照會外部事言歷年之所以駁例者非不辭嚴義正特無如總統之不下議院改議何也總統之意始則媚工黨以爲蟬聯之計今則又存五日京兆之見不欲多事且新舉之總統即四年前之總統即創禁工苛例之人今又舉爲總統矣現任總統雖不得蟬聯未嘗不覬覦四年以後故苛例難望除耳因答曰美國上下之意久已洞知終不能迎合其意而聽之梅律師謂苛例違中美之約不便於華人以前照會已盡之將何措辭因答曰美國今一年中各國人民入境者計五十七萬餘人德國一國此

一年中即十二萬人較中國二十年所積之人尚多美既杜絕華人之來源又欲追已安業之華人使去美不爲華人計獨不爲美國之名聲惜乎獨不爲華盛頓創國之例惜乎梅律師以爲可談久已日晡遂辭去

十六日晴

考專管客民入境之員亞溫士所言自去年七月至本年六月止此一年中核紐約一埠歐洲來美客民除逐回二千八百一人外其得入境者德國十一萬九千一百六十八人俄國七萬六千四百十七人義國六萬一千六百三十一人挨利士五萬一千三百八十三人瑞典四萬一千八百四十五人波蘭四萬零五百三十

六人奧國三萬二千九百三十五人和國三萬五千七百二十四人由英屬卡拿大及墨西哥二處入境者尚未計云　因按歐洲入美人民如此之多僅禁華人曾何益哉不出二十年美當有人滿之慮矣

十七日　晴是日美國開議院

十一日俄都來電言國用不給挪借不成不得已設法加稅所有國人例免當兵者按名收稅銀三羅布公司資本向來按年值百抽三今加稅爲五間有免稅之商今亦一律取稅每年共增收銀三百三十萬羅布十二日復來電言又於蒸酒煤油二物加稅云

因按俄之稅則本重故其民心喜亂今值大飢之後叛亂頻仍

不聞休兵息民而屢聞加稅亦可見民之憔悴矣顧其兵强實足靖亂故民心屢變而國勢不摇此亦古今所無之霸道也

十八日 晴巳後雨

十二日倫敦來電言哥喀薩司山介歐亞兩洲之間俄以要隘常駐重兵近聞俄廷下令調駐該山之馬兵三隊赴德國邊界駐紮以備調用云 因按俄以費用不給告貸於歐洲各大國無允貸者卽聯盟之法國亦不願貸乃議重稅國內商民而兵終不戢既踞巴美爾不畏中英之詰責又挾制勃爾加厘亞又挾制土耳其今又調兵駐德國邊界狼奔豕突卒歲不休何未聞有人焉一挫其剽悍之氣耶畏其强也

十九日晴

美國專管歐洲民人入境之員以歐民入境太多有礙美民生計擬例四條上之議院一自年十二歲至十五歲不通本國文字者一五十五歲以上無家眷者一其人赤貧隨身銀錢不過一百圓者一無美駐該國之領事所給執照者以上四項人皆不准入境由明年西三月一號起試行一年云　因按此禁歐洲各國人民入境之例前三條皆易混淆惟給照一層則其全權操之美國然仍可由領事通融焉蓋美於英俄德義各國不敢操之太迫恃之太堅畏其抵制報復也

二十日晴

謁外部科司達寒暄畢因言前此相見時所許交冬必有照覆今其時矣敢請科司達曰此案本國外部自拜亞布連至今凡三人前兩任既不能覆故本大臣亦無可覆者因謂前偕金山商董晉謁時該商董請於開議時由貴部奏總統下議院再議貴大臣允之此次諮議院文未見何耶科司達曰領照新例議院議定總統批成不能反汗也因謂何以一千八百八十二年總統阿他以議院禁工例太苛下議院再議耶科司達曰彼時尙未成例微不同也且貴政府之意如何因曰我政府屢照田貝謂新舊兩例均不公有悖中美兩國之約科司達曰中國如以此例不便當須換約約成則例可廢因言現在之約既不守而用例多約何爲科司達

面緒似嫌語太重良久則曰俟與總統商之如總統以爲可照覆則照覆耳因辭退

二十一日晴

爲駮苛例事又照會美外部　偕彭參贊凌繙譯見梅律師梅律師言總統明年西三月即中歷正月卸任似不願開罪於工黨外部科司達尚有告退之意均無心辦此事矣因謂總統不將我政府屢次照會田貝之文交與議院是有意爲難也該律司謂彼何意爲難只迫於工黨耳前批例時已自貢其實情矣因謂明日見外部擬仍固請再看如何梅律司曰可仍當一面由華商延大狀師控駮庶乎有濟因諾之遂回署發書於金山總領事屬其及早綢繆

焉

二十二日晴

昨日外部科司達專函訂本日巳正面商要務因屆時而往外部即接見言昨日所遞到照會文其中語氣有欠和平之處恐於兩國交誼有傷故請惠臨面商壹是因謂我所求者不過請貴大臣商諸總統將我政府數次照由貝之文及本使館此五年中照會之件盡數發交議院再議耳科司達曰例已成矣無可再議因曰例不再議我政府及本大臣照會豈不應議覆耶科司達曰二十日相見時已面允商之總統矣又復照會何爲因曰前大臣布連屢許必有照覆而終食言本年六月貴大臣亦許交冬照覆至今

尙未見到故不能不再三催耳科司達曰美國之行例實由光緒十四年兩國所訂之約垂成中輟欲其廢例必先議約此實際也此次必有照覆卽本大臣因公他出華頓亦必照覆至此次所來文語氣太重請帶回修飾之如久無照覆再遞何如因允之遂退

二十三日晴

公法載兩國交戰兵力所到無論敵國境地不得蹂躪安分商民前德法搆兵德兵入法卽出示諭法民秋毫無犯此德之能守公法也惟公法只言陸軍而水師實不同故於敵國之船不論官商均准掠取是兩歧也茲德國議紳請政府致意各國派員會商可否立例照陸軍公法庶能保護商民財產云　因按此舉若成誠

爲王者之師合乎古人非敵百姓之意然度必不能成者何也當今海軍以英法爲強英人好拓地法人好搆兵此法若行則不能橫行海上於以知英法之必不允行也

二十四日晴

接美外部照會當飭繙譯略譯其中大意言美國之所以行例始於光緒十四年而所以行例之由則以其時兩國所訂新約垂成而中輟廢約之故不能專責美廷欲中國遷就予以可轉之機則約成而例自可廢云云其他悉係強辯之辭

二十五日雨天氣愈煖

是晚赴外部席下議院紳火街先到因次到火街爲因言伊之本

省商廠農業甚賴華人不附苛禁華人之例爲農商計本至公也而同院頗有識之者伊無所私亦何所畏因答曰華盛頓爲美國第一人所創國例不分彼此各有自主之權君所行者與華盛頓同心與創國例相合何歉於心火街遜謝談次賓客陸續而到義奧瑞士土耳其四公使上議院紳福來衣士谷白得勒下議院紳火街姐門皆不附工黨而愛華人者其一人爲科士達之同鄉賓主共十四人飲至亥正而散

二十六日晴

昨夜席上聞義公使言本國議紳詢於外部云聞德奧義三國聯盟近已瓦解信否外部曰聯盟之局以保昇平三國均大修武備

敵國稔知自不輕動而又以至誠之意和合鄰封使敵國解怨釋雠幡然修好凡此皆所以致太平而非有狡焉思啟之意也議紳聞之大悅　因聞是言而知立國之道焉修武備則雖雠我之國不動干戈輯邦交則雖夙怨之邦亦敦和好反是則思啟封疆者必以我之弱而蠶食夙有嫌怨者又伺我之隙而責言治亂不同其實一理也

二十七日晴

至外部處謝席並謁同席之上議院紳福來衣士谷自得勒下議院紳火街姐門等福來言由歐洲來美之人較中國約二百餘倍中國約十萬人歐洲約二十兆餘矣惟歐洲人服食起居相同故

美人不厭而亦難禁相忍至今亦決不能不禁此次議院必議普禁中美已立限制之約但使美關認眞辦理十萬之外諒不加多亦何所礙惟一千八百八十八年及今年苛例殊違兩國之約耳因以爲公論焉

二十八日雨

拜發續保人員奏摺　二十一日奥都維也納來電已加兵額三千六百名從德君之意也二十四日德都柏林來電言德之增兵實爲自保之舉而俄廷見德此舉頗不放心亦擬增兵以期勢均力敵云　因聞此而歎歐洲各國有騎虎難下之勢也有鷸蚌相持之形也孫武子云勇怯勢也强弱形也形勢所見雖智者無可

如何先事而綢繆者恐形見勢絀而敵國有輕我之心也將事而整飭者恐勢不均力不敵而無以拒敵也當今之勢無以和局爲可恃無以武爲可掩無一日而忘戰斯善矣

二十九日 小雨竟日

美國武員布郎考究造礮之法自出心裁創爲分節而造外有鋼綫裹之堅固異常查尋常大礮連放多次往往炸裂此礮入藥加倍屢次轟放毫無損傷云 因查前膛之礮變而爲後膛已適用矣陸路新式之礮分爲數節可分可合以便取攜行之已久然其礮不甚大也 因始以爲小者可爲大者亦應可爲今果然造成矣然兵船之礮不在乎取攜之便而在乎及遠之能此種新式不過

分節而造何以入藥加多殊不可解矣

三十日　陰小雨時見日色

俄副將名達位大甫被人刺斃該副將素與尼希利黨爲讎想係彼黨所戕又俄國大饑之後又遭疾疫近查民册疫斃者計二十六萬五千七百六十名云　因讀左氏范文子之言曰外甯必有內憂俄之強也蓋不虞外侮矣乃不能制尼希利之黨禍伏蕭牆災祲薦臻是上不能安而下不能全也豈天道之忌盈耶

十一月初一日　雨中夜大雪

接湖廣總督張之　電屬代買棉子十頓當卽函屬紐約領事速爲購定因查俄國南方各省其土宜種棉花俄政府遂由美國購

棉子試種其初種不得法所收甚微嗣由農部悉力考究近年所出之花既多且佳竟與美國如一云　是晚赴外部科司達茶會日本朝鮮公使均與餘係紳士亥正而歸

初二日大雪至午而止

近祕魯以整頓武備於常稅之外又加值百抽五美下議院紳司歌德請增蒸酒之稅每格倫（合中國約七觔半）加稅一圓二角五分每年可增稅銀三千五百萬圓云　因嘗至祕魯矣考其稅則已爲至重今加值百抽五則每百抽二三十矣蒸酒者蒸穀氣而成酒卽中國之燒酒是也美國酒稅本重以其非日用所必需也今每格倫加至銀一圓二角五分則每觔加至一角六分六釐稅重極矣

中國效之收稅當可十倍焉

初三日晴

卯正率各員朝賀辰初設麪申正設醼　二十八日柏林來電言三國聯盟之局實因義奧兩國互相猜忌竟不能堅殊爲可惜三十日又來電言一千八百七十九年德法搆兵非俄國派兵駐守德國疆界奧人必躡其後德之勝法俄與有勞乃德今主卽位與奧聯盟而不親俄俄實恨之今德主見奧難恃擬復親俄近已調派駐瑞典之公使威德赴俄以該員向爲俄主所信重者庶俄德交誼復固云　因謹按歐洲縱橫之局成而各國防患之心切古人所謂日愼一日完若金城者今於各大國見之此外弱小之國

有無可布置或效燕雀之處堂者非亡則削矣

初四日晴

謁梅律司商駁美外部照會事律司以爲中國多方駁詰而美國之禁工自若不如予以可轉之機卽與換約因於限制之中寓通融之意堅求實際勝於徒託空言因謂此事當由兩國分任因當以美外部覆文達之總理衙門美當以中國歷年照會發交議院俟察看兩國之意若何如彼此意見相符然後可言修約之事因此時不能遽許也律司以爲是俟商諸議紳中之相契者

初五日飛乾雪如粉晴

威內薩南墨洲之國也地廣人稀招人開闢築鐵路造火車者多

他國之商遇有事故往往向威政府索賠茲威廷鑒於前車訂立新例一所有火車鐵路之權准公司承充不准一人獨霸二所收貨車客車等費由議院公議不准詭索三該公司所得之利國家按百抽五四該公司建築動工以後如有爲難之事當向地方官控告不得強國家政府代爲把持云　因按鐵路之裕國通商便民誠當興造然由他國爲之不免有弊既有見聞紀之以備採焉

初六日　晴始冰

英國於屬地卡拿大諸與美國相連之湖添置巡船美紳以爲違約外部查舊案始知非違約兆茲美水師部派員查諸湖商船有可充兵船者以備兩國決裂時能護本國商船并擄敵國商船之

用茲查有數艘可用者仍當添造以期勢足相敵云 因 按歐墨洲各大國其不忘戰固共見共聞矣而更不諱戰者此交涉之機也德與法時時言戰俄德之君至以戰相聞問美自祕林海峽事與英齟齬振興水師不諱戰英英於巴馬耳事不諱戰俄俄亦不諱戰英然後知試槍礮添兵艦勤操演此戰勝於軍實也論曲直爭形勢比權力此戰勝於口舌也然二十年中各國終不一戰者則交涉之機可知也曰恃不忘戰不諱戰以止戰也

初七日晴

是日爲耶穌生日又爲外國冬至節 自總統創禁英國漁船在祕林海峽捕海龍英人不允遂至齟齬於今二年英美兩國均派

兵艦互於該峽相挐漁船美勢究不敵英遂至形見勢絀俄人又踵挐英美兩國之漁船美廷益難抵制現總統不得已擬派能員赴英商議此案其意蓋欲言歸於好微聞卽派外部長科士達但尚未見明文耳　因按美國近年所行多侈然自大之象責言於智利索地於海岱爭權於檀香山立報施之約加入口之稅不獨歐洲詆其專利卽本國官民亦言之而普禁客民又爲歐人所不願大抵因顧國體相持而莫肯先發祕林海峽一事則英人直昌言不讓爭之累年美於是自求轉圜蓋虎頭蛇尾矣

初八日晴

從前美政府派員赴中南兩墨洲測量地勢可否興造火車鐵路

連墨洲爲一氣以便通商近日該員回美謂所過地方雖間有大川巨浸然其工程較美國自東徂西猶易爲云　因按自火車創行後各大國無不以此爲裕國通商之先務有疑之者或以兩國交兵利於攻而不利於守爲言不知鐵路之於行軍利於主而不利於客蓋自炸藥興而鐵路隨處皆陷穽主國可步步爲之而客軍不能也俄君亞林三德之事可證矣

初九日晴

謁上議紳宣文宣文之兄曾於南北花旗搆兵時血戰立功上年已歿美官紳爲之仿格蘭脫之例鑄像紀功光緒十五年因謁見時諄諄爲因言中國宜設鐵路以行軍則強以通商則富以達曠

遠之地則民不患滿美國工黨權重華人到美向不入籍終難容也此次宣文又言之宣文恂恂有道氣極駁禁工之例今老矣惜其不得總統也又謁多福摩根拗丹柳表好德巴麻等中夜囘車

初十日晴

上議紳宣文好德均來答拜談次知英人於緬甸漸次經營查得境內低山可以播植茶葉兼種茄非現已試辦惟其地雨澤稀少應導水之來源兼以灌溉之法并興辦自來水以爲食用之需約需費一百餘萬兩云　因按緬甸越南終古自安荒僻旁觀者亦以爲無可設施乃英法得其地而商務農務以次而興百年後當繼香港而繁盛矣然則人力固足憑也

十一日晴

下議紳好德火衕來答拜言俄人於西比里亞趕造鐵路其東之歐沙粒江一段急求工成此地距黑龍江之北計程一千一百中里火車半日可到又西悉北爾之東烏蘇里之鐵路現用一萬二千人興造亦欲速也　酉正赴副總統席各國公使除英國墨國外到者二十四位外部科司達居首席酒用五品飲至亥正而散

十二日晴

初四日巴黎來電言近查得巴拿馬一案法國部臣受開河公司賄賂者五員已由議員參辦矣本日俄都來電言俄政爲君主法政爲民主俄法聯盟本屬強合前此雖有是舉亦不能堅玆法國

內政不修官箴不肅巴拿馬開河一事足見其徇利忘義不能治
內安能制人與之聯盟實爲無益現俄國頗有悔盟之意而與德
修好云　因於此而歎立國之不可不強也俄法聯盟之舉俄欲
拓地法欲復讎耳乃憚德之強相持而不敢發而俄人方興築西
比里亞西悉畢爾之鐵路是其意隱將有事於東方而顯然與德
爲讎殊非計之得者故欲親德而釋怨也俄德相親則歐洲可無
事而兵力可專注矣然則鐵路告成中國其有邊患乎
十三日　晴未刻見雨稍止中夜雨
十一日袚得堡來電言俄國聞德主之妹于歸有日俄君后擬由
俄赴德以觀成親之禮想以此行爲聯絡邦交俾兩國以前之齟

齬可以解釋云　因按天下之勢兩相敵則平凡人之情兩相求則合此古今治亂離合之機也漢與冒頓和親而宋不能得於金元呼韓稽首於唐而契丹乃廢置石晉情勢殊也俄於土耳其則伐之於勃爾加釐亞則更置之於德則始嗛而終親之情勢殊也此可以得交涉之機而爲發憤之本焉

十四日大雨竟日夜止

是日爲美國元旦總統以其夫人新歿故不見客各部大臣亦不見客遂無應酬惟繙譯官不理事耳　美國管收內地稅員已造成半年入款册收稅共七千四萬五千七十圓六角八分內蒸酒稅三百二十四萬餘圓釀酒稅一百三十八萬餘圓煙稅七十四

萬餘圓此外牛油稅雜稅地稅居多云　因按此美國半年內地稅而入口之稅不與焉煙酒二項已五百餘萬圓合一年計之則一千餘萬其收稅固重然泰西各國均以此非人生日用所必需故有意重其稅也

十五日晴

美國添造新式鐵艦二艘需鐵甲七千頓計銀四百萬圓本月即招商承辦惟美國現在造艦之廠不能制甲僅賓省之白寺里廠及家尼記鋼廠能製鐵甲耳近金山之友仁鐵廠現亦購置新式製甲機器以期承辦製造鐵艦云　因按美國於水師向不經意風氣未開近日以英義兩國交涉之難遂爲補牢之計而製造鐵

甲尙費躊躇於以知現時武備迥異昔時水陸兩軍非講求數十年不能操勝算也若商務不旺入欵不充則雖欲講求而如無米爲炊更無操勝算之日矣

十六日晴

謁外部科士達華頓又至義日墨使館答拜聞南墨洲之智利巴西兩國聯盟以防外侮而巴拉圭亦願附入巴拉圭已購新式槍一萬枝并延智利兵官教戰云 因按周公言未雨綢繆孟子言相友相助春秋列國時時合盟中外之人心國勢無二致也智利勝祕魯而受屈於美巴西改民政而受侮於俄且英之蠶食已漸肆於墨洲此不可不慮也 因又考亞洲各國中俄日本比鄰而俄

人好兼併日本亦效之俄之強也固不資輔車之依日本亦復夜郎自大結怨鄰封何耶

十七日 下乾雪時下時止午後大雪至夜而止

美國煤油之利幾徧地球其分支公司設於德國德國自產煤油之利遂爲所奪茲德國之布雷民埠擬自集股另設公司不令美公司獨專其利惟美公司資本甚大所有同業與爭利者均被擠倒不知該公司能與相持否 因按自泰西各國通商於中國而中國之民失業者多美國煤油入口後而青油遂廢棄柏子一物產於地者棄於地矣德亦產煤油乃以價値貴賤相差而被奪其利中國方興冶鐵織布諸局苟非局無冗員廩不虛耗未必能與

洋鐵洋布相持也上海紙局其前車也

十八日大雪午後時見日

十四日伯林來電言歐洲各國現在均需欵孔亟難於設法惟有借貸茲奥國擬借巨欵與本國富商商訂計年納息四釐德國亦然月內均可說定云　因按歐洲競尚強兵而防他國之蠶食兵餉日增遂無底止德奥義皆稱大國而奥尚富於義德且富於奥猶且入不敷出既籌加徵復求借貸幸其商務尚旺不必乞諸鄰耳否則如葡萄牙埃及各邦終不免於鬻地受制也

十九日晴

梅律師來商議謁議紳事以使館自光緒十四年至今所駮美廷

禁工苛例美外部幷未移交議院本年九月照會美外部請奏總統將所有駁詰禁工照會發交議院再議外部照覆其詞隱約嗣查得除總統外外部實無此權總統已歷兩任既不願交非議紳建議索此項案件不可故與梅律師商議密託議紳梅律師已將所可託之紳送一單來幷其居址擬卽日往謁焉

二十日晴

謁上下議院紳見亞威得窪而好德楷麻夏一芬麥豈力五人而楷麻尤關切言去年會議新例卽不以爲然又言英國擬貸銀三萬萬圓與日卽收古巴之入欵以償其本息查借貸爲各國常事惟英人往往以保護本國商民爲名而卽藉以奪他國之土地爲

各國所稔知想日國政府未必受愚而美國與古巴比鄰斷無坐視之理云　因按當今之世弱肉強食以爲常損人益己以爲利稍不防備即墮其術中矣埃及祕魯至以國中權利授英葡萄牙土耳其墨西哥亦將踵其轍焉俄強而土地不可得今年告貸遂無應者蓋知其不能脅也此可以見其心矣

二十一日晴

美廷整頓海軍苦無添煤之埠雖與瀕海各國商請購地多不允從其允者亦須大工開闢動需數十萬金近水師水員思得海面添煤之法能使兩船不碰有利無害其便實多云　因查海面風浪難得靜時浪不靜則船不能相近近則相碰或碎或散故海面

不能添煤而必須泊也然人之聰明無限船之用帆者旣易而爲輪矣豈兩船竟不能使相近耶如其能成則英法兩國之到處踞埠者不如此之隨處有煤我國方興海軍本境之外實無一埠但學其法則不慮無煤矣

二十二日大雪中夜大風

謁總察院見傳士播郞斐路不綠瓦餘未見又見下議紳克樸爾聞俄國政府預籌明年費用較今年多八千一百萬羅布爲築鐵路計也其最重者爲西比里亞自西而東環繞中國邊疆分段創造由太平洋至滿洲界計用工人一萬二千名不難尅期告竣其西段已築至參麻根又展至廓干離中國西疆僅百米耳又擬築

鐵路直達阿富汗波斯兩國又由俄都達北冰洋之阿千乍爾海口共計四百五十米不日可成其火車全用電氣行駛云　因嘗於光緒九年疏陳俄人將爲中國之患其地已包中國之東西北界處處可入今營鐵路如是其急其心叵測宜思患預防矣

二十三日雪止晴

謁下議紳見安多羅好德蘭打路陌克力哈打英吉利士六人蘭打路英吉利士二人尤關切談最久均以禁工爲違約又聞昨日接羅馬來電俄法聯盟義國駐法公使密用離間之法使之齟齬乃天主教王知其謀即飭其駐法之使轉告俄國駐法之使使義國之計不行而俄法之交離而復合查俄之於天主教限制極嚴

今教王如此欲媚於俄以求容云　因聞此而歎立國之當強也天主教始於晉末其盛時能廢立各國之君自德勝法而法不能護教其權遂替近德俄義美各國限制極嚴法之各部亦厭之教王乃自貶以求媚於俄法可謂知權變者亦衰弱之勢使然也

二十四日晴

謁各部見外部兵部水師部戶部內部聞美國派駐土耳其公使檀臣乘本國兵艦赴任將抵土國之司麥拏海口土王特派官輪迎入其故因土都地當要隘爲地中海黑海往來必經之地向禁各國兵船出入土國與歐洲各國有約其意在限制俄國兵船俄之海軍頗強格於約章不能出入如或入地中海則英之蘇彝士

河不能守險法義兩國海口亦當其衝茲土王甯特派官輪載美公使入都不令美兵艦違約恐俄國藉口也　因按歐洲各國限制俄國兵艦由地中海已久聞之蓋各國之善於防俄也茲於土王派輪一事見其善於守約也凡交涉之事當慎於始如各國之防俄是已當防於微如土王之於美是已細針密縷否則必受挾持焉

二十五日　晴時見霏雪

謁上議院紳見寒得沁地甫司果勒門三人因相隔遠戌正而返聞德國之克虜伯廠與格虜純廠齊名近合而爲一克廠善煉鋼造巨礮格廠善造鋼甲鐵甲又善造穿甲之彈均爲絕技今互相

考核更期日益精云　因按歐洲諸富強之國非僥倖富強也其上下所講求者日以通商興利開礦設廠爲務均有專門宜其富也其水陸之軍日以操演測量爲務亦有專門宜其強也其國中各廠林立日以煉鐵煉鋼製礮製船製甲製彈爲務既以自用又以售人宜其強且富也大抵人之聰明日用日出用之於有用與用之於無用其用相同將何以使天下之心思均用之於有用哉是在乎轉移風氣者

二十六日晴

上議紳果勒門來答拜談久言近日法國以兩國交兵運調最忌麻木戰場之上尤貴號令靈捷方能使將之於兵如身使臂而臂

使指近武員中有留心考究者知用電氣至爲便捷另備一種收發電音之人其裝束與兵異以頭戴小帽爲誌取其一望而知置電機於身并帶電綫計長三里有餘重不過六磅云　因接電氣之用泰西漸推漸廣德國用以生力俄國用以行火車美國用以行舟行車至以遞書信傳言語代燈燭則各國已恒有近電學家又用以代煤而烘茶惟其心思不窮故其用法亦不盡也至於疆場用申號令自爲靈捷先儒呂新吾云事前優游事至慌亂凡事不宜兵家尤忌泰西用心其知此道夫

二十七日　陰未後大雪

謁上議紳巴麻不誅批化下議紳巴堅士好布堅司加來兒馬丁

等談次知二十五日伯林來電言德主赴西馬林安城觀羅馬尼亞國之太子成婚禮此地距法疆甚近遂附火車聲稱赴喀爾司路埠乃到該埠不住即往司脫拉士堡城此城爲德法交界要隘德有重兵駐守德主意在出其不意察看情形而駐防將卒僅於數分鐘時率兵嚴陣以迓德主見軍容整飭知無隙可乘甚悅云

因於此而歎陳之宜亡也高穎破陳之日於後主榻下得陳將告急文書蓋猶未啟封也亦於此而知漢之宜興也高祖馳入韓信營中奪其軍符而韓信不覺也野史載戚繼光備邊將士點名大雨猝至植立肅然無一人離伍者此其所以百戰百勝也德主所行德將所能聞者頗爲驚異而不知中國已有其人也

二十八日大雪

伯林來電言俄國向章建造鐵路不准在他國購買材料所以保本國之利也惟現在方輿大工又求速成而本國所產實不敷用茲俄政府擬變通以求速准其購之異國德國聞之甚喜以德俄比鄰可得此項利益云　因查歐洲各大國無不欲自保利源亦無不欲興造鐵路購材料於異邦則土產棄於地惜經費而不造鐵路則利源不能興二者皆有所失也俄造鐵路向禁取材異國其策誠是今以材料不敷而弛禁則權其輕重而出之也與其防漏卮而利不興不如興利之爲愈矣嘗見窮乏之家非不儉嗇而畢世饑寒者惰累之也力田服賈自奉常豐而尚有蓄積者勤爲

之也此言雖小可以喻大

二十九日晴

謁下議紳見寒得遜葛累堆二人聞美國貨船由北邊之湖駛出海口必經英屬之河英稅關常與爲難美國屢次照詰英人置之不理上年美議院遂一面議開河道使船由湖直達海口一面亦以限禁英船抵制英商苦之茲英屬改除舊章凡美國貨船由英河入海者稅關概不留難云　因按萬國公法地球通行而弱與強之勢不同卽從與違之情各異大抵強者自抉藩籬但以公法繩人而不以自律也惟抵制之法則使之不得不平如楚子木欲屈齊而晉以朝秦抵之楚成王方圍宋而晉以分曹衛制之外洋

交涉亦如是耳試卽以近數年之事證之德奧義三國聯盟俄法亦聯盟德君聲言兵力足以勝俄俄亦聲言兵力足以勝德法人以爲兵力足以復讐德人亦謂兵力足以一戰此以責言相抵制也造鐵艦者以防礮彈而制鐵艦者又造水雷造水雷者以轟鐵艦而制水雷者又造鐵網此以機巧相抵制也美英爲祕林之案互捕漁船法日爲新約未成互增稅則美加墨西哥入口稅墨亦加美國入口稅英欲制俄之佔巴美爾俄以取印度抵之法欲制英之脅挨及英以突尼斯之礮臺抵之此以報復爲抵制也綜觀各國交涉之道援公法者十之一用抵制者十之九且援公法者必有抵制以爲之繼否則我望以就範人視若弁髦我自言而人

自行將何所底止哉英稅關與美爲難美知駮詰無益卽以限禁英船抵制一舉措間而英卽改除舊章此明效大驗也

三十日 晴 雪漸化

美駐古巴副領事布冷格來來謁談次言古巴虐待華人前此伊與陳蘭 言之中國遂與駮詰得除苛禁今華人出水火矣 因謝之欵以茶果又聞瑞士國現舉之副總統富萊之前遊歷美國大書院學兵法有成值南北花旗搆兵卽投効軍營充當兵弁事靖返瑞迭膺重任四年以前兩充駐美公使今又爲副總統云 因查二百年前俄主彼德少時曾充英國兵船水手近德主威棱第一亦先充奧國兵官美之華盛頓格蘭脫皆由兵官而爲總統者

上年勃爾加釐亞之君哈呑腦亦起自行間不足異也英王孫現充鐵甲船主俄儲遊蹤幾徧各洲奧儲又將遊歷歐洲羣雄角起逐鹿爭先風氣使然亦藉以增長見識也

十二月初一日晴

至美紳布泠格來寓答拜又赴上議紳富施士茶會聞埃及國所派外部大臣白茇英廷以其並未相商立飭撤任查埃及因欠英國巨欵英與埃約歸英保護國事須商之英必英允准方行此次更換部臣竟不與英商議或謂係聽俄法兩國之慫慂也英駐埃使阻之不從故英廷電飭埃王限於十二時辰之內立將外部撤任云　因查外國之所謂保護者實卽干預也許其保護卽許其

干預終必奪其權易其君臣踞其土地而後已俄於諸回部英於緬甸法於越南皆前事也埃及有俄法之爭權故不至於驟替然終亦必亡如芬蘭之爲俄德分裂而已

初二日晴

十一月三十日伯林來電言德之敵國首推俄法然一旦有事又必有附俄法者二十年前德國會以重兵伐丹奪其二省之地懷恨已久今俄主又係丹王之壻俄德開釁丹必助俄不可不防云

因按晉穆姬嫁於秦而秦虜晉惠公晉懷公娶於秦而秦殺晉懷公婚媾不足恃也俄主爲英后之甥而屢欲奪英之屬地俄之婚媾尤不足恃也晉假道於虞以伐虢還師滅虢交好不足恃也

俄約羅馬尼亞以伐土耳其還師奪羅馬尼亞之地交好於俄尤不足恃也丹國未必助俄俄亦未必資丹之助但德之謀國者自當未雨綢繆耳　赴上議紳可六茶會

初三日晴

謁梅律師聞美外部近接墨西哥消息言墨國近立新例於各國保險公司之設於其國者必須向墨政府領照方准開辦又資本二百萬者須以百之一交政府收存仍另收照費云　因按外洋各國之稅重矣其征他國之稅至重者所以保護本國利權也其征本國之稅亦有重者所以激勵游惰也其收煙酒之稅尤重者所以限禁糜費也惟不徵出口之貨稅所以暢銷本國之產不使

棄於地也所以使物產之成本賤於他國以奪他國之利也其中間有征出口稅者則以其物爲本國所少或本國所需故限制之使其不盡出口也英屬印度之於鴉片征稅極重則以鴉片爲本國所獨產又與中國有約不憂他國之奪其利也此孟子所謂壟爲利也然而風氣使然不如是則削也滋甚矣

初四日晴

美國近來藉口防疫凡歐洲各國商船入口者必停口外二十日驗明後方准入口以致客貨來美阻滯無利可圖故各公司暫停運載三等艙搭客而此項搭客每於數月之前先期買票茲仍持此票向德海口附船船主不收德俄奧三國貧民進退維谷無可

設法云　因按萬國公法各國條約惟弱者守之其強者任意解說陽奉陰違非一日矣美國禁華人入口則令領照禁歐洲人入口則云防疫其行法有剛柔皆背約也俄奧諸國雖未允其禁工而不能駁其防疫使其船不即入口則往來滯而無利可圖船主自然不載此種貧民而來者自阻矣美人狡矣其實各國皆如是也

初五日　晴寒度似皖省美國人以爲極寒矣

謁梅律師商議由議紳請將本使署歷年照會請總統交議院詳閱又聞南墨洲之海代國有監禁美國商人米士案美公使辨駁海代國置之不理美使因事返美美此次特派兵艦送美使赴海

代嚴責以賠海代國以爲美廷恐嚇可厭仍置不理茲美廷擬添派兵船云　因按交涉之事雖千變自熟於此者視之直以爲依樣胡盧耳大國之陵小國其常也稍不如意則肆索詐其常也索詐不遂繼以兵船其常也戰局一開索賠益鉅其常也海代國何以不知耶則以天下如是而美國以前尚不如是也今非昔矣

初六日天煖冰釋

昨日伯林來電言奧國向本國富商貸欵茲已成議銀行以九二折交政府而以九四折出售民間一挹注間銀行每一百萬得二萬云　因按歐墨洲國家貸欵多有折扣其無折扣者英美德法而已俄之貸欵有六折者且貸諸他國故其兵强而用不足英法

各國國債雖多而實貸之於本國之民其利不入他國故國不貧
中國貸欵向由滙豐銀行其集股與奧之銀行相似且內有中國
富商之股惟貸入者不受扣而扣折於貸出之股商其法不同且
所出之息滙豐亦不全與股商其利大矣夫貸欵何以必由滙豐
以利授他國銀行應思所以挽回之術也

初七日晴

上議紳黨參之女來見葛累堆之房東來談適時聞俄法聯盟以
防德奧義德奧義聯盟以防俄法非一日矣兹德以奧義之貧弱
不足恃俄因巴拿馬開河之事亦以法之無政不足恃德派俄君
舊所悅之公使威德以駐俄俄主甚悅兹德君之妹不日于歸俄

君特派其太子屆期躬詣德國觀禮以示至好德國官民聞之大喜以爲此舉可見兩國解讎釋怨之徵云 因按富與富合貴與貴合此恒情也而強亦必與強合強不相若則合之必不堅俄之於法德之於奥義是已強而相若則離之亦不久俄之於德是已孫武子曰勇怯勢也強弱形也形勢相當者不輕啟釁其不相當者雖朝聘不絕玉帛在途終不免於吞幷宋之於江南於蜀元之於宋是已

初八日晴

智利都城佛爾巴來蘇來電言智廷近訂稅例於巴國進口西貨物均增重稅巴西駐智公使即駮其例謂智國如必重稅巴國亦

將效之并禁智國貨物入巴西云　因按智利與巴西接壤南墨洲之國智利最強近因內亂經年各國索賠以致入不敷出又監於美之兵船挾制大修武備兵餉不足則以加稅彌補巴西壤地雖廣而人口凋殘久為智利所玩故加稅之例先於巴西巴西公使以此事不能不駮又慮空言不足取勝故以抵制要之意其必稟政府之意而出此言也蓋稅則本國之內政各國可以自由我駮之而不聽從則彼之可以自由者我亦可自由也此物此志也

初九日晴

謁上議紳見宣文地甫司及布生三人美國考據家統核歐洲各國兵費甚鉅按年計之英合國用百之三十七俄合百之二十九

法合百之二十七義合百之二十二德合百之十八奧稍減於德至各國債息以入欵計交息義需四成又四奧需二成又九法需二成又八英需二成有七俄需二成又六德需一成　因按英之每年入欵約銀四萬萬兩以三十七分之則每年兵費一萬四千八百萬兩矣義之入欵約銀三萬萬兩以四成分之則每年債息一萬二千萬兩矣益以兵費百之二十二則銀六千六百萬兩矣兵費債息合之爲一萬八千六百萬所餘僅一萬一千四百萬兩以爲各項國用宜其不敷歐洲重斂暴征所入雖多而國用尤鉅皆相持不下爲之也至葡萄牙國以所入交債息猶且不敷更無論矣

初十日晴

接福州將軍希　閩浙總督譚鍾　信言美駐閩領事葛某和平并屬查銅鉛之價　比利時國鐵路公司與法公司合訂火車改用電氣以期迅速每一時辰行一千里準兩月之內一律變換云

因　接電氣之用漸推漸廣輪船火車駛行向用以火灼水之氣今改用電則無需用煤矣每一時辰行一千里由法至比不過六百餘里不必一時即可到矣地球之經只九萬里以電車繞地球不過八日即可徧矣且兵船航海每患無埠添煤此則亦無患矣前聞俄奥兩國已行茲法與比又行之風氣既開勢將徧及各國正不知何所底止焉

十一日　晴陰

初十日倫敦來電言英國商輪之數甲於天下百餘年來獲利極巨近日商船無貨可運停泊各口者計四百七十九艘計容八十五萬六千頓另九十九艘在歐洲各口候貨亦無貨可載商務之陡衰殊所不料云　因嘗閱使館舊案當陳任時中國庫平銀一千兩可滙美銀一千五百四五十圓鄭任之初亦如是至交卸時則減至一千二三百圓至張任交卸時又減至一千一百零五圓今年又減至一千零十三圓冬十一月減至九百九十七圓前後十四年之間中國銀價之落已逾七折亦可見外國之專利矣

十二日　小雨

北墨洲之地本屬法國嗣爲英踞只存數小島法民於此捕魚者船數百艘法政府爲寓兵於漁之法無事則任其捕魚爲生有事則用以當兵効力爲養育水軍人材之計故每年派兵艦三四艘隨漁船往以資保護且於其所獲之魚按百磅津貼銀一圓又加征他國運魚入口之稅使本國之魚易於出售云　因按此舉有三善焉爲貧民裕生計一也爲水師儲人材二也爲國家塞漏卮三也區區布置亦富強之一著高碁焉且其地之爲英所踞者未嘗不思奪回惜英之水師方強未敢輕舉耳兵艦漁舟眈伺其側沙綫既熟浪颶亦諳一朝有罅則唾手收回所失之地無難矣

十三日晴

謁外部科司達告以美國駐閩葛領事辦事公正敦睦商民安之玆接福州將軍閩浙總督書極爲嘉奬該領事如能蟬聯必於兩國有益科司達曰美廷現不撤該領事後任則非所知因又告以十月二十四日照覆已將此文呈諸總署徐待後命惟領照限期已迫屆時華民必不領照應勿逼迫以顧前約科司達曰此事前已申明例爲議院所定總統所准不能不行因謂然則本使署應再照會駁詰科司達曰本部照覆既呈貴總理衙門何不少待且應領照監禁與否非外部所能主應由律政部容與相商云因遂辭出

十四日晴

日斯巴尼亞屬拙格羅林島與小呂宋近向不准各國教士在彼傳教去年美國教士之在該島傳教者爲島民所逐美政府照會日國答以向不接待教士嗣美又備文駁詰日廷至今無回文想不允美廷所請也　因按教士之於亞洲可謂猖獗矣其實在歐洲之教士殊無能爲也最嚴者莫如德俄俄於教士除通都大邑外不准深入內地且限其說教之時刻不得過半時德於天主教之干犯國例者予罰不貸無可罰者則予監禁義則去年以天主教士唖紀功碑事遂不准教士出門教王之令不出於王宮之外今日人又逐之矣然則教士之猖獗護教之國之要求固不能行於強國也

十五日晴

十三日俄都來電俄國西比里亞地方各金礦所採之黃金近日分載十三馬車運至俄都有重兵護解云　因按京北奉天黑龍江興安嶺一帶產金最旺西比里亞即毗連之省故採金如此其多也近聞越南臺灣均產金沙越南金沙由山澗中流出土番依山畜鴨中國戍兵購其鴨宰之腸中每有金沙土番不知採也故法人窺伺之臺灣金沙向歸官辦招民自採官給其值而收購之現承辦之員請於上司願每年繳銀六萬兩歸其承辦則漸有把握矣

十六日晴

酉刻與梅律師商撰照會以新例不久將滿華人不願領照屆期不得監禁以符前約律師云此事彼不能允亦無辦法也盖一月之內總統部臣均易彼自知權不我屬置之而已不如俟新總統接任後辦理云云因從之　聞俄國政府估計現年經費約五萬萬餘羅卜入欵亦五萬萬餘羅卜查俄國向來出入二欵未有如此巨者蓋入欵漸增而出欵亦遞增水陸軍餉需二千九百八十萬七千羅卜云　因按俄國曠土漸闢糧産日多棉花日盛煤油日出金礦日開此五者年有所增而稅又加重此入欵之所以巨也出欵以興造鐵路爲巨軍餉次之移民實邊又次之皆富強之計非若土耳其之縻費正供也可畏哉

十七日晴未刻見細雨即止
赴上議紳圭茶會又謁英吉利士二人皆不附新例者　十五日
倫敦來電言英國議院開時英主諭議院以英國屬地徧天下政
繁事冗交涉事宜議院應悉其隱微調劑盡善現最宜速議者爲
埃爾蘭島該島離倫敦僅一海峽原不必另設議院但其人民與
英世讎僅懾於英之強並非心悅誠服其故因全島土地爲英所
奪土人耕田須向英人出租承領動受挾制生計無賴貧極思亂
宜創議院革除苛政俾安島人之心云　因按歐洲強國日夕經
營不過瘠人肥己英尤甚焉何忽爲仁義之言體恤一小島哉查
美國數十年來客民入境以埃人爲最多蓋逝將去汝空國而徙

矣今則美立新例禁歐人入境日益加嚴英既不便請於美以失國體苛惟有稍寬虐政以安其心而免其遷非眞能不侮不奪也

十八日晴

美國新式鐵艦名威穌魏阿士其式獨異中有氣礮三尊專放炸藥彈子此種氣礮向有武員決其不能命中故水師部特派員一一試驗近日驗得該礮出彈正直於三四里之遙命中甚準尚擬再驗如始終如一則水師部擬照式再造一二艘云　因查光緒十年直隸廣東均電美使館屬購氣礮終以不能試驗未成五年後英國曾購一尊美國亦間有置於戰艦者而究未聞試驗命中今居然命中矣因又考從前中國定購立合同時四寸徑者彈及

六七里六寸徑者彈及八九里八寸徑者彈及十里蓋至小者亦不止及三四里矣今僅及三四里如八寸徑者則不符甚遠卽四寸徑者亦照原議減半然則購辦軍裝可不愼哉

十九日晴是日封印中夜雨雪

上議紳英吉利士來見欵以茶煙談最久詢中國民數最多每年入欵若干因答以近一萬萬紳曰何以少耶因曰中國不言利故稅甚薄取之於民者甚輕紳曰中國入口稅輕故外國以中國爲利藪而中國之工藝多失業美國稅於本國之民亦薄且出口之貨並不收稅惟重稅入口之貨及無益之物耳美國上下皆不諱言利總統諭議院必諄諄於國庫之盈虛商務之衰旺民產之增

減稅入之多寡部員議紳莫不有恒產即如議紳之俸歲僅四千而恒產所入有十倍百倍者不諱言也歐墨兩洲之國其公舉議紳與謀國事者皆有定章非身家殷實不舉蓋以能治家者必能治國也因曰如此不畏與民爭利奪民之利乎紳曰天地自然之利無窮何須爭奪彼出其才以執利權爲民興利民富而國亦富計此二十年中美國上下之富幾二十倍於前此明效大驗矣因答曰是或一道辭去已午正矣

二十日陰雪已化矣

倫敦來電言俄地近北極海口交冬即冰船不能行兵艦船隖與修均礙故常欲圖南垂涎於土耳其波斯印度朝鮮等國思得其

海口以便兵船也英人畏其蠶食則嚴防之凡俄人有事於土耳其英必設法以伐其謀甚且發兵助土或聯歐洲各國以制之近數十年非一次矣土耳其深知此意亦暱就英自光緒五年英派兵駐土之屬國埃及土國疑忌日甚英初以救災爲辭謂埃及亂靖卽當撤兵近已十年兵猶未撤近日法國屢次詰問俄亦附和土則陰助俄法三國既合英人非得德奥義之助恐力不敵矣

因按今日之天下一弱肉強食之天下也俄遠交而近攻其長駕而遠馭俄之版圖得地球六之一英之屬地徧於五洲而其心猶未饜也前七百年元世祖混一地球（其時亞墨利加澳大地亞均未闢混沌地）未幾而仍分裂足爲好大喜功之監今英與俄鬭智鬭力戰則糜爛其民

而勢無兩全不戰則鷸蚌相持而勢將俱斃民生之禍亟矣豈氣數使然耶

二十一日 晴 謝紳赴議院紳而來多茶會 泰西一千八百九十三年即光緒十八年各國鐵路計以英里美國十六萬七千七百五十五里卡拿大一萬四千八十三里墨西哥阿鎮丹共五千六百二十五里祕魯智利甚微不計此在墨洲者也德國二萬六千七百九十里法二萬四千三百十里英三島共二萬二千六百八十五里俄一萬九千三百四十五里此在歐洲者也印度一萬六千八百七十五里俄沿海邊岸八百六十五里和之屬地八百五十里法之新疆六

十五里葡之屬地四十五里中國一百二十五里波斯十八里此在亞洲者也阿吉利亞突尼斯共一千九百里好望角一千八百八十里野雞大山九百六十五里那太彭三百四十一里其餘小國約三百里此在非洲者也特辣浦二千七百三里南威勒士二千三百七十五里昆思闌一千六百四十五里南澳大利亞一千八百七十五里西澳大利亞一百六十五里太司默尼亞四百一里新𡿖闌一千五百九十里此在澳洲者也　因按此紀五洲之鐵路而亞洲之日本歐洲之比利時均不及焉或以其少而遺也美最多英合屬地計之亞於美次則德法俄此五國者其國勢何如耶

二十二日晴

卡拿大鐵路公司來謁卽前賽可侖比亞會時相遇於兵船者談及美國水師提督安民當前南北花旗鏖戰時身經百戰兵船利鈍久已瞭然近創造一衝頭鐵艦長二十五丈闊處四丈三尺高二丈一尺入水一丈五尺容二千一百五十五頓每一時行一百一十六里其衝頭爲鋼質重十頓餘僅費九十三萬圓云　因按自鐵艦創而各國競出心思以鬬巧究之各有短長未有有利而無弊者頭等戰艦質堅礮巨然苦於笨滯而不能避水雷巡海兵船來往迅速又苦於質薄而不能當巨礮衝船之式英法德皆有之其創始實原於奥奥創斯式戰於大洋當者立破各國皆派員

往觀遂傳其法十年前英之兵船名阿爾及爾行於大洋衝船公甲駛於其後不相期而相觸公甲之衝頭衝入阿爾及爾船身裂孔八尺當時即沈英人喧傳謂如強弩之穿魯縞今美國又師其法並非新奇大約該提督亦深知此式之能制勝也

二十三日晴

戌刻奉　總理衙門電云二十二日奉　旨楊儒以四品京堂候補出使美日祕漾　智利國以俄國兵船到境詢問駐智利俄使俄使答以並無他意不過查探各口商務情形耳聞俄人實欲向智利阿鎮丹二國借一口岸修築埠頭以爲兵船添煤之計云

因嘗疑俄於太平洋岸議設船隝有覬覦墨洲之心今漸露端

俔矣墨洲之北監札加地方久爲俄有俄之兵船又於祕林海爭
權則其不讓英美之意可見蓋墨洲開闢未久曠地極多美國而
外率皆小國其地本易取而取其地又可以耕且地氣中和不似
俄之苦寒開墾移民均爲有益然則過此以往墨洲其不靖乎
二十四日 晴 夜雪
梅律師來謁言上議紳可六請將中國歷年駁詰苛例照會案件
交議院公議總統已允發交議院惟議院諸紳只能向議院公閱
不能帶回難知其詳請刋印二千本除分送議院按名二本外餘
者分送各省公正官紳官紳閱之必有公論則新任新議院到時
可以再議如以爲可則此刋印之費須由使館自籌因允之又聞

檀香山所派之員到此已數日外部科司達本將告退又爲此事所羈絆美國咸謂此事重大殊難決斷日內外部與檀員所議甚爲祕密外人不得而知大約檀國願歸美國保護而美國亦垂涎於檀蓋以檀國現在攝政之人卽係美人故想當然耳然英國必起而爭之美廷之不敢決者此也

二十五日 微雪陰

近古巴之三德明哥島國所借他國錢債甚巨向由威善多布銀行交息今該銀行將此權利讓與美商業已成議卽於一千八百九十四年三月將關稅由美商收以爲交債息之用并准美商興添鐵路以收運載之利以五十年爲期不准他國攙越識者以爲

該國將爲美所并云　因觀於此而得爲邦之利病焉泰西各國皆有國債其借諸本國者其息楚弓楚得不至於貧如英德法美各國是也其借諸外國者日朘月削必至於匱如葡土墨西哥三德明等國是也英法德美四國於本國之鐵路旣興凡他國之未興鐵路者則欲代爲之興且不願他國之攙奪彼何爲哉蓋利之所在也然則欲富强者當以興鐵路爲先而以借國債爲戒

二十六日陰

謁梅律師上議紳傅喜士之女亦到聞近來歐洲各國於馬兵步兵之外又增輪兵蓋泰西所創獨輪車以大輪行以小輪爲舵定所向上有一座人坐其上以足踏機迅如快馬英國因設學堂以

此訓兵居然可用德法義等國均派員赴英學習遂卽創設輪隊美國各省今亦仿之以爲便捷查輪隊與馬隊不同馬隊利於陷陣輪隊利於調兵調兵貴速此輪每一時辰能行三四十里已試驗矣　因按古者師行日三十里今之輪隊十倍其速鐵路百倍其速蓋古尚持重今尚便捷也禹貢九州相距遠者只千餘里春秋列國犬牙相錯只數百里晉人襲鄭卽云鄙遠其實山西河南實鄰近耳今之戰者皆戰於數千里之外甚且數萬里以古法行之必緩不及事矣美國南北花旗之戰北無鐵路屢戰屢敗迨鐵路成而遂勝之此兵貴神速之大驗也

二十七日陰

美國希卡果明年賽會已由德國人造電氣燈一座設機器於房另以氣球升電氣燈於空中然後發光其光可抵一萬六千萬枝燭光六十里內照耀如同白晝途人相逢鬚髮可數詢爲奇異云

因按電氣之用愈推愈廣近謂電氣可以祛疫則通於醫又謂電氣可以生物則通於稼泰西百年前有奇人焉言泰西之運盛極將衰有詢其衰在何時者則曰鐵行於水面而不沉光燭於宵深而不夜此其時也其言果驗則泰西之運其將衰乎

二十八日晴

金山商董所延大律師博郞來會爲駁禁工苛例也當卽偕至梅律師宅面商辦法梅律師謂議院卽日將散中國使館公文雖由

總統交議院倉卒未必議成須待秋冬議院開時方可就緒耳又聞美國女教堂設在土國麥羅沙省土人以其有觸犯官長之事焚毀之教士訴於地方官不理美駐土公使函請德國駐麥省領事查明緣由再向土廷詰問云　因查民教不和之事各國常有德之於教士也或予罰鍰或予監禁俄之於教士也或限其設教之地或限其宣教之時西班牙土耳其於教士皆焚逐之義大利則禁錮之教士皆無以報復焉至亞洲則不然其故何耶

二十九日晴

西報紀日本下議院呈遞日廷奏章一扣茲譯其略云爲請旨議改條約四端以圖振興而收利權事竊查一千八百四十八年至

十九年大權旁落外侮沓來遂致有城下之盟立此不公條約藩王逞雄海內強鄰偪迫境中明治初年是以有兵戎之舉所可惜者前與外國所立不公之約未能改換耳查俄國有自主之權凡外人托庇宇下自應歸我管轄稅務亦應在我權衡今爲條約所限不可措手殊失國威臣等每一思維欷歔欲絕外國人在我國旅居不隸我國權治祇受彼國公使領事治下一如在本國然我日人往彼國何以須遵彼之管束至稅務又格於條約不得我行我法我國貨物至彼入口則任彼重稅是我有權彼則奪之彼重征我則依之此我商務技藝之難以振興國庫之所以日削者職是之故雖皇上深宮劼毖勵精圖治亦未由振發也推其初與外

國訂約不深慮於日後而苟安於目前想當日秉鈞之員未深諳外國情形率爾立約致有此掣肘之患臣等請嗣後遇換約之期宜爲彌縫補苴之計所有牽掣我國之欵亟圖改換謹將議就四端敬爲我皇上陳之一請外人在日本國居住者必須由日國管轄二稅務如何征收皆任我朝自立主意外國不得預聞條約不能限制三有約之國通商口岸我國均沾其利不得畸重畸輕四我國政治外人不得干預以上四欵伏求 皇上睿智如神俞允他年條約更換之期望將四欵增入云 因按日本議院所陳確中亞洲立約之弊故錄之以備參考非僅泰山土壤河海細流之義亦受病相似而同病相憐也且中病之藥也

三十日晴

二十六日巴黎來電言俄人多詐將有求於德則籠絡法國將有求於法則籠絡德國近日俄主意似向德非眞與德好也不過又將有求於法云耳　因按法人所以詆俄者有似憤懣然亦誅心之言也俄之所以處德法者有似狡猾然實縱橫之術也俄主之意以爲過與爲好則相與玩之過與爲讎則羣起謀之皆非計之得者也我意向法則法喜而德懼我意向德則德喜而法懼一喜一懼而喜者爲吾之援懼者不敢爲吾之敵吾乃可乘間而逞吾志焉莊子曰譽吾道者欲與吾交訾吾貨者欲與吾市春秋之摟伐列國之縱橫胥是道也

光緒十八年日記成因就各國之交涉而論之德奧義三國聯盟俄法二國亦聯盟英國外爲中立而內實欲德奧義之合俄法之離蓋以德奧義所志在昇平而俄法所志在攻取也德與俄時疏時親兩君時相見而仍時有責言其於奧義則時時爲好會情意相洽且休戚相關矣埃及新君之立俄法頗有責言於英英人若不聞而俄法亦不敢先動英脅埃及以易外部俄因勃國以詰土耳其義與巴西有違言日本與葡萄牙不洽皆以強而懾弱英不助阿富汗以敵俄美不取夏威仁以結英皆以強而讓強俄世子至奧而奧主躬迎法海軍至英而英后躬勞皆以禮意聯邦交若夫美輸粟以振俄飢而俄逐美遊歷之士一似以怨敵惠其實美

禁俄人入境俄徵示其幾耳入欵則英美均近四萬萬圓德法俄奧義日入不敷出德法貸於本國俄貸未成奧義貸諸他國日斯巴尼亞則不議貸而議開源節流亦補救之善策此三十年中美之民產增至六倍英之民產所增不及一倍美之礦產值銀三萬萬餘圓煤油值銀四千四百十九萬餘圓殘兵卹欵本年需銀一萬二千餘萬圓出入甚鉅英之洋藥值銀五千萬餘圓又征稅一千九百餘萬圓則中國之蠹也入口之稅各國膠擾無休英美以卡拿大比鄰兩國入口之稅時相齟齬卽時相抵制法日修約商議彼此入口酒稅終不成議而至於互增美於古巴哥司答立戞訂報施之約而出口之貨驟增美增布帛入口之稅而英之紡織

失業哥司答立戛增美貨入口之稅美抵制之美增墨西哥貨物入口之稅墨亦抵制之尼格拉增入口之稅以補不足法國新訂稅則征英德奧土四國爲輕征義日葡三國爲重又加煤油入口之稅或曰防火災也英屬新金山加美國入口之貨稅卡拿大加華人入口之身稅至於煙酒之稅德國一加再加美與俄亦議加蓋加其所可加也軍政則俄法屢增兵德亦增兵奧與義始因費絀而不欲增兵終仍增兵則騎虎難下之勢也英與美未聞增陸兵而戰艦則遞年而增蓋勇夫重閉之心也造船以英爲最速頭等戰船其成僅需二年有餘巨礮則英之阿姆斯脫郎廠與德之克虜伯廠各擅其長煉鋼之法德與美均同其堅而德之長尤在

於能巨法以電綫爲旗鼓德以氣球窺俄營以巨礮電燈賽會美創新式之炸彈思新法以添煤以藥衣禦槍彈以衝頭破敵艦以分節而造鉅礮以鏡光而測敵船以沈水之船水底之礮爲攻守造開河機器至十四萬六千匹馬力皆新法也疆事則法已滅非洲之達河昧國踞格羅力殺島德於非洲戰事先敗後勝又擬以資購葡國所屬之莫三鼻給島英義日三國謀分裂摩洛哥而終不成英已踞畢太力太島吉白海島紐西蘭島又規愛立斯島喬士頓島蓋開疆拓地小國漸不能自存矣俄之陸隊時逼波蘭時臨德境奥境且已加兵於阿富汗歲歉民饑道殣相望而兵不戢其斯爲北方之強與商務向推英今自美加入口稅倫敦紡織各

廠之失業者數萬衆自金磅日漲商船之置閒者數百艘似已不加昔日惟新金山之利日興緬甸之鐵路漸建印度之產漸盛防漸固蘇彝士河之船稅日旺股票之價亦日增尚不至失之東隅法國近日留心養蠶蠶絲日興將奪中國之利其通國工藝至一千餘萬人似乎重末輕本然而富矣德之制礮日巨制槍日精增輪船公司於大西洋以分英法之利其俗勤勞而儉樸則氣象方新也俄國荒地日闢煤油日多農務日興鑛產日盛西比里亞出金日旺將來鐵路成後移民既便不患人稀曠土可開不患人滿固將運笨貨以出口驅大隊以開邊富強之謨殊可畏矣美國商務之盛全由國家爲之開源以前所建鐵路由大東洋而達西洋

一萬餘里凡經過之荒山僻壤其所產者皆能運出故利日興今於荒土播種之後又慮穀賤傷農爲之開水道浚內河增分支鐵路俾易於轉運出口故其麪遂至於徧給五洲視越南緬甸暹羅米粟雖多而未興鐵路利權之操於人者不同也國中船廠林立而國家立例不准取材異國亦不准商人購船於他邦其有向歐洲購船者則重其稅幾埒於成本又禁其用美國之旗故利不外奪而內海內江之運載又不使他國之船攙越其間故利無所分近年之禁各國工人入口者卽此意也日本自創輪船以後此十年中獲利銀二百餘萬圓惟爲夏威仁國內亂力爭保護幾致與美不和近亦與葡不洽然考其所言本國與泰西立約之事切中

時病國有人焉中美交涉惟禁工爲錯節盤根自陳任以來每下愈況近議紳中南黨日盛如可六安多羅火街好德等均持正論而總統亦信其言可六已上書請將中美交涉文牘交議院再議總統已如所請將來秋冬開議院時或可除苛華民庶有豸乎

出使美日祕崔日記

光緒十九年正月初一日晴

朝賀辰初設麪中正設醮　查美國入口稅自一千八百九十一年即光緒十七年至今擇有關係者詳列之計白米每磅征稅銀二分大麥每磅征稅銀二分豆餅每原本銀一圓征稅銀四角五分豆每原本銀一圓征稅銀四角五分燕窩每原本銀一圓征稅銀二角無花甆器每原本銀一圓征稅銀四角五分有花甆器每原本銀一圓征稅銀六角布疋每原本銀一圓征稅銀四角綿衣每原本銀一圓征稅銀五角絲綢每原本銀一圓征稅銀六角綢帽每原本銀一圓征稅銀六角絨帽每原本銀一圓征稅銀六角

火腿每磅征稅銀五分墨每原本銀一圓征稅銀三角熟洋藥每磅征稅銀十二圓紙張每原本銀一圓征稅銀貳角五分絲綫每原本銀一圓征稅銀三角帽結每原本銀一圓征稅銀五角生絲未織者每原本銀一圓征稅銀五角辮綫每原本銀一圓征稅銀五角絲巾每原本銀一圓征稅銀六角綢鞋每原本銀一圓征稅銀五角酒每加倫征稅銀二圓五角另每玻璃瓶一箇征稅銀三分　因查中國每米一石重一百五十斤以每斤十六兩乘之爲二千四百兩以每磅十二兩分之爲二百磅每磅征稅銀二分則每米一石征洋銀四圓已過成本矣中國若以美國之征米稅者征美國之麪稅名正言順也布疋原本一圓者征稅銀四角方今

美國之布入中國者奚啻成本銀二三千萬兩中國即以美國所
征於中國者征美國之布稅亦名正言順也

初二日雪

查光緒初年中國貨物運入美國者每年白米二百零五十三萬
三千包每包五十磅生油八萬三千二百八十箱每箱八十磅雜
貨四十五萬一千九百五十件洋煙四千五百九十箱每箱五百
兩至光緒十七年則白米六十六萬六千五百包生油三萬三千
九百一十箱雜貨一十四萬七千三百一十九件洋煙一千五百
六十二箱因按米每包五十磅每磅征銀二分合銀一圓二百
零五十三萬三千包即征二百零五十三萬三千圓洋煙四千五

百九十箱每箱五百兩即征銀五百圓共征銀二百餘萬圓此二項者已征銀七百餘萬圓益以他項之稅當可過一千萬圓中國所征入口之稅統各國而計之不上銀二千萬兩美國所征於中國一國者已如是其多宜其足用也至近年之米入美口者較前僅六分之一洋煙則三分之一又可見粵人之嗜好焉

初三日　晴中夜大風如吼

考見在軍務言防則需鐵甲礮臺一臺以銀數百萬計百頓之礮千磅之彈一礮以銀十萬計一試演以銀數百數千兩計言戰則水師需萬頓之艦一艦以銀數百萬計新式水雷船一船以銀萬兩計陸軍用槍一槍以銀十餘兩計養兵需百萬或二三百萬人

餉以百萬計之（俄英法德奥義皆二三百萬人不等）每年需兵餉銀三四千萬兩而軍械馬乾仍未計焉其調兵以鐵路鐵路一里以銀一萬兩計夫古之行軍者水戰不過艨艟下瀨陸戰不過弓矢戈矛築砦不過土石守隘不過城濠調兵不過數萬其軍費視今千百分之一耳今則千百倍之非國帑充盈安能次第興舉然則居今日而欲挽積弱之勢杜外侮之來振自主之權洗從前之恥毋爲高論但敵一言苟欲圖強當先圖富

初四日晴

二十六日伯林來電言俄國政府擬派水師一隊屆期赴美國會操之約已有諭旨道經法國海岸不必入口停輪德國聞之甚喜

三

而法人甚不快心云　因接德法爲讎敵德之國勢右法而左俄

俄與法合則兩面受敵以一德而敵法俄實慮兵力不足故與義

奧聯盟又慮義奧不足恃故德主謀增兵額以自固乃俄法之交

適離此德之幸也法無俄助則力不足以勝德平日搶攘爲傑者

乃終不能復讎其情雖堪宜其心不快矣

初五日晴中夜大雪

謁上議紳可六閱巴拿馬開河事中輟後美商創於尼格拉姑中

墨洲小國開掘事在必成而墨西哥之提灣地辟地方自西至東

計二百五十米合中里八百里零前三十年英商曾築鐵路因其

地低處積水高處重厓畏難而止數月後接辦者僅造成數米亦

中止近美國希卡果富商又復開造人衆工速已成二百一十米
計三月內可以竣工此路成後巴拿馬鐵路公司不能專擅其利
矣　因於鐵路一事留心者二十年昔之所聞今之所見證以美
國公正官紳之所言及其昕夕之所圖維紳商之所竭力其爲裕
國裕商信而有徵誠富強之第一策也

初六日　晴中夜大雪

謁副外部華頓查問前此所商總察院展期散院一節華頓云業
已函商又詢美國既開尼格拉之河又造墨西哥鐵路不畏多費
耶華頓云美國太平洋一帶土宜播種收成甚豐如不運出則穀
賤傷農若運往歐洲而由紐約則火車一萬里運費太巨成本已

重何能銷售此兩路通後則東西洋無阻隔舟至香港較由蘇彝士河可省路一千米較環南墨洲可省路八千米較環阿非利加洲可省路四千米水程迅速則百貨流通而利源浚矣　因按美國之所籌如此宜其富也太平洋一帶土宜似與四川相似地廣人稀又與東三省西藏相似因願以美國之所籌者為四川東三省西藏籌之民可使富也

初七日晴

梅律師來言科士達明日赴歐洲約同送行因答以已擬必往又言美水師部新造鐵艦所需鋼甲六千七百頓已由議院議撥銀四百萬圓招商制造現惟賓省比士堡埠之家尼記及畢司里岸

兩鐵廠能造其價值則鋼甲每頓計銀五百二十五圓至六百七十五圓不等云　因按古之言治者謂兵事不休四民失業似強之有礙於富也　因以爲當今之世其言實不盡然蓋鐵艦鐵路槍礮戰事所必需花費又甚鉅其購諸他國者以銀易鐵久則國貧斯言是也然使開礦以煉鐵設局以造船械鐵路槍礮利之興於地者無盡制造之資乎工者益多旣無曠土遊民矣復以其餘售諸他國若英美若德法固強富相兼焉且國有制造之廠軍械取諸宮中不資於人則敵國畏之不敢侵侮是幷以保昇平增富庶又何至患貧哉

初八日晴

赴外部衙門送科士達行見華頓又至車廠送行則歐墨兩洲各國公使均集因與德使火把根談最久以其能爲華言也因言科士達此行爲祕林海事可謂盤根錯節事其濟乎火把根言殊不易也或幸而濟非半年不爲功且必有報施方可耳又聞美國以英屬卡拿大苛征美民身稅貨稅去年亦以此例報復卡拿大商民苦之議廢舊章本日已見諸英公使暨美外部來往公文知卡省實已革除苛例美國報復之例亦革除矣因按交涉之道不外抵制報施以怨報怨爲抵制以德報德爲報施弱國有不言抵制者苦於弱也強國有不講報施者恃其強也此中機械無國不有無時不然先事講求而後臨事有把握也

初九日晴

謁梅律司又謁金山華商所延之大律師博郎告以總察院展期散院事已託外部轉商博郎答云以前數日布置少暇今漸妥矣又言中國地利未闢商務未興故患人滿其實人即生財之本也美國人數日益地利日興每兩月中即增客民十萬何至難容十萬華人其所以不容者工黨妒之耳美初興鐵路時材料購自英國以後能自煉鋼即不取材異地向產棉花運英織布復載回美今亦自織俄國版圖數倍於美而禁糧食出口美之麥麪徧行歐亞兩洲由地利興而鐵路廣耳中國之民雖游惰者多然亦半由無業若鐵路成地利闢鼓舞而作興之彼游惰者皆化爲勤即庶

者可加以富又何必遠適異國而爲人所厭憎哉　因答曰然歸而誌之

初十日　晴酉刻小雨

初三日巴黎來電言德法爲讎相持未決而英法交涉又多齟齬因埃及國主更換部臣英人以勢迫其撤退法政府以英無理詰問英廷英人自知理屈不能回覆乃引他事詰問法國蓋法國近於地中海卑疏達地方創建礮臺其地與義國對岸義廷業已詰問茲英國助義國會同詰問其意欲使法國應接不暇耳　因按此抵制之法也古之人有行之者楚國請晉楚之從交相見晉國答以秦君朝晉則齊君朝楚此兩強之相抵也晉徵鄭朝而鄭以

翦爲仇讎對之此弱之抵強也魯欲與會而晉以南蒯子仲恐之此強之抵弱也至於秦索趙地而趙亦索秦城合縱成而秦兵不出關連橫成而六國遂日削春秋戰國之世大抵如是數之不能終焉

十一日晴

英屬卡拿大地方與美毗連向例於華人入口按名征身稅銀五十圓本年議紳創議征稅按名加至五百圓及至會議則不以加稅爲是者多於加稅之紳一名遂止 因按華人至卡拿大爲入美地步故英人藉之以爲利凡到境者征身稅五十圓既征後離境而重來者仍征稅如舊行之久矣自美國倡領照註册之例華

人觀望不前到者遂寡故又議加稅以期所征之不減於前乃以議紳意見各殊而止然度此例終必行也無抵制故也

十二日 細雨竟日

赴上議紳海耳茶會海耳不附工黨者也總察院穀磊不徠之福夫婦等均到聞墨西哥公使日內亦可到美又聞美國之民在墨國謀生者甚衆與土民極相安其業以造鐵路開礦爲大宗鐵路之事美商十居八九又購荒地開墾以種茄非均獲利焉 因按美國不患人滿而其民願赴墨則墨國之有利可知顧創始易而守成難美國草昧初開資華人如手足及各國之民羣集本國之利已興則又議禁逐華人以獨有其利兔死犬烹鳥盡弓藏此前

事之可鑒者然則墨國招徠華人華人羣趨墨國誠不可無約以
善其後免至鵲巢成而鳩佔之也
十三日晴
赴副總統莫屯茶會此會專爲宴新副總統夫婦而設因亥初往
見兩副總統夫婦又見各國公使回車已子正矣聞英國船廠新
制成大輪船二艘已成其一計長六十二丈寬六丈五尺容一萬
二千頓中分十六隔艙雖偶受傷亦不至沉將以來往大西洋云
因於是見機器之用大也凡造巨物非人力所能施一礮而重
百頓一船而容萬頓一鐵鎚而重萬斤一鐵板而厚三尺皆非機
器不能制造非機器不能運用也因嘗以驗槍親歷各廠見其鋸

鐵如鋸木翦鐵如翦紙槍面之陰文洋字非鑿非鑽直以鋼戳作小圓輪以機器之力壓於槍管之上輪一轉而字已成矣

十四日晴

墨西哥公使來見言立約之事且云聞新使將到此約應需後任成功因答以先商規模可也　美國向例守局外凡遇各國戰事均不干預查上年七月南墨洲之閧都拉國內亂美有商船名卑薩地者以購香蕉爲名至閧國改爲兵船既爲轉運官兵軍火並助攻擊叛黨轟沈叛黨兵船一艘閧亂遂平惟未奉美廷之命擅用美旗助戰殊違美國國例該船現已被控查辦云　因按美國國例無所偏袒固甚善也但墨洲情形今已殊昔南墨洲小國自

主之後英法覬覦終必盡之爲美計者與英法爲鄰不如與小國爲鄰也檀香山今年亦以內亂願隸美國版圖聞總統外部已允而議院多有不以爲然者未知作何處置也　副總統辭行遂赴副總統宅送行

十五日　晴中夜雪

各國公使見美總統是日爲時不久見後僅由義公使作周旋語即各散十二日巴黎來電言雲南瀾滄江上下已爲法有惟米江尚屬暹羅江右屬越南境有議紳名衣丁尼者建言謂宜踞爲法屬十三日又有電言印度洋之客吉島向由法人覓得近日法兵艦已在該島建旗示爲法屬因該島產煤云　因按自各國分裂

阿洲後而風氣又不同英法德各國競佔小島爲已有卽美之不貪他國土地者亦欲購聖駝馬島借海代國埠爭檀香山地矣蓋自英之屬地徧於地球而商務遂甲於各國天下莫強各國知其然也遂起而效之雖以俄之向恃陸軍稱雄者亦亟亟焉以增強水師爲事過此以往小弱之國先亡愈小弱之國愈先亡亦猶周之春秋將幷而爲戰國矣

十六日大雪

是日爲西歷三月四號向例美國總統四年一換本年適屆四年之期外部於先三日來函幷送到入議院門票訂公使參贊繙譯等員同往觀禮隨員學生不與焉巳正往至議院門驗票後導入

客廳此廳以花紋石造成如大理石棟梁柱礎牆壁一律各國公使均到至午初入議院堂上下議院紳均齊集眷屬則坐樓上舊副總統已先到正中南面坐新副總統由左升座舊副總統與言國事新副總統唯唯言良久舊者退自右下新者乃入座亦正中南面坐至午正舊總統與新總統並行而入並坐於臺下右爲總察院九人左爲各部長坐定教士於臺上右偏宣讀舊章言新總統應接任視事兩總統均無言逾時新舊總統四人先出議院頭門衆隨之至門外已搭臺臺下民萬人臺外兵五萬人四總統一總察院入中堂均坐惟新總統立而語臺下謂伊爲民所舉當以保民爲心所欲與聚所惡勿施本此義而衍之甚長約半時總察

院起立以耶穌教本授新總統新總統受而矢誓乃散兩總統同車兩副總統同車皆四馬至總統宮兩新總統入宮兩舊總統返宅兩新總統遂出宮門上臺閱兵各國公使與焉閱畢各散已交戌初天色昏矣義大利西班牙俄羅斯朝鮮各公使均不赴閱兵之會中夜於養兵院跳舞新總統亦到無論何色人均可到因未赴

十七日晴

泥格拉中墨洲小國也兩面瀕東西洋國中有大湖水程極便爲通商孔道鐵路輪船之利甚厚各國均欲之茲聞該國現已將此項利益准英人獨佔云 因赴祕魯道經厄瓜多國知墨洲小國

英人多操其利權祕魯國入欵已准英人收六十年以還國債厄瓜多國商利英人霸之茲泥格拉又拱手而與英人矣方今時勢與昔迥殊其幷人之國也不削其位號不强其服事不爭其朝貢惟藉通商以奪其利權朘其脂膏利權去而空名自不能存則拱手而讓之間有不願而拒之者則無餉可籌其兵亦不能戰兵艦一臨如發蒙振落耳吁可畏哉

十八日晴

美國駐華兵艦名麥林巡海至琿春查得俄主之於琿春埠極意經營不惜鉅貲築城濬濠次第興舉其造西比利亞之鐵路亦爲將來疆埸之事使彼德堡與琿春聲勢相連大約五年之内必可

成功琿春礮臺水師兵房均不准外人往觀故不得其中詳細該埠之兵四千人皆按日操練可稱勁旅埠外有兵艦六艘駐守云

因觀於此而歎琿春地方已爲俄國之重鎭矣俄人造西比利亞鐵路揚言於衆以爲通商因即不信蓋苦寒之地所産無多安有大利可興惟其國勢兵力偏重歐洲而歐洲無隙可抵故興鐵路使通兵力於亞洲然後左顧右盼便其蠶食之謀爲之鄰者當思所以備之矣

十九日晴

謁梅律師商照會外部事聞新總統新派各部大臣已由議院議准外部葛禮山戶部愷來爾兵部拉門郵政部皮才爾律政部渥

耐水師部黑白內部司米甫農部馬頓　因　按新總統爲南黨所用部臣皆南黨惟葛禮山爲北黨然亦棄北黨而歸南黨者也美國向例總統易則各部皆易不獨南北黨之不相假借卽新舊任同一黨亦不用舊任之人也總統之位如傳舍部臣之置如弈棋而其國不亂者則以立政之權歸議院守政之權歸察院議院之紳舉自民不由總統察院必老成碩望始充是職受職以後則終其身於位而不遷移故其人皆無所希冀亦無所阿附此兩院者實美國之根柢綱維其長治久安者此也

二十日晴

赴新派各部長處道喜至墨公使宅答拜　美國考究家考得歐

洲各國練兵制器精益求精共知共見而國有軍務不獨良兵良將淬厲在先即餉項亦須先備因考德國所蓄之款共藏諸伯林都城司班刀礟臺中者計銀三萬萬圓法國則銀四萬萬圓俄雖頻年饑饉而所儲最巨計銀四萬二千五百萬圓奧則一萬五千萬圓皆非軍務不得擅動義無所蓄須籌於臨時苟有戰局難久支持云　因嘗考歐洲戰局法國拿破侖第一以八十萬人攻俄幾於隻輪無返俄土之戰殺人七十萬德法之戰殺人五十萬南北花旗之戰殺人三十萬以其殺人之衆即知其兵數之多以其兵數之多即知其餉項之巨矣武王伐殷車三百兩士三千人而晉楚城濮之戰已增至車七百乘平邱之會又增至四千乘秦王

滅楚則增至六十萬人始終八百年間風氣卽已迴異則墨守之見不足與論時也

二十一日卯刻雨巳初見日

外部訂見各國公使人員午正各公使均到葛禮山一一握手爲禮查葛禮山業律師當南北花旗戰事曾充兵官槍彈傷其右脛故行時微跛云　因按新總統基利芬卽四年前之總統自光緒十四年退位遂充律師光緒十七年曾至華盛頓爲人駁例而不得直此次退位之總統哈利順亦係律師退位後充書院大教習前任外部長科士達以律師而充外部卸任後仍充律師赴英法辦祕林海峽案今外部長又以律師而任是職美國之重律師如

此以其熟於國家掌故并諳交涉之事也

二十二日　晴　大風　夜雨

上年十二月三十日馬得力來電言日廷因入不敷出力求節省因減出使之費駐墨洲小國之公使可撤者撤之駐美公使之隨員可裁者裁之又裁去駐巴爾底馬黑利法刻士二埠之領事本月十七日南墨洲之烏拉乖國亦以經費支絀裁撤駐各國之使館厄瓜多國現以貧故議將太平洋卡拉佩戈士之諸島賣與德國爲德國兵艦添煤之埠云　因嘗言當今之時如周之春秋將變而爲戰國也自通商之局開小弱之國不能閉關自守如中人之家日與豪門鬬富鮮不傾矣明者知其然故急謀興利練兵以

自固計此一百年間若美若德皆勃然而興若義若日則弛然而弱法則時振時蹶英則日富日強俄國強而未富然其入欵猶與英德美法頡頏且日興鐵路辟土地亦可畏哉盛衰相倚伏盛者非無故而盛衰者非無故而衰也知其所以然則盛者不衰而衰者可以盛矣

二十三日雨

昨日伯林來電言接東阿洲信德國駐游壬會拉國之兵與土民接戰獲勝斃土民甚衆奪獲軍器甚多德兵傷亡僅數人焉查一千八百九十一年德兵爲土人所敗亡三百人兵官亦殁軍器悉失如是者非一次一處德人遂視爲畏途此次大勝後軍氣已壯

土人懾服矣　因　接德國陸兵素稱勁旅乃屢敗於阿洲則阿洲非無人焉又查前此德兵之敗實因阿洲土人有英將施旦來爲之主謀益以主客多寡之形故不能敵自德與英說合謀定後動而土人遂不支乃知新練之衆不能敵久練之軍而將兵者非其人亦不能操勝算然則練兵不易而選將尤難非籌之有素必不及矣

二十四日晴

上議紳英吉利士來辭行年七旬餘矣係英人入美籍　因　以其不附工黨立往答拜相見後言本日酉刻即附火車回本省回省後亦必駁論禁華工例也　因　謝之又言上月二十六日倫敦來電英

國政事下議院之權日重上議院雖屬有爵位之家竟不能與爭權甚至羣詆上議院謂其不知民事而欲廢棄云　因按地球各國有君主者有民主者有君民共主者亞細亞洲若中若俄若土耳其若日本若朝鮮皆君主也土耳其版圖向跨三洲而近年日削在亞洲者已微日本新改爲君民共主而究其權仍在於君至於墨洲之國則皆民主歐洲之瑞士法蘭西亦爲民主若巴西若檀香山皆新改爲民主者法則變革不常自爲德所挫後復改爲民主焉若英若德若奧若義若和蘭若比利時若瑞典若那威若葡萄牙皆君民共主者大抵君民共主與民主之國其大權皆在議院惟君民共主者君意與議院歧可以散議院而令再議民主

之國則不能此中又有分別矣

二十五日晴

照會美外部駁詰禁工新例是夕赴梅律師處屬其默託戶部且勿拘人又聞二十日倫敦來電言向來由美赴英之輪船以英國利威布海口爲總滙之區乃近年以該海口不如受漢頓海口之近倫敦遂改於受漢頓海口總滙茲英國防美公司壟斷將奪其利權特設火車凡輪船之滙於利威布者所載搭客即由火車迅赴倫敦以冀便捷云　因按趨利乘便者人情之常不能禁也孫武子云善戰者因其勢而利導之管子云政在順民心美國輪船改由近倫敦之海口附船之人自便之則利權爲所專矣英人不

能禁之而思所以爭之則惟有更求便捷之法美自不能專其利焉今地球各國立約均以通商爲名夫曰通商固必有通商之道也彼等皆鬭智鬭巧者此其一端耳

二十六日晴

二十四日祕魯來電言俄世子坐羅達兵艦已抵祕國又言俄國現造西比利亞之鐵路最爲上緊一以利便軍務一以遷徙貧民亞洲內地沃壤多荒既有鐵路徙各省窮民於此使之開墾可以足食將來糧產豐盈運之出口亦易其鐵路所過之地無高山大川每一米祇需銀二萬九千圓云　因查俄世子已遊歷歐洲亞洲今又遊墨洲矣西比利亞鐵路俄人自言𥁞於商務他國均謂

便於行軍平心而論商務固非全無益也惟俄好兼幷爲之鄰者均有戒心且其鐵路通至琿春已臨中國邊界亞洲各國又爲俄人素所覬覦俄人又好左衝右突不耀德而耀兵各國謂其便於行軍實誅心之論矣顧其事煩重非可遽能指麾如意故於軍事未見端倪稽之往古漢武帝之通西域晉王濬之造樓船其意何居可徵諸前事焉

二十七日晴

上議院紳麥化順訂於本宅見副總統因偕繙譯於戌初往至則副總統已到議紳陸續而到各國公使惟見英德日本及墨洲各國數人有名撒拉芬者自言昔充兵艦帶兵官曾至天津見李傅

相極荷傳相枏待之優麥化順向詆蓋力禁華工之例以爲違約
幷詢中國已興鐵路信否 因 答以京北現已開辦直隸省開礦之
處久已興造現亦推廣此外湖北河南通京之路方議合辦尙待
興工麥化順曰中國民數至多礦產至富民俗儉樸而耐勞如能
大興鐵路不過六十年必能立致富強冠於地球諸國又中國災
祲屢見議蠲議振報不絕書究之振蠲之補苴不足拯救於萬一
如有鐵路利之出於地者日闢民之食其力者日多戶有蓋藏何
至遇偏災而不給哉 因 頷之回館已亥正矣 因 按鐵路之富國
足民實無疑義且其益幷不止此會疏陳矣美國富強之驟實本
鐵路凡公正官紳憤苛例之違約者皆爲 因 剴切言之此又其一

地

二十八日晴

昨晚上議紳及布生可六等均係向詆禁工者晤言最久言日本政府以俄人造西比利亞鐵路格外遷緊以爲可慮上年曾派駐德使館之隨員武弁由德都乘馬自陸路赴西比利亞沿路察看并照會俄廷保護該武弁已行抵瀕東洋之烏拉地咼司鐸海口云　因查俄造西比利亞之鐵路各國均有戒心光緒十六年英德各派兵船至琿春十七年美國亦如之上年日本又派武員至西比利亞蓋英人防其爭亞洲之形勢奪蘇彝士河之利權美則以烏拉地咼司鐸近瀕大東洋德日係近鄰一慮其調兵轉餉之

易一慮其蠶食之易也且日本之唐太島已爲俄所據矣其能無戒心哉

二十九日大雪至地即化樹上稍留寸許

俄戶部會計今年出入兩欵出欵溢二百兆羅布無可彌縫擬節省水師經費二十兆鐵路經費三十兆仍短一百五十兆則擬加征內地稅項整頓鹽課叉恐大饑之後饑民不堪重稅則擬借貸惟歐洲各國富商多係猶太人俄人近年待之太刻招怨已深猶太人已相約不肯借貸現籌措頗難云　因按俄之入欵亦計銀三萬萬餘兩與英法美德頡頏而入不敷出者則以建鐵路興戰艦增兵額爲費太多也交國債之息太鉅也其強雖亞於英其富

實不敵諸大國蓋祇知兼并開邊而不知持盈保泰此國用所以不給也然猶幸其國用不給不能逞欲以肆其封故民生之禍稍緩否則爲之鄰者防不勝防矣

二月初一日晴雪已消盡感冒

申初各國公使見總統義大利墨西哥兩公使資格最深總統與立談數分時又與英公使立談一分時其餘握手點首而已聞正月二十六日俄都來電言中國將派兵赴巴馬爾境俄亦派步兵二隊礮兵一隊於西歷四月趕到巴馬爾境英國以俄已佔巴馬爾特於印度邊界之氣拉土城建造礮臺添兵駐守蓋氣城實由巴馬爾赴印度之要隘也該地土人羣起攻英爲英所敗傷斃二

百名云　因按俄踞巴馬爾境已閱一年度非空言詰責所能止也印度者英之外府卽鴉片一項每年朘削中國者計銀四五千萬兩其地近俄此俄人所垂涎者此外若新金山若卡拿大均隔大海俄水師弱於英力不能及亦不覬覦然則熟審彼已之勢俄之所欲得者印度英之所恐失者亦印度也

初二日晴

美國賽會德國以極大電燈赴會前已聞而誌之茲聞克虜伯礮廠已造成巨礮一尊由輪船運赴會所查此礮重一百二十四噸合中國十九萬餘觔口徑一尺九寸長四丈六尺二寸及遠十一米合中國三十六里有餘容火藥七百磅彈重二千磅三十里之

間可洞穿厚二尺之鋼板其彈子一顆需費一千五百圓每放一次需銀一千六百圓云 因按德國前會以重百頓之鐵塊赴英賽會今僅十年而礮之重又過之足見其制造之日進矣地球各國惟俄國克龍斯達的礮臺鐵甲厚四尺八寸餘無聞焉則此外之臺均不足當其轟擊矣戰船鐵甲太厚則沈是現時鐵艦亦未有能當之者矣百頓之礮價銀十萬兩茲又增巨則價必過於十萬矣試放一次需銀一千餘兩欲其命中非熟不能則試演之費又巨萬矣苟非國帑之充安能給於用哉

初三日晴

美外部新准美國駐墨西哥公使電文言墨廷於上年六月出示

凡粟豆兩項向免入口稅者今復征收又威內薩國於美國運入之下等豬油均加重稅云　因接墨西哥處北墨洲威內薩處南墨洲一極貧一極弱墨之民數不及十兆威尤少矣乃其於收稅均有自主之權故稅可以減可以增可以減而復增蓋以物產之豐歉無常國用之盈虛難定有心者必維持調護於其間乃不至以利權予敵國而使敵國操利權也如以務財用者為小人而鄙而不言是任他人之朘削而以為無關痛癢可乎哉古人有言曰磨礱砥礪不見其削有時而盡吁可畏也

初四日陰

上月二十二日可倫國來電言英國駐哥打城公使傲很無禮侮

辱其民各塾學生散館稍失禮貌卽批其頰國人恨之近日乘英使騎馬出遊勒令下馬辱之二十八日倫敦來電言美國駐摩洛哥之領事出遊爲人所毆幾有性命之憂摩政府賠銀五百圓作爲養傷之費二十九日羅馬來電言義都美國使館爲匪人炸藥所轟公使巴打幸未傷斃云　因按近年公使領事不洽之案層見疊出光緒十四年英國駐美公使以干預保舉總統事爲美斥回法參贊調古巴爲美國醫生所控扣留行李比利時公使以避暑至遠村馳馬爲巡捕扣其車瑞士公使以避暑處鄉村爲婦女所控遽交巡捕美駐智利國公使伊干智利以兵圍其使館派赴日國加羅闌島領事日國不肯接待法國日報詆辱公使而德國

遂撤回其使各國公使亦有責言自通商局創而交涉之事多齟
齬之端亦多兩強相遇尚得其平若一弱一強則鮮有平允者蓋
陽示和好而陰肆欺陵耳

初五日 陰夜雨

美外部送到限制歐洲客民入境新例一册其中查察之法較前
加嚴大抵名爲防疫實係禁錮於未上船之先查明籍貫年貌有
無資財有無疾病男女有無室家其赴美國有無親戚有無事業
是否作工入口之後再由稅關查勘不合例者不准登岸又載此
例專爲限制歐洲各國入口窮人與華工無涉云 因駐美國三
年又半美國限制客民入境之例無年不興大抵限歐人寬而限

華人嚴其從寬者防其抵制也然十年以前美國之禁華工亦未嘗不寬也彼固嘗試云耳敵人之犯境也可入則入可深入則深入必不可入則卷旗收隊而退美國限制之例亦如是焉已矣各國聽其所爲則將加嚴不聽其所爲則將從緩或顯予抵制而使美國之商民教士不安於各國則惟有反汗而已祕林海峽捕魚卡拿大墨西哥加稅其前鑒也

初六日 小雨

接美外部來文言所請致意律政部將來於西歷五月散院之期少緩半月俟華人之被拘者提案上審以評新例之是非律政部業已允矣外部葛禮山答拜聞近來墨洲各國殊少昇平智利內

亂又因殺美兵船水手幾致決裂賠卹結案今又與玻利斐亞爭界不和泥格拉國與哥司答立憂國爭界失和山度明哥之民以其總統以國內利權授美爲亂巴西內亂城多失守追勦亂黨入阿鎭丹國竟與阿國邊兵接仗以致決裂又與義國齟齬義已派兵船臨境恐之海代國以拘禁美商爲美所脅瓜的馬拉以亂民擊傷英公使之子英船封其海口吉白海島國已爲英所滅檀香山島國已爲美所有墨洲事日亟云　因按墨洲除美國外餘皆小國能自立者惟智利耳餘則自鄶以下承平之日尚可支持釁觸相爭亦或無恙乃歐洲各國環而垂涎美亦不能不動則將如漢陽諸姬矣

初七日晴

美國水軍武員名費士克留心輪船海面駛行欲知敵人之船離本船之遠近近創一機器精巧異常以之測量不差分寸用之戰艦其益甚多蓋能知敵船相距之分寸則彈藥無空發而開花礮并可從空而入煙通矣現在歐洲兵艦購此器者甚多美國家已獎以金牌矣　因查舂坎礮彈自上落下恒以礮口之斜度爲落下之處之度衡船之衡必熟審兩船相距之遠近作勢然後可洞敵船之脅惟海面寥廓目力失常以意度之殊不足準有鏡測量自有把握矣賞以金牌所以勸後也

初八日晴

昨日伯林來電言近年歐洲各國軍械制作日精槍彈所及無堅不破弁兵雖有護身鐵甲均不能當茲德國之閔寒埠有人思得妙法新創藥水以此水油透戰衣槍彈卽難透穿經德國兵部試驗置此衣於三百英尺之外然槍擊之均不能透惟三百英尺之內彈之銳氣所及衣雖不穿人雖不斃恐亦難免受傷德兵部以爲可用已令照造備用云　因嘗聞雲南深崖產一種草編之爲牌可禦槍彈又閱紀文達五種言古董家甆器一片可以避槍或試之而不驗或弁不敢一試大抵皆空言也德國新創藥水未必如是之奇然以電綫氣毬等用推之當非誑語但使能阻槍彈之力則民生之刼數亦輕因深願其言之驗焉

初九日晴

美國派充各國公使以二等爲止本年議院改章以各國駐美公使有願派頭等者美國亦派頭等以爲報施茲英國駐美二等公使彭士芬已由英廷改爲頭等次日法國駐美之二等公使亦改爲頭等查各國駐美公使以義使法伐資格爲最深故爲首領其次則墨使羅麥羅自英使改爲頭等不復與二等比資於是各國公使赴英使館道喜時義公使已在廣衆之前告退首領云　因按頭等公使有徑見所駐國君之權體至崇任至重也惟民主之國向所未設故美雖大國而派往各國之使與各國派來之使頭等公使皆闕如今美旣改章英法遂卽改章將來俄德奧義亦必

改章而頭等公使遂多矣
初十日晴
初八日倫敦來電言英國議院紳士向無薪俸近日改章每人每日給俸銀三圓六角云 因按每日三圓六角每年共一千三百圓較美國議紳僅三之一耳因查美爲富國外部大臣每年銀八千圓副者四千圓又副者二千圓西班牙國所派頭等公使俸四千圓另公使公費一萬六千圓頭等參贊二千八百圓二等二千圓三等一千四百圓隨員六百圓其駐中國爲二等第一公使俸銀三千圓公使公費七千五百圓頭等參贊一員俸三千員三等二員共三千二百圓繙譯一員一千八百圓總領事一員三千五

百圓領事一員二千五百圓副領事一員一千五百圓均按年計川資信資電費館舍鋪陳另計實不爲豐豈中國之費用輕歟然淇於歐墨各洲亦如是焉

十一日晴

接總署電云已飭滬道撥銀六萬兩蒸　初九日巴黎來電言義國本爲歐洲強國然尚不能與英俄德法比肩故不能獨立一幟自守局外之分近年與德奥聯盟增兵購械既費巨資仍無益於民生國計義國固欲背德奥之盟然亦不願附於俄法如得英國保其自守局外則決與德奥解盟云　因按此法人之謀欲解德奥義三國聯盟之局也義之強雖遜四大國然德奥合之則可以

敵俄法義不與合則德能敵法奧必不能敵俄俄法合兵則德奧難敵矣德奧義三國知彼知己故聯盟久而不渝惟義國近年以國用不足籌費甚艱雖心尚堅而力實絀正當進退維谷之際苟得一策能不聯盟而可不削弱自然樂從則惟有自處局外而得英人之保此策也義或求之英或允之則德奧勢衰矣故以爲法人之策也

十二日晴

美國水師部人員講求兵艦精益求精以近來各國礮廠所造槍彈猛鋭無前雖有鋼甲亦難抵擋惟有制成一宗兵艦可以隨意出水入水無事則浮於水面遇敵則沈水伏行潛攻敵艦近已思

得兩式由水師部撥欵制造云　因按可沈可浮之船西班牙曾爲之法國又爲之似法國之制尤精也然僅欲安置水雷以備守口之用故其式甚小取其便於進退浮沈若用以出洋遠適異國或相戰於大洋海面斷不能壓巨浪而不失常也今美之制之也其仿水雷之式歟抑仿鐵甲巨艦之式歟如仿鐵艦之巨固足以鏖戰重洋然出水入水又未必能靈便二者果能兼乎

十三日晴

謁外部　十一日巴黎來電言俄君親降諭旨催趲西比里亞鐵路工程又言俄國向有保護勃爾加釐亞國之權介俄土之間小國近來勃國不遵俄約束交涉之事一切自主俄以保護爲各國

會議於伯林時所准茲特備照會分致各國政府言俄國斷不肯廢棄保護勃國之權而勃國背之此事有礙歐洲昇平之局請予公斷云　因於是見俄之心也營西比里亞鐵路則志在亞洲爭保護勃國之權則志在歐洲究之歐洲之利不易爭也前此俄土之戰俄軍已薄土耳其都城唾手可得英人護之終不得志且佔巴馬爾之地欲窺印度終不敢與英決裂前事可知然則俄人豈勤而無所哉其所欲逞志者從可知矣

十四日

昨至美外部處謁見者計有德義各國六公使外廳談次聞英國新造一至大商船貨物載滿計重一萬九千頓船舵以整鋼一塊

鑿成以期堅固惟英船廠無此種壓鋼巨器乃由德國克虜伯廠代造又言英國泊斯默得船廠造至巨鐵艦僅需兩年八箇月法國船廠則需七年云　因

主言此船壓浪尚不如一萬頓者之穩也今增至一萬九千頓自又穩矣然非至大之船廠機器不能制造船廠之大實推英國爲首鋼廠之大應以德國爲最造船鍊鋼非由機器必不能日漸擴充蓋人力有限而機器之力無限也

十五日　晴大風

美國新創博物院於山場上年其總辦曾招往遊覽以事冗未赴今年又函請往遂乘車赴約行五里許到院宅以石砌成不甚高

敞以其因山勢爲周陸以棲豢鳥獸不專於院中故也入院門見一鳥如鵲僅一足獨立甚穩鸚鵡兩種綠翅紅頸膺白觜其色之鮮畫工不及野牛與尋常牛同惟脊上有峰如駝獅與法日所見形同惟軀幹甚巨如牛猴種甚多小者僅五寸許頭如鴨卵目灼灼視人似有知識鱷魚大者一尾長八九尺平臥碎石上小者長一二尺游泳水中形如蜥蜴惟蜥蜴之皮光而澤此則有刺如疥癩耳聞其善噬雖獅虎不能敵院外各廠狐狸猞猁豪豬豺狼虎豹象熊鹿瑪梟孔雀鶴鸛分棲狼形全是犬惟尾最巨鹿如牛角之長者五六尺新脫角者項上茸如茄皆往來於草地巨象二共一院豪豬披毛如骨簪作白黑紋虎毛作黑斑爲一字紋豹斑爲

星紋熊所棲之地另依石崖鑿壁爲之穴如巨室外圍以鐵欄有白黑二種其形如犬最巨者幾如牛鴟鳥面如貓惟其口仍觜耳孔雀之雌者尾爲花翎有時展其尾則圓如輪其翎滿輪層疊相間謂之開屏歸而記之

十六日晴

博物院總辦來見言天氣漸煖獅子畏熱將徙赴山村避暑矣又言英國阿母司脫郎礮廠近造大礮至一百十頓可放重一千八百磅之彈有大鐵艦三艘均安此礮快礮兩種一名哈徹司一名拏而飛容三磅六磅之彈每分時可出三十彈今又成快礮一種重四千一百觔彈重四十五磅每分時能出十二彈兵艦有此礮

三尊則可碎水雷船近又造成快礮一種彈重百磅用無煙火藥每一分鐘可出七彈最準其礮架均用水力機器運動升降旋轉悉隨人意以電氣施放只需一人而已　因查英之阿母司脫郎廠與德之克虜伯齊名惟錬鋼不及焉又聞克虜伯廠已造重二百頓之礮而未成如其能成則仿克龍斯達的礮臺設以此礮守以重兵施放以諳習之人鐵艦雖堅無所用之蓋一百二十四頓之礮已遠三十六里二百頓者必及遠五十里可以從容而制敵也雖然其費甚巨籌之殊不易也

十七日晴

英海部大臣募造魚雷艇者以每一時能行一百八十里爲度且

長不得逾十六丈重不得逾二百頓以期進退靈捷云　因查英於水師極爲認眞他國兵船皆以水手充兵丁英國不然近年德奧義諸國均留心於水雷以三雷船卽可破一鐵艦權其價值多寡相懸故多制鐵艦不若多製雷船之合算也美國創造可沈可浮之兵船卽此意也

十八日晴

德國以俄法二國整頓武備增添水陸軍額實逼處此不可不防擬添陸軍六萬人此項兵費商之議院又以官辦之鐵路入欵無多擬於煙葉重稅照舊稅加征百之三十五云　因按泰西各強國蓋無一日而忘危者矧德之介於兩大耶其民皆習戰陣其廠

自制軍械兵費雖巨而金銀尚無漏巵所以能持久者此耳加征煙葉稅百之三十五蓋向之征一百圓者今征一百三十五圓所加雖驟而煙葉非民生必需之物尚不病民其中固有深意存焉

十九日晴

未刻江海關來電滙到經費外部葛禮生訂見因偕繙譯往見外部言蓋力所定之例太苛擬商戶部通融辦理以期兩國和好因答曰本署照會已屢言領照註册照相三者均屬違約必不可行外部言照會已見但可通融辦理領照之事亦不能廢因曰如此兩歧不足爲守約也外部曰此事由議院所議總統所定外部不能擅廢仍當聽議院主張耳又問公使田貝如非中國所喜將另

派人囙日請函查之不敢質言餘皆寒暄語

二十日晴

謁梅律師考美駐各國公使每員每年俸薪駐英俄德法墨各一萬七千五百圓中國日本奧義日巴西各一萬二千圓土耳其智利阿鎮丹可侖祕魯各一萬圓巴拉圭檀香山比和瑞典那威丹馬威內薩各七千五百圓朝鮮兼總領事七千五百圓玻利斐亞厄瓜多各五千圓夸的馬拉闃都拉二國共一萬圓瑞士五千圓泥格拉哥司荅力戛利耳瓦多耳三國共一萬圓希臘羅馬尼亞蘇佛三國共六千五百圓以上均係一二等公使波斯葡萄牙暹羅海代各五千圓駐海代公使并兼辦三德明哥事理白利公使兼

總領事四千圓以上爲三等公使美駐各國參贊每員每年俸薪中國英俄法德日本二等參贊各二千六百二十五圓英法德三等參贊各二千圓中國日本須諳所駐之國語言文字奧義日土巴西墨西哥三等參贊各一千八百圓智利祕魯威內薩朝鮮各一千五百圓美駐各國繙譯俸薪每員每年中國土耳其各五千圓日本波斯兼總領事朝鮮兼總領事一千圓暹羅五百圓日國寫字人一千二百圓

二十一日小雨仍霽天氣驟熱

上議紳富施士來見又考美駐各國領事每員每年俸薪駐倫敦巴黎利華埠夏灣拿巴西四國各六千圓駐上海香港格耳葛打

各五千圓駐美爾巴尼四千五百圓駐伯林檀香山戛拉戞滿得厘耳英屬加拿大墨西哥巴拿馬各四千圓以上爲一等駐黑利法維也納各三千五百圓駐廈門廣東鎭江福州漢口天津法國之哈華埠祕魯之嘉里約埠各三千五百圓以上爲第二等駐中國之甯波薩摩島之受比駐君司但丁厄瓜多法蘭福亞得劃羅馬彼德堡奥之潑拉記比之安都智利之佛爾巴萊蘇野羅貫之滿脫佛都法國之巴地刻司德國之拜名英屬之孛耳發布拉福地茂拉猶萊士哥更士頓滿旗士打星加坡日本之長崎大阪黑哥墨國立佛拉刻羅古巴之墨炭石瑞士之倍西爾可侖之箇龍各三千圓以上爲第三等駐尼佛拉來多二千五百圓駐阿鎭丹

之白拿阿萊士奧之鼇濤伯比之普羅士丹屬之聖大麥士法之拉安與麥西臘士德之阿內白阿刻西拉卡倍布萊門布龍士會氣母尼得萊騰黑巴麥引司希臘之阿神士英屬之白明夏騰地鼇甫拿丁黑西非奪呑士太域多利亨特士非墨之巴剎地拿日之新勿過聖底哥地口巴瑞士之散格利士屬之司米拉各二千五百圓以上爲第四等駐炭階奧之脫利士得巴西之白拿白哥可侖之白藍口拉哥司答力戛之聖嘉士法之利母士散愛丁德之哥羅克列法大西多鼇希紐萊伯司脫戛松尼白麥地潑英屬之卡地甫氣達哥刻特部林騰弗林黑米頓利次那沙巴羅士巴司旦鼇聖都麥士聖嘉司希布羅雪梨都龍士閧都拉之地格西

格伯義之伯拉馬馬達戞司戞之太麥推甫墨之阿客潑甫毗特拉士尼爵拉士和之羅拉達尼格拉之慢拿記聖舊地那俄之亞地刹刹耳瓦多之聖刹耳伐多日屬之伯萊哥小呂宋聖舊恩刹吉拉爵藍瑞士之好琴石力氣士屬之皮勒旗勒刹萊威內薩之麥拉開婆各二千圓以上第五等駐巴西之白西巴拉散多士比之利旗佛肥士卡羅林島之巴南丹之哥內海涇法屬哥內格地羅麥丁尼口尼上德之布萊士老記耳慢西母門尼氣英屬之阿姆黑司波安的吉亞刻蘭白培大司白墨達布力士多布落刻佛蓋潑當壳底可昔郞嘉羅地當刻力頓福愛鼇哥特力氣吉孛拉耳打蓋甫庚司頓崙頓麥打馬力士白紐開士得爾安丁口倍皮

多巴火巴刹尼巴司旦萊潑萊司可沙達頓聖海崙拿散嘉散司底分士司脫萊福三江華萊西伯溫沙溫尼倍華司多野毛甫義之開士脫來美刻炭尼勿老崙司吉拿利亨美新拿密藍內白耳士墨之麥太馬拉茂力大拿蓋爾士推畢哥和之鴨姆士打大日牌西龍尼卡地士卡滕內司滕尼麥拉戞瑞士之琹尼佛各一千五百圓以上第六等駐比之琹脫巴西之拉亞搿藍地大沙法屬之阿耳及士南地司阿非力加格盆埠之商董德之司脫丁英屬之孟買格士白生西拉鼇安脫刻島溫沙義之文尼士各一千圓以上第七等

二十二日小雨仍霽

美駐各國公使及隨使人員因詳考而志之其公使之俸不同者以所駐之國事之繁簡不同也至多者按年一萬二千圓至少者四千圓且有一使而兼兩國三國者其俸薪亦不多蓋事簡也參贊分爲二三等至多者二千六百餘圓少者一千五百圓繙譯一途所設不多者以歐墨兩洲多同文之國公使自諳其語言文字可無須也惟亞洲各國有之以語言文字不同也多者僅兩國少者至每年五百圓繁簡殊也領事分爲七等由六千圓遞減至一千圓不但駐此國者與駐彼國之俸不同卽同駐一國而俸之多少亦不同如駐上海香港之領事則五千圓駐福州廈門廣東鎭江漢口天津者則三千五百圓駐甯波者則三千圓蓋量地而用

人卽量材而受祿祿之豐殺視其缺之繁簡而分其不強同者正所以求其當也

二十三日 小雨天煖夜雨

檀香山國內亂之時日本曾有兵艦一艘巡泊該口聲言美國如保護檀香山他日或薄待日本流寓該島之民日本必以力拒近日日本又續到兵艦一艘方美國未允保護檀島時日本駐檀之員與該島政府商爲保護且昌言該島儻不歸美國保護日本政府願任保護之權云 因嘗聞美國官紳言保護之事非同兒戲以美國之密邇檀島尚須審愼以出者恐力有不逮則得而復失將貽笑於人也且現在之欲得檀島者爲英國日本內度兵力與

英孰強外度英人肯拱手而讓乎況美曾以兵艦攻日本矣日本不能自保何以忽有餘力以保護人耶誠莫解矣

二十四日雨

梅律師來商議照會外部之稾請將以前工黨焚殺華工之案一一查明年月增入稾內　查美國礮廠國家設者二處一水師大礮廠在華盛頓城水師廠內　一華打威利益大礮廠在紐約省威司特的來　商家設者七處一威司特杯煙特風地利大礮廠在紐約城沽路司丙冷　一修甫波士頓大礮廠在馬薩朱昔省修甫波士頓　一壳蓋司阿特南司公司小礮廠在華盛頓城邊施溫尼阿街　一的力司阿特南司公司小礮廠在華盛頓城十四街　一威林

加南布晏順司小礮廠在邊省費城一布拉城威特尼公司小礮廠在幹匿地葛省哈富城一格林礮公司小礮廠在幹省哈富城

槍廠國家設者一處一司丙令斐特螺紋槍並亮蓋司螺紋槍在華盛頓城軍械廠製備 商家五處一沽路特槍廠在幹省哈富城一溫者士打連响槍廠在幹省紐希溫城一李槍公司在紐約城一布拉地威特尼槍公司在幹省哈富城一林明敦槍公司在紐約省衣利安

船廠均商家所設共二十九處一林加南布晏順士船廠公司在邊省費城一天仁埃仁華克士船廠在嘉省珊潞昔士哥 一巴甫仁華克士船廠在緬省巴甫地方一哥崙比埃仁華克士晏杜禮篤船廠公司在馬理蘭省波地摩城一高離士煙占

兒省威明頓城 一 者衣治大洛煙賤船廠公司 在紐遮西省甘定
廠 在阿挨阿省基利夫倫城 一 布西晏尊士船廠公司 在地拉威
里華挨仁涉卑丁船廠 在邊省者士打 一 治拉布挨仁華克士船
闌士弟路船廠公司 在馬理闌省巴羅士杯煙特 一 地拉威兒
涉卑丁晏杜黎篤船廠公司 在華前尼阿省紐砵紐司埠 一 馬理
仁晏洛甘塵弟甫華克士船廠 在嘉省珊藩昔士哥 一 紐砵紐司
士頓城 一 阿闌的挨仁華克士船廠 在馬省波士頓 一 黎司頓挨
西省衣禮沙拔甫砵 一 西地杯煙特華克士船廠 在馬省修甫波
廠 在挨阿華省都卜克 一 山廟路塵兒晏順士船廠公司 在紐遮
尼阿令船廠公司 在紐約省布碌連城 一 挨阿華挨仁華克士船

一尼非晏黎威船廠在邊省費城一地代杜禮篤船廠公司在米
施根省地代埠一基利夫倫涉卑丁船廠公司在阿埃阿省基利
夫倫城一天仁杜禮篤船廠公司在紐約省巴法羅城一煙衣甫
巴麻船廠公司在紐約城一理治門洛甘摩地甫華克士船廠在
華前尼阿省理治門城一修甫華克浮煙地理晏馬先船廠公司
在邊省費城一渣里士列他晏順士船廠在馬理蘭省波地摩城
一哈蘭晏賀令司華富船廠公司在地拉威兒省威明頓城一渣
里士黑路門涉晏煙踐卑丁船廠公司在邊省費城一舍路杜禮
篤晏涉卑丁船廠公司在華盛頓省舍路埠一標接爽煙賤尼令
華克士船廠在華盛頓省砵當勝埠一洛活滿紐法朱令船廠公

司在馬省衣士特波士頓城

二十五日晴

美國船廠槍礮廠分計若干設於何地已詳之矣因論美國家上年製造鐵艦巨礮不由國廠而由商廠言商廠之價較廉也地球各國槍礮廠以德之克虜伯規模爲最大工作至六萬人富可敵國英國阿姆司脫郞次之皆商廠也凡事之經官辦者弊多而商辦者弊少西洋各國亦然顧有商廠以相形容則官廠尚不至過於壟斷亦不敢十分舞弊若無商辦而僅由官辦雖有廉明之大員稽查亦必不能無弊也

二十六日小雨

法國與阿洲之達河米國搆兵屢爲所敗法廷以該國均係黑人安有智謀必有歐洲人民爲之謀畫迨平定後查得實有德國商人爲購軍火已有實據遂逐出境本月二十二日巴黎來電言法廷以德人一名在魯安埠偵探地方官拘之監禁該德人於監中稟德國駐法領事及公使爲之伸雪而法之書信局不即爲寄及至法員查明該德人實係無辜釋放後始行送到茲德公使已向法廷詰問云　因按此二事之虛實難明而二國之芥蔕可見如二事全實則爲德之讎法如二事全虛則爲法之讎德且私售軍火暗行偵探各大國皆有之法之於德何獨不然但未遽敗漏耳若法爲弱國則必不敢嚴辦若德係弱國則必不敢徑行蓋以弱

當強則弱者之理不能直伸而強者之勢且可反噬今皆係強國

則無可設施不過敷衍息事而已

二十七日晴

赴大將軍史戈飛茶會見德國俄國朝鮮及墨洲各公使下議紳

司斌介聞美總統近日所派出使各國諸員名約士底駐法國倫

勇駐德國力斯萊駐丹國拜亞駐英國爲頭等公使布羅海駐瑞

士脫力潑駐奧國阿拉克散大駐羅馬尼亞希臘蘇佛諸國愛溫

駐比國泰拉駐日國脫利耳駐土耳其國已交議院議准云　因

查美國更換總統之年凡欲得總統者必有助之之人爲之招徠

保舉事成則以各缺爲酬勞故總統更換各處之缺均多更換也

使英之拜亞郎基利芬前爲總統之外部今爲頭等公使然則德俄法義奧日諸邦彼此均將改爲頭等矣又聞新派駐奧之領事名澤德者爲猶太人奧國不願接待謂從前美所派駐之公使其妻爲猶太人奧不接待有舊案存美廷將改派矣

二十八日陰子刻以後雨

自上年以來墨洲諸小國紛紜多故檀香山爲美所佔巴西阿鎭丹民變海代國因監禁美商美國調兵艦以脅賠償祕魯國人焚刦美使館美廷業已詰責吉白海島國英已踞之威內薩國拘逐義人三德明哥國以關稅由美國權收而民變尼格拉國與哥司答立戛國爭界失和可崙國既侮英使又值歲饑其勢岌岌戛拉

憂國與閧都拉國業已決裂交兵矣　因查亞墨利加一洲四百
年前榛榛狉狉既無史乘莫由知其治亂若何自可崙比渡大西
洋而來風氣日開遂不能閉關自守始爲西班牙屬國繼乃自主
今又不能自主英法德美各國或爲保護或令入貢或佔其海口
創其版圖連雞之勢不能俱飛團沙之情不能合縱數十年內可
決偕亡計其開闢至今僅四百年彈指滄桑殊可慨也亦可畏也

二十九日晴

外部葛禮山請赴衙門商議公事因偕繙譯往晤葛禮山言二十
七日所來照會已領悉惟屬勿拘拿華人一節此應俟總察院斷
定此例之當行否如以爲不當行自然不能拘拿因答曰美國務

民本惡華人今政府創爲拘拿自然益無忌憚但恐釀成焚殺之禍如以前洛士丙冷諸案總統新即位貴大臣新到任似不顧見此宗變故故請勿拘拿以冀息事甯人外部曰將來行例必當如貴大臣意格外從寬且總統頗不以此例爲然諒總察院斷無不駁似可放心因曰向來總察院散院之期正值行例之日所請稍緩十餘日以俟判斷之說自然必確外部曰已與商矣但尚有一事相詢究竟田貝在中國聲名如何因曰聞諸傳言有以爲是者亦有以爲不是者已發書詢實在情形矣外部點首曰不日當有覆文遂散

三月初一日 辰初大雨雨止而晴

日斯巴尼亞聞三得明哥國稅歸美國代收又以古巴一島相距甚近恐美國之吞并即調兵艦赴古巴保護嗣據美國駐日公使照會日廷言美無覬覦古巴之心乃調回所撥兵艦云　因於光緒十八年春赴古巴查古巴一島與美鄰較檀香山尤近日國前四百年所闢墨洲之地以後或由地主自主或爲他國所踞其尚存者惟古巴耳而古巴之民常苦日國苛斂故前此揭竿謀逐日員而自主終以不勝仍降於日日廷恃爲外府而終不恤其民民之思亂久矣如古巴所鄰者爲歐洲強國久已顧而之他特美國尙率創國舊章不願佔他國土地故剎果猶存耳然日之國勢漸衰而古巴之積憤已久如不整頓終必如墨洲諸地轉屬他人焉

初二日晴

二月二十一日檀香山來電言日本國聞檀島內亂派兵艦二艘來檀駐泊適有日本人之犯重罪逮繫者逃赴日本兵艦隨由檀政府照會日本駐檀公使請交逃犯日本公使覆以萬國公法內載各國兵艦無論下椗何處均照本國土地例視該犯既逃回兵艦日檀兩國無互交逃犯之約未便交回當俟本國政府明文辦理又聞美新總統不願保護檀島已於二月十二日派下議員外交處紳布郎赴檀察看情形二十九日來電言留心訪查該島民情實願自主因將美國旗號收回并撤水師兵弁回船仍由該島官民自治亦不准他國保護云　因按美國處置古巴檀香山事

頗有合於仁義之道日本所爲則未免霸氣也美國力可爲而不爲日本力不可爲而强爲兩國海軍强弱昭然益以越國鄙遠彼己之勢不待審度然則美如保護檀島日本固難與爭美不保護檀島日本亦難獨佔也

初三日晴

英國自兼并緬甸後駐防之員察得地方大害以鴉片爲最業已嚴禁私相買賣惟向來吸食者勢難立時戒斷現已定章必須先赴衙門聲明挂號給憑方准吸食云　因嘗聞法國駐越南之兵英屬印度之民近皆沾染鴉片則其難於設禁也明矣又聞英國禁鴉片會以中國之加鴉片稅而各散則其重於利國也明矣又

查本年德國增兵之費計近千萬卽取諸菸草之稅美國呂宋煙稅每磅征銀四圓菸稅如此則鴉片可知矣美國煙膏之稅每磅征銀十二圓則視成本已三倍矣窺其用心大抵於事屬當禁而又難於禁者卽以不禁之中寓禁之之意其從吾禁也固可以裕民其不從吾禁也亦可以裕國英於緬甸鴉片一物不准其私相買賣則必榷稅無疑又令吸煙者挂號領憑則榷稅亦無疑可以知其用意矣

初四日晴

德人辦理朝鮮稅關者名果克來謁　巴西國征勦叛民追過烏拉乖地界甚至騷擾烏國人民至於失和其兵船之泊巴拉圭者

與地方齟齬輒開礮轟擊其都城巴拉圭國向巴西政府詰問巴西不理且另調鐵艦一艘至巴拉圭恫喝云　因於是而歎海軍之不可缺也南墨洲皆小國智利稍強其前此勝祕魯亦如郲之勝莒耳巴西不如智利而恃其兵力淩轢極小之國墨洲風氣漸囂張矣昔日本恃其兵艦以侵臺灣今亦覬覦檀島風氣如斯積漸實非一日申公巫臣與莒子言勇夫重閉蓋亦識時務者乎

初五日雨

英公使來函言已遞頭等公使國書是夜亥正見客因偕繙譯往見并晤美外部葛禮山戶部愷來爾之夫人大將軍水師部大臣各國公使惟法國公使未到　奧國步軍向分二十五隊茲因德

已增兵今於每隊增一百四十四人礮兵則增二十八隊增兵之費初年需一千萬圓以後則按年五十萬圓本月德國政府向本國商民貸銀一千三百萬圓周年納息三釐收銀照八六折願貸者溢至三倍云　因聞德主因俄增兵額商之奧義兩國亦擬增兵而義以餉絀不能增德主乃爲自增之計今奧國亦從之不得已也德之軍械取諸本國之廠其貸欵籌諸本國之商雖八六折而納息甚輕且此項爲軍餉之費則仍散之本國之民國用雖費而非等漏巵也然則居今之時當擾攘之局偃武不能爲緩急亦常有惟有設廠自製軍械講信以孚民心庶利源不耗於外國耳

初六日晴

巴馬兒事前聞俄人願與中英兩國分而立約不願三國合而立
約俄人又謂中國注意巴馬兒急修邊備遂亦調兵赴巴上月二
十二日印度來電言俄造鐵路直達印度一旦有事數十萬衆可
呼吸而至長驅犯邊茲英亦造鐵路直達俄界以禦之又於隘要
修築礮臺工程漸次告竣將來俄軍犯界進戰退守肆應裕如運
糧調兵諸臻靈便此後可高枕無憂云　因於此窺強俄之用心
亦於此得防俄之善策俄不願與中英合約者防中英勢合則俄
受牽制也否則三國分界自應三國共商如美與英法爭祕林海
界清界之舉固合三國而公議也俄造鐵路以達印邊英亦造鐵
路以達俄邊調兵轉餉咄嗟可辦迎而拒之要而擊之庶不至緩

不及事也因於光緒十年巳疏陳矣

初七日晴中夜微雨

謁外部戶部之夫人　二月二十六日倫敦來電言英國今年添造頭等鐵甲二艘二等一艘較以前之鐵艦尤速安置重六十七頓之鋼絲新式礮又造破水雷之快船六艘每一時辰行一百八十里造成後試驗合用則添造十四艘共需銀一千四百二十四萬零一百磅其頭等鐵甲每艘需銀九十七萬磅又卡達麥船廠所造之鐵艦一艘容一萬四千頓馬力一萬三千匹每一時辰行一百二十里其礮亦照以上之新式云　因按英國今年所增之兵艦共需銀一千五百餘萬磅合中國銀七千餘萬兩古之所謂

糜餉者未若是也即今時各國之所謂糜費者亦未有如是之甚者也然其材料取諸本邦其工匠集諸本地其價值散諸本國之商廠此七千餘萬兩之銀雖出於國帑仍毫無漏巵且藉以勸百工而制造日精武備日盛敵國隱消其覬覦誠計之得者矣

初八日晴

二月初五日馬得力來電言日國前派兵艦以防美之攘奪古巴嗣知美無此意隨即調回茲聞法國派兵至三德明哥登岸日廷驚駭擬即調兵艦往探矣二十五日巴黎來電言法國接駐越南總督電文法兵於二月十八日已據暹羅米江中之哥恩海島暹羅不敢與爭又聞阿洲之摩洛哥國東鄰法屬之阿爾枝়地方

近法人於其邊界造鐵路以達摩洛哥云　因聞法得越南後墾
地通商哥壟麥座刹根三埠房屋日增荒土日闢氣象新矣英人
本垂涎暹羅徒以暹主修好於英未忍削滅茲法爲戎首英人未
必肯讓暹羅危矣摩洛哥國地當阿洲要隘英德法義日五國久
已覬覦莫敢先發者慮爭之者衆也今法人於毗連之地興造鐵
路一旦調兵奪隘猝不及防摩洛哥豈能力拒但未知英德義日
四國皆肯拱手而讓否耳
初九日晴
上議紳佳黎生訂見日國水師提督亥初往見總察院各部各國
公使惟英法德朝鮮未見歸時已子正矣　美國議院去年議增

淺水兵船兹已繪圖發廠照造又因水雷購自他國緩急難恃既不敷用且慮銀錢漏巵已於黑立發刻士地方創設造水雷廠以備兵艦之需且期精益求精云 因按光緒十年中法開釁粤省於美國購黎槍美廠不敢運粤僅交香港臺灣所購之槍將到時爲法國兵艦追查乃盡棄之海中則緩急難恃之證也方今邊防日亟偃武無期槍礮兵船水雷諸械購自外洋有限錙銖去而不返漏巵之弊長此安窮譬如久病之人元氣日虧體質安能強健美國所策其有所見於斯乎

初十日 小雨

日本輪船由横濱赴舊金山載有妓女多名日關偵知即拘留上

岸從嚴訊辦二月二十六日馬得力來電言接小呂宋總督電文所屬太平洋之毗琉海島近爲日本兵船所踞亟請設法增兵查此島在小呂宋與格羅闌島之間太平洋之北距小呂宋四百五十米居民萬人地尙膏腴云　因查日本商船向往來上海長崎橫濱近年至檀香山又至美國之金山漸推漸遠商務漸擴矣海軍之力似不敵西班牙而居然佔踞其屬島此未必確或者毗琉一島始爲西班牙所得繼而棄之如荷闌之於澳大地亞則人棄我取不能指爲日本之侵吞然西班牙既有權衡以兩國海軍之強弱日本似難終踞焉

十一日晴

卯正興辰初飯飯後啟行赴紐約申正到晚飯畢即往謁大狀師矗剔阿物士利亞頓商請矗剔利亞頓於西五月八號赴華盛頓公堂駁例以阿物士在紐約提調諸事又慮美員騷擾華民另請狀師文阿倫專護華民如其至期有巡捕拘拿之事則由文阿倫阻止阻之不能則向公堂保釋候審商議妥帖回車已戌初矣因至諸狀師辦事處其街爲紐約稅關及稅庫兩衙門所在觀其工料堅固之至自地至頂均用徑方六尺之白石砌成玻璃窗甚小仍以鐵棍縱橫爲格水火盜賊無從損傷自非地震當可屹峙數千年矣

十二日 大雨

卯初興辰初飯飯後偕繙譯巡捕赴會兵船已艤海畔各國公使陸續而到惟未見朝鮮使臣耳英俄兩使均乘本國兵船赴會者爲代辦墨洲各國半攜眷屬歐洲惟葡使挈其夫人午正出海總統攜后并各部長爲一舟各國公使共一舟總察院上議紳各部副員爲一舟而總察院不願到云將散院亟須清理積案故也午初設醼甚豐水師弁兵伺候一切午正醼畢展輪出口則各國兵艦星羅碁布未見起椗名爲操演實未操演也惟本舟過時則聲礮耳火藥之煙瀰漫海面至兩船不相見回舟已酉正矣又至大狀師處訂定屆期提案至華盛頓總察院衙門訊駮

十三日晴

辰正附火車返署查昨日各國赴會兵船英國頭等鐵甲四艘一名壁立容九千頓馬力二萬匹每一時辰行六十四海里裝煤一千五百頓兵頭三十四名兵五百二十九名此船爲至巨至速一名柯士耶容五千六百頓馬力八千八百七十六匹每一時辰行三十七海里一名麥知辰容二千九百五十頓馬力九千二百六十二匹每一時辰行三十八海里一名拖打容一千七百七十頓馬力三千八百二十四匹每一時辰行三十四海里又半二等鐵甲一艘名白列　容七百五十頓馬力一千三百零二匹以上共五艘皆亦　內所成法國頭等鐵甲一艘名眞白容四千一百六十頓馬力七千八百四十六匹每一時辰行三十六海里木戰船

一艘名亞利儒士容三千六百頓馬力四千一百三十二匹戰船一艘名下賽容八百八十頓馬力七百八十七匹以上共三艘有前十年以外者惟頭等係新成德國頭等鐵甲名開沙柯容六千零五十二頓馬力一萬二千六百匹每一時辰行四十海里係新造戰船師亞拿容一千八百八十頓馬力二千七百匹每一時辰行三十二海里以上共二艘俄國頭等鐵甲五艘一名總拿千麻容七千七百八十一頓馬力八千二百匹每一時辰行三十四海里一名巴蔑亞華容六千頓馬力一萬一千五百匹每一時辰行三十八海里一名衛地舟士箇容五千七百九十六頓馬力七千匹一名貞亞靡盧容四千六百零四墩馬力四千四百七十二匹

一名連打容二千九百六十五頓馬力三千匹每一時辰行三十二海里頭等戰船一艘名黃帝爾可拿事容九千四百七十六頓馬力八千四百匹以上共六艘巴西國頭等戰船名亞幾打半容四千九百五十頓馬力六千二百一疋二等鐵甲一艘名地寶北地容一千三百頓馬力二千四百匹每一時辰行三十四海里礮船一艘名太倫頓士容八百頓馬力一千二百匹以上共三艘義國兵船一名依拿容三千五百三十頓馬力七千五百匹每一時辰行三十四海里一名記柯還依波新容一千一百三十墩馬力六千四百五十六匹每一時辰行三十四海里一名當高利容二千八十八頓馬力七千六百匹每一時辰行三十八海里以上共

三艘均爲頭等鐵甲日斯巴尼亞頭等鐵甲名衣拿衣眞天容四千七百五十頓馬力一萬一千五百匹每一時辰行四十海里戰船名煙芬打依士波容一千一百五十二頓馬力一千五百匹水雷船名新呂宋容五百七十頓馬力二千六百匹每一時辰行四十海里以上共三艘和國戰船名環士排容三千四百頓馬力二千五百三十二匹計一艘拉巴拉他頭等鐵甲名新地諸瑙容三千五百頓馬力一萬四千五百匹每一時辰行四十四海里又七分計一艘美國水師提督鐵甲坐船名飛拉得爾飛容四千三百二十二頓馬力八千八百十五匹每一時辰行三十八海里第一隊戰艦六艘一二等鐵甲名烏獲容四千零八十三頓馬力八千

八百六十八匹每一時辰行三十八海里一二等鐵甲名亞輪打
容三千一百八十九頓馬力三千三百四十五匹一二等鐵甲名
三夫闌借士哥容四千零八十三頓馬力九千九百十三匹每一
時辰行三十八海里一二等鐵甲名巴的馬容四千六百頓馬力
一萬零六十四匹每一時辰行四十海里零二分一三等戰船名
班林頓容一千七百頓馬力三千四百三十六匹每一時辰行三
十五海里一練兵船名板可壺容八百三十六頓馬力一千三百
匹一二等鐵甲名希卡果容四千五百五十四頓馬力五千八十
四匹一三等兵船名若檀容一千七百頓馬力三千三百九十二
匹每一時辰行三十二海里一二等鐵甲名渣士頓容四千零四

十頓馬力六千六百六十六匹每一時辰行三十六海里又二分
一炸藥礮船名威數威容九百三十頓馬力四千三百六十六匹
每一時辰行四十二海里一三等兵船名干戈容一千七百頓馬
力三千四百零四匹每一時辰行三十七海里一防海兵船名萬
爾妥容三千九百九十頓馬力四百二十六匹一水雷船一艘名
苦臣入水三尺五寸容一百三十二頓馬力一千七百二十匹每
一時辰行四十五海里兵頭三名兵役二十名一磅礮三尊水雷
三箇又可侖比初到墨洲所乘之舊式帆船大小三艘一美總統
與各部所坐坐船一船名打獵分容一千四百八十五頓馬力二
千一百十八匹一各國公使所坐兵船一艘名壁立容三百五十

頓馬力二千一百七十匹一議紳坐船一艘名萬某係遊船非兵船以上兵船凡一時辰行不過三十海里者均不記所行里數英國船爲最巨式且新美國船新者亦多而巨者少當讓英國首屈一指矣

十四日小雨

上月伯林來電義國庫欵支絀無可設法已向德國銀行貸銀六千萬佛郎又馬得力來電日國歷年虧空至今共短七千萬佛郎近竭力整頓以加稅爲開源以啬用爲節流現已由節啬項下彌補三千萬佛郎尚不敷四千萬卽由議院議定於加稅項下所收彌補云　因按義日兩國爲補不足之計日之所籌似勝於義義

爲借貸之舉本係剜肉醫瘡且又貸諸他國之商殊失計矣日以
啬用加稅爲計啬用則量入爲出加稅則量出爲入歐洲各國恒
如是且入口之稅居多尚不得爲病民也
十五日晴
梅律司送到照會外部似欠切實卽爲更定　聞東三省鐵路已
造至灤州三四月間關內可望竣工此後卽可設局關外逐段興
造云　因於輪船鐵路二事考究二十年決爲富强之本自出使
後頻於美之官紳延訪其老成練達者皆言美國富强之驟實由
鐵路之多且有比較各國鐵路之多寡有無以知其國之强弱貧
富者若美若英若德若法若俄所謂頭等之國者其鐵路之多亦

居頭等若奧若義若日二等之國向之稱富強者今漸不及究其鐵路實居二等若和蘭若比利時其鐵路又減其國勢亦殊至於印度波斯阿富汗埃及賽爾斐亞羅馬尼亞諸國或鐵路由他國代設或竟無鐵路其國勢更昭然共知蓋各國之強弱貧富不可掩者也鐵路輪船之多寡有無尤不可掩者也亦如中國孔子之道得全者昌失全者亡提於影響耳因聞鐵路日興欣然而喜因憶其言而志之

十六日小雨巳後霽

德國議院擬大興鐵路添造新路七條并展造舊路六條務使火車四通八達無處不到以利用兵而便商旅計鐵軌車頭坐車貨

車各費需銀一千二百四萬一千餘圓又德國各處駐防之兵以冬春多雪操練爲難因改用雪鞋操兵行動較爲便捷云　因按德爲布魯士盟邦之一以前無所表見三十年內日臻富強度其英君賢相凡所規畫必有大過人者　因駐美三年與德公使時相見虛心詢之乃益信張國之勢在練兵制械足國之道在通商惠工而輪船鐵路則爲二者之樞紐蓋無事之時運載利便有事之時調動神速地球各大國莫皇皇營謀如不及者非虛憍也凡以富強之謀固未有勝於此者耳　照會外部爲駁領照例也

十七日晨小雨仍霽

卯正准北洋大臣電開總署電本處會照會田使請電外部暫緩

舉行新例俟楊使到後再商田覆已於初七電外部刻接電覆謂此新例非必立刻照行須俟總按察司核與本國例相符方能照辦看此語意當可從緩云希酌辦并傳諭金山工商董事云鴻篠准此當即轉電金山矣　美國水師人員留心戰事謂水雷爲破鐵艦之利器而不易奏效者因敵船能見其來而防之也欲求敵船不覺莫如水底潛行已思得一式由議院撥費二十萬圓試造合容一百二十五頓其駛行以電氣汽機均可又俄國駐美公使以美國講求水師年精一年請於本國派水師人員藉資考鏡前日已派兵官名麥佛哥到美　因查地球五大國若英德法三國接壤比鄰陽相好而陰相尤武備自不能弛如俄美二國一則環

北冰海一則處北墨洲畫地足守比鄰又無強國似可不以武備爲急且俄尚有拓地之心而美向守開國舊章不准覬覦他人土地似可以休兵息民者而講求水陸兩軍皇皇如不及焉何也申公巫臣曰勇夫重閉古語云虎豹在山藜藿不採當今之世畏戰者戰事必多以狎而侮之者衆也能戰者戰事必少以畏而敬之者多也然則欲求休兵莫如練兵欲求息民莫如勞民此機緘也美國之所經營者卽此意也

十八日晴

上年准北洋大臣咨開天津洋報向來由水綫公司發寄泰西者每字價洋兩圓四角四分今由俄發去僅洋一圓四角四分每字

可省洋一圓則官綫每年大可多得進欵今將在滬與包辦處所訂合同詳譯並通知各局價目公電及知照各士商詳細擬定每字以洋銀計價由津八角八分由估八角由蘆由關由錦由旅由邊均七角八分由營由金由奉均七角六分由威八角八分以上係至俄國由津一圓四角四分由沽一圓四角由蘆由關由錦由旅由邊均一圓三角八分由營由金由奉均一圓三角六分由威一圓四角八分以上係至歐洲由津一圓八角四分由沽一圓八角由蘆由關由錦由旅由邊均一圓七角八分由威一圓八角八分以上係至美國　因查美國電至天津每字價銀二圓四角四分外洋不以四碼爲一字而中國向用四碼外洋遂作爲兩字之

價是每字四圓八角八分矣因以勻碼之法勻四爲三每字亦需
銀三圓二角五分二釐準以美國近年銀價即合中國四圓有餘
誠不可不設法但其章程僅有由津至美之電而無由美至津之
電豈未與美電公司訂定歟本月初三日倫敦來電謂中國與俄
國所接之電已經通行其價雖減而往往遲至數日是以發電者
均不由此綫云云豈發電之法未盡善歟抑他族妒之歟又查問
美國電報局電至中國何以不照此價尋據復稱海綫達中國者
三路一曰衣士頓一曰印度一曰那甫頓那甫頓即由歐洲西比
里亞之俄境三路電費均同一律惟由華盛頓電澳門每字需銀
二圓一角二分其電臺灣每字一圓九角九分微不同耳此信存檔

十九日 晴午後大雨

歐墨兩洲通商水路由大西洋徑一萬里僅需七日出產日盛現有輪船不敷運載近德國和國各新創一輪船公司專爲紐約來往云　因聞美商欲於大西洋分歐洲各國輪船之利不令獨攬利權正籌集股創設輪船公司而德和兩國已先爲之所謂明者所見略同歟又查中國土產苦於出口稅重不能與各國爭利而又無出海商船以致運載之利又爲異國所專即近鄰如日本者兩國通商人民貨物往來亦僅由日本之船而無中國之船日本自謂與中國通商所獲利者甚鉅此共聞共見也

二十日晴

二月初一日倫敦來電言英皇偕伯爵羅司伯赴義國發老力士城會德義兩國之外部長初七日義國發老力士城來電言英皇已到義主派其姪往迎并送至巴爾媚城三月初六日羅馬來電言義主成婚二十五年之期各友邦均慶賀德主偕后率宗室親臨行禮到時義主偕后親待於車廠相迎至格黎那宮閞醼教王則派相臣馬星尼英世子是日亦到十四日羅馬來電言德主偕后到義數日義主與后每日偕往各處遊覽極形親洽德主偕后擬明日返國云　因按周禮所載覲遇朝宗之禮於泰西見之蓋顯以示友邦之和好而隱以消敵國之覬覦也百年之間英人於拿破侖之攻西班牙俄軍之攻土耳其皆力保全之近年於德奧

義之聯盟則隱願其合於俄法之聯盟則不欲其成而於德之欲開釁於法則婉阻之其用心可知矣今則赴義而會德義兩國之外部并親臨義主之吉禮度其深心蓋慮德義之交不固而招外侮之來故爲聯之以保歐洲昇平之局也

二十一日晴

接外部照覆言必保護華人　上月馬得力來電言日國治古巴與波都黎古兩島向不得法故常民變茲日政府擬改其苛法准兩島自設議院以通上下之情而免隔閡又英之埃爾蘭亦苦英人苛待民心屢變茲又不靖管理該島人員現出示禁運軍火入口以防之云　因查泰西各屬國皆苦於重斂美之於英即前鑒

也顧其國家雖重斂而尚能維持其商務民之不至重困者此也
日之屬島僅古巴小呂宋二處而民均不靖英之屬地徧天下而
埃爾蘭近在肘腋之間民亦不靖乃所以治之之道一用柔而一
用剛其不同者何也則國勢不同也日之兵力弱而屬地遠鞭長
莫及威力不足以懾之故利用柔英之兵力強而埃島近緩急可
恃威力足以懾之故利用剛地球各國其處置本國之民與與他
國交涉均此意耳

二十二日晴

謁梅律師聞外部戶部分電各省不准拘拿華人有阿利干省總
督覆電不以爲是痛詆總統及兩部又聞美國於一千八百九十

年六月即中歷光緒十六年五月所添頭等鐵甲三艘由費城喀拉姆撥船廠承造者今已成功試水命名陳拿美總統各部上下議紳水師人員士民約萬餘人臨觀其鐵甲厚處約八寸長三十四丈八尺至闊處六丈九尺入水二丈四尺容一萬二百頓裝煤一千八百頓將架十三寸口徑大礮四尊八寸口徑八尊六寸口徑四尊速放礮二十八尊水雷六管價三百零二萬圓　因查美國於本月初與厄瓜多國訂約請以厄國之格來巴哥海島作爲美兵船蓄煤添煤之地厄國總統已允交議院議矣美之水師向無聞焉數年以來籌造兵艦礮雷不遺餘力日盛月新其所以易措手者則以船廠礮廠林立各邦鋼鐵金銀豫儲礦庫咄嗟可致

無廣採購鄰封也詩曰迨天之未陰雨徹彼桑土綢繆牖戶美國
有焉
二十三日晴
美國管理內地稅員造成月册已報戶部計自上年西歷七月至
本年三月共九箇月收國內稅銀一萬二千零五十一萬零零十
六圓九角五分其所收之稅大抵煙酒兩項爲多其次則假牛油
此外甚少云　因於美國煙酒之稅之所以重者蓋屢言之不復
瀆矣且非僅美國爲然蓋中國以外固無不然也　因嘗取其煙權
之其大枝者每十枝重一兩三錢中等之價需銀一兩其小枝者
每十枝重三錢二分中等之價需銀二錢隨使員中有嗜之者大

枝日需五枝小枝日需二十枝蓋中人十口之家日用之費矣香氷酒之沽於市者每瓶需銀四五圓其價之費因其稅重故也泰西各國於煙酒玩器各項之無益於民及女閭博局鴉片之有害於民者悉以重稅苦之蓋有深意存焉卽其於作奸犯科罪不至死者亦以罰鍰科之而不用鞭撲笞杖卽此意也（因）又聞和國判斷錢債之案有足稱者凡債主之控欠戶也官司卽提欠戶查其所欠屬實卽予監追其監追之法則但監而無追惟欠戶之日食須由債主供給欠欵一日一淸則欠戶不能出監債主之供給日食亦不能缺但缺三日則欠戶鳴於官官卽釋之矣蓋錢債一事固有有意不願償者亦有無力不能償者其不願償者必有身家

決不願久於監禁以廢時失業其不能償者日食不給令得監禁而轉免飢寒自安之若素矣且欠戶之身家能償與否債主盡知官司如此辦理債主於必不能償者亦決不控於官蓋原璧已不能歸而供給又將虛縻也泰西好用機巧此皆無形之機巧歟

二十四日晴

拜發保獎隨使人員一摺又片三　希卡果狀師昨日來電以華傭二百餘人赴會美國稅關阻其登岸請照會外部今日投刺謁見　因却之　德國陸軍一律改用無煙火藥以其施放之後不瘀槍管臨陣之時無煙障目故美國上年制造甚多當時試驗實係合用近日試之則又不然蓋幾不能送彈出管矣　因查火藥之

配合硝取其速然磺取其炸力而磺之煙最重欲其無煙則必以有炸力而無煙者代之樟腦是也顧樟腦之性辛香善竄與麝香同凡香竄之物皆香氣團結而成氣散盡則質亦盡故蓄麝香樟腦者必用毫不洩氣之器防其散也今美國火藥既以樟腦代硫磺則當防其氣之走洩今仍以蓄火藥之法安放及其累月經年則樟腦已化氣走散宜其無用也事之初創者本難盡善精益求精自然釋回增美矣

二十五日晴

駮例狀師利亞頓來見言總察院於今日會審酉刻大狀師矗剔伊物士阿士頓來見言已與總察院駮論且看總察院之意如何

又言美國每屆舉總統之年欲舉者卽以禁華人爲總統之券上年又值總統求留外部布連又與爭奪故其禁例愈嚴而不料其皆不得也徒貽笑柄云　二十二日伯林來電言德主擬添兵額交議院公議議院不准德主遂令散院通諭國人另行公舉議紳又聞德相宣言於議院言奧爾賽司鹿林兩省本爲德國土地今既收回將來有爭之者無論如何勞師糜餉決不以尺寸與人云

因查奧爾賽司鹿林兩地乃二十年前德勝法時法割以與德者也歐洲風氣大抵不敢示弱所謂戰勝於無形也德法各國土地犬牙相錯其界尺寸不可踰越其勢尺寸不敢讓人其立國以練兵爲急其籌餉以通商爲先且必有至鉅之餉項儲積於平時

不待張羅於臨事焉若土耳其若丹馬諸國向之所稱爲大國者數十年來其土地爲各國割裂過半遂至一蹶不振日就衰弱亦猶人之肢體摧殘廢痿斷未有能久存者也

二十六日晴

接金山電言駁例事即覆電　二十二日倫敦來電言俄國之保關一省介德俄奧三國之間向爲用武之地其中猶太籍者一百五十萬人俄之苛待猶太人無所不至猶太人之恨俄已深現時俄與德奧外修好而內積怨觀釁而動果有戰事猶太人必爲內應甚且倒戈俄政府亦深知而防之二月間出示通諭所有保關省猶太人之散處各村者一律遷入城鎮俾官府得以約束云云

其實欲以轉徙不安者迫之出境此項猶太人又必來美美國宜設法禁阻云　因按古之固邊防者嘗拒異國之民然拒之於初來之時非逐之於安業之後也虞書曰安民則惠曾子曰有人有土聖賢之訓乃不可以例今之時嘗考亞墨一洲歐人踞之而逐其土著今則歐人日多而土著日窘馴至無可棲身避入山僻數百年後種類絕矣中國黔滇蜀粤邊地苗獞猺猓之類異種甚多迴古以來不聞驅逐然則我　國之寛大誠莫與京矣

二十七日晴

接金山華商電云總署有無來電覆以未接來電　昨日馬得力來電言西班牙國庫欵入不敷出已經多年昨日戸部大臣布置

來年經費送交議院查核量入爲出仍餘五萬二千餘圓此日國近年所未見議紳喜形於色查其中開源節流計省費六百四十萬圓云　因查義大利西班牙古稱富強之國今漸衰貧義大利今年雖貸得鉅欵而非貸諸本國將來必有流弊又聞希臘國入不敷出本月向法國富商告貸未允又求諸英商英商亦卻之各部大臣無可設法遂均奏請開缺埃及國則以所貸英銀四萬萬餘久無歸結其政柄遂由英人主持此二國者於國中之利未見其興徒恃借貸又貸諸他邦始也急何能擇今則顛而難扶西班牙之及早圖維其謀國有足取焉　是夜金山來電云請電總署力爭

二十八日晴

卯刻接金山電云案已提駁雖有公論彼以約准設法禁工爲辭且有誤視寬大意察院現定本月十五號批斷𡍼心堅持趁機屬田使電美殺爭必轉或電崔憲離美國體一振俾易就範決無意外恐已斷定照行再商無及矣乞裁工商萬叩此電已電北京 因即於辰刻發電云華商請電貴署撤 因離美請示因 上月美國漁船水手自大東洋返美言在漁船捕魚泊俄國之格梧桔格地方上岸遊玩甫入俄境爲俄兵拿解至高萊蘇地方坐監又押至琿春金壙處作工幸美國駐俄水師員聞知照會俄廷始釋又昨日奥京來電言奥國議紳有產業在俄之保闌省親往料理爲俄

地方官驅出境與國政府現與理論云　因謹按昔孔子言柔遠
今地球各國立約均言和好其實中國仍守柔遠之經各國全無
和好之實也美國禁華工英法俄各國皆效之西班牙祕魯和蘭
則招華人而又苛待之然猶曰此所以限制貧人防奪土人之生
計也乃俄國驅逐猶太人出境限制德人不許於俄置產驅逐奧
紳之入境料理產業者則又曰德奧聯盟俄人防之也美隔大東
洋向與俄敦睦誼俄之飢也曾運糧集資以振濟之固前日事也
乃不久而即逐美之畫師擄祕林海之漁船監漁船之水手豈以
怨報德耶弱國出此有不興師問罪索賠者乎　因固知無敢問罪
索賠於俄者也強也

二十九日晨起細雨辰正見日

二十七日奧京來電言奧國大軍按時操演以求精鋭兹秋操之期在邇（中歷五月即西歷七月交）德國之君與俄世子均訂屆時至奧閱操查俄世子此行實期與奧修好奧君亦願結好於俄俾以前相畏相防之心彼此消釋此舉有關歐洲昇平之局故德主亦欲與會云

因按古語云一日不朝其閒容刀然則好會之典匪僅以聯邦交亦可以消嫌隙也德奧義之君時時相見修好報不絶書德主又常迎見俄君於途往見英后於國較奧義之君尤爲勤慎非好勞也所處之地不同也其國介俄法兩强之間非結好奥義不能分支兩國非結好於英不能消法人之覬覦外修好而内增兵欲

戰則戰此形格勢禁之機也子曰知幾其神乎是故君子安而不忘危治而不忘亂是以身安而國家可保也易曰其亡其亡繫於苞桑其德君之謂乎

三十日晴

奉總理衙門電開來電悉同日接金山商董商有或電崔憲離美國體一振俾易就範等議查本署月初照會田使請其電外部暫緩行新例俟楊大臣到後再商初十日田使覆稱外部覆謂須俟按察司再核當可緩辦云該商所請目下無此辦法亦非工人等所可擅請至工商電稟應由使臣領事代陳逕電本署無此體制希飭禁卅當卽覆總理衙門電云總察院躉蓋力例者多仍行新

例又金山來電云聞判新例仍行黎稟當即覆電云奉總署電以後金山工商勿再牽電總署美察院仍判行新例因金山商董所延大律師阿士頓利亞頓來見言總統頗有廢例之意而察院不從察院共八人以爲當廢者傅爾斐路不綠瓦三人以爲不當廢者布郎不來之福𣪊磊矢拉矢截肐生五人惟傅爾等三人資深望重既謂當廢將來議院再議必有轉機云

出使美日祕雀日記

四月初一日小雨竟日

申正梅律師阿士頓利亞頓來見梅律師言請電達總理衙門此例須待議院開時由議紳再議以有上議紳可六之請總統已將案牘發交議院自必再議故也阿士頓言中國一聽客之所爲而毫無抵制近日議紳之持公論者皆屈而不伸以後不敢昌言多奪氣矣雖有再議之舉恐難期其秉公中國若照美國新例卽令美人之在中國者皆領照註册皆由中國地方官判案此美國所不能駮而各國皆以爲然者似可照行因答曰我　國向恥違約而以柔遠爲心故不欲行容當以此意轉達於總理衙門利亞頓

言總察院既不敢反議院之議公使宜照美外部令其暫緩行例以俟十月開議院時再議因答曰照會緩行苛例前兩月已屢行文外部外部已有覆文且我總理衙門先已照會田貝轉電外部俟新使到美再議外部所覆之意亦許緩矣似亦不必重申仍俟三思而行可也談久而散巳酉正矣

四月初二日晴

謁外部本擬面詰新例而外部葛禮山巳正專函來請因即趨赴值英公使先有事見因待至午正見面將欲有言外部先言謂新總統先時示意緩行新例不照相不覓保華人不領照者亦不拘拿本示以廢例之意方謂總察院必以廢爲事矣不意有附前總

統者居然批行總統甚歉仄不以爲然而又無廢例之權昨日傳各部員相商已示意仍不拘迫華人領照以表兩國和好之意因答曰貴大臣所言如此但恐各省官員藉此蹂躪華人則多事矣外部言斷不縱令各省蹂躪華人但中國亦勿輕動使美民之寓華者或遭焚殺請電政府因答曰因必電政府保護美民美民之在中國者因當力任保護華民之在美國者貴大臣當力任保護二人分任不得推諉異言外部欣然允許且密告曰此例總統必示意議院於冬初開院時必當議廢不但如貴大臣所欲且有冀出望外者惟勿漏泄耳談久辭退當卽電達總署云謁外部外部傳總統意仍緩行例且求保護寓華美人又發書二函分呈總署

北洋

四月初三日晴

金山來電云美官公論已見例難辦必緩行現屬律司立新案再與堅持必轉華商乞轉電毅爭民安靖黎當即覆電云昨日已電

總署　三月二十八日伯林來電言德主謂議院不允添兵不過以籌餉維艱之故今擬整頓煙葉稅項即可補庫款之不足議院自無所藉口云　因嘗查美國煙酒兩稅收款甚鉅其稅則亦甚重壬辰之春會赴古巴查古巴捲煙之業計千餘家美國上議紳士丹佛言金山一省設酒肆者計四千六百餘家亦可見泰西人之嗜好矣泰西煙酒其價甚費不可以中國之價例之出使人員

之尚西洋煙酒者每日所費可抵中人十口衣食因譏之洋人之知大體者亦深惡之故泰西各國煙酒之稅至爲繁重非必好爲苛征亦冀以節斯人之嗜好耳德國整頓煙葉一項之稅卽足以敷增兵之費驟而聞之斷不信也親歷者自知之

初四日晴

巳初金山商董來電云察院礙議院情面五員批行三員批否例定行僑氓惶急此間心力已竭非列憲設法難挽現按例卽押驅民等以有財產二千萬電戶部存案教會防報復求緩總統有歉心以驅載須鉅資有難意惟國例成工黨囂恐難阻若中國毅爭俾有詞決可挽此例正大官商皆不服屬華人再辦現已擬案再

駮値賽會萬國皆切窺中美交涉之事能急持諒不敢肆情急籲
乞謹再冒瀆罪甚工商叩乞已𤣥總理衙門來電云任既回華勿
再給資田貝在此中國幷無不悅告知外部幷探其問及之意支
當卽發德律風至外部衙門訂與外部大臣相見時刻卽據覆云
外部已出門俟回衙門定奪申正又接總理衙門電云尊電以察
院躧基利仍行新例昨華商言謁外部外部傳總統意緩行例確
否卽電覆察院判語速譯寄豪又接外部德律風晉明日午正相
見
初五日晴
江海關來電云二萬庫平緝　午正赴外部衙門見外部大臣葛

禮山因先言曰貴大臣所詢中國是否悅田貝及傳總統之意言察院雖批行例仍擬緩行并保護華民又請中國亦保護美民因均已電達茲接總理衙門覆電云云爲外部誦之葛禮山答曰田貝出使已八年詢中國之悅與否者所以商定去留也卽此見美與中國和好之意總統不以禁工例爲然而察院自行其意然總統無廢例之權（美創國例議院創例察院守例總統行例）故須俟冬初開議院時再議今年議院已定早開故屬外部戶部緩行此例仍護華人以表兩國和好之意又恐中國不鑒此忱成有決裂形迹則誤大局故請電中國政府也因答曰以前布連好爲欺飾之語故總理衙門懲前毖後屬詢貴總統貴大臣之意確否庶彼此推心置腹以期不

至決裂葛禮山曰余非布連比也現在之所行者如不照相不覺保不領照者亦不拘拿已見端倪議院之開不過百三十日耳期非遠也他日請證余言欲先言之未必見信且亦不便先言總之觀余所行可耳因謝之遂辭出

初六日晴酉正雨

三月二十九日伯林來電言德國大軍擬於交秋操演擇於附近法國疆界各邊省大耀軍容較之以前尤爲壯盛德主已函達奧義兩國之君及英世子請屆期臨覽云因謹按前侍郎殷兆鏞上疏言始終不忘戰今於歐洲各強國見之也夫所謂不忘戰者乃蒐軍實講武事汰惰弱演陣法考求中外強弱情形非僅以備

武員具兵額而已也亦非欲開釁於鄰國也泰西各國常覘敵國之勢以爲向背之機卽商書兼弱攻昧之義也卽兵書攻瑕不攻堅之機也往年粵捻回匪之亂其攻城掠地凡飽所欲而颺去者無不復來凡被創而逃者決不再至凡於庸將疲卒所屯之處則必趨之凡於湘淮霆軍所來之路則必避之雖擾攘二十年而前後一轍焉歐洲各國無論德與俄法相爲敵讎卽與德聯盟之奧義二邦二十年前卽有戰事我強則讎者亦親我弱則向者亦背鼞乎鼓之軒乎舞之精華已竭蹇裳去之德主其知之矣其耀兵於法界而請奧義之君憑軾而觀匪特可遏法人報怨之心并可堅奧義聯盟之局其不忘戰正所以止戰焉

初七日晴

歐洲各國增兵耀武相持不下以致庫欵支絀而終不敢罷兵者恐敵乘其懈也教王蒿目傷心深思補救之術擬約會各國息爭戰而講農桑以爲各國如以爭地爲心欲其不爭莫如於彼此交界地方留一甌脫無論何國不得在此用武或可不啟爭端云

因按此亦禁鴉片之類徒託空言耳禹會諸侯於塗山執玉帛者萬國至於東周而存者無數十焉彼時有天子之控制猶不能禁其幷吞也泰西數百年間元世祖會混一之羅馬亦會混一之乃不逾時而卽以力自雄各王其地此古時不能不爭之明驗也中國粵捻回匪相繼爲亂幾徧天下中間尚有外侮乘之此近四十

年中事也泰西南北花旗德法俄土習祕之戰殺人近二百萬此近三十年中事也宋向戌爲弭兵之會當時卽有子罕之論魯莒之爭彼時晉楚猶可駕馭列邦今强國非止一二矣度英俄之勢能駕馭德法奧義四國乎竊以爲當今之世而欲偃武勢必不能惟有黽勉自强使敵國不敢犯焉創興製造使軍械不外求焉開濬利源使物產不棄地焉講求交涉使金銀不漏卮焉亦治安之策而人力所能爲者爾

初八日晴

初一日羅馬來電言天主教王向居羅馬從前義國政府深惡教王其待之也無異囚虜教王亦自斂飭通諭入教之徒勿干涉義

國教事如逢公舉議紳凡入教者不操選舉之權亦不入選舉之列由來久矣近教王以教勢日衰欲准入教者與舉議紳或充當議紳以冀教勢復振義廷知之卽屬議院立例不准教士干預國事以限制之已成議矣 因 於此而歎義國之善制教士也俄德之制教士 因 嘗疏陳之矣墨西哥之教士作奸 因 又詳論之矣教王盤踞義都較墨國之遠隔重洋其限制之難易顯而易見乃難者易而易者難於此可知兩國之得失焉夫權之所在可以制人而人不能制中國之入教者皆倚教士有袒護之權也揣其用心與墨國之民一轍 因 願仿義廷之法以制之凡入教者但與僕隸同科則從之者少矣或曰是不畏決裂乎 因 謂美國之入天主教

著不入選舉未聞決裂也或曰中美二國勢不同也因謂中國之制教也弊在暴躁故釀禍階等於僕隸不齒而已非將燔逐之也外國之於兇犯但治以應得之罪均無縛抴鞭笞之刑中國每以暴躁僨事啟釁啟釁之後又以賠卹示弱必使官民咸知此意共庶幾不輕舉驟發乎

初九日晴

申正總署來電內開電悅外部允緩例保工所緩所保有無年月條欵或僅空言卽電復本署無不堅持駁論希傳諭金山華商佳查前此阿力根省之民黨大會於工廠議行章程二欵一謂該省總督噴拿治譏美總統與外部大臣同謀助華所譏甚是一係怨

總統外部大臣之失策又述總督嗔拿治論及華人不領照之故以爲必係總統等與中國公使私相商定否則如總統等決意欲行新例華人安敢不遵而何以不領照註册也是處初聞阿司多利埠華人所黏六大會館告示美民不知所措設有不虞將惟總統是問總統等不欲行例顯係中國公使導之使然而中國公使亦既獲罪亦可控告也云云　因查美國工黨之勢日盛官紳徇之者多今總統外部戶部內顧中美之約而外懼工黨之勢不得已而緩行例以待議院再議此其用心甚苦而可共諒若必迫之使其昌言不准行例是顯與工黨爲雠美爲民主之國總統斷不能與民爭勝且議院已袒工黨而總察院又袒之總統部員已成

孤立度勢量力總統決不敢與通國相違似宜從其所請以俟議院轉機爲妥未使迫之使變計也梅律師以爲然遂止

初十日晴

電總理衙門云外部顧邦交而畏衆口屢求勿泄難責實據現安靖 因 朝鮮代辦使臣李釆淵借赴會之員鄭顯敏來謁 因 詢以朝鮮鬧教之案知已無事又詢朝鮮以歲歉禁五穀出口此內政也日本何以齟齬又何以索賠朝鮮又何以竟賠銀十萬圓美外部言之鑿鑿誠有其事否李釆淵答言實有賠銀之事至何故齟齬尚未知其詳細也談久而去 因 按日本之魚肉朝鮮也由來久矣明季平秀吉入寇據其國都非中國派兵爲之奪回朝鮮幾

於不祀近數十年來又脅以立約大院君之家難日本樂禍幸災幸賴中國兵力弭患葢其欲肆志於朝鮮久矣因又聞俄君近日派其儲爲西比里亞鐵路監督鄭重其事以冀早日竣工其通籌東三省朝鮮固顯而易見也因又聞俄世子遊歷日本被刺之事日本內不自安宣言於衆謂異日俄有事於朝鮮日本必處局外則是日本與朝鮮爲比隣而不與朝鮮爲脣齒也因以爲日本非但不與脣齒相依且必效德奧之於波闌願與俄分裂其地耳明者見事於未然此之不可不早計者也

十一日 晴 夜雨

答拜朝鮮代辦及赴會之員 律師利亞頓來見梅律師攜到戶

部章程卽飭繙譯譯出其文云本部於本月四號諭飭各員凡華人有不遵一千八百九十二年五月五號所行禁止華人來美各例欵者非有後諭一概不准拘拿等因在案現在凡例得在美之華人未經照蓋力例第六欵領照者仍須照前本月四號諭飭遵辦又查華工違背一千八百八十四年七月五號增修一千八百八十二年五月六號之例與一千八百八十八年十月一號所行之例來美者爲數甚多其中係冒充華商幷冒他項人等及由他國偷入美境之人甚衆自應照一千八百九十二年五月五號禁例之第一欵第二欵第三欵第四欵第五欵此各欵者均係仍前一千八百八十二年八十四年八十八年限禁華工來美之舊例

載明例應審訊監禁載回按例不准在美居住之華工者自應照舊例辦理於凡華工來美不能將例得來美之據相示者自宜拘拿查辦特此通飭此文由梅律師交到梅律師云前半段係聲明不行盞力領照註册拘拿之例後半段係聲明仍照舊例於由英屬卡拿大及墨西哥國偷入美境者按例辦理蓋新例之第一欵至第五欵實重申壬午甲申戊子限禁華工之舊例故戶部以此搪塞而第六欵則係蓋力特創最爲苛虐有礙居美之華人此欵不行則盞力之例實已不行但以已經上下議院議准故不敢顯言廢棄耳居美華人可無事矣因仍屬梅律師面見戶部大臣愷來爾詢其果否的確然後電達總署

十二日　晴子刻雨辰霽夜雨

巳初梅律師來見言於午初至戶部謁戶部大臣愷來爾據云出門待久查諸總辦始知戶部大臣實未出門因近日來訪者過多故託辭避客也遂請見梅律師曰中國公使前兩日接總理衙門之電詢問領照註册拘拿之例是否緩行如何緩法急須覆電愷來爾云章程已刊出矣蓋力所定之例前五款係聲明舊例但禁由鄰國之境而偷入美境者於現在居美之華人無傷也其第六款於已居美之華人迫其領照註册否則監禁拘拿中國政府致意美使田貝中國公使於上月照會請緩行例保護華人前來外部商之總統律政部戶部已電覆田貝及中國公使必保護華人

矣以前本已電飭各省不准迫華人以領照及監禁拘拿各節適因總察院意見各歧因恐各省之員以爲即當行例故又重言申明耳所詢緩行之年月如無意外之變準定緩至開議院時其條欵即照八十二年四年八年舊例耳無新增者云因詢以開議院時又將如何梅律師云以前上議紳可六請於總統將中美兩國來往公文交議院再議前總統已交議院將來開議院時自當再議毫無疑義微窺新總統之意爾時必密示意議院議廢蓋力之例現總察院之齟齬各省之詆詈總統不言而心銜之愈以堅其廢例之意耳利亞頓亦以爲然因當即發電至總理衙門云戶部通飭緩行盡力領照拘拿之例因

十三日陰夜雨

前十日巴黎來電言上年秋英兵船在非洲東南之馬達加斯加島遊弋遇法商船疑爲販賣黑奴令其停駛法商船卽升法旗英兵船不信仍派員過船查勘後方放行嗣法廷以此舉詰問英廷言法國向不以兵艦攔海搜查商船爲然況馬達加斯加島由法保護而英艦乃於法國所屬海面查收法船有違萬國公法至販賣黑奴雖係公法准行而法國自有兵船查禁此舉殊謬英廷自知理屈姑覆以英艦之查無損法國國體惟嫌過於認眞當通飭兵艦以後勿搜法船法廷以英既認錯現向英廷請賠爲商船灑洗而已

因按上年法兵船大隊至英英主親勞之幷備欵一萬

圓設宴以饗之禮意隆矣英兵艦之搜查法國商船意在禁販黑奴其用意非有傷於法國而法國卽有責言何其不念前情不少寬假耶（因）以爲此交涉之機也易曰履霜堅冰至象曰履霜陰始凝也馴至其道至堅冰也老子云涓涓不息將爲江河熒熒不滅炎炎奈何言愼之於微也言愼之於始也若曰微者不愼其大者將至矣始之不愼其後欲救而無及矣交涉之道其立約皆言兩益其用心實利己而損人當立約之初乘我不知要求於始及立約之後出我不意狎侮於微馴至隨事皆失均平隨時皆肆要挾積習既久直以爲例應爾焉强大之國固然卽弱小之國亦無不然殊可扼腕覩法國所爲可知交涉之竅要矣

十四日 時雨時陰

俄國於猶太人逐之出境禁其入境由來久矣茲有籍隸美國之猶太人擬往俄國遊歷向俄駐紐約領事請給護照領事不允該猶太人遂聯名請於美政府向俄理論謂美國商民俄應接待何以歧異而肆限禁美外部已允行文矣又俄國亞洲屬地地廣人稀從前曾招猶太人居之允爲保護業已安居樂業茲俄國亦已下令逐之出境云 因按地球各國無不存自私自利之見利之所在專之而已雖蒙不韙之名而不惜也英日荷三國屬地華人到者必抽身稅法人近亦效之英於新金山日於小呂宋均不願中國設領事尤不均平美國於華人雖准設領事不抽身稅而時

時以限禁苦之均悖約章而存自私自利之見耳美拒歐洲之工人俄亦拒美國之猶太人并於猶太人之久隷俄籍在保護之列者亦羣驅之所謂信義者安在乎當今之世各國競事富强而富又爲强之基故必專利而防他國之攘奪遂不免有畛域之心固出於不得已然因此而自乖信義豈王道哉

十五日　陰雨申後見日晴

巴西土產以茄非樹膠糖爲大宗近巴西各茄非寮需工孔急緣以前所用黑奴待之無德自前巴西王下令赦黑奴後黑奴遂逃入山變爲野人不願傭工於寮以致上年所產茄非無人摘收者近百萬包約虧銀八九百萬圓巴西政府因竭力招徠德義兩國

之民共應招而來者乃不願作工另謀生計茲聞巴西政府擬派使赴中國幷設領事招工現有富商嘉賴爾由金山附船往中國擬招工數萬名載回巴西分撥各寮云 因按前此卡拿大輪船公司來謁言將爲巴西國赴中國招工請爲行文當路因答以入美籍之猶太人應巴西之招而往者因苦不堪因求美駐巴西領事爲之措資載回美國此前鑒也嗣詢諸載回之人則謂巴西國之待工人至爲苛虐所作之事如伐水掘土諸工最勞苦者每日工價不上銀二錢以給衣食尚不能敷然則此陷穽也焉可使吾民輕往乎該公司無言而去今觀黑人尚不能堪則巴西各寮實與祕魯相似上次船期已有所聞卽達諸總理衙門矣

十六日晴

本年二月美水師部大臣以美國上下留心海軍僅此十年之間兵艦固按年加增而海軍人才惜未留心造就以致兵艦造成而閣置船廠數月未駕駛既無以諳習沙綫亦無以保護遠商亟宜設法儲才爲第一著茲於四月初七日議定章程所有統帶兵艦出洋之員定期三年卽當瓜代俾未帶艦出洋者得以出洋學習庶諳練之員日多海軍方爲可恃云　因按海軍管駕機器諸職固有水師學堂教育之矣然欲其諳沙綫習風濤實非久於海舶者不能也英之商船法之漁船其數皆甲於他國實備兵艦之所取材其人畢世以航海爲事童而習之壯而行之不知其苦而常

覺其樂有不可一日離者眞所謂少成若天性習慣成自然矣因生長山村見入山採藥爲業者其行削壁懸崖如履平地望者寒心而採藥者不以爲險值粵匪之亂見黑龍江馬隊之勦賊其人與馬一氣呵成進退周旋無不如志因嘗詢其顚搖之苦罄控之能彼則曰樂此不疲無所謂苦也從心所欲無所謂能也詢以所乘之馬儻爲槍礮所傷能步戰否彼則曰無馬則無命矣然則其人與馬固已合而爲一宜其善於馬戰也中國方興海軍而商船無出海者往來津滬不足爲大洋也閩浙津粵亦有漁船而少有度重洋者然則此項人材似宜早爲之計矣

十七日雨

十三日香港來電言墨西哥國在中國招工現中國地方官已出示嚴禁俟中墨兩國有約後方准興辦以招工之事墨洲各國當其需工孔急始則恐華人之不來及見華人來者日多又欲驅華人而使去美國之事即前鑒也故嚴禁華人出洋云　因查從前美國甚惡黑人時時羣議驅逐自南北花旗之戰美廷立例准黑人入籍與操保舉總統議紳地方官之權遂無議驅逐者然則華人之不容於美乃以不入美籍自誤也美之官紳持正論者言埃利士黨之不安分過於華人而美國不言其惡一則由於入美籍一則由於英美有互交逃犯之約也　因　又查美與英法日三國均有互交逃犯之約近日美俄亦訂互交逃犯英國丹國均與美有

准客民入籍之約將來中墨立約似應於此二者訂明方少後患
因又查泰西各國於入口之稅均可任意輕重非若中國之一成
不變變則外國挾持之也中貨入美納入口之稅有過於成本者
有值百抽六十者準以中國所收入口之稅幾至十倍二十倍此
亦不可不先訂者此三者訂明後患必少庶幾中國可稍紓人滿
之慮而外國可不效驅逐之尤如果華民出洋而身安中國地產
之出口者必日多而銀錢之漏卮者必日少亦救時之一策焉

十八日大雨時止申後晴

梅律師來見言總統致意外部大臣葛禮山屬總察院長傅爾入
見爲察院所判新例甚不謂然仍堅守前議緩行新例待開議院

時再議又言墨西哥國似有振興之象其總統勤於政事凡於便民通商之政均實力講求於交涉之道力顧利源不願爲他國所奪其礦產向運美國煉者今則改爲自煉美國希卡果之會已派親信之員赴會詳考以資效法又言尼格拉(中墨洲小國)內亂海防極嚴美國輪船名紐約者由巴拿馬赴金山途經該國哥林都海口停泊上落貨物搭客該國派員上船查驗有無接濟叛黨軍火適美國新派駐該國之使臣乘坐此船赴任亦不攔阻惟俟查畢然後登岸因謂美船主卽聽其搜驗乎梅律師謂公法如此雖大國不能不遵且美國商船前實有干預他國戰事者此案美政府已按公法提該船主訊問治以違例之罪今正欲其查明免至違例

生事也談久辭去　因按此可以比例英人美生之案也此可以證英國辦理美生之案之不公也此可以見泰西各國之於亞洲有歧視之心而不照公法也憒何如之

十九日晴

美國新成巡海快兵艦一艘命名紐約初八日水師部試驗每一時辰能行一百四十里爲向來快船所未有查歐洲各國頭等戰艦外包厚甲內載巨礮形同水面礮臺笨重而不便捷但可守險難以攻戰以紐約快船當之雖不能對敵而其進退靈捷斷不致受損或被擄云　因查近二十年來泰西各國講求海軍其尚巨重者謂輕艦不能當大礮其尚靈捷者謂巨艦不能趨利便二者

相詆實相濟也苟無巨礮何以破敵國之堅艇礮臺苟無輕艦何以擄敵船而奪險要二者不可偏廢兼收並蓄非至富之國不能惟英國兼而有之若不以鄙遠掠地為心而以完守入保為事則萬頓之礮似不如鐵甲礮臺而輔以快船水雷其事易為而其費亦省至於試驗船礮之法則須船廠礮廠之風氣日開日事講求自得其竅要古人所謂閉門造車出門合轍又謂百聞不如一見否則以膠柱鼓瑟之見而測月異日新之機未見其中肯也

二十日晴

查祕魯出使各國公使隨員俸薪按年計之使英二等公使英銀二萬圓使法二等公使法銀二萬圓使美二等公使美銀一萬四

千圓三等公使一萬二千圓實任代辦使事一萬圓頭等參贊四千圓頭等參贊暫行代辦使事八千圓二等參贊二千圓二等參贊暫行代辦使事六千圓隨員一千二百圓以上係指出使英法美而言凡出使何國者即以何國銀計出使墨洲各國除美國外俸薪均給祕銀亦按使計二等公使一萬二千圓三等公使一萬圓實任代辦使事八千圓頭等參贊三千六百圓以上係指巴西智利墨西哥玻利斐亞四國而言除此四國外頭等參贊代辦使事六千圓頭等參贊三千圓二等參贊代辦使事五千圓二等參贊二千圓隨員一千二百圓武隨員則照在營所得之俸發給其次於隨員者亦照武隨員發給　因於美日兩國出使人員之俸

已查記矣今又查明祕魯出使人員之俸而記之其中出使英法美三國公使得俸似優然多以代辦充則費亦減矣其他出使墨洲各國以祕銀計祕銀一千圓核以美銀尚不及六百圓則自公使至隨員其俸尤爲減矣又查美日祕三國出使人員之俸以中國較之公使不甚相遠而參贊以下中國實較三國爲優中國創辦之時較之今日尤優蓋當時未考各國章程故也

二十一日晴

地球各國產煤油以俄美二國爲最多俄國內地行船早以煤油代煤取其價廉而適用也惟遠涉重洋之船向未聞有以煤油代煤者本月有歐洲輪船一艘到美國之費城在途試用煤油實爲

利便自此以後煤油又增一銷路矣　因按美國新以電氣行車進退便捷較馬爲速　因常見之此以電氣代馬力也聞瑞士國之火車改用電氣較用煤者尤速是又以電氣代煤矣化學家謂火輪舟車將來可不用煤即以化學分水之淡氣代之是水氣亦可代煤矣煤油與煤同質用以代煤固意中事俄國煤油向不能比多於美近年竟至與美頡頏蓋凡物產於地而取之者實在乎人中國臺灣亦產煤油且聞甚旺採得其法使足給中國之用則美國之煤油自難入境或亦塞漏卮之一端乎

二十二日　雨時見日

赴梅律師處查各省華民事知尚安靖聞初十日橫濱來電言日

本政府整頓軍務惟日孜孜近日調集國中陸隊似有戰事或疑日本意在與葡萄牙決裂以近日葡國駐日之員不肯約束本國商民以致葡民犯法屢次漏網習以爲常故日葡兩國齟齬日甚一日其實日本察看陸軍特以調動試其緩急可恃否耳　因按葡萄牙自稱爲大西洋國其方輿不及中國二百分之一其民數不及中國百分之一其商輪船不及二十號其歲入僅銀三百餘萬磅除交國債之息僅餘銀一百餘萬磅其陸軍僅三萬餘人其水師輪船僅二十餘號不知其所謂大者何所取義也或亞洲未遣使以前不能深悉其國之實在情形彼自以爲大者人亦以爲大歟或一百年以前英俄兩國壤地尚未極廣民數尚未甚多故

不致相形見小歟 因 嘗詳考其國債皆貸自近百年之中然則一百年前該國雖不爲大而尚不爲貧今則貧弱交迫借貸無門至於鬻地日本深知其國勢故不受其牽制而與齟齬亦所謂識時務者也 因 料葡萄牙之無能爲也　戌初外部來文訂於二十三日午正赴衙門商事

二十三日晴

午初偕繙譯赴外部衙門英法公使均已見現見者爲瑞士公使 因 於午正見面葛禮山言費城地方官援一千八百八十四年例於近日華人之由卡拿大潛入境者拘五人訊問此不過應故事而已 因 答以昨已聞之此五人者實非潛越入境已屬梅律師先

問戶部亦擬商之貴大臣葛禮山曰果非潛入境者必不多事中
國美商尚相安否因曰我政府既任保護必不失信尚望貴大臣
克踐前言葛禮山答以自應踐言然證諸近日見聞似亦可相信
矣因謝之遂辭出卽至梅律師處詳述之律師允往見戶部幷言
近日華盛頓省關吏查出域多利輪船名海代者常私載華人及
洋藥由卡拿大偷入美境訊出上年十二月十六號曾運入煙膏
值一萬圓華人八十五名今正九號運入煙膏值一萬八千圓華
人三十三名二十四號運入煙膏值銀三萬圓華人五十六名二
月十七號運入煙膏值四千圓華人十七名關吏已將該船扣留
矣

二十四日晴

美國駐墨西哥之公使黎安現已瓜代回美言墨國礦產五金地土膏腴實爲富強之基如得其人可以立起貧弱墨國土產半運入美銷售其入口貨則美國較他國爲多美墨如立報施之約美國可奪他國入口之利而墨國亦有益云　因觀美使之言知使者之所事事乜其所駐之國在墨則考究其礦之多寡地之肥磽墨與美毗連則考究其入口出口之貨物如美國之土產入墨難銷於墨則必思所以調劑之如墨國之土產入美有礙於美則必思所以限制之今見美貨之入墨者較他國爲至多則思與墨立報施之約報施之約成則他國之貨入墨尤少美國之貨入墨更

多可以奪他國之利而自專其利此皆利己朘人之見也然爲本國謀者固應如是也

二十五日晴

美廷以寓亞洲及南墨洲之商民時遭不測亟需保護因定造小兵艦容一千二百頓者三艘爲駛行內江之用不日興工其一艘以鋼作船身其二艘以木板作船身外以銅皮包裹緣美水師部驗得鋼底之船入水未久卽有海蟲附著於底積厚則船行遂遲不如銅底之無垢而行速而銅底又苦價貴故不全用銅而用銅表木裹其價適與鋼等云　因謹按周禮冬官言智者創物創誠未易言也泰西之創輪船近百年矣其初創數十年猶不適於用

也兵船之鐵甲亦屢更改鐵甲易而爲鋼甲鋼甲易而爲康邦康邦今又易爲白鐵即尼克爾求其堅而又堅也昔中國向德國船廠所造兵船英廠詆之其實制造之理精益求精欲其毫髮無憾必不能也海蟲附著船底減行船之速力十年前已聞之當時謂有一種藥物抹於鋼面可以卻之今久不聞用豈其用之而不效歟然則事非親歷誠未易言也

二十六日晴腹痛

倫敦來電言法國加兵於暹羅肆其蠶食初意以爲不血刃而可得地先聲所至暹羅自然降服不料屢次接仗法人不敵暹羅而屢敗遂疑英國私助暹羅前此法駐英使開缺回法以後至今尚

未派使云　因謹按越南緬甸暹羅三國毗連而緬甸暹羅又外與印度毗連自法取越南英取緬甸而暹羅岌岌惟暹羅向結好於英故英遲遲未忍滅之法亦以暹羅親英之故而未敢遽滅之查地球小國本有藉大國牽制而存者如檀香山則英與美相牽制比利時則德與法相牽制摩洛哥則英法義日四國相牽制波斯阿富汗則英與俄相牽制土耳其則歐洲各大國合而與俄相牽制其不亡者以此也今法人垂涎暹羅內江之地英恐其全折入於法必踵緬甸之故智卽不滅亡暹羅斷難自主矣

二十七日晴

日斯巴尼亞近年查點民數計男八百六十萬七千名女八百九

十四萬三千口共十七兆五十萬人現在未見增加也寓居日國之客民約三萬五千人日國兵額無事時計十一萬五千人有事可增至一百零八萬三千人內有撥各屬駐防者四之一男子過二十歲例當兵三年以後有戰事仍應募水軍八千五百三十人水手一萬四千人云　因查日國十年前民數僅十六兆此十年中增一兆矣土非甚廣也民非甚多也從前查理第五稱霸者何也豈得人而興歟抑發憤爲雄歟墨洲之地係日國所開闢豈勤遠略歟惜其兵力不足以守之而爲強國所攘奪則因本國之勢不盛如樹之根柢不深者其枝葉不能暢茂也現英國之勢頗似日國之前其三島之地褊小與日地相似而海軍之強則大過之

就日之往事以論英然則英之盛衰當視海軍之盛衰爲消息乎

二十八日晴

美報言日斯巴尼亞今爲君政之國然光緒七八年間曾舉開士達拉爲總統越二年而退位今其人尚存爲日國所重然年已老邁無志富貴矣　因查日斯巴尼亞遵依薩伯拉之變求義國王子爲君旋告退而國人公舉開士達拉爲總統爭戰頻年仍改君主此前事也地球各國制度不一瑞士國竟不設總統此眞民政也法國君政民政時時變更墨洲向惟巴西一國非民政今巴西亦改章則皆民政矣合而論之各國君政民政雖異而設議院則無異惟亞洲之國向無議院日本新設議院章程未備人情未習

頗有囂張之氣其弊有甚於法然議院之通下情同衆欲雖小疵而實大醇也

二十九日晴

葡萄牙以本年量入爲出不敷銀一千七百五十萬圓擬由議院定增稅則凡一切日用之物無有不增凡本國及他國商民在境內所設之大小銀行公司均按所獲之利照一千八百九十一年稅則再加一倍征收凡襲職承產人等及房飯飲食所需無有不加以期彌補云　因查歐洲各國稅斂之重中國數千年來所未見也葡國所定稅章之苛又歐洲數十國中所未見也其本國不亂者何也則議院之力也議院通上下之情如極貧之家鬻子女

典衣服并日以食而不怨者其情通也其他國不爭者何也則公法所准行也稅則爲內政自主之國應自主之非他國所能干預也或曰不慮其病商病民乎不知商有病而無利則公司可以不設貨物可以不來其進退綽有餘裕也地球之上凡强大之國皆以商務朘削小國如中國之所謂盤剝故富者愈富而貧者愈貧尚幸有稅則以調劑之如稅則之權不自操則茫無把握矣可畏哉

五月初一日晴

義公使新作爲頭等公使因往道喜又赴巴西專辦公使祕魯參贊處答拜聞英國以麻六甲國殺斃英人一名勒令賠卹麻六甲

國主久未照覆英人將下哀的美敦書限以二日不覆則用兵云

因查麻六甲爲亞洲南洋小國華人流寓甚多久已歸英保護矣顧法人保護越南而旋滅之英人保護緬甸亦旋滅之泰西所謂保護者猶云係我之所有而管攝者也而保護之地與藩屬又不同藩屬之地則由我設官以治其民保護之地仍由本國之君治其民而我得管攝其國事故泰西各國不以越南琉球緬甸暹羅爲中國屬土者此也麻六甲已歸英人保護英之滅之如發蒙振落列爲屬地則與印度治法相同閩廓爾喀亦已歸英保護不及二十年其將與緬甸越南同亡乎

初二日晴

英國兵籍一千八百九十二年可用之兵共二十一萬三千五百四十人內馬兵一萬九千七百零五人礮兵三隊一爲馬隊三千七百四十人一爲平原隊一萬四千三百零八人一爲山隊一千二百七十七人駐守要隘之兵一萬六千五百三十六人工匠隊七千四百五十八人侍衛隊五千九百四十九人行伍步兵十三萬三千一百零十人外藩隊四千三百八十七人運糧隊三千四百九十二人軍火隊八百十三人兵衣隊三百十七人醫藥隊二千四百三十二人武職大員七千六百五十三人小員一萬三千三百三十一人以上兵隊駐英者十萬六千一百十五人駐各屬地與埃及者三萬四千二百四十人駐印度者七萬三千一百八

十五人兵之年歲在十七以下者一千三百零三人在十八十九之閒者過半在二十以上者不及三之一云　因嘗聞德國陸兵天下莫強其法令民年十六以上者當兵三年然後各事其業仍備調遣此通國皆兵也其兵制則當兵者之年齒必年十六以外四十以內過四十者則除其名即有精力尚強行伍諳習者再展五年但至年四十五雖精力可用亦不用矣今觀英國兵制亦與德同戈登嘗言當兵之士必能浹旬不眠幷日而食而不疲病此非少壯者萬萬不能中國營規老病者多充數似宜以此矯之

初三日　陰小雨

查本年各國駐美使員人數英國頭等公使一員有室參贊三員

一員巴西一等公使一員有室參贊一員考究博學專使一員有
本一等公使一員有室參贊一員謀士一員水師隨員一員武弁
一員瑞典一等公使一員參贊一員丹國一等公使一員有室日
員一員比國一等公使一員隨員一員葡國一等公使一員參贊
有室參贊一員朝鮮代辦一員瑞士一等公使一員參贊一員隨
格拉國一等公使一員有室參贊一員司侖比國一等公使一員
耳其一等公使一員參贊一員奧國一等公使一員謀士一員尼
一員有室參贊一員隨員一員武弁一員和國一等公使一員土
員義國頭等公使一員有室參贊一員隨員一員墨國一等公使
水師隨員一員法國頭等公使一員參贊一員武弁一員文案一

室參贊二員德國頭等公使一員參贊一員考究博學隨員一員
文案正副各一員夏威仁國二等公使一員威內薩國二等公使
一員有室參贊一員隨員一員俄國二等公使一員參贊二員海
代國二等公使一員參贊一員祕魯國二等公使一員參贊一員
隨員一員日國二等公使一員參贊二員隨員一員武弁一員巴
拉圭國二等公使一員哥斯答力戞國二等專使一員有室阿鎭
丹國代辦一員有室智利國代辦一員隨員一員
初四日晴小女得疾甚劇以橘紅薑葱汁灌之而甦
考地球各國所派出使駐美人員全備於是英俄德法奧義歐洲
六大國而多者不過五員少者僅止二員亞洲之國如朝鮮日本

朝鮮僅代辦使事一員日本則五員墨洲之智利阿鎭丹二國皆派員代辦使事僅一二員統計地球派使各國中國而外共二十八國使館人員無有過五員者志之以備參考

初五日晴

是日設醮　四月十七日丹國來電言丹國與德國接壤從前兩國搆兵丹敗遂割列司威克省與德以和計二十餘年矣此省民人至今不忘丹國近日聚衆公議欲背德國而復隸丹國云　因查丹國民數十八兆入欵銀一千萬餘兩陸兵三萬八千餘員名兵船三十餘號馬力無及一千匹者蓋小弱之國也自與德搆兵不勝而割地以和所割之地幷都城而棄之蓋其國勢之難振與

土耳其同而又甚焉近年所以不遽削亡者以俄君之后爲丹主之女俄不覬覦而德亦不便侵佔以防與俄齟齬也民思故國固足見其純良然琉球越南之民豈一日忘中國即上年阿洲被夷之國太平洋被佔之島其上下均不甘心所無可如何者兵力之絀耳傷哉

初六日晴

義國政府擬爲爲國出力之兵丁受傷而不能力食者籌欵給其衣食俾終餘年議紳以本國入不敷出此項養贍之費非八千萬佛郎不敷事遂未成云　因查美國養贍殘兵有房屋有園池歲費銀一萬八千萬圓較之義國所籌逾十一倍而按年取給焉則

二國之貧富相懸可見矣近日戰事非復古時未戰之先而籌攻守鐵艦之費礮臺之費槍礮火藥之費水陸糧餉之費均以百千萬計非貧弱者所能籌也既戰之後而籌養贍如美則按年需銀一萬八千萬圓歐洲諸國舍英法德俄四國無能籌此鉅欵者矣即如義國亦需銀一千六百萬圓舍二等之國其他亦不易籌然則處今日之勢富強者恣其所欲貧弱者坐以待亡欲如周禮之大小相維豈可得哉

初七日晴

查現在美國辦事處自總統以至各衙門人數總統處正副參贊各一員文案二員書辦四員上議院紳八十八員參贊一員教士

一員總辦一員文案二員書辦十員下議院紳三百三十二員教
士一員總辦一員書辦一員外部大臣一員副外部三員律師一
員總辦一員管理出使事務官一員管理領事事務官一員繙譯
一員內部大臣一員副內部二員總辦一員書辦七員戶部大臣
一員副戶部三員總辦一員幫辦一員書辦五員稅務總專員一
員幫辦一員書辦四員派往各埠專員二十五員看驗各稅關專
員五十一員派往巴拿馬看驗專員十一員華人禁例事看驗官
二十七員兵部大臣一員副兵部一員總辦一員書辦四十六員
水師部大臣一員副水師部一員總辦一員書辦十六員郵政部
大臣一員副郵政部三員總辦一員律政部大臣一員總狀師一

員副律政部四員幇律司六員總辦一員總委員一員律務書辦二員赦犯事務書辦一員又書辦十四員農部大臣一員副農部一員參贊一員總辦一員書辦二十三員總察院衙門首領一員總察院八員書辦一員錢債衙門總察院一員察院三員總辦一員幇辦一員書辦三員

初八日晴

又查美國出使各國人員數目出使中國公使一員參贊二員繙譯一員總領事一員領事八員使英公使一員參贊二員總領事六員領事七十三員商董二十二員使法公使一員參贊二員總領事一員領事十五員商董八員使德公使一員參贊二員總領

事二員領事二十員商董四員使俄公使一員參贊二員總領事一員領事五員使奥公使一員參贊一員總領事一員領事三員商董一員使義公使一員參贊一員總領事一員領事十員商董一員使日公使一員參贊一員總領事一員領事十五員商董六員使和公使一員領事七員使比公使一員領事四員使日本公使一員參贊二員繙譯一員總領事一員領事二員商董一員使朝鮮三等公使兼總領事一員參贊一員使祕公使一員參贊一員領事一員使衞三等公使兼總領事一員領事四員商董一員使暹羅三等公使一員使瑞典公使一員領事四員使瑞士公使一員領事五員使墨公使一員參贊一員總領事二員領事十七

員使巴西公使一員參贊一員總領事一員領事五員使丹公使一員領事二員使夏威仁公使一員總領事一員此外遣使尚有二十二國非中國所注意者不載

初九日晴

美國開闢僅四百年而富甲於地球因嘗至其議院觀其議政而知其簡也今又考其內治外治之迹則各部衙門堂官三十二人總辦以下如中國之郎中員外主事一百四十三人書辦一百三十一人如是而已遣使共四十三國所設之官僅三百三十員考其設官之權衡而知其注意於商務并知其注意於行銷本國之土產商務之盛以英法德義日爲最所設領事至一百四十四員

墨西哥雖小國而與美毗連美之土產易於運出其公使參贊僅各一員而領事多至十九員可知其用意之所在矣亞細亞洲中國最大行銷煤油洋布麪粉最多故公使以外參贊繙繹僅三員而領事多至九員俄雖爲大國而本國自產煤油麪粉遣使而外所設領事尚不如中國之多若朝鮮若暹羅則皆以三等公使兼領事朝鮮僅二員暹羅竟一員以其地小而美國之土產不足以行銷也至於葡萄牙則亦以三等公使兼領事美國設三等公使者共五國曰葡萄牙曰朝鮮曰暹羅曰海帶曰列伯里朝鮮爲中藩暹羅不能自主海帶列伯里民數不滿一兆入欵不過五十萬磅比而論之而葡萄牙之國勢可知矣　因嘗謂葡萄牙爲貧弱

今證以美之遣使而益有徵又各國之遣使駐美者英法為頭等公使有參贊三員而無隨員俄有兩參贊亦無隨員日國亦兩參贊德國義國參贊皆一員奧國竟無參贊公使之外僅謀士一人又地球各國之遣使均無所謂副使者今因考究而始知之

初十日晴

亞洲內地俄屬西達地阿省之他時干地方上年所產棉花多而且美保蘭省布商在該處購辦棉花十八萬石又俄國東南各省所產煤油近年運出愈推愈廣獲利愈鉅今俄與法商俄國願減法國貨物六十種之稅法國願減俄國煤油入口之稅已成議云

因聞埃及種棉得法所出之花已美俄國種棉以前尚不得法

今亦漸精可分美國之利亦猶印度之茶法義之絲擧中國者奪中國之利矣煤油之利向爲美國所獨近十年來俄產日多居然抗衡信乎人力可用而風氣宜開也至於彼此訂稅以期土產之行銷皆爲防本國貨物之棄於地利源之奪於人地球各國其所以謀國者大抵如斯而未有不如斯者矣

十一日晴移居樓下北房

上月十八日倫敦來電言歐洲大國分爲兩盟戰守相助其餘小國各有所附惟英國處局外而獨立有識者論時度勢咸謂英國陰向德奧義而不與俄法但未顯露痕迹昨議院有以此意詢諸外部者外部並不明言但謂英與德奧義三國交涉之事共見共

聞云耳　因按英皇以保歐洲昇平爲念久已聞之若英向俄法而不與德奧義是使歐洲各國無一日得昇平也俄幷奧而法幷德俄法將強於英英介兩強之間是英亦不得昇平也今英不與俄法俄法有所憚而不開釁於德奧義英向德奧義必不慫恿德奧義以開釁於俄法則各大國無敢爲戎首者而大局昇平矣惜乎日本之不知此意也歐洲各國方合志以朘削亞洲所立之約均與公法相違日本不與中國爲輔車相依之計而爲同室操戈之謀誠莫解其意之所在矣

十二日　晴五更雷雨天明雨止

巴黎來電言歐洲各國二十年前兵額過百萬者惟德俄法三國

今奧義土亦然現各國有戰事時德能集兵五百萬人法能集兵四百三十五萬人俄能集兵四百萬人義二百二十三萬六千人奧一百九十萬人土耳其一百十五萬人英重水軍而輕陸軍僅六十萬二千人此外各國罷出數十萬人者尚多較之二十年前已三倍云　因查德法兩國之民僅八千萬婦女居半老幼居四之一精壯男丁度無過二千萬人矣而當兵者近一千萬人此亦振古未有之創局也顧德法之國勢實處不得不然德介法俄而法介英德故也土耳其於十年前俄兵壓境國雖不亡而版圖之爲各國分裂者過半懲前毖後故亦勉力增兵爲防俄計如早籌之則無削地之事惜其亡羊而後補牢也中國民數極多集兵數

如德法二國之額易於反手然而餉無可籌則商務未興之故也

十三日 晴 夜雨

英屬澳大利奥各省分治稅則未能畫一兹各省官紳會議內地貨物彼此往來均不納稅惟外來貨物則照各省議定之稅則納稅又義國近年大旱五穀歉收有建議減稅以招徠五穀入口者政府以入欵不充未允倫敦來電云美與巴西訂立報施之約巴西准美國之布入口免稅查美國所織之布向不如英之細故英布易銷乃自免稅後美布價賤於英英布遂難銷售云　因郎今日所見聞者比而論之一言以蔽之曰皆注意入口之稅與土產之銷而已澳洲免內地之稅者注意入口之稅也義國不以歲歉

而招徠五穀者注意入口之稅也但不恤民飢未免財聚民散然
上年俄之歲歉已如斯矣英電所言則注意土產之銷而恨其爲
美所攘奪也巴西免美布入口之稅美國於巴西入口之貨亦必
有免稅者所謂報施也惟英電祇爲英布之難售立言故不暇牽
及耳
十四日陰
上月二十四日伯林來電言奧國外部宣言本國政府現有與俄
復修舊好之意德國官紳聞之謂奧之詐虞不足恃不如即與絕
交與日國瑞士國聯絡查奧雖爲歐洲大國而民種紛雜不和故
外與德聯盟而民之附俄者仍不少奧君亦無可如何本月十二

日又聞德奧之交近日益離奧君亦漸露痕迹云　因聞此而歎曰怨毒之於人甚矣哉二十年前德國伐奧奧敗而割地以和其時德奧勢均力敵城下之盟非所甘也迨德法搆兵俄以重兵壓奧境奧雖欲助法報德而力不能至德挫法而霸歐洲其勢已盛奧自問難與角勝不如親之以息事甯人然舊怨終未釋也今法之元氣已復而又與俄聯盟奧附俄則俄強而德義兩國之力決不能與俄法奧三國抗衡歐洲其將有戰事乎

十五日陰

上月二十七日巴黎來電言德奧兩國政府近日不惜巨款將所用之槍改造以求格外便利茲法國亦擬改變擬撥款一萬佛郎

云初五日美國官廠新成大礮一尊可在水中施放暗擊敵艦之底上年所成者試驗尚未盡善此次係加工改造者較爲合用擬卽日在紐鉢埠試驗云　因觀歐洲大局軍務日亟戰具亦日新昔之師行日數十里者今以鐵路調兵日行數千里矣昔之用刀矛弓矢者今一槪易而爲槍礮矣匪特此已也德國以氣毬偵俄營之虛實俄亦擬以氣毬拒之過此以往將有以氣毬合戰者矣法日兩國已創水底行船美國現亦興造然不過爲施放水雷計也今乃創水底施放之礮夫水有阻力礮彈之行將拕泥帶水而前豈能迅速豈能及遠卽中敵船又豈能深入是必有善法避此數端然後可用也陸戰用氣毬是陸軍不必交鋒於地面水戰用

泅船是水軍不必交鋒於水面鬬智炫奇而民生之禍亟矣

十六日 陰 時小雨

又伯林來電言德國事勢以添兵爲至計因其地介法俄兩國素好多事又無高山巨浸之天險閒隔敵人可以長驅直入兩面夾攻德國雖強安能首尾兼顧且法國與德毗連之一面礮臺相接鐵路相聯地底電綫暗通消息若兩國搆兵德國卽勝亦不能闖入法國內地以法之礮臺足以扼要堅守也俄國與德毗連之地雖不若法國礮臺之多然其重兵棊布鐵路四通一旦有事可以立刻調集兵將數十萬人越過德界是以德國熟籌形勢不敢粉飾宴安惟有朝夕淬厲選將練兵以防敵國兼幷云 因嘗讀易

傳云危者安其位者也亡者保其存者也亂者有其治者也夫差之亡亡於盟晉勝越之後後唐之敗敗於繫燕函梁之終所謂宴安酖毒也士會慮楚人之乘我卒以全軍相如防澠池之刼盟卒以全趙所謂有備無患也綜觀今日事局地球各國搶攘之勢迥古所無名爲睦鄰實則伺隙稍與欵洽則肆要求偶有齟齬則肆迫脅今日遣使明日可以絕交此種狡獪惟不敢施於英俄德法四邦其餘均所難免愈弱之國愈不能免惟德國所處之地爲最難幸其兵力尚強足以杜敵人之窺伺耳

十七日陰

謁梅律師於公事房遇上議院紳可六言今年開議院現已定議

提早於西歷九月四號即中國之七月二十四日也中美交涉之事華人領照之例當再議矣 因 謝之又言俄將踞巴美兒地方前英員之往探者被俄將領驅逐經英政府詰問俄廷雖將該將領撤回而俄主召見該將領特深嘉其膽識俄與英議願撤兵出巴美兒境地與英派員會淸地界而聞俄兵實仍駐巴美兒境地且築礮臺英已派員赴巴美兒驗其虛實俄人之言殊不可信中國似宜設備 因 答曰中國已調兵赴該處矣談久而別

因 按論地球大勢則英法之鯨吞小國可畏論歐洲大勢則俄人之蠶食鄰國可畏論亞洲大勢則俄英法三國之逼近環伺尤可畏蓋俄人犯歐洲英人必拒之且必合德奧諸國以拒之俄人無能爲也亞

洲之勢則不然東三省新疆與俄接壤西藏雲南與英接壤廣西與法接壤一國發難則兩國坐視此必然之勢矣且非惟坐視也乘我之急以收漁人之利此可預知者矣爲今之計惟有興鐵路以合南北之勢增船壘以固水陸之防無可緩也

十八日晴時見雨點

日國向來入不敷出聞其首相遁盤籌畫開源節流居然取給當即函屬駐日代辦使事查其節目今始寄到亟爲錄出計其入欵一收田房牲畜稅銀上年三千二百四十九萬七千五百四十八圓本年短收銀一百五十五萬七千五百四十八圓此項短收之故係由該三項俱係撥所出之欵以輸稅課目下酒價房值俱形

低落又兼牧場被旱牲畜豢養較難也一收貿易稅銀上年八百二十七萬一千二百七十圓本年長收銀五十二萬八千七百三十圓此項長收之故係由前被蒙混今則核實也一收承業稅銀上年八百一十六萬零七十五圓今年短收銀四十萬零七十五圓一收新封及承襲爵秩稅銀上年一十六萬圓本年同一收人稅銀即身稅上年一百八十萬圓今年長收銀一十萬圓此項長收之故係由將數省人稅包與人承收故盈於國家自征之數也一收俸稅銀上年三百八十萬圓今年長收銀八十萬圓此項長收之故係由撥俸薪之大小而遞加稅項也一收支出官款城欵稅銀上年一百三十七萬四千八百七十三圓今年短收銀一十三

萬四千一百七十三圓此項短收之故係由納俸稅者免輸此稅也一收施與教堂尼院財產稅銀上年六十萬圓今年長收銀六萬八千八百圓一收私家馬車稅銀上年無今年長收銀二十萬圓此項前經裁免茲復征也一收斐士加亞等四省包稅銀上年一百三十二萬五千一百九十五圓今年長收銀四十萬圓此項長收之故係由約定如他省稅欵加增該省等亦應將包解之稅照加也一收進口稅銀上年一千八百八十萬圓今年長收銀三十萬圓此項長收之故係由稅則新增也一收出口稅銀上年二千圓今年長收銀一十九萬八千圓此項長收之故係由稅則新增也一收上貨稅銀上年九十萬圓今年長收銀四萬圓一收下

貨稅銀上年七十萬圓今年同一收搭客稅銀上年五萬圓今年同一收關口查驗貨物粘貼標記費及馬頭捐銀一十四萬圓今年同一收進口船隻檢疫費銀上年二萬二千圓今年短收銀二千圓一收罰款銀上年一十四萬圓今年短收銀二萬圓一收常欠關稅之息銀上年三千圓今年短收銀二百圓

十九日陰

梅律師來見　一收住各國商民人等所捐之領事經費銀上年四十六萬五千四百圓今年長收銀一萬五千四百圓一收城稅銀上年一千五百七十四萬八千二百一十九圓今年短收銀七十四萬八千二百一十九圓此項短收之故係由日用之物稅課

較前稍減也一收烈酒加稅銀上年一百五十九萬三千七百六十一圓今年短收銀五十九萬三千七百六十一圓此項短收之故係由各商知稅則將增而先期多運進口也一收糖稅銀上年四百五十萬圓今年短收銀四十萬圓查此項糖斤多係運自古巴前此統列屬地進口貨內嗣與本國糖寮稅項專作一款本屆之所以短收者亦由於稅課未加之先運來頗多也一收火車捐銀上年二百四十萬圓今年長收銀一十萬圓一收士單進款銀上年一千零二十八萬四百六十圓今年短收銀六十二萬四百六十圓查士單一項新例無論何項約據均須粘用而收數反較前稍減者一由生意淡薄一由事多面訂不動紙墨也一收紙牌

稅銀（係新稅）上年無今年長收銀一十六萬圓一收售賣火藥稅銀（係新稅）上年無今年長收銀八萬圓一收土巴菇公司租欵銀上年一千八百七十二萬圓今年長收銀四十八萬圓此項長收之故係由吸食者多而銷數較旺也一收火柴公司租欵銀（係上屆新立者）上年八十萬圓今年長收銀五萬圓一收彩票進欵銀（彩款不在內）上年四百八十萬圓今年長收銀六十萬圓此項長收之故係由彩票增添也一收鑄銀局羨餘銀上年六十萬圓今年短收銀四十萬圓此項短收之故係由上屆鼓鑄銀圓太多本屆須酌減也一收代滙本國各處零欵滙費銀上年八萬圓今年同一收官報進欵銀上年八萬圓今年長收銀一萬圓一收各國信局攤派信資銀

上年三萬二千圓今年長收銀八千圓一收各國電局攤派電費暨新設德律風進欵銀上年九萬圓今年長收銀一萬圓一收售賣犯人所製之物進欵銀上年二萬八千圓今年同一收陀乃非愛喝鹽場進欵銀上年三十萬圓今年長收銀一十五萬圓此項長收之故係由將該場包與人承辦也一收阿馬丹水銀礦進欵銀上年一百七十二萬圓今年短收銀三十二萬圓此項短收之故係由水銀價低落也一收利拿來鉛礦進欵銀上年四十萬圓今年短收銀七萬圓此項短收之故亦由鉛價低落也

二十日晴

一收加來尼亞島海口稅銀上年九萬圓今年同一收官產租款

銀上年五萬圓今年短收銀二萬二千圓一收河稅銀上年二十萬圓今年長收銀四萬圓一收售賣官家樹木進款銀上年二萬圓今年同一收收回之官產進欵銀上年五千圓今年同一收收回之教產進欵銀上年三萬二千圓今年短收銀三千圓一收捐免禁止禁日食葷照費銀上年五十三萬四千圓今年短收銀九千圓一收鐵路公司繳監察經費銀上年二十四萬二千五百六十圓今年長收銀二千二百四十圓一收負欠官欵之息銀上年五萬圓今年短收銀八千圓一收各省認捐看路經費銀上年二十萬五千六百圓今年長收銀二萬七千二百圓一收各省認捐學校經費銀上年四十萬圓今年短收銀二萬圓一收官權量進

欵銀係新立者上年無今年長收銀五萬圓一收半成城稅加欵銀上年無今年長收銀二十萬圓此項加欵向由府尹征收茲由國家征收是以提取半成也一收施與教堂等產業一成進欵銀上年一萬七千圓今年無一收收回之書院產業進欵銀上年二萬圓今年長收銀一萬六千圓一收公地二成租欵銀上年七萬零二百圓今年短收銀二千圓一收林場一成租欵銀上年無今年長收銀四千圓一收押欵進項銀上年一萬五千零五十圓今年短收銀二百七十四圓一收樂助官書局欵項銀上年一萬四千五百圓今年短收銀九千一百圓一收售賣官產分年呈繳價銀上年一百二十六萬八千四百圓今年短收銀一百五萬八千四百

圓一收售賣水師廢棄之物進欵銀上年二十萬圓今年無一收賜產贖欵銀上年六萬圓今年同所有賜而未經收回之產昔例每年飭進方物嗣改令繳銀以贖之一收售賣雜物進欵銀上年二萬圓今年無一收指免當兵進欵銀上年一百八十六萬圓今年同一收舊欠官欵銀上年三十六萬圓今年同一收官棧棧租銀上年一萬九千圓今年長收銀一千圓一收溢收各欵銀上年一十六萬圓今年同一收官欵存息及折扣銀上年九萬五千圓今年短收銀一千圓一收屬地貨物稅項銀上年二百二十萬圓今年短收銀一十萬圓總結一千八百九十二至九十三年分計收銀一萬四千九百五十九萬二千一百一十一元一千八百九十三至九十四年分計收銀一萬

四千七百四十九萬五千二百七十一圓短收之欵計銀六百七十三萬六千二百一十圓除以長收之四百六十三萬九千三百七十元相抵外仍較上屆短收銀二百零九萬六千八百四十圓

二十一日晴是日爲西歷七月四號乃美國改爲民政之日

計其出欵一宗室項下上年計銀一百九十萬圓本年節省銀二十萬圓此項節省之故係由攝政君后自願將王俸裁減也一國債項下正債息銀上年五千四百五十四萬三千一百六十三圓本年節省銀二萬七千七百七十一圓浮債息銀上年三百六十一萬七千五百一十六圓本年多用銀三百六十七萬九千九百零四圓一上年不敷銀一百二十圓本年多用銀三萬一千圓一

上下議院項下上年計銀三十四萬四千八百五十二圓本年節
省之數尚未議定一津貼收回賜產項下上年計銀四十萬四千
六百四十一元本年節省銀四萬一千一百九十五圓一恩俸項
下上年計銀一千零九十五萬零二百四十圓本年節省銀二萬
零二百四十圓首相衙門項下一本衙門暨軍機處等經費銀上
年一十九萬五千六百一十圓本年節省銀八萬零二百六十圓
一舉行閣龍會經費銀上年二十四萬圓本年無外部衙門項下
一本衙門人員俸薪銀上年八萬六千三百圓本年節省銀四千
圓一本衙門雜用銀上年一萬六千六百九十三元本年同一出
使人員俸薪及公費銀上年四十六萬二千九百八十五圓本年

節省銀三萬零七百九十五圓此項節省之故係由裁減駐德之漢伯格駐南美洲阿鎭丹國之坡愛羅士崖乃士駐奧之特立士特駐比利時之安特沃卜駐美之紐饒林及紐約駐阿非利加洲屬法之亞及利亞之亞及愛士駐法之包朶及馬賽駐英之直布羅陀及立弗埠及倫敦駐葡之立士本（即葡都）名領事署公費銀六千三百零五圓裁撤駐荷蘭之使署（以駐比利時公使兼使荷蘭）銀五千五百七十圓裁撤駐義大利使署二等參贊銀一千五百七十圓改駐瑞士之二等公使爲三等公使銀五百圓改駐墨老哥二等公使爲三等公使銀五百圓裁減各使署公費銀四千五百一十五圓裁撤駐義大利之克立亞立駐中美洲薩法島國之森非生太駐

德之丹習克駐士耳其之康士旦丁羅卜爾（即土都）駐美之查士登駐之海立非格士駐義大利之乃港駐法之陀羅士等領事署銀一萬四千一百三十五圓降駐中美洲夸的馬拉國之森唐姆士法之梅揚等領事署銀一千圓共銀三萬四千零九十五圓除加駐磨洛哥使署繙譯銀二百圓及設駐阿非利加洲之三習把領事（係與英國議定設官會查販奴船隻）經費三千一百圓淨共節省銀三萬七百九十五圓一出使人員房租等費銀上年七萬四千九百九十五圓本年節省銀四千七百六十圓一出使人員川資電費信資新聞紙費以及修理官房資助在外國之日國難民等費銀上年一十八萬四千四百七十圓本年節省銀一萬七千五百圓

二十二日晴

一教法院經費銀上年三萬圓本年同一津貼者羅色雜教會銀上年七千二百五十圓本年同一津貼在外國之教堂書塾暨教士川貲銀上年一十一萬二千三百九十圓本年同一上居不敷銀一萬九千七百九十九圓本年無刑部衙門項下一本衙門人員俸薪銀上年一十二萬一千七百八十圓本年節省銀三萬一千八百三十圓此項節省之故係由裁減人員也一本衙門雜用銀上年二萬七千六百九十四圓本年節省銀九千零九十四圓

一各省刑司俸薪銀上年一百二十一萬一千八百八十七圓本年節省銀四十二萬七千三百一十五圓此項節省之故係由裁

併刑署也一各縣刑司俸薪銀上年五十四萬六千一百八十六圓本年多用銀一十六萬九百一十四元此項多用之故係由添派人員巡按地方也一各刑署雜用銀上年九萬一千四百四十九員本年節省銀二萬九千七百六十四圓一看監人員等俸薪銀上年九萬四千九百二十四圓本年節省銀一萬四千六百圓一監獄雜用銀上年五十五萬九千六百二十圓本年節省銀七萬八千九百二十圓此項節省之故係由裁減犯人食用等費也一監獄印書等雜費銀上年三萬八千四百二十一圓本年節省銀二萬圓一官房修理費在外國與訟費用以及一切雜用銀上年二十二萬六千圓本年節省銀一十六萬六千圓此項節省之

故係由裁革給見證人之費也教堂項下一教士等俸薪銀上年五百八十八萬五千五百一十八元本年多用銀六千四百零八圓一書院及書樓經費銀上年二十六萬四千八百五十圓本年同一教堂雜用銀上年二百零二萬七千五百三十一圓本年多用銀五千二百四十一圓一教堂修理費及房租銀上年一十二萬六千七百六十六圓本年同一上屆不敷銀六萬五千四百二十四圓本年節省銀三萬八千六百二十二圓兵部衙門項下一本衙門人員俸薪銀上年七十六萬三千四百七十六圓本年節省銀一十萬五千八百一十二圓此項節省之故係由裁減監察人員也一本衙門雜用銀上年六萬七千八百圓本年節省銀五

千六百圓一大將軍俸薪銀上年三萬七千八百圓本年無此項
俸薪改列將弁俸薪欵內一各省武衙門人員俸薪銀上年二百
一十三萬六千六百六十六圓本年節省銀三十一萬八千七百
零二圓此項節省之故係由裁併汛地也一各省武衙門雜用銀
上年七萬五千一百四十二圓本年節省銀一萬六千五百圓一
將弁兵丁等俸餉銀上年一千四百一十萬五千九百六十六圓
本年節省銀一十五萬六千零二十八圓此項節省之故係由裁
撤兵丁約九千名暨備調將弁僅予半俸也一兵房雜用兵糧及
兵醫院等經費銀上年三百九十萬七千五百七十六圓本年節
省銀四十七萬七千二百七十三圓此項節省之故係由裁兵所

致也以兵監經費銀上年一萬五千六百六十八圓本年多用銀三千七百三十六圓一移兵運械等費銀上年二十萬六千二百圓本年同一購馬養馬等費銀上年四十萬一千五百三十圓本年節省銀一萬九千一百三十二圓一購製礮火經費銀上年八十三萬五千二百七十二圓本年同一購置機器經費銀上年七十七萬四千八百八十圓本年節省銀一千一百八十四圓一召募新兵經費銀上年一百一十五萬四千圓本年節省銀一十五萬四千圓一房租息餉以及一切雜用銀上年一十八萬一千一百七十八圓本年節省銀一萬一千一百七十六圓一防軍將弁勇丁等俸餉馬乾銀上年三百三十六萬九千七百四十一圓本

年節省銀一萬五千五百二十九圓一防軍雜用銀上年一千圓本年多用銀三百五十圓一上屆不敷銀一十萬五千六百五十二圓本年節省銀四萬九千六百八十六圓

二十三日晴

海軍衙門項下一本衙門人員俸薪銀上年一十八萬零五百零一圓本年節省銀六萬二千九百四十一圓此項節省之故係由裁減人員也一本衙門雜用銀上年一萬九千圓本年節省銀二千圓一將弁兵丁水手等俸餉銀上年二百六十三萬一千三百二十三圓本年節省銀一十五萬五千六百八十一元此項節省之故係由裁減軍器局等人員也一各水師衙門及軍器局等雜

用銀上年一百二十八萬六千二百八十九圓本年節省銀一萬一千四百三十三圓一格致院人員俸薪銀上年六萬六千二百零五圓本年節省銀二十二圓一格致院雜用銀上年二萬三千零六十四圓本年節省銀三千八百五十圓一備調將弁俸薪銀上年一十三萬八千零六十七圓本年多用銀一萬一千零一十三圓一保護海濱船隻駕駛人等俸餉銀上年二十萬七千三百九十一圓本年節省銀三萬五千一百七十三圓此項節省之故係由裁減巡船也一保護海濱船隻雜用銀上年一十七萬一千九百八十四圓本年節省銀二萬零二十九圓一上屆不敷銀五萬六千九百七十四圓本年同吏部衙門項下一本衙門人員俸

薪銀上年一十二萬一千一百圓本年節省銀一萬九千六百圓
一本衙門雜用銀上年九萬三千二百圓本年節省銀二千六百
圓一各省巡撫等衙門雜用銀上年六萬四千八百四十圓本年
同一各省巡捕俸薪銀上年六十萬九千三百二十一圓本年節
省銀五百圓一各省巡捕雜用暨房租銀上年二十四萬九千二
百六十九圓本年節省銀五千一百三十四元一各善舉經費銀
上年一十八萬一百七十八圓本年多用銀二千一百圓一保安
局人員俸薪銀上年七千二百五十圓本年節省銀二千三百五
十圓一保安局雜用銀上年二萬六千六百八十五圓本年節省
銀一萬九千八百八十五圓此項節省之故係由裁減防備時疫

經費也一各省保安局人員俸薪銀上年七萬一千四百五十圓本年節省銀七千九百五十圓一各省保安局雜用銀上年四萬七千五百七十六圓本事節省銀一萬六千四百八十八圓此項節省之故係由建干多海口檢疫院將竣工也一郵政局人員俸薪銀上年四十二萬六千一百九十圓本年節省銀二萬五千圓一電報局人員俸薪銀上年一百四萬二千七百九十圓本年同一郵電兩局獎賞銀上年一十三萬八千圓本年同一郵電兩局紙墨費銀上年七萬零七百八十四圓本年多用銀二千一百七十圓一郵電兩局轉遞函電等費暨雜用銀上年一百七十七萬五千零二十圓本年節省銀六萬九千五百七十七圓一郵電兩

局印單費銀上年一萬六千圓本年節省銀四百五十四圓一郵電兩局房租及修理官房費銀上年八萬四千一百圓本年節省銀三千一百八十九圓一郵電兩局傢私費銀上年三千圓本年同一津貼電綫公司暨購送信車輛經費銀上年二十六萬二千八百八十四圓本年節省銀七萬八千七百五十元此項節省之故係由停給加來尼亞島海綫津貼暨裁減送信車七十輛也一上屆不敷銀一十萬四千九百三十圓本年節省銀九萬二千七百三十三元

二十四日晴

美國駐巴拿馬領事阿冉信向能保護華人因爲奏請賞給寶星

上議院已議准佩帶而下議院尚未議因謁外部商請速於開院時議准外部允之　農商工學部衙門項下一本衙門人員俸薪銀上年一十三萬零二百圓本年同一本衙門雜用銀上年二萬零五百二十元本年同一各省署人員俸薪銀上年八萬八千零五十圓本年節省銀七萬四千八百圓此項節省之故係由裁撤各省總辦僅留司事一人也其總辦所辦之事悉改歸各該總理署經理一各省署雜用銀上年九千八百二十六圓本年無一總理學校事務人員俸薪銀上年四萬七千二百圓本年節省銀一萬九千八百五十圓此項節省之故係由裁減監察官五十員也一經理學校事務署雜用銀上年四萬二千九百四十圓本年節

省銀一千三百七十圓一小學校人員俸薪銀上年二十二萬八千八百二十四元本年節省銀一萬五千二百五十圓一小學校雜用銀上年一十二萬四千五百一十七圓本年節省銀四萬三千六百零七圓此項節省之故係由停給各鄉塾津貼也一中學校人員俸薪銀上年六十九萬六千八百九十三圓本年節省銀二千六百一十四圓一中學校雜用銀上年九萬三千六百九十圓本年節省銀一萬六千一百七十圓此項節省之故係由停給私家技藝及貿易學堂津貼也一大學校人員俸薪銀上年五十七萬八千三百三十一元本年多用銀二萬四千二百四十五圓此項多用之故係由不得不添教習等人員也一大學校雜用銀

上年八萬零四百二十圓本年節省銀三千八百零五圓一醫學等館人員俸薪銀上年三萬八千九百六十三圓本年節省銀五千七百一十一圓此項節省之故係由裁撤獸醫館二所也一醫學等館雜用銀上年一萬零四十圓本年節省銀五百二十圓一精技館人員俸薪銀上年一十一萬六百六十七圓本年節省銀一千八百三十四元一精技館雜用銀上年六萬二千零四十五圓本年節省銀三萬一千五百五十五元此項節省之故係由本屆無賽畫會也一博物院暨各書樓人員俸薪銀上年計一十五萬零五百八十五圓本年節省銀一百圓一博物院暨各書樓雜用銀上年二萬六千四百三十七圓本年節省銀二千一百八十

五圓一格致書院人員俸薪銀上年二萬八千四百三十二圓本年同一格致書院雜用銀上年三萬八千三百零七圓本年節省銀一百零七圓一官房經費銀上年六十萬零二百三十六圓本年多用銀三萬九千二百四十九圓此項多用之故係由新建本部衙門暨正音學館也一辦理農桑事務人員俸薪銀上年六十一萬五千六百四十三圓本年多用銀一千一百六十七圓一辦理農桑事務署雜用銀上年二十四萬二百四十六圓本年節省銀六萬八千八百八十五圓此項節省之故係由裁減農政局獎賞也一辦理工程事務人員俸薪銀上年一百一十一萬三千零四十圓本年同一工程署雜用銀上年四萬九千八百四十圓本

年節省銀一千圓一修築道路經費銀上年八百二十二萬一千
九百二十二圓本年節省銀九十八萬六千四百三十四圓一監
察鐵路人員俸薪銀上年一萬九千四百五十圓本年同一津貼
鐵路公司銀上年二百三十七萬一千四百一十五圓本年節省
銀一百四十六萬二千圓一辦理河務人員俸薪銀上年二萬三
千七百二十二圓本年節省銀九千一百四十圓一修濬河道經
費銀上年四十八萬九千八百七十圓本年節省銀六萬八百七
十圓一管理燈塔等人員俸薪銀上年一十萬六千一百五十圓
本年節省銀二百圓一修建燈塔口岸等經費銀上年一百二十
四萬四百三十二圓本年節省銀四萬四千九百一十七圓一興

地局人員俸薪銀上年二十四萬二千六百六十六圓本年同一
興地局雜用銀上年一十三萬二千四百三十五元本年同一上
屆不敷銀六萬八千七百九十七圓本年節省銀一萬五千五百
八十三圓

二十五日酉刻大雷雨

戶部衙門項下一本衙門人員俸薪銀上年八十八萬一千九百
二十五圓本年節省銀一十萬八千五百二十五圓此項節省之
故係由裁撤總理產業事務局暨更改戶務刑司也一本衙門雜
用銀上年六萬七千九百四十圓本年多用銀九千六百四十圓
一各省署人員俸薪銀上年一百七十二萬六千三百六十七圓

本年節省銀六千零七十五圓一各省署雜用銀上年七萬九千八百四十一圓本年多用銀四千七百一十一圓一辦理水銀礦鉛礦及鑄錢局造土單局等人員俸薪銀上年七萬八千九百八十五圓本年節省銀八千三百六十圓一鑄錢局造土單局等雜用銀上年三千二百三十五圓本年節省銀二百九十五圓一本部稽查人員川資銀上年二萬圓本年多用銀四千圓一解銀費銀上年一萬七千圓本年同一册籍費銀上年三萬五千八百圓本年節省銀六百圓一修置傢私費銀上年一萬六千圓本年節省銀六千圓一房租暨修理官房費銀上年一十四萬六千二百圓本年節省銀五萬五千三百圓此項節省之故係由多用官房

作辦公處也一一切意外用欵銀上年九萬四千二百圓本年節省銀四萬一千圓一上屆不敷銀一萬三千二百四十一圓本年節省銀九千四百三十三圓雜欵項下一征收產業稅經費銀上年六十萬圓本年同一征收工作稅經費銀上年一十一萬六千圓本年節省銀一萬圓一造身紙經費銀上年八萬圓本年節省銀四萬圓此項節省之故係由將數省身稅租出與人承辦也一造士單費罰欵獎賞暨士巴菇行代賣士單用錢等項銀上年四十九萬九千九百八十圓本年節省銀五萬六千三百零一圓此項節省之故係由上屆估計太多也一造彩票費賣彩票用錢暨助各善舉等項銀上年六十四萬五千六百一十三圓本年節省

銀二千三百七十二圓一土巴菇行代匯本國各處零星欵項用
錢銀上年五萬圓本年同一鑄錢經費銀上年二十萬一千三百
圓本年節省銀五萬八千八百圓一開阿馬丹水銀礦經費銀上
年三十二萬五千一百四十圓本年節省銀四萬六千圓此項節
省之故係由裁減工人也一經理官產經費銀上年三萬圓本年
同一關口巡兵經費銀上年二百八十六萬九千三百九十五圓
本年節省銀一萬零三百六十八圓一房租官房修理費以及一
切雜用銀上年七萬二千五百四十七元本年節省銀三百八十
六圓一刷印稅單費銀上年一萬三千三百圓本年同一上屆不
數銀三十二萬一千一百三十圓本年節省銀二十三萬九百二

十八圓一費雜多坡島經費銀上年一十三萬一千圓本年同統計宗室項下本年節省銀二十萬圓國債項下本年多用銀三百六十八萬三千一百三十三圓上下議院項下本年無可節省津貼收回賜產項下本年節省銀四萬一千一百九十五圓恩俸項下本年節省銀二萬二百四十圓首相衙門項下本年節省銀三十二萬二百六十圓外部衙門項下本年節省銀七萬六千八百五十四圓刑部衙門項下本年節省銀六十四萬二千六百四十一圓兵部衙門項下本年節省銀一百三十五萬四千三百三十六圓海部衙門項下本年節省銀二十八萬一百一十六圓吏部衙門項下本年節省銀三十三萬九千九百四十圓農商工學部

衙門項下本年節省銀二百八十一萬三千六百七十二圓戶部
衙門項下本年節省銀六十七萬二千三百九十二圓費難多坡
島經費無可節省統共節省銀三百零七萬八千五百一十三圓
二十六日 晴 中夜雷雨
朝鮮代辦李承壽來見告以帶見外部飾辭推卸未便相強聽之
而已　查日國入欵身稅即人稅分別貧富以定等差別爲二則
第一則分十一等每年進項在六千圓以上者納稅銀二十圓以
次遞減至第十等每年進項不及一百五十圓者納銀二角其婦
女及無職之人下至僕役亦納一角極貧者不能免惟以乞丐度
日者免之第二則則視其所居之房屋亦分十一等其人所居之

房每年值租銀一千五百圓者爲一等納稅銀二十圓以次減至第十一等其房租每年不值銀十圓者納稅銀一角苟非居無房屋皆有應納之稅則倖免者希矣紙牌即賭具收稅至重河稅則於可以行舟之河道凡舟楫往來均視其大小以征稅城稅則按日用之物納稅凡陳設之具以及車馬下至貓犬亦征之呂宋票章程每月一萬號每號收銀五十圓共收銀五十萬圓派定中彩之票計五百十三號應付與中彩者共銀三十五萬圓尚餘銀十五萬圓即爲入欵每月於本國中國小呂宋各開一次如號數不敷則下月可增數千號如號數積滯則下月可減數千號近行銷日廣有增無減故入欵亦遞增焉

二十七日晴有美午刻發熱子刻始退

美國整頓海軍製礮造船日有所益水雷一物近始造成業經試驗可用惟其中奧妙精微非熟習有素不能得力茲於紐鉢埠創設水雷學堂以便訓練云　因按水雷種類甚多有伏雷送雷行雷之別而茲三類者又復分門別類考究甚易而施用甚難其自轟與轟人分別祇在呼吸之間較之施放炸彈其難不啻百倍非專門名家練習有素斷不能適於用也　因嘗乘舟長江見網魚船呼之使來買魚論價久而不定當　因船乘風破浪之時且行且言漁人櫂舟並行兩手按槳其船行遲速與我船同而又近不至觸離不至遠進退左右毫不費力古人所謂得之於心而應於手者

漁人實得之於手而無須用心竊意用水雷者手法之熟能至如此則百發百中百戰百勝矣專設學堂訓練其知此意乎

二十八日 晴天氣亦轉和平

內人等及有泰有美附火車於巳正啟行赴金山　美國設水師學堂造就人材安挐報利埠最多近來每年挑選聰穎子弟學業有得者給以經費赴歐洲各廠學習造船駕駛等法博採兼收以求集益本月已派四人啟行矣　因查船廠以英爲多商船兵船亦以英爲盛商船盛故富兵船盛故強海軍之勢誠爲地球第一縱橫莫當顧其陸軍實不逮俄俄於印度陸路可通卽陸軍之力可及何以覬覦有年而終未嘗加兵印度自因窺之則仍畏英水

師之強而不敢妄開釁耳俄如加兵於印度未必唾手即得而海軍之分散各口者必爲英船所傷此可慮也美國雖富而水師不強上年頗爲英義兩國所迫脅急於講求蓋不甘受制也

二十九日晴中夜雷雨

初五日巴黎來電言俄德二國商訂通商條約業已多時迄無成議而俄法訂約歷時未久已各情願昨日兩國議約大臣均已簽名自一千八百五十九年以來於今三十四年俄法通商此爲第一次約云　因觀於此而歎立約之難也兩國立約其措辭皆言兩益其用心實利己而害人惟強與強遇則熟審兩國所獲之利足以相當而後允准否則不從如現在俄與法德立約是也若一

弱一強則利必歸強而害必歸弱此不可枚舉矣甚至有不諳他國強弱之勢而誤以弱爲強甘受其制而因受其害者則洋務之不可不明也居今之世苟能閉關自守不相往來誠爲至善而必不能者則強國之迫脅故也彼何爲迫脅哉則用心可知矣

六月初一日晴戌刻雷雨

謁梅律師　美國近年布置海軍不遺餘力曾屬梅律司訪查現在兵艦共計若干水雷若干兵弁若干昨日始查到即飭繙譯譯出因記其略計二號兵艦十一艘最巨者容四千六百頓馬力一萬零六十四匹最小者容三千頓馬力六百八十四匹三號兵艦三十艘最巨者容二千七百頓馬力九百六十四匹最小者容一千零

二十噸馬力三百六十五匹四號兵艦六艘最巨者容九百三十噸馬力三千七百九十匹最小者容四百二十噸馬力四百二十六匹以上兵艦共四十七艘水雷三艘大者容八百噸馬力六百匹次者容一百一十六噸馬力一千七百二十匹又次者容三十一噸馬力三百五十匹尚有動工而未成者二十三艘內容一萬噸以上者三艘馬力過二萬匹者二艘水雷一艘均於三年內次第告竣官員自提督以至糧臺共九百五十一名又美水師部收到定造之水雷正在分發各艦備用而水師人員諳習施放水雷者其人甚鮮水師部大臣卽通諭水師人員擇年力強壯者分班赴紐鉢埠學習施放水雷之法每班六人十日更換周而復始因

聞諱疾者難愈諱亂者難治諱其短者難濟誠哉是言也英地僅三島短在版圖乃興海軍以長駕遠馭而屬地徧五洲俄地處極北短在苦寒乃練陸軍以蠶食鄰封而拓地之廣至居地球六分之一德間於兩大短在偏介乃創通國皆兵之法而俄法皆不敢覬覦日本大將軍擅權短在守府乃收回太阿之柄而國勢遂振此已然之事也日斯巴尼亞入不敷出短在貧匱乃開源節流而國用以足美僻處墨洲同洲無敢與競者而歐洲強國好迫脅之則短在海軍頻年興造戰艦戰艦具而鮮能施放水雷之弁則短在水雷又興水雷學堂分班以練習此本年之事也人莫不有所短知其短者尚不乏人而去其短者卒鮮此強國之所以不多也

初二日晴戌刻大雷小雨

伯林來電五月初三日德王昧爽而起馳往保山埠直入駐防該處之營自稱勞軍領兵各員不知德王之來未能豫備迎接然於兩刻之間各營兵弁均按隊排列行伍整齊軍容甚壯德王閱之甚喜慰勞有加云

因聞天下雖安忘戰必危德王誠可謂不忘戰矣澠池之會秦王知趙有備而不敢動兵田悅假道於薛嵩薛嵩曰毋妄言吾有以待爾田悅遂止前此法耀兵於德界德前王遣人語之曰師丹之役貴國其將報復我乎請待君於來因河上俄之於德於英英德於俄均不諱戰不知者以是爲啟釁之媒其知者以是爲止戈之策也蓋觀其所行而知之二十年來各國之

兵無有敢加於強敵者但聞日本縣琉球法滅越南突尼斯河米
英滅緬甸俄滅浩罕基窪布哈爾殘破土耳其歐洲諸國分裂阿
非利加洲太平洋諸島國爲英法德所踞而已禮記所謂強者脅
弱衆者暴寡智者詐愚勇者苦怯兵法所謂攻其無備也則備之
不可以已也德王誠知所備哉

初三日晴

外部大臣訂見至則有紐阿連省人名綏法由外部大臣介紹握
手言將來使館晤談因允之又阿利干省律師於前月十六日來
電言有華人六十五名乘船潛入美境爲稅關巡差所獲搜其船
載有煙膏華人均無護照乃沒其船入官查拘船主歸案定罪而

船主已逃逸華人不能登岸又不能乘原船而返且無人供給飯食請速設法 因 即請梅律師往見戶部戶部隨電該省飭令據實函覆昨日覆到即咨外部外部故訂晤商葛禮山曰本大臣言不拘拏監禁驅逐華人此等華人即在葢力例所定拘拏監禁驅逐者地方官已不肯行顧華人輒以資糧俱絕爲辭美政府安能給以川資供其衣食貴大臣既爲詰問請作如何處置 因 答曰華人既帶煙膏非盡落魄之輩應由地方官查明可入境者准其入境不可入境者令其折回勿令進退維谷葛禮山曰華人無便船載回亦無去志又無護照入境不能去又不願除非貴大臣出資給其衣食爲之籌資派員押送出境方不失所 因 思此事萬不能行

川資一項約銀四千五百餘兩尚可爲措派員押送如其中路脫逃嫌於失信且似同謀又此例實不可開華人之由卡拏大各處潛入美境者每年七八千人卡拏大政府每名收身稅銀五十圓歲至數萬以後如均由本使館送回其費需銀五萬兩安能爲繼遂答以中國本不准華人潛入美境且貴國開議院在卽請熟籌之給資押送一節應毋庸議葛禮山頷之遂辭出

初四日晴

拜發奏摺各國戰船均外設鋼甲以禦礮彈惟船底及入水之處往往以礮彈所不能及而無甲近日水雷之用卽專自船底及入水處蟄發以價數千兩之水雷而破數百萬兩之鐵艦一轟卽碎

卽貧弱之國亦易購置設防美廷現查防水雷之法惟有以鋼網
圍船如帬水雷之來但觸鋼網則不能入玆由水師人員於紐鉢
埠試驗鋼網用法云　因　按古語云亡羊而補牢未爲晚也先儒
呂坤云人生最追悔者既往最悠忽者現在最希冀者將來三念
循環而畢生無自新之日矣蓋既往卽昨日之現在也將來又明
日之現在也現在悠忽則畢生悠忽而已矣日月易邁秦穆之所
以憂心也美國前此之忽於海軍其追悔宜矣而現在者不肯悠
忽故增鐵艦建礮臺作育水師人材派員赴歐洲船廠學習試鋼
甲造水雷驗鐵網設立水師水雷學堂皇皇焉如不及可謂知所
急矣詩云迨天之未陰雨徹彼桑土綢繆牖戶其斯之謂與　酉

正金山來電言眷屬於卯刻抵金山均平安

初五日 晴午刻雨仍晴

梅律師來言華人由英屬可侖比亞偷入美境事又言該省居民多業捕魚向例不准客民攙業近來中國日本民人寓該省者未滿三年即向地方官領入籍之照以便捕魚土民生計已爲所奪又該省裝罐魚公司三十二家所僱工人均係中日兩國之人土民憤怨聚衆公議聯名呈請議院禁止客民攙業云 因按入籍之利大矣寓美華人前此之不入籍者誠失計矣可侖比入籍華民與土人攙業土人雖嫉惡之不能效美國之燔逐也僅求議院禁其攙業而已議院亦未必從也或挾其未滿三年之短則地方

官分任其咎地方官亦未必認錯也入籍之異於不入籍者此也

初六日 晴未刻雨仍霽

南墨洲各國近年外憂內患相尋鮮有久享太平者各國憂之力思補救茲威內薩可侖比厄瓜多三國擬共聯盟一國有事則兩國相助以期弭患云 因嘗言近年弱小之國難以圖存此足徵矣南墨洲之國除智利外均不能自立內憂可平而外患難弭也英法商人隨地皆有開礦鐵路諸務多爲壟斷固已攬其利權矣阿鎮丹僅爲半主基阿拿已屬英尼格拉鐵路全歸英人祕魯鐵路古阿拏歸英商收三十年利權既去而名號空存猶人之精氣日亡而軀殼安能久耶且非僅南墨洲已也歐亞阿三洲之埃及

希臘波斯阿富汗暹羅摩洛哥諸國莫不如是卽葡萄牙土耳其將來亦必如是亦如春秋之世將變爲戰國僅存其强者大者而已

初七日晴

大西洋運載之利向爲歐洲商人獨佔美不與聞自本年春初美國設立公司自運書信及人貨來往大西洋貿易日盛美商見有利可圖又在克闌布船廠添造巨速輪船五艘每艘計銀二百萬圓冀與歐洲各商共大西洋之利云　因查地球各國商船以英爲至多次則美次則法又次則德而富之等差亦如之瑞典那威瑞士比利時版圖雖狹而商船頗多故其國亦富亞洲之日本其

版圖抵中國十之一其民數不及中國十之一而入歟及中國之半則以其商船之多也萬國公法內江入貨不准外國商船駛行運載用意至深中國則一視同仁無分畛域不屑言利而利之漏卮者遂多否則以中國民數之衆甲於地球方輿之廣過於德法美三國何至入歟尚不及三之一哉

初八日晴

法得越南未十年今又與暹羅搆兵暹羅自知力不能敵特派專使於五月到美求美排解美外部以爲法暹搆兵美居局外若兩國均願局外之國判斷美國自可代爲調處茲僅暹羅一國相求而法國並無願請調處之意未便與聞云　因查法君拿破侖第

一加兵於日斯巴尼亞英人援之俄加兵於阿富汗土耳其英人亦援之此非同恤相惡之義實爲脣亡齒寒之憂也顧智利加兵於玻利斐亞而祕魯援之幾至亡國則脣未亡而齒先寒矣美於亞洲無屬土向又自守安肯顧暹羅而有求於法哉然暹羅版圖本小加以喪師失地國幾亡矣暹羅立國已千年可謂舊國自輪船暢行涉歷重洋如履平地海軍之強者威加於數萬里之外遂使弱小之國不能自存風氣如斯可勝慨哉

初九日 陰辰刻小雨仍霽

法國近日造成水雷船一艘命名蘭士克訥長英尺十六丈五尺四寸寬一丈五尺八寸入水四尺三寸容一百三十八頓有雙螺

輪馬力二千八百匹水師部人員已於五月試驗每一時辰能行六十英里云　因按每一時辰船行六十英里合中里二百里每日行二千四百里可謂速矣水雷效驗惟聞南北花旗交戰時北花旗曾以水雷轟破南花旗戰艦智利祕魯之戰祕魯鐵艦閣淺而敗非敗於水雷也近來各國競事水雷而究未試其效不過鬬智鬬巧戰勝於製造而已此近時風氣也戊正接上海口電云欽差從官眷屬跟役共八十二人附加力來美請照會美政府莫

初十日晴

撰照會送外部　五月十四日巴黎來電言法人名土耳賓創造新式軍器一種能轟礮臺各國現在至堅固之礮臺亦難抵當擬

請國家試驗後給予執照俾得專業出售云　因聞英國造重二百頓之礮試驗之時能洞厚一丈八尺之石壘直穿而過力誠猛矣然未試以鐵甲尚不知其能穿鐵甲若干尺也俄國克龍斯達的礮臺鐵甲厚四尺八寸前此英法各國合力攻之不破今法人新造之器以爲至堅之臺尚難抵當則俄之礮臺失其固矣或者今之炸藥其力甚猛有同是藥而力加至四十倍者若以此藥入彈內深入鐵甲一尺然後發炸因并所未入者而亦炸裂其理尚可信也

十一日晴

阿非利加洲之南各國多歸英國管轄保護有脫闌威士國者產

金最饒和蘭人先到英人以保護爲名踞其全土每月所產之金值銀二百萬圓其約翰尼士堡地方六年以前不過屋舍數間自開金鑛後人民麕集現有八萬餘人鐵路日興地方日盛又相近之金布地地方每年所出鑽石値銀二千萬圓云　因查現時金價較二十年前增至十分之五或以爲銷耗多而出產少使然非也金之出產非少乃外國以金爲錢用之者太多耳鑽石之價又數百倍於黃金外洋婦人首飾不尙珠玉而尙鑽石其質之剛無堅不破礦之堅而難開者恒用之其洞石也如錐入木而鋒不磷蓋天下之物無有比其堅剛者矣

十二日晴

伯林來電言德主前欲添兵議院阻之遂散議院飭國人再舉現已舉定各議紳中以添兵爲是者二百五人不以添兵爲是者一百九十一人將來可添兵矣　因按德國地勢東連俄西連法俄法皆佳兵之國而法與德又有深讎法與俄且已聯盟不待智者而知德國所處之地爲危險矣歐洲名人盱衡時局莫不謂各國必有戰事而晏然者逾二十年　因默揣今日之勢而歎歐洲之難久寢兵也各國兵數日增餉項亦日增雖相持莫敢先發然餉實難於久籌爲戎首者當在俄法英如不牽掣法國德國恐難支持添兵之舉實萬不可緩者也

十三日晴

伯林來電言俄德兩國商訂通商之約久而不成其故以俄國政府意存窺伺以爲壟斷如德議院終不允添兵則德國君臣必生畏葸既有畏俄之見則於通商之約必有就俄之心俄人可以多得利益今德議院既願添兵德國君臣無庸存畏俄之見決不就俄俄人亦知之因請和衷與德商訂此約云　因觀此而知立約之難也弱國之受強國壟斷不待言矣卽兩強相遇而其國勢稍有等參卽其存心隱有區別如俄德二國是也德不添兵則勢不敵俄卽不得不畏俄畏俄而俄人卽因其畏葸之心以行其壟斷之計所商之約苟非俄之得利十倍於德俄必不允行也德既畏俄又不得不讓利於俄而歸害於己也一時讓而時時如斯一事

讓而事事如斯以後與他國立約他國亦以此心相待而立約遂無平允之日殊可危矣德既添兵俄亦就範幸哉

十四日晴未刻暴雨仍霽見日

伯林來電言俄德兩國通商條約未成之故因俄國稅則所定入口之稅分爲兩種一種稅輕一種稅重而稅重者多係德國土產此俄國之爲挾制德國起見也德國既無可避亦無可駁惟有設法抵制報復而已　因按此俄之有意苛待德國也德國土產不能不入俄國行銷則無可避稅則爲各國內政權由自主而非他國之所能干預則無可駁所可能者惟有抵制報復而已竊嘗綜觀各國交涉之道膠膠擾擾數不能終筆不能罄一言以蔽之曰

抵制報復而已其不敢過於苛待人者防人之抵制報復也其不畏人之過於苛刻我者我可以抵制報復也兩念循環而交涉之道庶幾持平此道廢而交涉不能持平不能持平而事事棘手矣

十五日晴

美國農部大臣爲整頓本國農務特派專員赴歐洲察看各國情形查美國土產五穀乾肉菸葉各物本國用之不盡必能出口行銷方不致棄於地亦不致賤而傷農云　因按世常謂外國逐末而忘本其言不盡然也英法各國地狹人稠無可務本自不得不逐末耳若俄與美曠土尚多自應務本故二國運出五穀爲至多古人謂穀賤傷農知其傷農必思所以調劑之法非空言可調劑

也美可謂能調劑矣爲之疏通轉運出境卽以羨補不足之意也而彼此均獲益矣嘗考地球之上穀價之賤首推越南暹羅計銀四錢易米一石由其商務不講商船全無故運載出口之利全歸他國而穀之價又爲他國所壟斷宜其貧也

十六日晴

上月奧國政府派員來美查美國火車鐵路辦法現到華盛頓言奧國火車鐵路歸官辦者計六千二百餘米商辦者計七千四百餘米扣至一千九百五年則全歸官辦矣又言美國火車鐵路造法工料精於歐洲惟保護人命則遜歐洲各公司云　因查奧國疆宇四塞皆不近海頗與中國之雲貴陝甘相似故輪船少而鐵

路多合之中國里數蓋四萬五千餘里矣制造各廠火車鐵路不盡由官而與民同之歐墨兩洲風氣皆然匪僅奥國至於美國火車之保護人命尙遜歐洲上年美總統諭議院文已切言之則美國亦已自知所短當必設法以求盡善而奥員亦可爲留心者誠不辱君命矣

十七日晴

倫敦來電言埃及國常有英兵駐守情同英國保護惟其國王自以爲土耳其藩屬按年納貢不甘爲英所制請土耳其國君派兵至埃以抵英兵並請土廷告於英廷撤回英兵並英國駐土之公使云　因論之曰埃及國王誠可謂昧於時勢者矣其先貸英銀

四萬萬餘兩但快目前之揮霍不顧以後之債臺此最失計者也自此以後國君之廢置各部之更代利權之操縱悉由英人蓋太阿之授人久矣何忽然不甘受制而亟欲改圖耶且其所欲改圖者不思自奮而冀援土耳其以抵英夫土耳其之衰弱仰庇於英以求存非一日矣度土耳其必不派兵卽使派兵亦必不能抵英告於英廷請撤英兵英必不允不過多一番煩擾耳否則如石晉之於契丹自速其敗亡而已

十八日晴

前葡萄牙人在日本犯法葡員不問日本遂照會葡廷以後葡人犯法照日本例治罪葡國不照覆卽撤回駐日本之領事官日本

亦不問此後遂以日本例治葡人葡國既知恫喝無益又以寓日之民歸日員約束有傷國體遂派澳門總督兼署駐日本公使赴日本都城與日政府會商約束葡民之法云　因以從前葡日齟齬而早料葡人之無能爲者今果如所料矣葡自稱大西洋國以恫喝亞洲而不知遣使以後亞洲早知其國勢也今猶虛張聲勢庇犯法之民而不問置鄰邦之文於不覆且撤領事以示絕交方謂日本必誠惶誠恐急轉圜矣而日本即舉所告於葡廷者毅然行之葡人至此方知恫喝之全無用也於是設法轉圜派員謝過商議約束己民之法蓋黔驢之技窮矣孫武子云勇怯勢也強弱形也日本惟深知葡人之形故能因其勢而用之耳

十九日 晴巳後小雨竟日·

南墨洲威內薩國地當赤道炎熱異常各國輪船載冰往售行銷至多得利亦巨茲本年自設冰廠製冰以收回此項之利惟防輪船載來之冰攙奪故立新章凡他國入口之冰每磅征稅銀五分云 因查威內薩爲墨洲至小之國軍額甚微又無兵艦上年內亂至今甫平庫帑已空民力亦竭無法籌費僅向歐洲貸銀六百萬圓以濟急用度其兵力斷無以禦外侮無論何國兵船壓境均不能當而何以不畏啟釁而征向所未征之稅哉且冰之價值每磅售銀不過五分而卽征稅五分明明苛斂各國詰責尤爲義正辭嚴彈丸小國何以堪此而毅然行之者則以稅則爲各國內政

也

二十日陰

墨西哥國近謀開闢興利而創火車鐵路開鑛無款可籌現美英德三國之商代爲興辦自一千八百九十年正月起即中歷光緒十六年至今三年之內德商共費銀六千三百七十五萬圓英商共費銀二萬一千三百五十萬圓美商共費銀三萬四千五百三十一萬圓英商以貿易耕植爲多美商以製造開鑛鐵路爲事云

因於此而歎美英之富也亦於此而歎墨之貧也凡貧弱之國多以利權授人如歐洲之埃及墨洲之祕魯海代阿鎮丹等國是也利興於地以地權授人不啻以利授人矣當其授人之時或出

於不得已實有不得不然之勢所可恨者其先之泄沓自安於財之源流生之無道用之無節耳墨國前貸法國之債而失信不償幾於决裂故此次法商無過問者鑒前車也近向中國求准招工中國知其貧匱鑒其失信而立約嚴防之其庶幾無弊乎

二十一日晴

前法國博士都爾賓創造至猛之炸藥者近又創造大礮一尊堅利無比每一刻時可放四次彈子飛射計二萬五千枚礮臺戰艦均莫能當人馬更無論矣法國政府已派員查驗如果可用則法國武備天下無敵矣　因按凡礮之欲及遠者其礮身必長彈之欲洞堅者其彈必巨卽賈誼所言寬髀之所非斤則斧此一定之

理也今以一刻時而出彈二萬五千枚此卽卷筒群子格林礮之類用以守險防敵人之沖突奪隘可耳乃以爲能摧礮臺穿鐵艦未免張大其辭殊難信也

二十二日晴

倫敦來電言埃及國王不甘受英挾制擬往歐洲各國商請合力令英撤囘所駐埃及之兵英國全不介意亦不阻止料其無用故也且大權在英廢立易如反手如必崛强則廢棄之或如緬甸哲孟雄等徑取其地而已　因嘗歎當今弱小之國漸不能自存也阿非利加全洲已爲歐洲各國分裂突尼斯布哈爾越南緬甸暹羅又爲英法俄諸國所滅十年之內滄桑忽焉埃及之將亡尚有

自取之道借英鉅欵至銀四萬萬餘兩宜其受挾制也若阿非利加一洲與突尼斯布哈爾越南緬甸暹羅諸國實無可加之罪不過弱之肉强之食耳而埃及之亡且後於諸國者以有法俄牽掣之也英國布置周密之後他國所不能牽掣之時則必一舉而覆亡之埃及爲五千年自立之舊邦而亦不能自存此宇宙一大變局也

二十三日 晴巳刻小雨

送上議院紳可六禮六色　歐洲各國馬牛所食之芻草歉收各國駐美公使多向美農部探聽芻草收成并其價值計上年收成尚豐價值計噸易銀自四十五圓至五十圓不等擬卽運赴歐洲

出售美國上下以歐洲飼畜無芻將來馬牛必難蕃息本國牛羊極多又可出口行銷云　因查地球各國美俄均重農事美之地氣溫煦較勝於俄故農務亦勝之青草一物各國皆歉而美獨豐因留心農事故也以每頓一千六百磅折爲一千二百斤售銀五十圓則百斤可售銀四圓較之中國米價已兩三倍矣農人以一畝之地生草卽可溫飽以十畝之地生草卽可富家衣食易謀宜各國之民趨之若鶩也

二十四日晴

北墨洲之紐芬闌向爲法屬後爲英屬兩國漁船往往以爭界起釁法政府特派水師提督挨拉磨納帶兵艦往察情形與地方官

商令和洽以息爭端於五月底抵紐芬蘭地方官以六月初係法國改爲民政之期訂以設筵具樂相欵而同時適有法商運貨入口匿稅致被稅關充公該提督爲之求免稅關不允遂不赴席起椗徑去而英國所派兵艦適到亦不挽留云

因查地球諸強國每以盛氣淩人皆好勝也施之弱國固受之而不言即施之強國亦不虞決裂者勢相當也勢既相當終以敷衍息事而已近三年中如祕林海峽一案英美互拘漁船法拘英之漁船俄拘美之漁船是也俄德兩國之君不諱交戰法於德不諱復讎德於法不諱再戰義於美爲紐阿連之案不諱絕交而終無戰事者兵力相敵不敢操必勝之權也弱國出之禍不旋踵矣然則公法何足恃所

可恃者必在自強

二十五日 晴 申刻雨

倫敦來電言英國派兵駐埃及實非得已因埃及形勢爲英與印度往來所必經之地如英之門戸也且蘇彞士河已爲英之產業如爲他國所據則英與印度隔絕印度不能保矣埃及之兵決不能撤法與土耳其雖屢詰問決不能從如埃及國王爲難廢之而已無他策也 因讀湯誥至推亡固存讀史至逆取順守未嘗不歎興王之所見略同也孔子曰栽者培傾者覆聖功王道一以貫之矣埃及蹈爲傾爲亡之機英人爲逆取順守之策故於印度則固存於埃及則傾覆雖似霸氣實合機權然非綢繆之早不及事

非兵力之足不能行越之沼吳也教訓二十年德之報法也練兵十餘載英人謀埃及暨蘇彝士河深心遠慮尚不止如斯矣

二十六日晴

卯刻率參贊隨員等恭行

朝賀禮辰正設讌申正設讌　初三日比利時來電言比國創國例不言管轄屬邦之權惟阿非利加洲有孔果國者爲比屬國業已多年茲議院擬立新例以便管理屬國與各大國一律云　因查孔果一國與桑給巴爾接壤版圖甚廣商務尤盛國中鐵路四通八達有方輿之氣象比國得之如設施有道可與英之印度比肩蓋外府也　張領事曾詒由紐約來

二十七日

美國公司開辦尼格拉孤河道興工業已數年所需用項爲數甚鉅均由該公司籌欵接濟近因金銀價値相懸太遠銀根遂緊竟致無法籌欵所刻出借劵無人承受經費遂竭不得已停工矣

因查美公司所開尼格拉孤河道卽巴拿馬界分東西洋之地也法人勒伯西往年開歐洲之蘇彝士河達地中海商船便之獲利甚鉅遂以其術試之巴拿馬費銀數千萬圓工不成而中止美公司乃於相距不遠之尼格拉孤國興工開穵冀奪其利而享其成茲又以費絀而止豈天之限東西洋不欲人穿鑿耶因於光緒十七年赴祕魯時途經巴拿馬由西洋至東洋必踰陸地而過舍舟

登車約行兩時許計近百里洋人所言二十八里者蓋英里也以百里之峽而以人力開通古人所謂愚公移山者不過寓言今乃目見之焉　照會美外部請奏總統諭議院再議蓋力新例又託議紳設法參贊彭光譽偕繙譯容揆赴希卡果

二十八日晴

羅馬來電言銀市日壞義國國家銀行倒閉政府查出議院有受賄之事上議紳受賄者計一百二十名下議紳約一百人此種議紳爲公論所不容必迫之出院云　因按自上年以來金價日漲而銀價日低各國銀行紛紛倒閉至今尚未已也美國銀行章程一律用金得拉卽金錢凡數及一百圓者收銀之家非金得拉不

收其銀錢僅用以計奇零之數耳自金價日昂而美國金錢之出境者上年計値四萬萬圓今年庫中所存僅一萬萬圓以償銀幣有絀無贏而銀根遂爲之緊矣使館滙銀爲經費光緒五六年陳任時每庫平銀一萬兩收美銀一萬六千餘圓自光緒七年至十一年此五年中由一萬五千餘圓減至一萬二千餘圓自光緒十一年至十五年又由一萬二千餘圓減至一萬一千零五圓自十五年至今中間偶有漲至一萬二千餘圓者然爲時不久今竟減至九千圓且不滿九千圓由磅價之日高故也

二十九日晴

美國前駐巴拿馬領事來謁云此來專爲叩謝中國

皇帝賞給寶星之恩數年以來極力保護商民冀以圖報此次卸任中國商民扶老攜幼送行者數百人多至泣下己亦爲之垂淚又言該處政事不修官府不知惠遠現在總督尚能保護華商以後亦不可必上年華商被土人公司賒借銀至九十萬圓至今倒閉正當控追又言美現任總統及外部之意甚不以蓋力所創之苛例爲是將來或可望廢因均謝之欵以茶果是晚卽往答拜幷贈繡巾一盒細茶二瓶明日卽附火車回本省矣

三十日

外部衙門遞到前駐巴拿馬總領事阿丹信來函卽飭繙譯譯出云敬呈大淸欽差大人閣下前荷

大皇帝恩奬賞給二等第三雙龍寶星一顆並牌照一道阿丹信
昨日已親赴外部恪遵
旨意恭謹拜領矣伏查牌照內敘阿丹信前在可侖比國巴拿馬
埠任內會經料理華人事務因此故給予奬賞等因竊思阿丹信
不過稍効微勞乃竟辱承
貴政府垂念及此以致膺茲重賞殊出意外實屬榮幸之至感激
奚如惟所歉者以時事之變遷不克聯任再効馳驅上以報
皇仁於萬一下以振興華人之利益耳惟祝大人福壽康強是所
切禱肅此謹請代達六月二十八日西歷八月九號阿丹信押因
觀美外部及領事待巴拿馬之華民而知美國上下之惡華人非

其本心也中國於外部求其公使領事之駐可侖比巴拿馬者保護寓居彼處之華民既慨允矣而又於㘝之行爲作書以先容若唯恐其與㘝不浹洽而保護之不認眞何其誠也領事阿丹信於巴拿馬土人之妒華人微有形迹卽爭於地方官必使土客之勢兩平又何其誠也今阿丹信言其囘美時華民相送而依依不捨者數百人彼亦爲之墮淚古所謂循吏愛民與民之愛上何以逾此然則華人非工黨之妒美官紳非求工黨之保何至於議禁哉

七月初一日元吉 晴未刻雷雨

伯林來電旨德國政府近接俄國來信謂俄將調海軍一隊赴德國之都倫海口暫泊然後直往地中海之東岸各處遊弋與駐該處之法國海軍聯兵遇事相助以敦俄法友誼云 因按此必爲法與暹羅搆釁而欲助法以制英也夫前事之不忘後事之師也法人窺印度則英以水師中途要之俄人攻阿富汗則英以陸軍遏之英人攻美則法與和蘭脅和以止之所以防鄰愈厚而我愈薄也今法急圖暹暹不敵法必滅於法暹滅而法逼緬甸則印度之西多一強鄰此可危之勢英之所欲爭也英海軍勝於法可以

阻法人之兵力使不滅暹否則亦可瓜分尚不失便宜也今俄助法則英之海軍以一敵二遂不能當法人庶可得志於暹得志於暹則英屬印度之地東偪於俄而西偪於法或可以望瓜分乎

初二日晴

伯林來電言接本國駐土耳其公使信謂土耳其國君以挨及國王將來覲見不過以待屬國之禮過之其請派兵挾制英國不過却之斷不從并救人云　因按挨及立國四千餘年可謂舊矣初屬波斯繼屬羅馬終屬土耳其其中間惟拉墨塞一朝差能立國其餘皆依人以存如宋之南渡後耳今其勢將屬英雖有善者亦無如之何矣況其全不審彼己之勢耶大抵不能自立者其弊狃於

苟且偷安印度亦然未聞其有人才奮起也

初三日晴

巴拿馬來電言南墨洲之基阿拿國英屬也近日查得其地產金最多較美國之金山英國之新金山及所屬之阿非利加洲之金布利國尤多各國人民現赴基阿拿開礦者絡繹相繼云　因嘗聞人言美國產金英之屬地多產金宜其富也顧南墨洲亦產金阿非利加洲亦產金何以不富而貧澳大利亞即名新金山產金至多而自古至今土人不聞開礦乃留以貽英人然則天地本有自然之利必得其人而後興耳今歐洲之國多巨富而德國以外不聞產金其故何也嘗讀蠶婦詩曰君看羅綺者不是養蠶人言

商之奪其利也然利權之操於商豈僅中國爲然哉地球蓋莫不然矣

初四日晴

伯林來電言德主志在添兵盡力設法新舉議紳到院會議僅數日即議准德主大喜即飭散院不必久羈聞此舉專賴首相卡布威推誠襄助之力云　因查八十年前法主拿破侖第一雄才大略已霸歐洲稱爲日耳曼帝普國之君與戰三次不勝而割地終合俄奧瑞三國破拿破侖入巴黎斯廢拿破侖流之荒島二十年前拿破侖第三不許普國王族王西班牙貽書詰責普君整兵會戰亦虜拿破侖而入其國都百年之內法國兩君皆辱於普然則

法與德固世讎也志豈須臾忘報復哉查第一次戡法之軍俄普各國共一百萬而英軍之守西班牙者尚未計焉第二次之軍僅普一國即五十萬是其所以取勝者固在兵精而尤以多操勝算矣德主添兵之計誠非得已蓋觀於往日之戰而知之　新使楊

抵金山

初五日晴中夜小雨

伯林來電言德主偕其后乘官輪由啟爾埠頭赴瑞典國與其國君相見云　因按啟爾埠頭即從前德法搆兵時法國兵艦至此以爲天險不攻而退者蓋據形勝之全者也於此知興築船埠之宜度形勢焉瑞典與那威地近北冰洋古之所謂使鹿使犬之國

者似之八十年前法主拿破侖第一殘破歐洲英俄普奧各國合縱以敝之瑞典亦與焉然則瑞典雖褊小其武備亦有足稱者德主以聯盟之局奧志不堅故欲糾合日斯巴尼亞與瑞典諸國以壯軍威今之往瑞典者必爲此也君子曰備豫不虞古之善戒也德主有焉

初六日小雨

倫敦來信言接加爾格搭信法以兵力淩轢暹羅暹羅自知不敵求印度相助並接濟軍械印度政府不允告以如暹羅願屬英印度方允行云　因憶料暹羅雖於圖存今果然矣查暹羅近年以來頗結好於英且易歐洲服色自以爲可無虞矣而不知幷吞之

風氣已開弱小之國斷不能久東周列國之時滕文公宋王偃皆有志振興者而終於不祀此前車也歐洲小國現尚不致滅亡者以各大國之勢均力敵相爲牽制耳將來勢有不均力有不敵一國發難而旁觀袖手如今日之亞洲則小國將必不免即大國之淩替者亦終不免發難之國其在俄乎次則英也　電金山詢新公使楊帶若干人赴華盛頓應需客棧房若干

初七日晴

謁外部初坐定葛禮山即言赴外埠昨日始返始見照會議院雖已開現議銀價事紛紜難定必俟此事議定後方能及外交也又言近晤各議紳向之以蓋力新例爲是者今皆不以爲是蓋見例

不能行皆有轉圜之意將來當可議廢否則屆期必不行也因謝之因言中國新使楊公已抵金山不日可到美都見總統遞國書總統避暑未回故先於貴大臣處查問葛禮山曰總統近得疾醫者謂宜避囂靜養故暫居鄉僻處十餘日內恐不見客矣應請稍待又詢暹羅事又詢中國兵制因一一告之談久而出

初八日晴

查光緒十八年中日兩國互市日本入中國貨物值銀六百三十萬兩較上年增銀五十餘萬兩中國入日本貨物值銀一千二百萬兩兩相比較中國實多入銀六百餘萬兩商務漸盛矣　因查十年以前日本兵船勝於中國故有臺灣之役日本商務亦勝中

國中國招商局輪船初到日本日本畏奪其利即肆詆毀今閱十餘年商務軍務已駕而上之者何也中國地大物博向也不言功利一變計焉如有本原泉擴充固易甚也日本之功效如鄰夫人所言傾囊倒篋而出之者本難爲繼也楚莊王謂鳥不鳴者鳴則驚人泰西以中國爲昔睡今醒似有合焉

初九日陰

比利時國來電言本國議院紳士向來無俸惟不居都城者每月有俸銀四百二十三佛郎茲改章程以後無論所居何地每年均給俸銀四千佛郎其不居都城者則來往車費一律免收以示體卹云　因查比利時向合和蘭爲一國以後分爲二國其國版圖

甚小而商務實盛且歐洲各大國皆認爲局外之國故無兵事而民數易增國儲亦足其議院紳向例無俸則歐洲各國類然日斯巴尼亞是也卽英議紳之俸亦甚細微此足證矣其不居都城者每月給銀四百佛郞僅値銀八十圓以供火車之費而已今一律給俸每員亦僅銀八百圓蓋比與德鄰國小而儉無侈靡之習故用易給也

初十日大風晴

大西洋海介歐墨兩洲之閒有羣島名阿梭爾向屬葡萄牙而距葡甚遠消息難達呼應不靈葡國欲創海電而苦無資近與英公司訂設海電由葡都達該島已立合同均簽押矣　因於是見葡

之貧也又於是見葡之失算也不自設電而以授人本國之利已漏巵矣彼固以貧而出此下策也度葡國之設電以通屬島之消息固防他國之佔其屬島而欲以是維持之也而不知將來佔此島者卽英也以英人佔此島而由英公司爲之告急其消息依舊不達呼應自必不靈甚且虛者實之實者虛之且聳島人以叛葡開門以延英皆意中事耳秦以杞子戍鄭鄭使掌北門之管而遂招秦以襲鄭焉此前鑒也　古巴總領事譚乾初到

十一日晴

俄國政府近立新例不准各鄉村人戶出賣產業與外國人以免外人侵并本國人失業云　因接此例有三善焉土地爲衣食之

源寶而守之可免凍餒一也外國民人入內地管產業土客不協易起釁端可以防之二也外國教堂尤易起釁彼不能購土地自不能建教堂三也一舉而三善備焉

十二日 小雨

德國領兵官約束部下極嚴近有兵丁六名以爲太苦逃亡而入法界願隸法隊爲法効力法員納之遂訂合同飭赴馬賽海口附船赴阿非利加洲法屬地矣 因於此歎嚴之難行也少時治家尚嚴課讀尚嚴今出使亦尚嚴而頗有怨望者然子產嘗謂寬難武侯亦求法立明代戚繼光治兵至嚴其軍律實爲後人師法則嚴之有益也明矣德國陸兵天下莫強而約束極嚴可於此得治

兵之道焉其以爲太苦者乃不肖兵丁不受約束此亦人類中之必不能無者故法員雖知之而仍屏之阿洲其用意可想矣中國兵政以湘淮兩軍爲嚴卒平粵捻回匪之亂其明效可徵矣嘗過天津聞淮軍之延德國兵官訓練者頗苦其勞嗚呼此德國陸軍所以無敵也夫

十三日晴

巴黎來電言法國有事於暹羅俄國政府將派水師一隊迅赴暹羅以助法人而符聯盟之意英政府初有救暹之意茲見俄法兩國聯兵不便妄動矣　因

按俄法聯盟之舉誠得計矣今猶小試其端耳而英已畏之孫武子云勇怯勢也強弱形也形勢不敵則

勇者亦怯強者亦弱今日之英是也因嘗論地球海軍之勢俄與法合則英不能敵今果形見勢絀矣因以爲此事初見端倪而尚非究竟也苟充俄法兩國大欲之所存全力之所及則歐亞兩洲必將有大被蹂躪者爲可虞也昔者拿破侖第一求合於俄而歐洲之不靖者二十年殺人二百二十萬非俄法之交中離英俄普義之聯兵合戰未易勝其殘也

十四日晴

瑞士國來電言美國與智利國賠欵之案積至千餘起茲立約各派員秉公商辦以清積牘美派員名古德智員卽駐美公使名嘉拿瑞士派公道人卽瑞國駐美公使均在華盛頓於六月十四日

起議約六箇月爲期云又聞美與英祕林海峽捕魚一案歐洲公道人所斷美國理絀將輸於英而美賠英之銀數頗鉅云　因駐美三年見美國所行多用霸氣禁工之事爲背約報施之約好佔鄰國便宜覬覦檀香山又違公法戕殺義國旅美之民而置之不理專祕林海峽之利而擄英漁船不獨各國譏之卽美之公正紳耆亦多譏之幸新總統外部均不直前任之所爲一一矯正或能收之桑榆儻舊主聯任布連不死則美國之禍未艾也夫

十五日　陰辰後見日

美報載今春各國兵艦來美賽會事竣後已星散惟俄艦尚留近陸續又到數艦合前所留竟成一隊其故因南北花旗爭戰之時

俄人無左右袒事定後美國會派水師一軍赴俄言謝此次俄廷亦以相報云　因按此語不盡然也南北花旗之戰已二十年此時言謝則已遲矣且既欲言謝何不於賽會時聲明而於三四月之後忽爲補晨之雞乎大抵近日地球各國無不誇耀海軍以期威遠俄之水師近已強於往年祕林海峽一案俄人曾據美之漁船美人曾力爭之俄人又漸欲蠶食墨洲故以是爲先聲之奪以後收迎刃而解之效耳　至阿林頓訂房公使一處上下三間按日銀六十圓餘分主僕主每日銀五圓僕每日二圓半如不赴餐房之饌而於本房飲食者另按人按日加銀二圓半如久寓至十五日以外價可稍減

十六日晴

申正接總理衙門電開十二日奉

旨崔國因補授右庶子欽此

暹羅來電言六月法人以兵船脅暹羅索美江以東之地又銀三百萬佛郎限於兩日內回覆遲則開仗茲暹羅已從命而法國使暹之專使又令暹羅撤退所延丹國人矣　因觀於此而知敵國之心焉因知謀國之道焉八十年前拿破侖第一之勝普魯士則限其兵數十年以前俄國之勝土耳其則索其兵船智利之勝祕魯則限以不築礮臺不添兵艦不購槍礮今法之制暹羅則限以不用他國人才查丹國卽瀛環志略所紀之嗹國又名大尼日本

譯萬國史記以爲丁抹中國以爲丹麥五百年前向以海船刼掠各國爲生曾刼英人入貢後漸衰微蓋其水戰有足稱者法人防暹羅之蹶而復振故以是制之然則蹶而欲復振者反各國之所以脅制他人者而行之則庶乎其可矣

十七日晴午後小雨大風雨徹夜

是日黎明即起設香案行三跪九叩首禮撰謝恩摺

伯林來電言近日俄國於德國貨物入口加抽稅銀德國政府現議報復所有俄國運入德國之貨一概加抽稅銀五成云　因按稅則爲各國內政例可自主而不憂其太過者則恃報復一節足

以制之也蓋我國土產入他國之口稅之重輕他國主之他國土產入我國之口稅之重輕我國主之如交以道而接以禮則彼此均不爲朘削之事如有狡猾者必欲朘人以肥己則以其人之道還治其人固毫不費力也以各國自主之權而卒不至於太過者恃此也

十八日大風晴

自美國創設頭等公使以來英法義三國已改駐美公使爲頭等茲俄國亦改爲頭等德國則另派公使更換　美公使之駐尼格拉孤者值尼國內亂都城接戰外攻之兵礮彈及使館幾於傷人美公使卽通知亂黨謂圍攻都城不先通知局外之國殊違公法

現電撥兵船一艘由祕魯至尼國以保護美國官商云　因於是而歎公法之不可不知也歐洲各邦論立國育才之道曰讀書則智不讀書則愚智則强愚則弱誠有味乎其言之也德國之民讀書者百之九十五美國之民無不讀書宜其强富如是之速也阿洲之民未聞讀書者宜其全洲爲各國所分裂而曾無一人一國出一成一旅以圖存也前智利之議院黨不直其君而不敢違公法以逆美國之兵船今尼國之爲亂者竟違公法以殃及各國之使館曲直不同則成敗自異智議院之事成尼亂黨之事其敗夫

亥正新任出使大臣楊　到因卒隨員迓於車廠至亞林頓客

棧設案恭請

聖安談至子初返館

十九日晴

上月倫敦來電言歐洲如英俄德法各國其兵按年大操或一次或數次不等所以重武備也惟英國所重者不在陸而在水以其地勢四面皆海拒之於海陸自無虞今年水師部議以本國兵艦分爲兩隊以紅旗藍旗別之紅旗隊内鐵艦爲多藍旗隊内雷艇爲多作爲交戰之形以試鐵艦之於雷艇二者孰優孰絀且觀其進退攻守離合之勢以期精熟庶幾臨時有把握云　因嘗論俄之陸軍英之海軍皆天下莫强焉今觀英之所籌畫者而益信也八十年前拿破侖第一蹂躪歐洲各大國無不被靡惟以陸軍攻

俄則敗以海軍窺英亦敗其時俄人猶須堅壁淸野英之三島晏然無事信乎拒之於海陸自無虞也孫武子云兵因地而制勝俄英二國之軍是也一百年前英之海軍尚有見挫於法日二邦之時近百年內則無敢與爭鋒者可謂無敵然俄德法義諸國日夜淬厲以增鐵艦而俄法又已聯盟此英之所遠慮者故訓練以備不虞也

二十日晴

前月馬得力來電言日廷擬改稅關章程不用銀錢而用金錢嗣以各國不允而罷倫敦來電言俄廷欲與奧國訂立報施條約先詢奧廷奧國允照最優之國相待但與義賽兩國之報施五穀入

口係格外利益則不能也　因按奧日兩國措施比而論之則奧勝日日改圜法暗中取利其名不順奧之答俄以禮而有限制俄人難與強爭矣　因嘗論各國交涉之道其私誼甚優而公事不可假借奧君與俄世子之過境自任爲東道主人躬親迎迓下榻宮中意隆禮備而於報施之約所言公者仍公言之非忽然不欲結好於俄也不如是則各國之要求無所底止也　出使大臣楊酉刻接印

二十一日　晴辰刻雨

美國費城新造成兵艦名明義巴利士長四十一丈英尺闊五丈八尺英尺喫水二丈二尺容七千三百五十頓馬力二萬一千四

船身用鋼製成所裝之煤可行一萬五千米合中里五萬里其行極速所以爲交戰時擄敵國商船之用也　因按歐洲各國以商爲本斷無有不恤商者擄商船之謀所以遏敵國之輕易開釁也往年拿破侖第一禁各國與英通商英人亦禁各國與法通商由其兵力足相抗也中法越南之釁法以兵艦阻中國漕船無以抵制遂至竭蹷美國此舉其爲未雨綢繆也夫

二十二日晴

美國費城新兵船動工已命名布落克林容九千一百頓馬力一萬六千匹鐵甲不厚而礮爲多蓋爲攻敵用也法廷新造巡船全仿美巡船名紐約之式蓋因法員見美紐約巡船船身之堅機器

之靈實爲利用故而仿之各國皆稱美之造船未逾十年而他國即有以爲師法者由其講求日精也美廷聞之亦自喜焉　因嘗論美之講求水師苟充其力之所及十年以後可以敵英惟歐亞兩洲絕無添煤之埠其所短在斯耳查船廠礮廠首在人材次在物力非講求有素則無人如無師之學也非庫欵甚充則無財如無米之炊也無人而借他國之人當起釁宣戰之時必不得力以公法限之也此俄王彼德所以微服而充船廠之工也無財而貸他國之財作剜肉醫瘡之舉必致終窮以漏卮累之也此歐洲各大國所由以開闢利源爲本也　午刻謁見總統辭行總統許竭力顧全中美交誼

二十三日晴

辭行出使大臣楊　至使館寄請

聖安美戶部查本年六月一箇月內出口之麵值銀一千五百九十一萬二千七百五十一圓較之上年六月多三百四十餘萬圓又查自上年七月至本年六月止此十二箇月內出口之麵共值銀一萬八千八百九十八萬一千九百二十二圓較之又前一年實短銀一萬萬圓云　因於是歎美國之能興利也麥麵一物入欵已近銀二萬萬元前年且至三萬萬圓可謂百姓足矣嘗讀漢書紀文帝之世太倉之粟陳陳相因至紅而不可食今則移食於他國合海外爲一家有無相通米粟雖多不置無用之地其謀國

也不可謂非計之得也世嘗謂古今人不相及豈其然乎

二十四日晴

午初啓行赴火車廠出使大臣楊偕參隨各員送行梅律師亦到

十五日金山來信言日本人四十九名由英屬域多利假道來美稅關查得近年日本人之赴域多利者甚多此數月中混入美境者已三百名均爲稅關阻回矣 因 按美國禁工之令已行於歐洲斷無不行於亞洲也惟歐人之入美境者皆直截而來亞人之入美境者多紆折而入爲不同耳美外部大臣爲 因 言自銀價驟變而各礦停工工人之失業者數十萬人遂致不靖每與地方官爲難不僅與華民爲難也然則美實患人滿矣日本人尚欲入

境哉

二十五日晴

午正至希卡果換車於亥初開車　十四日俄國彼得堡來電言俄國近日於開採金鑛一事詳加考究故所採金數年有加增一千八百八十五年所採之金值銀一萬四千羅卜至今未及十年現在所採之金每年值銀三千六百六十餘萬圓云　因按中國鑒於有明之季世視開鑛爲畏途遂至棄地寳而不取而爲高論者或以爲罄天地之藏其立言誠大矣然當今之世羣雄角力我如能閉關自守拒使不來若桃源之自爲世界豈非盡善而無如不能也陸防之外又有海防製船製械製礮軍需所費不止百倍

將何以籌畫哉外洋開礦之舉未可盡非也

二十六日晴

昨日至希卡果換車因開車尚待五時稍至各處遊歷見石房至高者地面約十八層合之地下當二十層可謂高矣又至一處則銅鑄人像兩男像爲紫人即美國土著之煙甸人也一婦人一小童像爲英人則二百年前初到美國者也一紫人舉斧以斫婦人另一紫人以手格之斧未下婦人則以右手入紫人腰際抽其短刀已將出鞘蓋欲奪刀以刺紫人也小童則駭極張口而號情神逼肖距銅像二丈餘許有枯樹一株無枝葉蓋當時之物已二百年生氣盡而未删伐特留之以誌此事之顛末也

二十九日午刻抵金山黎領事等及商董相迓於火車遂入館署

八月初一日晴中華會館設席餞行

初二日雨昭一會館設席餞行

初四日午刻上槎那輪船眷口共五人何汝霖隨行領事黎等送上船舟行向西每日約行一千二三百至三百里甚穩

終